森見登美彦

모리미 도미히코

有頂天家族

유정천 가족

1

모리미 도미히코 장편소설
권일영 옮김

작가
정신

차
례

등장인물

시모가모 일가

*

시모가모 야사부로下鴨矢三郎
소설의 주인공이자 화자로 교토의 다다스숲에 사는 너구리 명문 시모가모가의 삼남. 재미를 좇으며 자유분방하게 살아간다.

시모가모 야이치로下鴨矢一郎
시모가모가의 장남. 고지식하지만 책임감이 강해 아버지의 뒤를 잇기 위해 고군분투한다.

시모가모 야지로下鴨矢二郎
시모가모가의 차남. 지금은 개구리로 변신한 채 우물 속에서 칩거 중.

시모가모 야시로下鴨矢四郎
시모가모가의 사남이자 막내. 아직은 미숙하고 심약한 너구리다.

어머니(시모가모 도센下鴨桃仙**)**
배짱 좋은 낙천가이지만 자식들에 대한 사랑만큼은 지극하다. 번개를 무서워한다.

아버지(시모가모 소이치로下鴨総一郎**)**
시모가모가 형제들의 아버지이자 선대 교토 너구리계의 두령 '니세에몬'.

에비스가와 일가

*

에비스가와 소운夷川早雲
에비스가와가의 두령이자 시모가모 소이치로의 친동생. 가짜 덴키브랜 공장을 경영하고 있다. 여러 이유로 시모가모 일가에 앙심을 품고 대립한다.

금각金閣 / **은각**銀閣
에비스가와가의 쌍둥이 형제. '바보 형제'로 불리는 말썽꾸러기.

에비스가와 가이세이夷川海星
에비스가와가의 막내딸이자 시모가모 야사부로의 전 약혼녀. 어째서인지 야사부로 앞에서만은 모습을 드러내려 하지 않는다.

덴구계

*

아카다마 선생님(뇨이가타케 야쿠시보如意ヶ嶽薬師坊**)**
위대한 덴구였으나 지금은 은퇴한 것이나 다름없이 영락하였다. 너구리들의 스승 역할을 해왔다.

벤텐弁天
원래는 인간이지만 아카다마 선생님에게 납치당해 덴구 수행을 받았다. 엄청난 능력과 미모로 덴구와 인간과 너구리들을 압도하는 인물.

그 외

*

주로진寿老人
교토의 고리대금업자로 '금요클럽'의 수령.

요도가와 교수(요도가와 조타로淀川長太郎**)**
먹는 것에 진심인 농학부 교수로 '금요클럽'의 회원.

간무 천황이 다스리던 시절, 만요^{万葉}의 땅*을 뒤로하고 많은 사람들이 교토로 몰려왔다.

그들은 새 도읍을 짓고 출산을 늘리며 정권을 다투고 신을 공경하고 두려워하며 부처님에게 의지하고, 그림을 그리고 노래하고, 칼날을 번뜩이며 서로 싸우다 마침내 불을 쏘아 도시를 불태우는가 하면 새로 짓고 또 출산을 늘려 장사에 땀 흘리고 학문을 즐기며 태평성대를 한껏 누리다가 네 척의 증기선에 화들짝 놀라 그만 불을 쏘아 다시 도시를 불태우고, '문명개화'란 기치 아래 또다시 재건하고 곧이어 닥쳐온 전쟁의 시대를 헤치며 웃는가 싶으면 울고, 우나 싶으면 웃고 온갖 일을 겪으며 오늘에

---

　* 교토 천도 이전에 도읍이었던 도시 나라^{奈良}.

이르렀다.

간무 천황이 도읍을 정하고 1,200년.

지금 교토라는 도시에는 150만이나 되는 사람이 살고 있다고 한다.

하지만 잠깐, 잠깐만.

『헤이케모노가타리』*에서 도읍이 좁다는 듯이 날뛰던 무사와 귀족, 승려 가운데 3분의 1은 여우고, 또 3분의 1은 너구리다. 나머지 3분의 1은 일인이역을 하는 너구리였다고 한다. 그렇다면 『헤이케모노가타리』는 인간 이야기가 아니라 우리 이야기라고 잘라 말해도 된다. 모두 긍지를 가지고 드높이 선언하자! 너구리가 인간의 역사에 종속되는 것이 아니라 인간이 우리의 역사에 종속되는 것이다.

이런 허풍을 떨며 거짓 역사를 써대는 장로가 있었다.

설명할 필요도 없이 너구리다.

그는 털이 너무도 많아 이미 장로라기보다는 지온지知恩寺 아미타도阿彌陀堂 뒤에 굴러다니는 털 뭉치나 마찬가지였다. 몇 해 전 아무도 눈치채지 못하게 진짜 털 뭉치가 되어 어느덧 저세상의 너구리가 되었다는 사실은 기억에 새롭다.

『헤이케모노가타리』의 어쩌고저쩌고하는 소리는 살날이 얼

---

* 平家物語. 다이라 일문을 중심으로 무인들의 흥망기를 그린 군기軍記 문학.

마 남지 않은 늙은 털 뭉치가 꾼 꿈에 지나지 않는다 해도 오늘날 여전히 도읍에는 많은 너구리들이 땅을 기며 살고 있다. 때로는 사람들 틈에서 우왕좌왕한다. 일찍이 『헤이케모노가타리』에서 단역을 맡았듯이 너구리는 늘 인간을 흉내 내고 싶어 한다.

너구리와 인간은 이 도시의 역사를 함께 만들어왔다, 이렇게 이야기하는 너구리도 있다.

하지만 잠깐, 잠깐만.

왕성王城의 땅을 뒤덮은 천상의 세계는 예로부터 우리 영역이었다.

우리는 하늘을 자유자재로 날아다니며 그 덴구**다운 위엄을 자랑하고, 아래 세상에 두루 침을 뱉으며 땅바닥을 기면서 살아가는 어중이떠중이들을 마음껏 주물러왔다. 무릇 인간이란 것들은 자기 공적을 크게 떠벌리고 마치 제 솜씨 하나로 역사를 꾸려온 것처럼 행세한다. 가소롭다. 우습다. 가령 너구리들의 털 숭숭한 손을 빌렸다 해도 훅 불면 날아갈 인간 나부랭이가 무얼 해낼 수 있단 말인가. 그 어떤 하늘의 재앙이나 난리도 인간과는 차원이 다른 세상을 살아가는 우리 뜻대로다. 국가의 명운은 우리 손안에 있다.

** 天狗. 일본 요괴의 일종으로 전설 속의 마물. 일반적으로 수도자의 복장을 하고 붉은 얼굴에 코가 길고 크며 날개가 있어 자유롭게 날아다닐 수 있다. 지역과 배경에 따라 다양한 종류를 가진다.

도시를 둘러싼 산꼭대기들을 우러러보라. 천계에 사는 우리를 두려워하고 존경하라.

　이런 건방진 소리를 하는 놈이 있다.

　설명할 필요도 없이 덴구다.

　인간은 도시에 살고, 너구리는 땅바닥을 기고, 덴구는 하늘을 날아다닌다.

　헤이안 천도 이래 이어져 내려온 인간과 너구리, 덴구의 삼파전.

　덴구는 너구리에게 설교를 늘어놓고, 너구리는 인간을 호리며, 인간은 덴구를 두려워하면서도 공경한다.

　덴구는 인간을 잡아가고, 인간은 너구리를 전골로 만들어 먹고, 너구리는 덴구를 함정에 빠뜨린다.

　이렇게 수레바퀴처럼 빙글빙글 돈다.

　돌아가는 수레바퀴를 보고 있으면 그 무엇보다 재미있다.

　나는 이른바 너구리지만, 일개 너구리임을 부끄러이 여기며 덴구를 아득하게 동경하고, 인간 흉내도 무척 좋아한다.

　따라서 내 일상은 눈이 팽팽 돌 지경이라 따분할 틈이 없다.

제1장

납량상의 여신

어느 은퇴한 덴구가 데마치 상점가 뒤편의 연립주택 '코포 마스가타'에 살고 있었다.

외출은 거의 하지 않았다. 상점가에서 사들인 재료를 아무렇 게나 집어넣은 께름칙한 죽을 끓여 먹으며 근근이 목숨을 이어 가고 있었다. 그 누구와도 견줄 수 없을 만큼 목욕을 싫어하지만 마른오징어처럼 메마른 피부를 문질러봐야 어차피 때도 나오 지 않는다. 자존심은 가을 하늘처럼 드높은데도 무엇 하나 스스 로 할 줄 아는 게 없었다. 왕년에는 국가의 명운을 멋대로 주물 렀다고 자화자찬하는 신통력도 잃은 지 이미 오래다. 성욕은 왕 성하다. 하지만 러브 라이프를 즐길 능력 또한 잃은 지 오래. 한 스럽다는 표정을 지으며 아카다마 포트와인*이나 홀짝거린다.

달짝지근한 와인을 마시면서 일찍이 멍청한 인간들이 우왕좌왕하던 난리 이야기를 한다. 막부 말기 이야기를 하나 싶으면 오닌의 난** 이야기이고, 오닌의 난 이야기구나 싶으면 헤이케 몰락 이야기이고, 헤이케 몰락 이야기인가 싶으면 또 막부 말기 이야기이다. 말하자면 앞뒤가 맞지 않는다는 소리다. 살이 있고 피가 흐르는 생물이라기보다는 차라리 화석에 가깝다. 다들 얼른 돌이나 되어버리라고 한다.

모두들 그를 '아카다마 선생님'이라 부른다. 그런 덴구가 바로 내 스승이다.

○

교토에 사는 너구리들은 읽기와 쓰기, 산수는 물론 둔갑술, 말재주, 새파란 아가씨 꼬드기는 방법 따위를 덴구한테 배운다. 교토에는 덴구도 많이 살기 때문에 엄청 많은 유파가 있었다. 구라마산의 구라마 덴구가 유명하기로는 으뜸이라 이른바 엘리트들이 모여 있었다. 하지만 뇨이가타케산에 있는 아카다마 선생님 또한 그에 못지않게 이름 높았다. 선생님은 '뇨이가타케 야쿠시보'라는 거창한 이름을 가지고 있다.

---

* 산토리가 1907년에 발매한 과일주.
** 무로마치 시대 오닌 원년(1467년)에 일어난 내란. 쇼군의 후계 문제를 둘러싸고 지방의 슈고 다이묘들이 교토에서 벌인 항쟁으로 이후 11년간이나 지속되었다.

이제는 옛날이야기가 되고 말았지만, 아카다마 선생님은 대학 강의실을 빌려 너구리들을 모아놓고 강의를 했다.

선생님은 강의실 건물 귀퉁이의 어둠침침한 계단식 교실에 앉은 학생들을 향해 덴구의 특성을 마음껏 발휘하며 한껏 으스댔다. 학생들은 불평할 까닭이 없었다. 그때만 해도 선생님에게는 진짜 위엄이 있었다. 으스대기 때문에 위엄이 있는 것인가, 아니면 위엄이 있기 때문에 으스대는 것인가. 그런 쓸데없는 의문이 고개를 들지 못하도록 막무가내로 억눌러버리는 것이야말로 진짜 위엄이라 할 수 있다.

선생님은 주름 하나 없는 양복을 멋지게 차려입고, 심각한 표정으로 창밖의 나무들을 집어삼킬 듯이 바라보며 중얼거렸다. 그 광경이 아련히 떠오른다. 난 너희들을 경멸한다. 선생님은 몇 번이나 반복했다. 너희들뿐만이 아니지, 난 나 이외의 모두를 경멸한다, 라고 했다.

하늘을 자유자재로 날아다니며 뜻대로 회오리바람*을 일으키고, 마음에 드는 아가씨를 낚아채면서 세상 모든 것에 모조리 침을 뱉었다. 아카다마 선생님 영광의 나날이었다. 그런 선생님이 마침내 몰락하여 상점가 뒤편에서 근근이 살아가는 신세가 되리라고는 누구도 상상하지 못했으리라.

우리 일족으로 태어난 자는 아카다마 선생님의 가르침을 받

---

* 일본에서는 갑자기 불어오는 회오리바람을 '덴구 바람天狗風'이라고도 한다.

는 것이 오랜 관습이라 나 또한 그 예에 어긋나지 않게 선생님 문하로 들어갔다. 이제 와 돌이켜보면 나는 선생님에게 야단만 맞았다. 왜 그랬을까. 내 나름대로 생각해보건대, 말하자면 내가 자신의 능력을 갈고 다듬어 일족을 위해 쓰지 않았기 때문이리라. 나는 버릇없었고 내 길만 걸으려 고집하며 고고한 지위를 동경했다.

선생님은 자기는 고고한 위치에 있으면서도 다른 사람이 고고한 위치에 오르는 것은 싫어했다. 하지만 그 무렵 나는 선생님처럼 되고 싶었다.

이제는 다 옛날 일이다.

○

그날, 아카다마 선생님이 사는 연립주택을 찾아가기 전에 나는 데마치 상점가에 들렀다. 상점가는 쇼핑객들로 붐벼 인간 냄새가 지독했다. 아카다마 포트와인, 화장지, 면봉, 도시락 따위를 사서 북쪽으로 난 골목길로 접어들었다. 기온 축제도 끝난 7월 말 해 질 녘이었다.

나는 귀여운 여고생으로 둔갑해 있었다.

옛날부터 둔갑만큼은 자신이 있어, 너무 자주 둔갑하는 바람에 야단만 맞았다. 요즘은 너구리들의 둔갑 능력이 떨어진 데다 아무리 너구리라고 해도 함부로 모습을 바꾸면 안 된다는 묘한 풍조가 퍼져 사뭇 따분하다. 우리에게만 허용된 능력을 마음껏 쓰며 세상을 유쾌하게 살아가는 것이 무슨 잘못이란 말인가.

왜 새파랗게 어린 아가씨로 둔갑했는가 하면, 다 선생님을 위해서였다. 예쁜 아가씨가 음식을 싸 들고 가면 선생님의 기분이 나아질 거라고 생각한 것이다.

하지만 내가 연립주택에 들어서자 선생님은 불같이 화를 냈다.

"이런 멍청한 녀석, 그런 한심한 짓 하지 마라."

선생님은 밤낮없이 깔아두는 이부자리 위에 책상다리를 하고 앉은 채로 좁은 방 한구석에서 먼지를 뒤집어쓰고 있던 족자, 마네키네코*, 차 도구, 단지, 시가라키 지방**에서 만든 새끼 너구리 도자기 따위를 닥치는 대로 내게 집어 던졌다. 나도 부엌에서 두루마리 화장지를 집어 던지며 응수했다.

"이런 고약한 영감님이, 멍청이라뇨! 그래도 선생님이랍시고 허구한 날 시무룩하게 인상이나 쓰고 있는 게 안쓰러워 우중충한 일상에 한 모금 청량제가 되어주러 이렇게 찾아왔는데요."

선생님은 바닥에 침을 퉤 뱉었다.

"네놈이 그런 꼴 하고 있는 모습은 보고 싶지도 않다."

"이 예술적이기까지 한 완벽한 둔갑 솜씨를 모르시겠어요?

* 전통적인 장식용 고양이 인형.
** 너구리 장식물로 유명한 도자기 명산지.

보세요, 이 볼록 솟은 완벽한 가슴, 잘록한 허리, 생기 넘치는 기타 등등을요."

"집어치워라, 닭살 돋는다."

"뭔가 느낌이 팍 오는 자신을 용서할 수 없어서 그러시는 거 아닙니까? 그렇다면 저한테 화를 내시면 안 되죠."

"네놈 둔갑에 내가 정신줄이라도 놓을 줄 알았더냐? 까불지 마라."

그러더니 선생님은 입을 꾹 다물고 허리가 아프다는 듯이 주물렀다.

기껏해야 다다미 넉 장 반*밖에 안 되는 방에 저녁 햇살이 들어와, 그 빛 속에 먼지가 자욱이 피어오르고 있었다. 잔뜩 늘어놓은 잡동사니로 사방이 둘러싸인 이부자리에서 책상다리를 하고 있는 주름투성이 선생님을 보니 나라를 잃은 임금처럼 느껴졌다.

선생님이 집에서 쫓겨난 개의 먹이 같은 께름칙한 죽을 먹으며 살고 있는 꼴을 보다 못해 내가 식사라도 챙겨 드나들기 시작한 지 반년이 넘었다. 선생님은 실로 고집불통이라 갸륵한 마음으로 찾아오는 나의 고생이 이만저만이 아니다. 우선 선생님은 마음에 들지 않는 음식은 절대 먹으려 들지 않았다. 내가 사 간

---

* 다다미를 단위로 하는 일본 가옥의 전통적인 방 넓이의 하나. 두 평 조금 넘는 '다다미 넉 장 반'은 일본에서 '싸고 좁은 방', '가난한 생활'을 의미하는 대명사처럼 쓰인다.

쇼카도 도시락**도 입에 맞는 것만 집어 먹고 나머지는 손도 안
댄다. 귤이라면 사족을 못 쓰는 주제에 껍질을 벗겨주지 않으면
먹을 생각도 않고, 까주지 않으면 짜증을 낸다. 커피는 블루마운
틴 원두를 그 자리에서 갈아 끓이지 않으면 '커피도 아니다'라
고 말하지만, 그런 주제에 사흘만 커피를 못 마시면 또 짜증을
부린다. 끊임없이 짜증을 내면서 틈틈이 아카다마 포트와인을
홀짝거린다. 아무튼 한없이 못되게 군다.

"너 요새 벤텐*** 봤느냐?"

선생님이 중얼거렸다.

"아뇨, 한동안 보지 못했는데요."

"못 본 지 오래되었구나. 어디서 무얼 하며 지낼꼬."

스스로는 아무것도 할 수 없는 주제에 벤텐 걱정은 끔찍이도
한다. 만날 때마다 선생님은 늘 벤텐 이야기를 했다.

"그 여자가 이런 데를 돌아오고 싶어 할 리가 없죠."

내가 말하자 선생님은 방귀를 뿌웅 뀌었다.

그러더니 제 방귀 소리에 놀라 어머나 하는 표정을 지었다.

** 회, 구이, 찜, 밥 등을 칸칸이 넣은 전통 도시락으로 고급 음식이라는 이미지가 있다.
*** 弁天. 벤자이텐弁財天이라고도 불린다. 일본 민간신앙의 일곱 복신 중 유일한 여신으
로 지식과 예술, 미, 언어, 음악의 수호신.

○

'벤텐'은 덴구도 아니고 너구리도 아니다. 그냥 인간이다. 하지만 그녀의 아름다움이란 도저히 필설로 다 할 수 없다. 그러니 글로 표현할 수가 없다.

비와호* 호숫가를 타박타박 정처 없이 걷던 어린 날의 벤텐은 '스즈키 사토미'라는 인간의 이름을 가지고 있었고, 나름대로 포동포동한 귀여움을 유감없이 발휘하기는 했지만 어디까지나 그럭저럭 예쁜 시골 소녀에 지나지 않았다.

일찍이 하늘을 자유롭게 비행하던 영광의 시절, 새해 인사를 하러 비와호 위를 훌쩍 날아 지쿠부섬에 들렀던 아카다마 선생님은 벤텐을 데리고 교토로 돌아왔다. 사실대로 말하자면 미성년자 납치인 셈이다. 아카다마 선생님은 벤텐에게 얼른 덴구 교육을 시켰다. 그녀는 인간에서 덴구가 되는 계단을 힘차게 뛰어올랐다. 그리고 다 올라갔을 때 매끈한 다리로 납치범이자 스승인 아카다마 선생님을 걷어차 떨어뜨렸다.

이제 벤텐에게서 예전의 모습은 찾아볼 수 없다.

인간이면서 덴구보다도 훨씬 덴구스러운 그녀는 이제 덴구라기보다 그저 독거노인이라고 해야 할 아카다마 선생님을 버려두고 교토, 오사카, 고베를 자유자재로 오가며 방탕무뢰한 악

* 시가현에 있는 일본 최대의 호수.

행을 저지르느라 여념이 없어 탱탱했던 뺨은 솜사탕처럼 탄력을 잃었다. 그리고 그 얼굴에 새로 나타난 것은 냉철한 미모였다. 정처 없이 비와호 호숫가를 거닐던 소녀는 이제 어딜 가건 적수가 없는 여자가 되었다. 어딜 가건 적수가 없는데, 어디로 가야 할지 모르니 이 또한 무서운 일이다. 벤텐이 마음 내키는 대로 들르는 곳에 멍청하게 있다가는 박살이 난다.

○

선생님이 아카다마 포트와인을 달라는 걸 완전히 무시하고 밥부터 드렸다. 입맛 없다는 듯이 우물거리며 선생님이 말했다.

"오늘이 금요일이로구나. 아마 벤텐은 틀림없이 '금요클럽'에 가 있을 게야."

금요클럽이라면 털이 곤두서기 때문에 부들부들 떨면서 선생님이 내던진 골동품을 구석 쪽으로 밀어 치웠다.

"분명히 벤텐 님도 즐겁게 지낼 겁니다."

"그런 인간들과 어울려 뭐가 즐거운 거지?"

"벤텐 님도 인간입니다. 잊으셨어요?"

"그 녀석은 밤마다 노느라 정신없고 내가 지켜봐주지 않으면 바로 마도魔道에서 벗어나버린단 말이야. 못 말릴 녀석이지."

"마도에서 벗어난다니, 왠지 표현이 이상하네요."

"시끄러."

선생님이 호통을 치자 입에서 밥알이 후두두 떨어졌다. 반쯤 먹은 걸 보아 점점 입맛이 도는 모양이었다.

내가 아카다마 포트와인을 건네자 선생님은 천천히 마시기 시작했다.

나는 선생님 맞은편에 예쁘게 앉아 잠시 쉬었다. 창밖을 보니 어느덧 해가 저물고 있었다. 잡동사니를 헤치고 활짝 연 창으로 저녁 바람이 살랑살랑 들어왔다.

"의외로 바람이 잘 드네요."

내가 말했다.

전등이 깜빡거렸다. 나방 한 마리가 포트와인이 든 물잔 테두리에 앉아 전등 불빛을 받으며 천천히 날개를 움직였다.

"이 집에 드나드는 건 벌레와 너뿐이로구나. 재미없군."

"고마운 줄 아셔야죠."

"누가 너더러 와달라고 했느냐?"

선생님이 몸을 뒤로 젖히며 대꾸했다.

"넌 정말 골치 아픈 학생이었다. 겨우 그 낯짝을 보지 않게 되었다 싶었는데, 여기 찾아온다고 새삼스럽게 기쁠 리가 있겠느냐. 이젠 네게 설교할 건더기도 다 떨어졌다."

"못된 학생일수록 선생님에게 귀여움을 받는다는 말도 있지 않습니까?"

"누가 그따위 소릴 하느냐, 바보 같은 녀석."

나는 담배를 꺼내 물었다. 선생님은 검은 광택이 나는 장롱에서 물담배 도구를 꺼내 뻐끔뻐끔 소리를 내기 시작했다. 둘이서 잠시 담배만 피웠다.

"너는 어차피 시간이 남아돌 텐데. 벤텐을 찾아 데리고 오거라."

선생님이 말도 안 되는 소리를 했다.

"싫습니다. 제가 설득해봐야 오지 않을 겁니다."

"어차피 오늘 저녁 금요클럽에서 추파나 던지고 있겠지. 내가 설교 좀 해야겠다."

"전 가지 않겠습니다. 벤텐 님이고 금요클럽이고 정말 싫습니다."

"나가는 김에 면봉도 사 오고. 나는 귀가 가려우면 견딜 수가 없어서 회오리바람을 일으키고 싶어지거든."

"새로 사 온 면봉은 세면대에 놓아두었습니다. 제가 가지 않겠다고 했잖아요. 무슨 말귀를 이렇게 못 알아들으실까. 얌전히 귀나 후비고 얼른 주무세요."

"잠깐만, 지금 편지를 써주지."

도무지 말이 통하지 않는다. 선생님은 쓰레기가 잔뜩 쌓여 있는 서궤 앞으로 돌아앉았다. 구겨진 종이를 정성스레 펴더니 뭐라고 열심히 적었다.

"벤텐, 벤텐."

선생님은 콩알을 세듯 중얼거리며 날 보고 들으라는 듯이 한숨을 푹 내쉬었다.

선생님은 벤텐 때문에 애를 태우며 그녀가 돌아오기만 기다리고 있다.

하지만 안타깝게도, 아무리 따져봐야 선생님의 늘그막 사랑은 패색이 짙었다. 일찍이 빛나는 승리의 시대도 있었으리라. 그러나 그런 추억도 이제는 덧없는 꿈, 무기를 버리고 철수해야 할 날도 머지않았다. 아직 철수하지 않는 것이 오히려 이상할 지경이었다.

선생님은 글을 다 쓴 다음 종이를 내게 들이밀었다.

"이걸 오늘 밤 안으로 벤텐에게 전하거라. 명예로운 역할임을 명심하도록."

그따위 명예는 사양하겠다고 하고 얼른 다다스숲으로 돌아가 아늑한 잠자리에 누워 쉴까도 생각했지만, 아무래도 눈앞에서 몸을 뒤로 한껏 젖히고 거드름을 피우는 아카다마 선생님은 채소를 절일 때 얹는 누름돌보다 더 무거운 짐이었다. 그 무게에 눌려 나는 이 좁은 방바닥에 납작 엎드렸다.

"저 시모가모 야사부로, 명심하겠습니다."

나 같은 게 가세해봤자 패배가 확실한 사랑이 화려한 역전을 이룰 리 없다고 생각했지만, 부득이 어색하기 짝이 없는 사랑의 큐피드로 둔갑해야만 했다. 문득 아이디어가 떠올라 산더미 같은 잡동사니에서 활과 화살을 슬쩍했다. 큐피드에게 어울리는 아이템이라는 생각이 들어 약간 기뻤다.

○

히가시야마 마루타마치, 구마노 신사 서쪽 동네에는 울타리가 쳐진 '마왕 삼나무'라는 고목이 있다.

그런 이름이 붙은 까닭은 예로부터 덴구들이 자주 그 나무 밑동에 걸터앉아 쉬었기 때문이다. 흔히 덴구가 쉬는 곳은 지붕 위였던 시절이 있었는데 그때부터도 마왕 삼나무는 덴구들이 즐겨 쉬던 곳이다. 교토에 거주하는 수많은 덴구들이 이 나무를 멋진 쉼터로 여겨 발걸음을 쉬거나 커피를 마시기도 하고 함께 걷던 아가씨와 다정하게 대화를 나누기도 했다. 아카다마 선생님 또한 예외가 아니었다. 선생님은 자주 마왕 삼나무를 발판으로 삼았다. 아직 데마치야나기로 물러나 살기 전이라 선생님은 뇨이가타케산에서 자기 영역을 지키고 있었기 때문에 시내에 나갈 때면 요시다산과 대학 시계탑 그리고 이 마왕 삼나무를 연결하는 코스를 밟으며 활동 범위를 넓혔다.

당시 서쪽에서 큰 지진이 일어났다.

선생님은 마도를 걷는 자로서의 책무를 다해야 한다고 생각했다. 자신이 일으킨 재앙도 아닌데 굳이 여기저기 돌아다니며 인간들이 고통당하는 모습을 조롱해줘야 한다고 생각했던 것이다. 선생님은 휴강을 하고 지진이 일어난 지역으로 갔다.

선생님이 그곳을 둘러보고 온 이야기를 듣다가 나는 버럭 화를 내고 말았다.

덴구가 애당초 인간을 하찮은 존재로 여긴다는 사실은 나도 잘 알고 있었다. 너구리나 인간이나 지금까지 덴구 때문에 험한 꼴을 자주 당했다. 하지만 이미 일어난 대재앙에 편승해 인간들을 비웃어주러 갔다는 선생님의 말은 참으로 꼴사납게 여겨졌다. 한창 젊었던 나는 덴구라는 직함에 충실해야만 한다는 생각에서 비롯된 쓸데없는 잔혹함이 오히려 덴구라는 이름에 먹칠을 하는 짓일뿐더러 선생님의 체통과도 관계가 있다고 단정했다.

이때 벤텐이 등장한다.

그 무렵 벤텐은 덴구의 능력을 착착 쌓아가고 있었다. 말하자면 인간에서 한 꺼풀 벗어나 한층 덴구처럼 되어가는 중이었다. 내 입으로 이런 이야기를 하기는 쑥스럽지만, 내가 홀딱 반한 것도 무리는 아니다. 선생님에 대한 분노를 벤텐에게 털어놓자 그녀는 자못 감탄한 표정으로 자기도 내 의견에 찬성한다며 함께 선생님을 혼내주자고 했다. 나는 돌연 의욕이 치솟았다. '함께'라는 표현이 너무 마음에 들었기 때문이다.

마왕 삼나무로 둔갑해 선생님이 귀가하기를 기다리자는 것이 벤텐의 생각이었고, 그 계획은 딱 맞아떨어졌다. 긴 여행에 지친 선생님은 밤거리를 크게 곡선을 그리며 날아오다가 진짜 마왕 삼나무와 가짜 마왕 삼나무를 구별하지 못했다. 오호라, 뇨이가타케 야쿠시보는 어느 삼나무에 내려야 할지 머뭇거리다가 딱 중간 지점에 추락해 민가 지붕에 커다란 구멍을 내고 말았다.

그 뒤로 선생님은 벚꽃이 지듯 순식간에 몰락해버리고 말았다.

선생님은 그 일로 몸이 상해 자리에 눕게 되었는데, 그 뒤로는 거의 하늘을 날 수 없게 되었다. 얼마 남지도 않았던 신통력마저 잃었다. 다른 덴구들과의 싸움에서도 크게 패해 구라마 덴구에 의해 뇨이가타케산에서 쫓겨났고, 결국 너구리들을 가르치는 교직에서도 물러나 데마치야나기에서 초라한 삶을 이어가게 되었다.

선생님이 전형적인 몰락의 운명을 걷는 한편 마치 천칭의 반대편이 올라가듯 벤텐의 능력은 더욱 커져만 갔다. 그녀는 마치 선생님이라는 질곡을 마침내 떨쳐냈다는 듯이 생기발랄해져 선생님에게 돌아오지 않고 종횡무진 날아다니게 되었다. 내가 벤텐이 시키는 대로 움직이게 된 거야 불 보듯 뻔한 일이었지만 더는 아무 이야기도 하지 않겠다.

"너구리면 안 됩니까?"

그 무렵 내가 진짜 아무 생각도 없이 지껄인 대사였다. 벤텐은 이렇게 대꾸했다.

"그렇잖아, 난 인간인걸."

안녕, 내 첫사랑.

인간 앞에서는 너구리나 덴구나 영 체면이 서지 않는다. 나는 너무 창피하고 한심해서 선생님에게 다시 얼굴을 내밀 수가 없었고 자진하여 선생님 문하에서 나오기로 했다.

감정이 가라앉고 다시 선생님 집에 드나들게 되기까지는 몇 년이란 세월이 필요했다. 집에 죽치고 있는 선생님에게 내가 멸사봉공하게 된 데는 그런 피치 못할 사연이 있었다.

○

가와라마치 이마데가와에서 버스를 탔다. 오래 타지는 않았지만 어둠이 내린 거리를 달리니 무척 기분이 좋았다. 북쪽에서 남쪽으로 내려가 오이케 거리를 지나자 시내의 화려한 조명이 양쪽으로 흘러갔다.

버스 좌석에 걸터앉아 선생님이 쓴 편지를 슬쩍 읽어보았다. 마음을 다해 러브레터를 썼으리라는 생각은 했지만 그래도 선생님에겐 얼마쯤은 절조라는 게 있을 거라고 생각했다. 하지만 쭉 훑어보니 꿈속을 헤매는 얼간이 고등학생이 쓴 듯한 글이었다. 꿀처럼 달콤하게 녹아내리는 문장에는 고삐를 당긴 흔적조차 없어 끝까지 읽어내기 힘들 만큼 창피했다.

나는 화가 났다.

대체 어찌 된 건가. 일찍이 우리가 존경심을 아낌없이 바쳤던 아카다마 선생님은 늘그막 사랑의 달콤함에 젖은 나머지 덴구로서의 긍지고 뭐고 모조리 똥간에 내다 버린 걸까. 게다가 선생님은 '밀회' 장소로 시조 미나미좌*를 지정했다. 대체 어떻게 그 썩은 내 나는 이부자리에서 빠져나와 미나미좌까지 가겠다는 걸까.

툴툴거리며 시조 가와라마치에서 버스를 내려 붐비는 거리를 지나 가모가와강으로 향했다. 오늘 밤은 왜 이리 이상한 남자들이 말을 걸어오는 걸까 싶었다. 그제야 내가 지금 풋풋한 아가씨 모습을 하고 있다는 사실을 깨달았다.

이름도 입에 올리기 께름칙한 금요클럽의 모임은 오늘 저녁 가모가와강 변 납량상**에서 열린다는 이야기를 들었다. 나는 시조 대교를 건너 밤하늘에 환하게 드러난 미나미좌의 대지붕을 바라보았다. 푹푹 찌고 끈적거리는 날씨지만 시원한 밤바람이 이따금 불어와 그나마 다행이었다. 건물 옥상에 맥주를 파느라 쭉 매달아놓은 등불이 잘 익은 과일처럼 불그스름하게 빛나고 있었다. 왠지 다들 예쁘고 즐거워 보였다.

어떻게 할까 망설이다가 일단 활을 준비해 왔으니 강 건너에

* 에도 시대부터 있었던 가부키 극장.
** 納涼床. 가게 밖에 임시로 평상을 내놓아 만든 자리로, 여름의 가모가와강 변을 대표하는 풍경으로 유명하다.

서 벤텐의 존안을 알현키로 했다.

시조 대교가 시작되는 부분에서 가모가와강 둑길로 내려섰다. 건너편 강가에 줄지어 주황색 불을 밝힌 납량상을 바라보며 북쪽으로 걸었다. 다리에서 멀어지자 시내의 번잡함도 점점 멀어져 어두운 강물 위에는 불빛만 비쳤다. 건너편에 들어선 수많은 납량상은 꿈속 풍경 같았고, 불빛을 받으며 술잔을 손에 든 인간들은 마치 무대에 오른 연극배우 같았다.

딱 한 군데 조용한 곳이 있었다. 남자 여섯이 마치 복을 부르는 신들처럼 싱글벙글 웃고 있었다. 그 남자들 사이에 섞여 있는 유난히 눈에 띄는 홍일점, 벤텐이었다.

저것이 금요클럽이로구나. 드높은 악명에 비해 의외로 한가로운 분위기였다.

○

금요클럽이란 다이쇼 시대*부터 이어져온 비밀 회합인데, 한 달에 한 번씩 금요일에 열리기 때문에 그런 이름이 붙었다고 한다. 일곱 명의 회원이 기온이나 폰토초의 요릿집 같은 곳에 자리를 마련하여 먹고 마신다. 대학교수나 작가, 고만고만한 부자들이 모인다. 참석하는 회원은 바뀔 수 있어도 참석자 수는 반드시

* 1912년-1926년.

일곱 명으로 정해져 있다. 일곱 자리에는 각각 일곱 복신**과 관련 있는 이름을 붙인다.

벤텐은 홍일점으로 이 클럽에서 한자리를 차지하고 앉아 무척 즐거운 표정을 짓고 있었다. 선생님이나 우리들이 부르는 '벤텐'이란 별명도 원래는 그녀가 금요클럽에서 한자리를 차지하고 있기 때문에 붙인 것이다. 벤텐에게 그런 유서 깊은 자리를 물려준 선대 '벤텐'은 털보 거인 남자였다고 한다. 원래 일곱 복신 가운데 하나인 '벤자이텐'은 여자이니 확실히 벤텐이 '벤텐' 자리에 어울린다.

몰래 모인다고 해서 이 모임이 잠이 확 달아날 만한 무슨 꿍꿍이를 꾸미고 있다는 증거가 있는 것은 아니다. 어쩌면 의외로 그저 친한 사람들끼리 마음 편하게 만나는 모임인지도 모른다. 그렇다면 그건 상관없다. 문제는 다른 곳에 있다.

금요클럽은 송년회 때면 늘 잔혹하기 짝이 없는 짓을 저지른다. 그래서 우리 동족들은 금요클럽을 사갈***처럼 싫어했다.

그들은 송년회 때면 매년 너구리를 냄비에 삶아 먹었다.

꺄악. 나는 비단 찢어지는 듯한 여자 비명을 질렀다.

도저히 믿을 수 없는 일이다. 이렇게 문명이 꽃피는 세상에 아직도 좋아라 하며 너구리를 삶아 먹는다니. 야만적이다. 세상

** 七福神. 일본의 전통 민간신앙에서 숭배하는 일곱 신(에비스, 다이코쿠텐, 비샤몬텐, 벤자이텐, 후쿠로쿠주, 주로진, 호테이)으로 힌두교와 불교로부터 유래되었다고 전해진다.
*** 蛇蝎. 뱀과 전갈.

을 향해 자기들이 얼마나 독특한 존재인지 목청 높여 주장하고
싶다면 두꺼비도 있고 해오라기도 있고 야세 유원지*의 원숭이
도 있고, 정 모자라다면 거북이를 닮은 수세미도 있다. 기발한
것은 얼마든지 있다는 말이다. 대체 뭐 때문에 너구리를 잡아먹
는지 묻고 싶다.

○

눈앞에 가모가와강이 도도히 흐르고, 강물에 도시의 불빛이
반사되어 반짝거렸다.

선생님의 러브레터를 화살에 동여맨 다음, 나는 금요클럽을
겨냥했다. 탱탱하게 부풀어 오른 젖가슴이 방해를 하는 바람에
맥이 쭉 빠졌다. 갑옷을 걸치지는 않았지만 나야말로 현대판 나
스 요이치**와도 같은 한 마리 너구리. 건너편에 줄지어 늘어선
납량상 아래로는 가모가와강의 둑이 이어지고 그리로 왁자지껄
웃으며 사람들이 지나가고 있지만 화살이 목표에서 벗어날 일
은 전혀 없을 거라는 자신감이 가득했다.

그때 벤텐이 불쑥 일어섰다. 그녀는 새하얀 신사복 같은 옷을
입고 있었는데, 나는 그 옷을 뭐라고 부르는지 모른다. 벤텐은

---

* 1964년 교토 사쿄구에 개장한 유원지로 당시 대형 수영장이 유명했다.
** 헤이안 시대 말기의 무장으로 활의 명수.

일어나서 자리를 돌며 화려한 술 장식이 달린 부채를 들고 허공에 휘적휘적 흔들었다. 춤을 추는 것처럼 보이기도 했다. 부채의 검은 살이 번쩍번쩍 빛났다. 저 부채는 아카다마 선생님이 선물한 '사랑의 증표'로, 벤텐이 몇 차례 자랑한 적이 있다. 부채에는 풍신과 뇌신이 그려져 있었다. 그런 소중한 부채를 벤텐에게 주었다고 해서 아카다마 선생님의 평판은 더욱 떨어졌다.

움직이는 벤텐을 겨냥하는 사이에 장난기가 발동했다. 그 유명한 『헤이케모노가타리』에 나오는 명사수 나스 요이치처럼 저 부채를 꿰뚫어주자. 이런 짓만 하고 있으니 큰형에게 잔소리를 듣고 아카다마 선생님도 화를 내는 거라고 생각하면서도 한번 마음먹은 일은 그만둘 수가 없다.

눈치채기 전에 해치워버리자는 생각에 활을 핑 쏘았다. 화살은 부드러운 곡선을 그리며 겨냥한 대로 벤텐의 손에 있는 부채를 꿰뚫었다. 그것을 보고 남자들이 깜짝 놀라 자리에서 일어섰다. 강 건너에서 보고 있자니 마치 내가 저지른 일이 아니라 연극 구경을 하고 있는 것처럼 느긋한 기분이 들었다. 소란깨나 떤다는 생각을 하면서 우두커니 서 있는데 벤텐이 납량상 난간에 손을 걸치고 이쪽을 똑바로 바라보았다. 그녀가 방긋 미소를 지었다. 간담이 서늘해졌다.

금요클럽 남자들이 벤텐 옆에 서서 누가 한 짓인지 범인을 찾느라 두리번거렸다. 나는 벤텐의 미소에 가슴 설렐 틈도 없이 둑

길을 따라 얼른 뺑소니쳤다.

○

내가 한 일을 강 건너 불이라고 생각하고 있었지만 불을 지른 것은 나다. 시조 거리를 달려가면서도 가슴이 두근거렸다. 두려워서인지 아니면 거사를 치르고 난 흥분 때문인지 알 수 없었다. 두렵기 때문이라면 체면이 말이 아니니 흥분 때문이라고 여기기로 했다.

흥분을 가라앉히기 위해서 '아케가라스'에 들르기로 했다. '아케가라스'는 데라마치 산조의 건물 지하에 있는 가게로, 우리 너구리들이 뻔질나게 드나든다. 낮에는 찻집인데 밤이면 술집으로 바뀐다.

가게들은 대부분 셔터를 내렸고 오가는 사람도 드물었다. 떠들어대는 주정꾼의 큰 목소리가 고요한 공기를 흔들어놓았다.

야릇한 전단이 덕지덕지 붙어 있는 좁은 계단을 내려가자 땅속에서 기이한 음악이 울려 나와 지옥 순례라도 나선 기분이 들었다. 이런 기분이 꼭 내 망상 때문만은 아니다. '아케가라스'는 무지하게 넓어 그 끝이 어디인지 아무도 모른다. 지금까지 몇 차례 큰 집회가 열렸지만 손님이 얼마든지 들어갈 수 있기 때문에 자리가 꽉 찬 적은 없다고 한다. 안으로 들어갈수록 가게는 좁아지고, 나중에는 붉은 벨벳을 깐 의자와 나무 탁자가 쭉 놓여 있을 뿐인 어두운 복도 같은 공간이 나오는데, 군데군데 불을 때는 난로가 있다. 그곳은 늘 겨울이며 저세상으로 통하는 길이라고 한다.

이미 밤이 되어 '아케가라스'는 낮의 모습은 거둬들이고 술집으로 변해 있었다. 카운터로 다가가자 가게 주인이 의아한 표정으로 나를 바라보았다.

"나야, 나."

그렇게 말하며 나는 코를 벌름거렸다.

"뭐야, 너였구나."

가게 주인은 기분 나쁜 표정을 지었다.

"또 그런 꼬락서니로 놀러 다니는 거냐?"

"어떻게 하고 다니건 상관없잖아?"

"그렇게 멍청하게 자주 둔갑할 일 없잖아."

가게 주인은 미꾸라지 같은 수염을 꼬며 진지한 표정을 지었다.

"적어도 여기 올 때는 제대로 된 꼴을 하고 와, 헷갈려."

나는 가게 주인의 설교를 귓전으로 들으며 가짜 덴키브랜*을 달라고 해 홀짝거렸다.

턱을 괴고 음악에 귀를 기울이며 벤텐은 선생님의 러브레터

---

* 電氣Bran. 일본 최초의 서양식 바 '가미야 바'에서 탄생시킨 칵테일로, 당시 최신 문물에는 '전기(덴키)'라는 명칭을 붙이는 것이 유행이었다.

를 과연 읽었을까, 하는 생각을 했다. 늙고 힘없는 노인이 혼신의 힘을 담아 쓴 연애편지를 읽었다고 해봐야 벤텐이 허둥지둥 만나러 갈 리가 없다. 그 연애편지는 상대방을 오히려 혼신의 힘을 다해 밀어내는 꼴이나 마찬가지일 만큼 비호감이다. 유례를 찾아볼 수 없을 만한 경험을 차곡차곡 쌓아오기를 어언 몇 해, 원래 그쯤은 선생님에게 누워서 식은 죽 먹기일 텐데 이 꼴이다. 참으로 창피하고 슬픈 일이 아닐 수 없다.

그렇게 멍하니 있는데 옆에서 "난 아카와리로 줘"라는 목소리가 들렸다. 동시에 내 목덜미를 얼음처럼 차가운 손이 움켜쥐었다. 나는 으윽, 하며 목을 움츠렸다.

옆에 앉은 사람은 벤텐이었다.

○

아카와리는 아카다마 포트와인에 소주를 섞은 것이다. 벤텐이 흰 목에서 꿀깍꿀깍 소리를 내며 분홍빛 잔을 비우는 사이 '아케가라스' 안은 썰물 빠지듯 조용해졌다. 살짝 눈치를 보니 조금 전까지 느긋하게 쉬고 있던 우리 권속들이 모습을 감추었다. 가게 주인만은 자리를 떠날 수가 없어 카운터 안쪽에 틀어박혀 손발이 엿에 달라붙은 것처럼 쭈뼛거리며 열심히 일하는 척하고 있었다. 겁쟁이. 작은 물고기들이 무시무시한 물고기를 피해 달아나듯 했지만 그런 주위 반응에도 벤텐은 전혀 개의치 않았다. 일상다반사이기 때문이다.

벤텐은 손가락으로 화살이 허공을 나는 모습을 그려 보았다.

"아까 그게 뭐야? 나 깜짝 놀랐어."

"선생님이 러브레터를 전달하라고 했습니다. 강 건너편에서는 너무 멀어서 화살에 동여매 한 발 쏘았습니다."

"혹시 내게 싸움을 거는 거야?"

"애정 표현이라고 해야겠죠."

"난 걸어오는 싸움은 기꺼이 받아들여."

"그러시면 안 됩니다."

"소중한 부채가 엉망이 되었어. 금요클럽도 난리가 났지. 나, 기분 나쁘다고 이야기하러 왔어."

"진짜 사람을 맞히려고 했으면 명중시켰을 겁니다."

"그러시겠지, 호호호. 여기 눈알에 픽 하고 말이야."

그렇게 말하며 벤텐은 그 부채를 카운터에 내려놓고 크게 찢어진 한복판을 갸름한 손가락으로 매만졌다. 벤텐의 손톱 하나하나에는 내가 알 수 없는 무늬가 그려져 있었는데, 손가락이 움직일 때마다 검붉게 빛나며 마치 살아 있는 듯 모습이 바뀌는 게 왠지 으스스한 기분이 들었다.

"부채는 정말 면목 없게 되었습니다. 괜찮으시다면 제가."

"됐어. 이건 내가 갖고 있을 거야."

벤텐은 부채를 착 접었다.

"편지는 읽었습니까?"

내가 물었다.

"응. 선생님은 여태 억지를 부리고 계시나?"

"여전히 요지부동입니다."

"그렇겠지."

벤텐이 킥킥 웃었다.

"돌아가지 않은 지 꽤 되었으니까."

"일주일에 한 번쯤 들르면 어떻겠습니까?"

"네가 참견할 일이 아니야."

"저도 끼어들 생각 없습니다. 부부싸움은 개도 안 말린다는데."

"너구리 주제에."

"너구리면 안 됩니까?"

"그렇잖아, 난 인간인걸."

그렇게 말하고 벤텐은 왠지 재미없다는 표정을 지었다. 분명히 예전에도 이런 대화를 나눈 적이 있다.

"네가 싸움을 걸어주면 난 기꺼이 받아들일 텐데."

"말도 안 되죠."

"그러면 잡아서 송년회 전골을 할 때 넣을까?"

"또 그런 터무니없는 말씀을."

나는 조마조마하면서도 냉정을 지켰고, 느닷없이 살벌해진 분위기에서 빠져나가려고 손을 들어 가게 주인을 불렀다. 하지만 주인의 모습은 보이지 않고 마치 사람을 놀리듯 시가라키산 도자기 너구리가 카운터 안에 차렷 자세로 꼼짝도 않고 서 있었다. 아마 가게 주인은 무서운 나머지 도자기 너구리로 둔갑한 모양이었다. 나는 어쩔 수 없이 카운터 안으로 들어가 가짜 덴키브랜을 따랐다. 그리고 벤텐을 위해 아카와리를 한 잔 더 만들었다.

벤텐은 카운터 너머로 손을 뻗어 내 가슴을 쿡쿡 찔렀다.

"그런데 왜 오늘은 이렇게 예쁜 모습을 하고 있지? 여자애가 밤늦게 이런 곳에 있으면 안 돼요."

"꽤 귀엽죠?"

"그래."

"선생님의 일상에 윤기 좀 주려고 파릇파릇한 아가씨로 둔갑했죠."

"사제지간의 사랑이 갸륵하네."

"그런데 심하게 야단맞았습니다."

"그 고집불통 영감탱이는 그냥 내버려두면 돼."

벤텐은 아카와리를 홀짝거리며 나를 뚫어지게 바라보았다.

"마왕 삼나무 사건이 마음에 걸려서 그러지?"

"마음에 걸리지 않아요?"

"뭐가 마음에 걸린다는 거야?"

"이렇다니까. 이래서 인간은 당해낼 수가 없어. 덴구보다 훨씬 질이 안 좋아요."

"미안해. 하지만 넌 선생님의 마음을 눈곱만큼도 이해하지 못하는구나."

벤텐은 방긋 웃으며 남은 아카와리를 다 들이켜고 자리에서 일어났다.

"미나미좌예요."

나는 나가려는 벤텐에게 급히 말했다.

"선생님은 거기 있습니다."

벤텐이 갑자기 귀신처럼 무서운 표정을 지으며 카운터 너머로 팔을 뻗어 내 멱살을 잡았다.

"만나고 만나지 않고는 네가 알 바 아니잖아?"

새하얀 얼굴이 점점 더 하얗게 되어 눈 주위만 검게 보였다. 얼어붙을 듯이 싸늘한 입김이 벤텐의 입에서 흘러나왔다.

"주제넘은 소리를 했습니다."

겨우 그렇게 말한 내 입술에 벤텐이 쪼옥, 하고 요란한 소리를 내며 키스했다.

너무 차가워 입술이 얼어붙을 것만 같았다. 입술을 떼어내고 으으 신음하는 나를 곁눈질하며 벤텐은 '아케가라스'를 나갔다.

"괜찮아?"

도자기 너구리가 물었다.

"너 용케 목숨을 건졌다."

"이게 사는 보람이라는 거지."

"너 그러다가 정말 너구리전골이 된다."

일어나서 입술을 만지니 분홍빛 얼음 조각이 부스스 떨어졌다. 손바닥에 얹어 들여다보는데 순식간에 녹아버렸다. 그 물을 핥자 아카다마 포트와인 맛이 났다.

"일단 술이라도 마셔라. 아, 정말 깜짝 놀랐네."

가게 주인이 말했다.

"한턱내는 거야?"

"그러고말고."

○

벤텐을 처음 본 날이 떠올랐다.

그 무렵 벤텐은 아직 벤텐이 아니었다.

나는 긴 계단을 올라 옥상으로 갔다. 가라스마 거리 쪽에 있는 라쿠텐카이 빌딩 옥상은 넓었다. 화창한 봄 햇살이 쏟아지고 있었다. 빨려들 것만 같은 푸른 하늘에는 옅은 구름이 떠 있었다. 아담한 이나리샤*와 지저분한 물탱크 옆을 지나자 옥상 한복판에 느닷없이 오래된 벚나무가 나타났다. 과자처럼 아름다운

* 곡식의 신을 모시는 작은 목조 사당.

꽃잎이 흐드러지게 피어 있었다. 고층 빌딩이 늘어선 가라스마 거리에 바람이 스칠 때마다 벚꽃이 눈처럼 쏟아져 내렸다. 길을 걷는 사람들은 벚꽃이 떨어지는 하늘을 올려다보며 이상하게 여겼으리라.

그날 나는 아버지 심부름으로 아카다마 선생님에게 술을 전달하려고 외출했다. 아버지만은 아카다마 선생님과 마음을 툭 터놓고 지내는 사이였다. 그래서 몰래 옥상에서 꽃구경을 하는 선생님에게 장난삼아 술을 보낸다는 생각이었으리라.

벚나무에서 조금 떨어진, 이끼가 잔뜩 난 곳에 커다란 파라솔이 펼쳐져 있었다. 선생님과 벤텐은 보드라운 이끼 위에 사이좋게 앉아 벚꽃을 바라보고 있었다. 선생님은 당당한 전통복 차림이었고, 어엿한 덴구라는 증거로 곤봉만큼 커다란 여송연을 연방 뻐끔거리고 있었다. 내가 아카다마 포트와인을 품에 안고 터벅터벅 다가가자 선생님은 여송연 연기를 내뿜으며 그렇지 않아도 험상궂은 표정을 더 찌푸렸다. 나는 야단맞을까봐 조마조마했는데 아무래도 그 도깨비 같은 얼굴은 멋쩍어서 짓는 표정인 모양이었다.

"무슨 일인고?"

선생님이 자못 중후하게 물었다.

"그건 무엇이뇨?"

나는 술병을 바닥에 내려놓고 무릎을 꿇었다.

"저는 시모가모 소이치로의 삼남, 야사부로이옵니다. 뇨이가 타케 야쿠시보 님께 드리는 것입니다."

"노고가 많구나."

선생님은 그렇게만 말했을 뿐, 다시 벚꽃으로 눈길을 돌리고 잔뜩 뻐기는 태도를 허물지 않았다. 벤텐이 웃으며 일어섰다. 예쁜 동작으로 옷자락을 잡아당겼다. 그 무렵 벤텐은 평범한 모습이었기 때문에 길거리에 지나다니는 사람과 전혀 다를 바 없었다. 정체도 모를 주름투성이 괴물에게 잡혀 왔는데도 그때는 아주 당연한 일로 받아들이는 듯했다.

"수고했어요."

벤텐은 고개를 숙여 인사하고 난 뒤에 내게 건네받은 아카다마 포트와인을 가슴에 품었다.

"그런데 모습이 왜 그래?"

벤텐이 나를 바라보며 웃었다.

내가 대체 어떤 모습을 하고 있는지 전혀 몰랐다. 아무리 주위에서 잔소리를 해도 듣지 않고 계속 모습을 바꾸던 때였기 때문이다. 그런데,

"너도 함께 마실래?"

"저는 됐습니다."

"너도 역시 인간이 아닌 거야?"

"글쎄, 어떨까요. 그쪽은요?"

"난 그냥 스즈키 사토미."

"그만둬, 집어치워. 놀리지 마. 그 녀석은 만만치 않은 놈이야."

선생님이 벤텐에게 말했다.

"질이 나쁜 녀석이지."

"재미있겠네."

"재미라고? 뭐든 할 수 있는 재주 있는 녀석이지만 스스로를 추스를 줄 모르는 녀석이야. 어차피 쓸 만한 게 되지는 못할 거다."

"무척 마음에 드신 모양이군요."

"바보 같은 소리 하지 마."

벤텐은 미소를 지으며 나를 벚나무 아래로 데리고 갔다.

"너도 봐."

벚꽃 잎이 벤텐과 내 주위로 팔랑팔랑 떨어져 내리는 모습이 꿈만 같았다.

"어때, 대단하지? 이렇게 멋진 벚꽃은 본 적이 없어. 봐, 꽃에 파묻혀서 나뭇가지는 보이지도 않잖아?"

나는 아무 말도 못 하고 멍하니 벚꽃만 바라보았다.

"자, 가르쳐준 대로 해봐."

선생님이 불쑥 난생처음 듣는 부드러운 목소리로 그렇게 말하는 바람에 깜짝 놀랐다.

"어머, 전 아직 할 줄 몰라요."

"해보라니까."

벤텐은 고개를 돌리고 눈부신 듯이 벚꽃을 올려다보며 잠깐 긴장한 듯이 숨을 멈추었지만 이윽고 바닥을 살짝 찼다. 벤텐이 내가 보는 앞에서 둥실둥실 날아올랐다. 수없이 떨어지는 벚꽃 속을 뚫고 길게 뻗은 나뭇가지를 손으로 잡더니 그 탄력을 이용해 더 위로 가뿐히 날아올랐다. 나는 어안이 벙벙하여 그 모습을 멍하니 바라보고 있었다. 어느새 아카다마 선생님이 내 곁으로 다가와 만족스러운 듯이 올려다보았다.

"성공했어요."

벤텐이 쏟아지는 벚꽃 사이로 얼굴을 드러내고 웃었다.

선생님이 점잖게 고개를 끄덕였다.

"하늘을 자유자재로 날아다녀야 덴구지."

○

밤이 깊었는데도 시조 대교에는 많은 사람들이 오가고 있었다.

벤텐의 얼음 키스 때문에 갑자기 흥분한 나는 가게 주인이 한턱낸다는 바람에 가짜 덴키브랜을 계속 들이켜 완전히 취하고 말았다.

그래서 시조 대교 난간에 우아하게 기대어 밤바람을 쐬면서 술기운을 씻어내려고 했다.

시조 대교 동쪽에 '기쿠스이'라는 레스토랑이 있는데 옥상에는 비어홀 같은 불빛이 켜져 있었다. 한가운데는 불쑥 높이 솟아올라 있는데, 그 꼭대기가 반들반들하고 둥글어서 언제 봐도 이상야릇했다. 벽에는 세로로 긴 두 개의 창문이 있어 불빛이 반짝반짝 새어 나오고 있었지만 술 취한 내 눈에는 마치 모형 공작물처럼 보였다.

저 반들반들한 탑에 올라가면 어떻게 될까 하고 생각하는데 그 탑 꼭대기를 벤텐이 지나갔다. 벤텐은 그대로 '기쿠스이' 탑을 발판으로 삼아 훌쩍 뛰어올라 기온의 불빛을 넘어서 미나미좌의 웅장한 지붕으로 날아갔다. 낮에 햇볕을 받은 벽돌이 아직 뜨거울 텐데 벤텐은 아무렇지도 않은 듯이 벽돌 위를 걸었다.

드디어 아카다마 선생님이 지붕 남쪽에서 모습을 드러냈다. 용케 미나미좌 지붕까지 올라갔다는 생각이 들었다. 당장이라도 숨이 끊어질 것만 같은 모습으로 나사가 풀린 듯 몸을 떨었다. 위대한 아카다마 선생님, 거의 사력을 다한 등정이었다. 하지만 불행하게도 지붕은 경사가 급해 검정 칠을 한 고급 지팡이도 별 소용이 없었다. 당연히 엉금엉금 기게 되었다. 위엄 있게 벤텐을 맞이하려는 기백이 선생님의 온몸에서 배어 나왔다는 사실을 인정하는 데 인색하게 굴 생각은 없지만 저렇게 상대 발 아래 납작 엎드려 기어서야 어떻게 이 일방적인 사랑의 패배를 역전시키려는 걸까. 그야말로 손에 땀을 쥐게 하는 장면이었다.

벤텐은 선생님 앞에 서 있었다. 선생님은 엎드린 채로 벤텐을 올려다보았다. 뭔가 두세 마디 이야기를 나누었다. 벤텐이 쌀쌀맞게 고개를 저었다. 야간 조명에 비친 영롱한 미녀를 올려다보는 선생님의 얼굴은 비참하게 비쩍 마른 말상이 되어 더는 감상할 수가 없었다. 역시나 돌이킬 수 없는 패배인 듯했다.

선생님의 마음이야 '당당히 일어서서 네게 위엄을 보이고, 괜찮다면 널 품에 안고, 괜찮다면 둘이서 우아하게 밤하늘을 산책하며 저 먼지투성이 거리를 오락가락하는 한심한 것들을 한껏 조롱해주자'고 이야기하고 싶을 거라는 사실은 잘 알겠지만 어찌하랴, 엉금엉금 기며 궁둥이와 머리를 움찔거리기만 하니 그런 소리가 벤텐에게 통할지 어떨지는 알 수 없다.

이제 슬슬 내가 나설 차례인가 싶어 미나미좌로 향했다.

내가 시조 대교 동쪽 끝에 이르기도 전에 오래간만에 이루어진 선생님과 벤텐의 밀회는 감미로움이라고는 눈곱만큼도 없이 막을 내렸다.

벤텐은 꼼짝도 못 하는 선생님을 남겨두고 훌쩍 밤하늘로 날아올랐다. 만류할 틈도 없었다. 그녀는 가모가와강을 단숨에 넘어 '도카사이칸' 옥상에 있는 스페인 스타일 탑을 한 번 딛더니 휘황한 밤거리로 날아가고 말았다.

선생님은 벤텐의 뒤를 따라 날지 못했다. 그저 우물쭈물할 뿐이었다.

엉금엉금 기는 선생님을 내버려두고 가면서 벤텐은 밤하늘을 향해 드높은 덴구 웃음을 터뜨렸다.

넋이 나갈 만큼 멋진 비행이었다.

○

선생님은 지붕에서 내려와 미나미좌 뒤 보도에 철퍼덕 주저앉아 숨을 헐떡거리고 있었다. 갈색 양복은 낡았고 후줄근한 바지에서는 셔츠가 삐져나왔다.

"아니, 선생님. 이런 데서 뭘 하시는 겁니까?"

"아, 너냐?"

선생님은 깜짝 놀라 내 얼굴을 바라보았다.

"한잔 걸쳤구나."

"헤헤, 조금 마셨습니다."

"놀기만 하는 녀석이로군."

"오늘 밤은 이제 더 안 마실 겁니다."

"아, 잠깐. 나도 집에 가야 하니 택시를 불러 오너라."

"선생님, 택시보다 그냥 휙 날아가는 편이 더 빠르지 않겠습니까?"

선생님이 나를 흘끗 노려보았다. 그러더니 고개를 푹 숙이고 이렇게 말했다.

"그렇게 심술궂게 굴지 말거라."

선생님은 어린애가 떼를 쓰듯 지팡이로 땅바닥을 툭툭 두드렸다.

"정말 무정하구나. 난 엉덩방아를 찧었단 말이다."

나는 큰길로 나와 택시를 잡은 다음 선생님을 업어 택시에 태웠다. 선생님의 몸은 흐물흐물하고 실로 가벼웠다. 선생님이 내 등에 업힌 채로 괴로운 듯이 한숨을 내쉬었다.

"이 멍청한 녀석아, 그런 아가씨 모습은 하지 말라고 했지 않느냐."

"손녀가 할아버지를 모시러 온 걸로 보일 겁니다."

"계집애에게 업히니 기분이 묘하구나."

그러더니 선생님은 슬쩍 내 젖가슴을 주물렀다.

"흐음, 역시 가짜로구면."

선생님이 빤하다는 듯이 중얼거렸다.

택시는 가모가와강을 따라 달렸다. 창밖으로 거리의 불빛이 흘러가며 점점 번화가에서 멀어졌다.

"너 벤텐에게 편지를 전했더구나."

"네, 금요클럽은 무서워서 화살에 동여맸죠."

"넌 그렇게 멋대가리 없는 짓만 골라서 하기 때문에 안되는 거야."

"벤텐 님은 가셨나요?"

"몰라, 그 녀석은 밤놀이에 정신이 팔려서."

"그런데 선생님은 거기서 무얼?"

"때론 기온에서 한잔하고 싶어지지."

우리는 잠시 침묵했다.

선생님은 내가 러브레터를 훔쳐 읽었다는 사실을 이미 알고 있다. 그리고 내가 그런 사실을 안다는 것도 뻔히 알고 있으리라. 오늘 밤만이 아니라 지금까지 오래 알고 지내다 보니 서로 속을 뻔히 들여다볼 수 있게 되었다. 하지만 선생님은 그걸 굳이 입 밖에 내려 하지 않고 나도 까발리지 않는다. 사제지간이란 섣불리 속마음을 드러내서는 안 되는 법이다.

나는 밤하늘을 날아 사라지는 벤텐의 자태와 미나미좌 지붕에 엎드려 꾸물거릴 수밖에 없었던 선생님의 모습을 동시에 떠올렸다.

"하늘을 자유자재로 날아다녀야 덴구지."

선생님이 강변 풍경을 바라보며 중얼거렸다.

"그렇지 않느냐?"

"하지만 때론 택시를 타는 것도 나쁘진 않죠."

"으음, 나쁘지 않지."

"우리도 둔갑하기 지겨울 때가 있어요."

내가 그렇게 말하자 선생님은 흥, 하고 콧방귀를 뀌었다.

"너구리와 어울릴 녀석이 있을까?"

그러더니 선생님은 좌석에 깊숙이 몸을 묻고 입을 쩍 벌리며 하품을 했다.

○

'마왕 삼나무 사건'을 반성하며 스스로를 파문한 뒤로 몇 년 동안 나는 선생님을 만나지 않았다. 그사이 선생님은 다시 교단에 서서 두 손에서 입자 고운 설탕처럼 술술 빠져나가는 위엄을 지키기 위해 혹독한 싸움을 벌였지만 결국 패배했고, 사람들에게 추태를 보이기보다는 교직을 버리는 길을 선택했다. 그 뒤 허름한 연립주택에 틀어박혀 아카다마 포트와인이나 홀짝거리면서 오로지 벤텐이 찾아오기만을 기다리며 살았다. 약해진 만큼 노골적으로 주위에 자존심을 휘둘러댔기 때문에 이따금 문안을 드리러 찾아오던 제자들도 그만 질려버렸다. 그리하여 선생님을 찾는 발길은 끊기고 말았다.

올해 이른 봄, 나는 선생님이 밤 이슥한 가모가와강 변에서 비행 연습을 한다는 소문을 듣고 구경하러 갔다. 아오이바시 다리에서 북쪽으로 뻗어나간 인적 없는 가모가와강 변에 살을 에는 매서운 바람이 몰아쳤다. 벌거숭이가 된 나무들이 바람에 몸을 떠는 풍경 속에서 둑을 느릿느릿 걷는 그림자가 있었다. 아카다마 선생님은 천천히 걷다가 폴짝 뛰었다. 이따금 몸이 약간 떠오르는 경우도 있었다. 하지만 그뿐이었다. 도저히 하늘을 자유자재로 날아다니는 모습이라고는 할 수 없었다.

"안녕하세요, 선생님. 추운 날씨로군요."

내가 어둠 속에서 말을 건네자 깡충깡충 뛰던 선생님은 턱을 치켜들고 나를 쩨려보았다.

"정말 춥구나. 그래서 이렇게 뛰면서 몸을 덥히고 있는 거야."

"함께 뛰어도 될까요?"

"좋지. 너도 몸을 덥혀라."

그래서 둘이 함께 깡충깡충 뛰었다.

피차 말을 하지 않아도 뻔히 아는 관계는 이미 그때부터 시작되었다. 선생님은 내가 벤텐에게 홀딱 반했다는 사실이나 마왕 삼나무로 둔갑해 선생님을 속인 일도 훤히 알고 있었다. 하지만 선생님은 아무 말도 하지 않았다. 너구리처럼 추락했다는 사실을 인정하느니, 선생님은 차라리 북망산 가는 길을 택했으리라.

스스로 파문시켰기 때문에 스스로 파문을 해제해도 괜찮을 거라고 생각했다. 그러나 지금은 선생님에게 일단 예의를 차리는 모습을 보여야만 한다. 나는 값비싼 수입 와인을 '아케가라스'에서 슬쩍해 들고 가 정중하게 고개를 숙였다.

하지만 선생님은 단호하게 마시지 않았다. 내가 너구리라서 진짜와 가짜가 구별 가지 않는다는 얼토당토않은 소리를 했다.

"이런 건 가짜야. 넌 와인이 뭔지 모르느냐? 진짜 와인은 아카다마 포트와인이라고 적혀 있단 말이다."

○

아카다마 선생님은 택시 안에서 완전히 곯아떨어졌다. 침을 질질 흘리며 자는 선생님을 들쳐 메고 택시에서 내렸다. 발소리를 죽이고 '코포 마스가타'의 계단을 올라 방으로 들어가 하루 종일 깔아두는 이부자리에 선생님을 내던졌다. 나도 지칠 대로 지쳤다. 선생님은 침을 잔뜩 흘리며 대장간 풀무처럼 코를 골았다. 나방이 이마에 날아와 앉아도 꼼짝하지 않았다.

나는 선생님이 마시다 남긴 아카다마 포트와인을 홀짝거리며 잠시 숨을 돌렸다. 아카다마 선생님이 즐겨 마시는 아카다마 포트와인은 그야말로 애절하게 달았다.

세면대에 매달린 지저분한 거울 앞에서 벤텐으로 둔갑했다.

홀딱 반한 사람으로 둔갑해 있자니 기분이 묘했다. 생김새는 똑같아졌지만 거울을 봐도 도무지 흥이 나지 않았다. 좋아하는 사람이 내 뜻대로 움직이기 때문이다. 상대방이 내 뜻대로 움직이느냐 움직이지 않느냐의 차이에 반하는 맛이 있다. 하기야 기묘하기로 따지자면 너구리인 내가 인간에게 반한 것이 더 기묘한 일이다.

"돌아왔나? 이리 와."

선생님이 졸린 목소리로 말했다.

나는 선생님 옆에 앉았다. 아마도 잠꼬대를 하는 모양이었다.

"난 지금은 하늘을 날 수 없지만, 이건 잠깐이야."

선생님은 타이르듯 말을 이었다.

"언젠가 몸이 낫고 컨디션이 좋아지면 또 여러 가지를 가르쳐줄게. 나도 마음만 먹으면 지진을 일으킬 수 있고 회오리바람으로 빌딩을 통째 뽑아버릴 수도 있어."

"그럼요, 그렇고말고요."

"지금은 너무 한심해. 반드시 다시 이 세상을 주물러줄 테야. 하지만 지금은 마도를 추구하기는커녕 너무 졸려서……."

"푹 쉬세요."

"그래. 잘게, 잘 거야. 너도 여기 누워."

그리고 선생님은 내 궁둥이를 쓰다듬으며 잠들었다.

쓰다듬은 것이 벤텐의 엉덩이가 아니라 내 궁둥이라는 사실을 선생님은 깨닫지 못했다. 진짜 엉덩이와 가짜 궁둥이를 구분하지 못하는 선생님의 모습을 보니 잠결이라고는 해도 슬펐다. 어쩌면 선생님은 뻔히 알면서 눈치채지 못한 척한 것인지도 모른다.

○

나는 일찍이 너구리로서 어떻게 살아가야 할지, 그 까다로운 문제로 심각하게 고민한 적이 있다.

재미있게 사는 요령은 알지만 그 밖에 내가 무엇을 해야 할지는 알 수가 없었다.

"어떻게 해야 할지 모를 때는 아무것도 하지 않는 게 최고다."

이건 그 유명한 나폴레옹이 한 말이다. 그래서 아무 일도 하지 않고 빈둥거리다 보니 아무래도 재미있게 사는 것 이외에는 해야 할 일이 아무것도 없는 것 같다는 깨달음을 얻었다.

데마치 상점가는 모두 셔터를 내려 고요했다. 이렇게 깊은 밤이면 오가는 사람들의 모습도 보이지 않는다. 나는 그 거리를 부지런히 달렸다. 상점가를 빠져나가 흐릿한 등불이 켜진 데마치 벤자이텐 사당 앞을 지나 시모가모 신사로 향했다. 검게 보이는 히가시야마산 위로 녹슨 듯한 달님이 떠 있었다. 뛰다 보니 둔갑한 모습으로 움직이기 불편해 네발로 달리기 시작했다.

무서운 인간인 벤텐은 아직 밤거리를 날아 돌아다니고 있으리라. 한편 몰락한 덴구인 아카다마 선생님은 눅눅한 이부자리에서 구슬프게 코를 골고, 너구리인 나는 강을 따라 네발로 달리고 있다. 덴구와 너구리, 인간. 이 세 부류가 이 도시의 커다란 수

레바퀴를 돌리고 있다. 돌아가는 수레바퀴를 바라보는 일은 재미있지만, 재미있는 것은 피곤하기 때문에 지독하게 졸렸다.

○

나는 다다스숲으로 돌아왔다. 캄캄하고 포근한 잠자리로 들어가자 동생이 눈을 떴다.

"형, 왔어?"

"그래."

"뭐 했어?"

"사랑의 큐피드."

"재미있었어?"

"응, 재미있었어."

나는 동생의 머리를 토닥거려 주고 잠이 들었다.

제2장

어머니와 뇌신

우리 핏줄은 아득한 헤이안 시대*부터 이어져온 것이 분명하다. 한낱 너구리에 지나지 않는다고 해도 큰 녹나무 구멍에서 수북하게 자라는 이끼처럼 저절로 이 덧없는 세상으로 떠밀려 나오지는 않았다. 내게 아버지가 있는 이상, 당연히 아버지에게도 아버지가 있다.

내가 본의 아니게 말석을 더럽히고 있는 시모가모 가문이나 그 핏줄을 잇는 에비스가와 가문을 예로 들면, 간무 천황이 다스리던 시절 헤이안 천도와 때를 같이하여 나라의 헤구리에서 동서남북의 신들이 어우러지는 신천지로 옮겨 온 너구리들이 가문을 열었다고 한다. 그래봤자 인간들이 짓는 맛난 밥과 국 냄새

* 794년-1185년.

에 이끌려 얼떨결에 살던 곳을 버린 오합지졸 같은 너구리에 지나지 않을 것이다. 태어나기 원치도 않는 자식들을 계속 낳았으니 '개조開祖'고 뭐고 없다.

헤이안 시대부터 이어져 멋대로 가지치기를 한 핏줄은 왠지 우리를 얽맨다. 나 같은 '보헤미안 너구리'마저도 훌훌 털어버릴 수 없는 것이 바로 핏줄이어서 별 볼일 없는 핏줄 때문에 사소한 말다툼도 변소에 흘려버리지 못하고 물 아닌 피로 피를 씻는 싸움으로 번지는 일도 있다. '피는 물보다 진하다'란 말은 내게 너무 버겁다.

○

아버지는 도성 안에 명성이 드높은 너구리였다. 수많은 너구리들로부터 존경을 받고, 그 권위와 위엄으로 너구리계를 통솔할 수 있었지만 원통하게도 몇 해 전에 불귀의 너구리가 되고 말았다.

그 위대한 아버지가 남긴 것은 나를 포함한 네 마리의 자식이다. 하지만 안타깝게도 아버지의 위대함을 물려받기에는 모두 그릇이 작은 못난 너구리들이었다. 위대한 아버지를 지닌 자식들을 옭매는 셀 수 없이 많은 비극 가운데 하나다.

아버지가 죽고 우리에 대해 '그 유명한 시모가모 소이치로의 피를 제대로 잇지 못한 좀 덜떨어진 자식들'이라는 세간의 평가가 자리를 잡았다. 큰형은 고지식하고 의지가 굳지만 결정적인 순간에는 약해졌고, 작은형은 은둔형 외토리, 나는 다카스기 신사쿠*처럼 재미만 좇아 다니고, 막내는 '사상 유례를 찾아볼 수 없는'이라는 수식어가 붙을 만큼 한심한 둔갑 능력으로 만천하에 알려졌기 때문이다.

그런 평판을 전해 들은 큰형은 그 울분을 풀 길이 없어 화풀이 삼아 오카자키 공원 소나무에 감아둔 거적을 벗겨 휘두르더니 "기필코 아버지를 능가할 테다" 하며 오른손 주먹을 굳게 쥐었다. 작은형은 "알지도 못하는 것들이 그런 소리를 한다"며 우물 속에서 거품을 물었고, 나는 소중하게 간직해둔 맛난 카스텔라를 잔뜩 먹었다. 동생은 "어머니, 죄송합니다"라며 잔뜩 웅크리고 앉아 역시 카스텔라를 먹었다.

하지만 어머니는 아랑곳하지 않았다.

그 이유는 단순명쾌했다.

우리 어머니는 자기 자식들이 너구리들 사이에서 이름난 못난이들이라고는 털끝만큼도 생각하지 않았기 때문이다. 어머니는 자식들이 한 녀석도 빠짐없이 세상을 떠난 남편의 후계자가 되기에 부족함 없는 너구리라고 굳게 믿었다. 이미 부조리의 영

---

* 에도 시대 막부 말기의 무사. 근대적 군대의 개념으로 조슈번의 기병대를 창설했다. "재미있을 일 없는 세상을 재미있게"라는 유명한 절명시를 남겼다고 전해진다.

역에 당당하게 들어선, 근거를 따지지 않는 신념이야말로 어머니를 어머니답게 하고 나아가 우리를 우리답게 만들었다.

아버지도 위대했지만 우리 어머니 또한 위대했다.

○

8월에 들어서자 연일 햇볕이 쨍쨍 내리쬐어 시내는 어딜 가나 푹푹 쪘다.

그래도 우리 가족이 사는 시모가모 신사 다다스숲은 여전히 서늘해서 지내기 편했다. 나는 동생과 함께 다다스숲의 개울에 발을 담그고 도자기 그릇에 레모네이드를 따라 마시거나 스승인 덴구 아카다마 선생님에게 도시락과 아카다마 포트와인을 들고 찾아가거나 하며 지냈다. 한편으로는 이따금 오카자키 도서관의 커다란 책상에 앉아 서책에 묻혀 선현들의 거룩한 말씀을 읽었다, 라는 꿈을 꾸었다.

그런데 어머니가 몹시 화를 내기 시작했다.

"그러고만 지내면 멍청이가 된다."

그래서 어머니를 따라 당구를 치러 나가기로 했다. 어머니가 화를 내는 것은 대개 심심할 때다.

가모 대교 서쪽에 있는 카페 꼭대기 층. 그곳의 당구장에 드나드는 한 쌍의 남녀가 있는데, 분위기가 너무 엉뚱해 그 근방에서는 모르는 이가 없었다. 까만 양복을 쫙 빼입고 새빨간 넥타이를 맨 남자는 머리카락 한 올 흐트러짐 없이 빗어 넘긴 백옥 같은 미청년. 한편 여자는 눈처럼 흰옷을 입은 아리따운 소녀로 고귀한 집안의 따님을 떠올리게 했다. 그들이 하는 행동은 너무도 연극 같아 마치 다카라즈카 가극단의 연기를 보는 듯했다.

이렇게 남의 일처럼 이야기했지만, 그 고귀한 집안 따님은 바로 나이며 찾아보기 힘든 모던보이 스타일의 미청년은 우리 어머니였다.

아아, 화려한 다카라즈카!

다카라즈카 가극은 어머니가 소싯적부터 무척 좋아해 지금도 틈만 나면 한큐 전철을 타고 성지순례에 나선다. 인간 세상, 너구리 세상을 가리지 않고 일단 다카라즈카에 전염된 자는 치료가 거의 절망적이며 현대 최첨단 의료 기술로도 완치는 불가능하다고 한다.

따라서 우리는 어머니의 즐거움을 빼앗는 짓은 애당초 생각도 할 수 없었지만 아버지가 죽은 뒤 그 다카라즈카병은 도저히 말릴 수 없는 지경이 되었다. 어머니는 해가 저물면 다다스숲의 어둠 속에서 말쑥한 다카라즈카 스타일의 미청년으로 둔갑하고, 어머니와 함께 나가야 하는 우리 형제는 대개 어여쁜 소녀로 둔갑했다. 너무 튀는 바람에 데라마치를 지나다 교토텔레비전방송에서 인터뷰를 요청한 일도 있다. 어머니가 의기양양한 표정으로 그 인터뷰에 응했을 때는 간담이 다 서늘했다.

어머니는 내가 아는 한 예전에는 당구를 치지 않았는데 언제부터인가 열심히 다니더니 인간 학생이나 아저씨들과 교제하며 요령까지 배워 그 솜씨가 날로 늘었다. '미청년에게는 우아한 당구가 어울린다'는 어머니의 고풍스러운 관념이 가져온 당연한 결과였다.

인간 세상에서나 너구리 세상에서나 어머니는 '검은 옷의 왕자'라는 별명으로 통하게 되었다.

아무래도 어머니 스스로 붙인 별명인 듯하다.

○

나는 어여쁜 소녀로 둔갑해 당구장 창가에서 해 저문 가모가와강을 내려다보고 있다. 강을 가로지르는 가모 대교 위로 불 밝힌 자동차들이 지나갔다. 구름이 잔뜩 끼어 동쪽 하늘은 먹물을 칠한 듯이 캄캄했다.

어머니는 아까부터 당구에 여념이 없다. 아무리 몸을 구부려도 머리카락은 절대 흐트러지지 않는다. 나는 당구에 관심이 없어 구르는 공을 정신없이 바라보는 어머니를 지켜보고 있었다.

"요새 또 벤텐 님을 만난 거니?"

어머니가 당구 큐를 흔들며 물었다.

"또 그런 위험한 짓을 하다니!"

"괜찮아요, 어머니."

"그 사람은 지독해. 방심했다가는 냄비에 들어가게 될 거다. 옛날부터 너구리로 전골을 해 먹기는 했지만 어쨌든 인간은 덴구나 여우보다 훨씬 음험하고 질이 나쁘니까."

"그렇지만 아카다마 선생님 부탁이라 어쩔 수 없어요."

"그 양반도 나잇값을 못 하고 정신 못 차리는구나. 그런 덴구가 제일 문제다."

어머니는 한숨을 내쉬었다.

아카다마 선생님이 비와호 호숫가에서 데려와 마도로 이끈 벤텐이란 처녀에게 정신이 팔렸는데, 이제 벤텐이 상대도 해주지 않자 선생님이 추태를 부린다는 소문은 파다하게 퍼졌다.

어머니가 공을 탁 치자 알록달록한 공들이 와르르 움직였다. 보기에는 아주 간단하지만 실제로 해보면 제대로 되지 않는다. 어머니는 한동안 내게도 당구를 가르치려고 애를 썼지만 나는 전혀 배우려 들지 않았다. 지금은 동생에게 가르쳐보려고 하는 듯하다.

"이제 곧 오본*이니까 또 납량선**을 띄워야 하는데, 야이치로는 준비를 하고 있는지 모르겠구나. 너 무슨 이야기 듣지 못했

---

* 음력 7월 15일로 우리나라의 추석 같은 명절.

** 더위를 피하기 위해 띄우는 뱃놀이용 배.

니?"

"아뇨, 형은 아무 말 없었어요."

"잘하고 있는 걸까? 우리 배 '만푸쿠마루万福丸'는 이제 없는
데."

미청년은 눈썹을 찡그렸다.

"그 애도 혼자 애쓰지 말고 너하고 의논해서 같이 준비하면
좋을 텐데."

우리 가족은 매년 고잔 오쿠리비*가 있는 날 밤이면 납량선을
띄운다. 그 납량선에 특별한 장치를 해서 술을 연료로 삼아 하늘
을 날아다닌다. 그렇게 여름 밤하늘을 날며 더위를 식히고, 불이
붙는 산을 구경하는 일은 아버지 살아생전부터 오본 때마다 즐
기던 관습이다. 하지만 작년에 하찮은 다툼에 휘말려 우리 납량
선은 반쯤 불에 탔다. 술을 연료로 나는 배는 쉽게 구할 수 있는
물건이 아니다. 큰형이 새 배를 구하고 있을 테지만 나는 그 결
과에 관해 참견할 처지가 아니었다.

"형은 내게 부탁하는 게 싫어서 그래."

"너도 형하고 사이좋게 좀 지내거라."

"난 형을 사랑해. 형은 착해요."

"얘가 또 그런 비아냥거리는 소리를."

어머니는 그렇게 말하며 나를 노려보았다.

---

* 五山送り火. 매년 8월 16일 교토의 다섯 산에 커다란 글자 모양으로 불을 놓는 풍습.

"야이치로는 올곧고 잔재주를 부리지 않기 때문에 너처럼 삐뚤어진 애를 다루는 방법을 몰라. 그러니 네가 한발 양보해줘야 해."

"싫어요."

"네가 그렇게 이리 흔들 저리 흔들, 하면서도 뿌리가 단단한 것은 분명 나를 닮았기 때문일 거야. 그래도 한도라는 게 있지."

바로 그때 어머니와 친하게 지내는 학생들이 들어왔다.

그들은 청초한 척하고 서 있는 내게 관심을 보이는 듯했지만 나는 로쿠도 진노지六道珍皇寺에 있는 작은형을 만나러 갈 생각이었기 때문에 슬슬 물러나기로 했다.

녀석들과 요란스레 수다를 떠는 어머니를 구석으로 불러 소곤소곤 이야기했다.

"그래? 제대로 살아 있는지 보고 와주렴."

어머니는 기쁘다는 듯이 웃으며 말했다.

"어머니도 만나러 가면 좋을 텐데. 한 번도 가신 적 없잖아요?"

"그 애는 내가 가면 싫어하니까."

"그렇지 않을 텐데."

"거기서 그러고 사는 건 그 애 신념이지만 난 그게 창피하구나."

어머니는 당구 친구들 쪽으로 돌아가려다가 불쑥 되돌아왔다.

"그리고 돌아올 때 에비스가와 발전소로 가서 야시로를 데리고 오너라. 벌써 수업에 싫증이 난 모양이니 맛난 것이라도 먹이고."

막내 야시로는 그저께부터 에비스가와 발전소 뒤에 있는 가짜 덴키브랜 공장에 수습 교육을 받으러 다닌다.

"오늘은 날이 궂으니 어머니도 일찍 마치세요. 천둥이 치기 시작하면 큰일이니까."

"알았다."

흥, 하고 콧방귀를 뀌며 당구대로 가는 '검은 옷의 왕자'를 뒤에서 지켜보았다.

깔끔하게 빗어 넘긴 머리카락이 실내등 불빛을 받아 반짝반짝 빛났다. 아무리 생각해도 이 장소에 어울리지 않는 이상한 옷차림을 한 사람으로 보이지 털끝만큼도 너구리의 어머니로는 보이지 않았다. 그래도 가슴속에는 뜨겁게 타오르는 어머니의 혼이 가득 차 있다. 정말로 내 어머니라는 사실이 믿어지지 않는다. 무시무시하다.

나는 모여 있는 학생들에게 예쁘게 인사해 그들의 정신을 쏙 빼놓은 다음 계단을 내려갔다.

가모 대교에 거의 도착했을 즈음 내 모습은 작고 어여쁜 소녀에서 머리가 부스스하고 어수룩해 보이는 남자 대학생으로 바뀌어 있었다. 내가 인간 세상을 어슬렁거릴 때 늘 선택하는 모습이다. 그래서 나는 '머저리 대학생'이라는 별명을 얻게 되었다.

○

나는 저녁 어둠이 드리운 히가시오지 길을 자전거로 달리고
있었다.

겐닌지라는 절 남쪽에 있는 로쿠도 진노지로 가는 중이었다.
작은형이 로쿠도 진노지 경내에 있는 오래된 우물에 들어가 너
무 이른 은거 생활에 들어간 지 벌써 여러 해 되었다.

작은형은 이 도시에서 가장 의욕 없는 너구리로 유명했다. 원
래 새끼 너구리였을 때부터 '의욕'이라는 것을 꼭꼭 숨기고 절대
로 남들 앞에 드러내지 않는 성향이었다. 형은 남들과 어울려 두
각을 드러내는 일이 전혀 없기 때문에 대개는 바보로 여겨졌다.

커서도 마찬가지였는데 술을 마시게 되면서 약간은 체면을
세울 기회를 얻었다. 술만 들어가면 의욕 없던 평소 모습이 온데
간데없어지곤 했던 것이다. 작은형은 밤이면 밤마다 장기인 '가
짜 에이잔 전철'로 둔갑해 철로를 질주하며 한밤에 데이트하는
사람들을 공포에 질리기 만들었다.

아버지는 작은형을 자주 불러내 술을 마셨는데, 그때마다
"그거 해봐라"라고 부추겨 철로를 질주하는 작은형을 올라타고
껄껄 웃곤 했다고 한다.

자주 술을 마시고 다녔으니 작은형은 아버지와 함께 지낸 시간이 형제들 가운데 가장 많았을 테고, 우리가 모르는 아버지의 다른 모습을 알고 있을 게 틀림없다. 술을 입에 대지 않는 큰형이 무척 질투한다는 사실도 모르지는 않는다. 그런 만큼 아버지의 죽음은 작은형에게 크나큰 슬픔이었다. 그 뒤로 가짜 덴키브랜을 마시는 일도 뚝 끊고 점점 더 패기를 잃었다.

심할 때는 "숨 쉬는 일도 귀찮다"고 중얼거려 머리끝까지 화가 난 어머니가 가모가와강에 밀어 빠뜨린 적도 있다. 아버지가 죽고 얼마 되지 않았을 때라 아직 감정이 정리되지 않은 상태였다고는 해도 자식을 강에 밀어 넣는 어머니도 그렇지만 물에 빠져서도 "헤엄치는 것도 귀찮다"고 중얼거리며 고조 대교까지 떠내려간 작은형의 확고한 자세는 그야말로 할 말을 잃게 한다. 그날 고조 대교 교각에 걸려 있던 물에 젖은 너구리를 나와 동생이 끌어 올려 안고 돌아왔다.

그런 나날을 보내다가 작은형은 드디어 너구리이기를 포기하기로 했다.

결국 작은형이 머리가 이상해진 거라고 우리는 당황했지만 일단 작은형이 결심하면 아무도 그걸 말릴 수 없었다. 작은형은 매달리는 우리를 발로 차고 다다스숲을 떠났다.

작은형은 로쿠도 진노지 우물 밑바닥으로 들어가 작은 개구리가 되었다.

그 뒤로 작은형이 너구리 모습으로 돌아온 적은 없다. 나는 작은형의 털이 어떤 색이었는지도 잊어버렸다.

어머니가 우물 밑바닥에서 지내는 작은형을 만나러 가는 일은 없었다. 그래서 어머니와 작은형은 벌써 몇 년이나 말 한마디 나누지 못했다.

○

기온 야사카 신사 일대는 완전히 밤 풍경으로 변해 있었다.

야사카 신사 돌계단 아래부터 시조 길을 따라 요란한 조명이 늘어서 있다. 시조에서 남쪽으로 뻗은 하나미고지 거리에는 오가는 사람이 많았다. 거기서 서쪽으로 벗어나 인적 드문 골목을 걸었다. 큰길에서 벗어난 기온 부근은 한적했다. 내가 자전거 페달을 밟을 때마다 요릿집 불빛이 꿈속처럼 흐릿하게 빛나며 뒤로 휙휙 물러섰다.

겐닌지 담장 틈새로 안을 들여다보니 어둠에 싸인 드넓은 경내에는 인적이 없었다. 소나무의 검은 그림자 사이로 나트륨램프의 노란 불빛이 비쳤다. 나는 경내를 지나 남쪽 문을 통해 야사카 길로 나왔다.

로쿠도 진노지는 히가시야마 야스이 방향으로 언덕길을 올라 남쪽으로 들어간 동네에 있다. 이미 관람 시간이 지났기 때문에 사람들 눈을 두려워할 필요도 없었다. 나는 담장을 넘어 본당 뒤에 있는 오래된 우물로 갔다. 그리고 나무 울타리를 넘어 들어가 우물 안을 들여다보았다.

"형!"

내가 부르자 캄캄한 우물 아래서 "야사부로니?" 하고 거품을 내뿜는 듯한 작은 목소리가 들려왔다. 나는 우물 가장자리에 걸터앉아 한동안 아래를 들여다보았지만 작은형의 모습은 전혀 보이지 않았다. 어차피 개구리 모습일 테니 보이지 않아도 상관없겠다고 생각을 고쳤다.

"오늘 저녁은 여기서 먹을 거야."

나는 우물가에 앉아 야사카 신사 앞 쇠고기덮밥집에서 사 온 도시락을 먹기 시작했다.

"쇠고기덮밥 맛있겠구나."

작은형이 우물 안에서 중얼거렸다.

"형은 벌레만 잡아먹겠지?"

"그야 개구리가 되었으니 개구리답게 살아야지."

"목에 걸리지 않아?"

"물은 여기 충분하니까."

작은형이 가볍게 대꾸했다.

"하지만 크기가 적당한 벌레를 꿀꺽할 때 목구멍으로 넘어가는 느낌이 상당히 괜찮아."

"형의 개구리 생활도 드디어 원숙한 경지로 들어섰네."

나는 쇠고기덮밥을 열심히 먹었다.

해가 진 경내는 조용하기 그지없고 우물 쪽으로 오는 사람도 없다. 큰길에서 안으로 들어온 곳에 있는 절이라 차 다니는 소리도 잘 들리지 않았다.

개구리 생활이 몸에 배어 작은형이 원래 모습으로 돌아올 수 없게 되었다는 비극적 사실이 밝혀진 것은 2년쯤 전이다. 당황하는 나는 아랑곳없이 작은형은 예전과 전혀 다를 바 없는 투였다. 슬프지 않느냐고 내가 물었더니 작은형은 "예전 모습으로 돌아갈 수 없다는 사실을 깨달은 날 저녁에는 살짝 우울했지만 뭐 이미 포기했어"라고 대답했다. 아무리 그래도 포기가 너무 빨랐다.

할머니라면 원래 상태로 되돌릴 수 있지 않겠느냐고 말했더니 작은형은 고집을 부렸다.

"그런 까다로운 할망구 도움을 받느니 평생 개구리로 살더라도 후회는 없어. 애당초 너구리로 돌아갈 생각도 없었고. 내가 원하던 대로 된 셈이야."

그렇게 작은형은 태연히 운명을 받아들였다.

"요즘 통 들르지 않았는데 쓸쓸하지 않았어?"

쇠고기덮밥을 먹으며 내가 물었다.

작은형이 우물 속에서 후후 웃은 모양이다.

"모두들 번갈아 가며 찾아와서 똑같은 것만 묻는 바람에 쓸쓸할 틈도 없다."

"아직도 많이 와?"

"작년보다는 줄었지만 아직도 가끔 찾아와. 내가 너구리였던 시절보다 더 찾더라고. 이건 뭔가 뒤바뀐 것 같아."

"형은 너구리 시절에 친구가 없었으니까."

"……그런데 얼마 전에 무슨 바람이 불었는지 아카다마 선생님이 다녀갔어."

"어차피 연애가 안 풀려서 고민하다가 왔겠지."

"나의 아름다운 벤텐이 어쩌고 하면서……. 예전의 그 대단하던 덴구의 위엄은 어디로 간 건지. 난 깜짝 놀랐어. 누구든 얼른 대책을 강구해야 할 것 같은데."

"손을 쓰기는 이미 늦었어. 그 병은 선생님이 죽을 때까지 낫지 않을 거야."

"선생님이 너무 끈질기게 연애 이야기를 하는 바람에 우물 안에 엎드려 가만히 있었더니 돌아가더라. 그리고 아카다마 선생님이 간 뒤에 야이치로 형도 찾아왔지."

"엥? 형이? 왜?"

"무슨 고민이 있어서겠지. 이야기는 하지 않고 돌아갔지만."

"잔소리하러 왔다가 포기한 거 아니야?"

"그런 것 같지도 않았어. 야, 형도 고민거리는 많단 말이야."

"나도 알아, 그런 건."

"난 요즘 형이 자꾸 측은해져. 위대한 아버지의 뒤를 이어 성실하게 노력하는데 동생들은 개구리, 멍청이, 어린애니까. 아무 짝에도 쓸모가 없지."

"반론할 수가 없군. 할 생각도 없지만."

"장남이 아니라서 다행이야."

작은형은 한숨을 푹 내쉬었다.

"만약 내가 형 처지였다면 개구리가 되어 우물 속에 숨어버릴 거야."

○

작년, 고민이 있는 남녀노소 너구리들 사이에 작은형이 있는 우물을 방문하는 일이 유행이었다.

전에 너구리였던 시절에는 아무도 상대해주지 않았다. 어린이 놀이터에서 노는 꼬맹이 너구리들에게도 바보 취급을 당하던 작은형이 막상 우물 안 개구리로 변해 너구리계에 작별을 고하자 느닷없는 각광을 받게 된 것은 운명의 여신이 저지른 심술궂은 장난이다.

누가 가장 먼저 작은형을 찾아왔는지는 모른다. 너구리들이 찾아와 우물가에서 힘없이 고개를 숙이고는 가슴에 맺힌 고민

이야기를 작은형에게 털어놓게 되었던 것이다. 그렇게 하면 이튿날 아침 속이 후련하고 변비 해소나 미용에도 효과적이라는 무책임한 평판이 날로 높아져 밤이면 밤마다 고민을 털어놓으려는 작은 너구리들로 우물은 문전성시를 이루게 되었다. 그리고 마침내 덴구들까지 찾아왔다.

그들은 환한 표정으로 돌아가고 작은형만 우물 속에 조용히 남게 된다.

"나를 고민거리로 생매장할 작정인가?"

작은형은 살짝 화를 냈다.

하지만 그런 고민 이야기를 귀찮아하면서도 손가락 하나 까딱하지 않으려다 보니 점점 아무렇지 않게 흘려듣게 되었다. 바로 이런 점이 작은형이 사랑받는 이유 가운데 하나이리라.

이 세상에 널린 '고민거리'는 크게 두 부류로 나눌 수 있다. 하나는 어찌 되건 별 지장 없는 고민. 또 하나는 아무리 노력해도 해결되지 않을 고민. 이 두 부류 고민의 공통점은 괴로워하는 만큼 손해라는 사실이다. 애써서 해결될 일이라면 고민할 시간에 노력하는 것이 최고다. 노력해도 해결되지 않을 일이라면 노력해봤자 헛수고다. 하지만 이렇게 깔끔하게 처리할 수 없을 때는 기분 전환이란 놈이 필요하다. 그래서 작은형의 우물이 쓸모가 있는 것이다.

우물 속에서 귀를 기울이고 있는 것은 개구리 한 마리에 지나지 않기 때문에 문제 해결에 아무런 도움이 안 된다는 사실은 뻔히 알고, 누구도 도움이 되기를 기대하지 않는다. 그저 고민을 털어놓을 뿐이다. 애당초 기대하지 않으니 영험한 효과가 없더라도 실망할 염려가 없다. 또 작은형에게 털어놓고 눈물 찔끔 흘리고 나면 왠지 속이 후련해진다. 그래서 작은형의 쓸 만한 조언 하나 없어도 그들에게는 실제로 얻는 이득이 있다.

전에 작은형이 이런 말을 한 적이 있다.

"다들 몰려와서 우물에 대고 주절대는 건 어처구니없는 일이지. 누가 고민에 귀 기울여주지 않으면 무슨 보람이 있겠냐? 하지만 고민을 들어줄 상대가 너구리라면 창피할 거야. 인간이나 덴구라면 그럴 일은 없겠지. 그런 면에서 생각하면 난 너구리 세상에서는 반쯤 퇴장해 잊힌 사이비 너구리고, 이제 개구리에서 너구리로 되돌아갈 일은 없어. 언제 찾아와도 우물 속에 있다는 걸 다들 알지. 그런 편리성이 내 인기의 이유일 거라고 분석해."

"형은 아무런 조언도 해주지 않아?"

내가 물었다.

"남의 일은 내가 알 바 아니니까. 게다가 때론 고민을 들어주는 쪽이 친절하게 굴지 않는 편이 더 나을 때도 있을 거야. 그래서 다들 나를 찾아오는 것 아니겠어?"

"그런가?"

"나하고는 상관없는 일입니다, 미안합니다, 라는 이야기지."

작은형이 중얼거렸다.

"어차피 우물 안 개구리에 지나지 않으니까. 내가 드넓은 바다를 어찌 알겠냐."

"형은 우리 형제나 어머니도 어떻게 되든 상관없어?"

"나도 그렇게까지 한심하지는 않아."

작은형이 약간 발끈하며 말했다. 형은 잠시 입을 다물고 있다가 약간 난처하다는 듯이 덧붙였다.

"그렇지만 말이야, 난 어차피 개구리잖아."

○

"쇠고기덮밥을 맛있다고 생각하는 순수한 마음만은 내내 간직하고 싶어."

그렇게 중얼거리며 덮밥을 다 먹고 난 뒤, 나는 잠시 우물 안을 들여다보면서 작은형과 이야기를 나누었다. 원래부터 작은형과 나는 사이가 좋았는데, 작은형이 우물에 틀어박혀 개구리가 된 뒤로 더 많은 이야기를 하게 되었다. 작은형은 개구리로 살아가는 것이 잘 맞는지도 모른다.

"넌 별 고민 없냐?"

작은형이 물었다.

"넌 어렸을 때부터 그런 이야기를 하지 않는 녀석이기는 하지만."

"고민 따위 전혀 없어. 그냥 재미있게 살기로 마음먹었으니까."

"가이세이하고는 잘 지내니?"

"그런 애를 내가 알게 뭐야."

"내게 숨길 것 없잖아. 이 믿음직한 형님에게 무슨 이야기든 털어놔, ……비록 개구리지만. 그런데 미리 말해두는데, 개구리를 웃기는 건 개구리를 울리는 셈이 돼."

"약혼녀라고 하지만 옛날에 아버지가 멋대로 정한 거지. 게다가 에비스가와는 이미 파혼을 선언했어."

"요즘도 여전히 만난다고 하던데?"

"흥, 그 애가 무슨 생각을 하는지 난 도무지 모르겠어. 얼굴도 제대로 본 적이 없는걸."

"순진하긴. 얼굴이 빨개진 모양이네."

"형 멋대로 생각해. 하지만 그렇게 쉬운 이야기가 아니야. 에비스가와가 장인이 되고, 금각과 은각 두 멍청이 녀석이 한꺼번에 형님이 된다니, 그건 생지옥이야."

"으음, 나라면 우물 속에 틀어박혀야 마땅한 경우로구나."

"형은 이미 우물 속에 틀어박혀 있잖아."

"너는 힘들겠지만, 그래도 아버지가 결정하신 일이잖니."

"그런 소릴 하면 어떡해."

"아버지에게 뭔가 깊은 뜻이 있었을 거라고 생각해."

"아니야, 의외로 가짜 덴키브랜을 슬쩍 빼낼 수도 있을 거라고 생각했을 뿐인지도 모르지."

"설마 그럴 리가. 아무리 아버지가 술을 좋아하셨다고 해도 그러지는 않았을 거야."

작은형이 침울한 목소리로 말했다.

이 도시에 명성이 자자한 '가짜 덴키브랜'은 너구리계에 널리 애용되며 인간들 중에서도 즐겨 마시는 이가 은근히 많다고 한다. 도쿄 아사쿠사의 덴키브랜을 흉내 내어 만들었는데, 다이쇼 시대부터 이어져 내려온 이 비밀스러운 술은 에비스가와 발전소 뒤에 있는 공장에서 몰래 만든다. 그 제조 비법을 독점한 에비스가와 가문이 제조와 판매를 모두 장악하고 있다. 시모가모 가문에서 데릴사위로 들어가 에비스가와 가문의 두령이 된, 이제 이 도시의 우두머리로까지 성장한 에비스가와 소운은 아버지의 동생, 즉 작은아버지다.

애당초 에비스가와가는 시모가모가에서 가지를 뻗어나가 새로 가문을 일으켰지만 옛날부터 두 집안의 관계는 그리 좋지 않았다. 오랜 세월에 걸친 대립을 누그러뜨리기 위한 노력이 있었는데 작은아버지가 에비스가와가에 데릴사위로 들어간 것도 그런 노력 가운데 하나다. 하지만 정작 작은아버지 소운이 시모가모가를 눈엣가시로 여겨 오히려 불에 기름을 끼얹은 꼴이 되고 말았다. 시모가모가로서는 어처구니없는 꼴을 당하게 된 셈이다.

아버지가 죽은 뒤에도 두 집안의 대립은 더욱 심해져갈 뿐, 소운의 아들들 또한 자기들 아버지와 마찬가지로 우리를 적으로 여겼다. 소운의 두 아들은 에비스가와 고지로와 고사부로라는 쌍둥이로 별명은 '금각', '은각'이다. 그들과 나는 아카다마 선생님 밑에서 동문수학했지만, 너구리 주제에 개와 원숭이처럼 보기만 하면 으르렁거리는 원수지간이었다. 아버지가 왜 쌍둥이의 여동생인 에비스가와 가이세이를 내 약혼녀로 정했는지 도무지 이해가 가지 않는다. 정말이지 얼토당토않은 일이라는 생각이 든다. 그런데 사촌동생이라고 할 수 있는 '가이세이'의 너구리답지 않은 기묘한 이름은 아버지가 지어주었다고 한다.

아버지가 죽은 뒤, 에비스가와 소운은 나와 가이세이의 약혼을 일방적으로 취소했다. 어머니는 불같이 화를 냈다.

어머니는 가이세이가 마음에 들었다. 그러나 그 하늘을 찌를 듯한 분노는 심상치 않았다. 어머니는 찾아온 에비스가와 소운에게 "나가 뒈져라" 하고 호통을 치며 다다스숲에서 말 그대로 걷어차 내보냈다. 하지만 소운은 비열한 웃음을 지었을 뿐 아무 말도 없이 그대로 돌아갔다. 내게는 다행이었던 이 사건으로 시모가모가와 에비스가와가는 사실상 인연을 끊은 채 오늘에 이르고 있다.

"정말이지 어처구니없는 일이야."

작은형이 말했다.

"언제까지 이런 다툼이 이어지는 걸까."

"아버지가 계셨으면 에비스가와 소운이 그렇게 당당하게 행동하지는 못할 텐데."

"분명히 아버지가 계셨다면 좀 나았겠지."

"저어, 형, 전부터 생각하던 건데, 아버지를 그렇게 만든 건 에비스가와가 아닐까?"

내가 묻자 작은형은 입을 다물었다. 한동안 아무 소리도 나지 않았다.

"형, 왜 그래?"

"분별없는 소리는 하지 않는 게 낫지."

작은형은 어울리지 않게 언짢은 목소리로 말했다.

"그런 쓸데없는 소리 때문에 번거로운 일이 또 생기면 그야 말로 멍청한 짓 아니겠니?"

나는 입을 다물었다.

좁은 골목을 부웅 하고 달려가는 오토바이 소리가 들렸다.

"이제 곧 오본이라서 아버지 생각이 나."

작은형이 조용히 중얼거렸다.

"올해도 오쿠리비에는 납량선을 띄울 거지? 난 개구리여서 탈 수 없겠지만."

"큰형이 배를 준비하고 있는 모양이야. 잘되어가고 있는지는 모르겠고."

"아, 작년에 불탔던가?"

"그 생각만 하면 화가 치밀어. 그놈의 금각, 은각 녀석들."

나는 우물가에서 발을 동동 굴렀다.

"뭐, 느긋하게 생각하면 돼. 아버지라면 웃어넘기셨을 거야."

작은형은 깊은 우물 속에서 아득한 옛일을 떠올리는 모양이었다.

"아버지가 돌아가셨을 때 야시로는 태어난 지 얼마 되지 않았고, 넌 아카다마 선생님이 있는 학교에 들어간 지 얼마 되지 않았을 때였지."

"어느새 이렇게 컸어."

"아버지는 술을 마실 때마다 늘 네 이야기를 하셨지. 야이치로 형이 알면 서운해할 것 같아 말해줄 수 없었지만, 아버지는 너를 제일 높게 평가했어. 아카다마 선생님에게도 너를 특별히 신경 써달라고 했다더라. 아버지는 네가 가장 자신을 많이 닮았다고 하셨지."

코끝이 약간 시큰해졌다. 나는 코를 킁킁거렸다.

"그런데 야사부로, 너는 아버지가 마지막으로 남긴 말씀을 기억하니?"

"아니, 몰라."

"나는 아버지의 마지막 말씀을 생각해내려고 하는데 도무지 기억이 나질 않아. 그게 지금도 안타까워서 견딜 수가 없어."

작은형이 말했다.

"난 정말 못난 아들이야."

○

고잔 오쿠리비가 있는 날 밤에 납량선을 띄우는 일은 아버지가 살아 있을 때부터 매우 중요한 행사였다. 우리 가족은 그 배를 띄워 오본 때면 끈질기게 이 세상에 찾아오는 모양인 조상님들의 영혼을 도로 저세상으로 내몰곤 했다. 하지만 내 아버지도 언젠가는 저세상에 거처를 마련하여 이 세상에서 쫓겨나는 신세가 되리라고는 생각해본 적이 없었다.

하늘을 나는 납량선 만푸쿠마루는 깃발을 나부끼며 고도^{古都}의 밤하늘을 화려하게 빛냈다. 아버지는 호테이*로 둔갑했다. 아버지는 태어난 지 얼마 되지 않은 동생을 조상님들에게 자랑하는 거라고 했다. 뱃머리에 매단 커다란 램프 불빛을 받으며 이를 드러내고 의미심장하게 씩 웃던 아버지의 모습이 떠오른다.

작은형처럼 나도 아버지의 마지막 말을 떠올리려고 했지만 아버지의 죽음은 너무나도 갑작스러웠기 때문에 아무런 기억도 나지 않았다. 그게 불효는 아닐 것이다. 나는 작은형이 자책할

* 큰 자루를 메고 배가 불룩 나온 신.

86

필요는 없다고 생각한다. 우리 가족 가운데 그 누구도 아버지가 그렇게 갑자기 죽을 거라고는 생각지 못했다.

조용한 절 경내에서 개구리와 너구리가 쓸쓸히 고개를 숙이고 아버지의 추억에 젖어 있었다.

작은형이 불쑥 또렷한 목소리로 말했다.

"아, 이제 곧 대단하신 분이 오겠구나."

"뭐가 온다고?"

나는 깜짝 놀라 물었다. 작은형이 대답했다.

"왠지 엉덩이가 근질근질할 거다. 뇌신님이 오실 거야."

"그건 안 돼."

나는 우물가에서 몸을 일으켜 하늘을 올려다보았다. 해가 완전히 저문 하늘에는 온통 구름이 깔려 있었다. 아직 천둥소리는 들리지 않았지만 물에 익숙한 작은형이 한 말이니 틀림없을 것이다.

"와줘서 고마워."

작은형이 우물 속에서 웅얼거렸다.

"어머니를 부탁해. 어차피 난 개구리니까."

형의 말이 끝나기도 전에 나는 쏜살같이 내달렸다.

야사카 큰길로 나오자 거센 바람이 거리를 쓸고 지나갔다.

○

"나가 뒈져라."

이건 어머니가 화가 머리끝까지 났을 때 내뱉는 찰진 욕이다.

우리 형제는 어머니에게 배워 화가 잔뜩 났을 때는 반드시 "나가 뒈져라" 하고 소리를 지른다. 상대를 완전히 부정하는 이 말은 우리 형제들 입에 달라붙어 있었다.

어머니는 자기 자식들이 그 욕을 하면 아주 싫어했다. 어머니는 자신을 꾸짖는 의미도 담아 '네 원수를 사랑하라'고 가르쳤다. 그래도 마음에 들지 않는 녀석에게는 분노를 가득 담아 "나가 뒈져라" 하고 외치는 스스로를 통제할 방법은 없는 모양이다. 게다가 때론 자식들이 말리는데도 아랑곳하지 않고 정말로 상대가 뒈져버릴지도 모를 폭거를 저지르는 것이 우리 어머니였다. 어머니는 이렇게 우리들에게 '언행일치의 미덕'까지도 가르친 것이다.

그렇게 배짱 있는 어머니가 사갈처럼 싫어하는 것이 천둥이었다.

일단 천둥이 치면 어머니는 안절부절못했다. 털을 파들파들 떨며 숨을 곳을 찾아 이리저리 돌아다녔다. 그리고 다다스숲 깊숙한 곳에 쳐둔 고풍스럽고 기품 있는 모기장 안으로 들어가 우리 형제를 끌어안고 있어야만 겨우 진정할 수 있었다.

천둥소리가 들려오면 우리 형제는 후다닥 어머니에게 달려갔다. 모기장 안에서 서로 밀쳐내기라도 하듯이 달라붙어 있다 보면 어머니의 몸이 번개가 칠 때마다 얼어붙듯 굳어지는 것을 느낄 수 있었다. 그렇게 하고 뇌신이 하늘을 요란하게 지나가는 걸 우리는 숨죽이며 지켜보아야 한다.

무엇보다 걱정스러운 것은 천둥소리를 들으면 어머니의 둔갑이 풀린다는 사실이었다.

데마치 부근에서 명성이 자자한 '검은 옷의 왕자'가 당구를 치다가 털이 복슬복슬한 너구리로 변했다고 하면 인간 세상이나 너구리 세상이나 좀 시끄러워질 것이다.

○

자전거로 히가시오지 큰길을 질풍처럼 달렸다. 거리의 가로 등이 구름 밑바닥을 비추고 있었다.

어쩌면 동생도 데마치야나기로 향하고 있는지도 모른다고 생각했기 때문에 오카자키에서 흘러오는 수로水路와 만나는 곳에서 왼쪽으로 돌아 달렸다.

그 수로 옆에 에비스가와 발전소가 있는데 수문 바로 앞에 고여 있는 비와호의 물이 드문드문 서 있는 가로등 불빛을 받아 반짝거렸다. 그 건너편에서 흰빛을 받으며 쓸쓸하게 서 있는 것은 비와호 수로 건설에 온갖 애를 쓴 기타가키 구니미치 도지사의 동상이다. 우리 조상 가운데 한 분인 시모가모 데츠타로는 기타가키 지사와 서로 말을 틀 만큼 친한 사이였다던가 뭐라던가. 하지만 데츠타로는 죽은 뒤에도 반년가량이나 살아 있는 척할 정도로 엄청난 거짓말쟁이였으니 십중팔구 뻥이리라.

수문을 곁눈으로 보면서 수로에 놓인 작은 다리에 이르렀는데 그 위에서 사건이 벌어지고 있었다.

다리 중간쯤에 어린 너구리가 몸을 웅크리고 부들부들 떨고 있었다. 그 궁둥이 쪽의 불안한 흔들림으로 보아 내 동생이 틀림없었다. 다리 북쪽 끝에는 인도코끼리만큼 커다란 마네키네코가 밉살맞게 떡 버티고 서서 떨고 있는 동생을 번득이는 눈으로 노려보고 있었다.

무슨 일인지는 몰라도 뻔뻔스러운 마네키네코가 나의 사랑스러운 동생을 괴롭히고 있다!

구해주는 것이 형의 도리라고 생각한 나는 "시모가모 야사부로 납셨다"라고 외치며 달려갔다. 고양이가 커다란 눈을 또르르 굴려 나를 보았다. 자전거에서 내려 달려가자 동생은 정신없이 내 품 안으로 파고들었다. 나는 부들부들 떠는 동생을 안고 고양이를 쏘아보며 벌떡 일어섰다.

"어허, 야사부로가 왔구나."

길을 가로막은 고양이가 말했다. 그러더니 입을 쭉 찢으며 웃었다. 숨을 훅 들이쉴 때마다 목에 매달린 나무 명찰이 흔들렸다. 거기에는 '권토중래'*라고 굵은 글씨로 적혀 있었다.

"쿠우웅."

불쑥 큰 소리가 나더니 내 뒤로 커다란 마네키네코 또 한 마리가 하늘에서 내려왔다. 그 새카만 고양이는 우리 퇴로를 차단함과 동시에 내 자전거를 짓밟아 부쉈다. 그 녀석의 목에도 나무 명찰이 달려 있었는데, 거기에는 '통구일엽'**이라고 적혀 있었다.

앞쪽의 권토중래, 뒤편의 통구일엽. 이렇게 무슨 뜻인지도 모르면서 네 글자로 된 명찰을 목에 걸고 있다니, 자기들이 얼마나 멍청한지 선전하는 광고탑이 되었다는 사실도 모르면서 의기양양하는 놈은 너구리계 최고의 멍청이 형제 금각과 은각 말고는 있을 리 없다. 놈들은 어려운 사자성어를 좋아해 그걸 몸에 달고 다니면 멋있어 보이는 줄로만 안다. 하지만 그 뜻은 전혀 모르면서 쓰고 있다. '통구일엽'은 아예 사자성어도 아니다.

"야사부로, 네 동생은 벌써 일을 내동댕이치고 공장에서 도망친 거야."

바로 앞에 있는 금각이 의기양양하게 설교했다.

"일단 가르쳐달라고 사정해서 우리가 받아주었잖아. 그것만 해도 번거로운데 일하다 말고 뺑소니를 치면 가만둘 수가 없

---

* 捲土重來. 한 번 싸움에 패하였다가 다시 힘을 길러 쳐들어옴.
** 樋口一葉. 일본의 여성 소설가 히구치 이치요.

지."

"맞아, 형. 가만둘 수가 없지."

뒤에서 은각이 말했다.

"자기에게 주어진 일은 불평 말고 제대로 해내야 하는 거 아닌가?"

무엇 하나 제대로 해낸 적이 없는 금각이 말을 이었다.

"참견하고 싶지는 않지만 나는 시모가모 가문의 장래가 심히 걱정돼."

"시모가모가에는 덜떨어진 녀석들밖에 없어, 형."

덜떨어진 짓밖에 할 줄 모르는 은각이 맞장구를 쳤다.

"그렇지. 차남은 개구리고, 셋째는 멍청이, 막내도 역시 이런 꼴이라니. 우리 가문이 제대로 하지 않으면 너구리계의 미래는 어두워."

"형이 있으니까 걱정 없어. 말하자면 희망의 별이라고나 할까."

동생은 둔갑할 생각도 못 하고 떨고 있을 뿐이지만 나는 동생이 어머니에게 달려가기 위해 공장을 빠져나왔다는 사실을 알고 있다. 동생은 한없이 예민해서 조금만 위협하면 바로 겁을 잔뜩 집어먹고 꼬리를 드러낼 만큼 둔갑에 서투르다. 그런 연유로 '꼬리를 고스란히 드러내는 아이'라는 불명예스러운 별명까지 있다.

"야, 은각."

내가 소리쳤다.

"통구일엽은 사자성어가 아니야."

"그런다고 속을 줄 알아? 네가 사자성어 박사라도 되냐?"

은각이 대꾸했다.

"통구일엽은 사람 이름이야."

나는 연민의 정을 담아 말했다.

"이름과 사자성어는 다르지."

"형, 정말이야?"

갑자기 불안해졌는지 은각이 금각에게 묻자 금각은 당당하게 대답했다.

"믿어서는 안 돼. '통구일엽'이란 빗물을 받아 내리는 홈통 끝에 젖은 낙엽이 한 장씩 걸려 있다는 이야기지. 가을의 쓸쓸함을 표현한 사자성어야. 내가 책에서 읽은 적이 있어."

"역시 형이야. 나도 대략은 알고 있었어."

"저런 녀석이 하는 소리에 신경 쓸 것 없어."

금각은 쿵 하고 큰 소리를 내며 걸음을 내디뎠다.

"자, 그 꼬맹이를 이리 건네. 우리가 뜨거운 맛을 보여주지. 아버지로부터 모든 권한을 위임받았으니까 말이야. 일을 어떻게 해야 하는지 가르치는 것이 우리 임무야. 그리고 우리는 일하다가 중간에 집어치우거나 하지 않아."

"사양하겠어."

나는 동생을 꼭 껴안았다.

"여전히 제멋대로군. 나는 너처럼 너구리계의 규율을 무시하는 놈이 있다는 사실이 참으로 한탄스러워."

"너희도 마찬가지잖아."

"우린 괜찮아. 왜냐하면 우린 지위가 높으니까."

금각은 그렇게 대꾸하고 나서 씩 웃으며 덧붙였다.

"이게 바로 융통무애*라는 거지."

"대단해, 형. 융통무애라니, 그런 말도 다 알고."

은각이 홀딱 반하고 말았다는 투로 말했다.

"게다가 우리는 누구처럼 남의 집 귀한 딸을 끈덕지게 따라다니지 않으니까."

금각이 말했다.

"누구처럼이라는 건 바로 너처럼이라는 뜻이야."

"뭐라고, 이 자식들아? 내가 언제 그런 파렴치한 짓을 했다는 거야."

"가이세이의 장래에 지장이 있다고 아버지도 곤란해하고 있어. 이미 파혼했는데 아직도 이해가 안 되나? 우린 이제 시모가모가의 핏줄 따윈 필요 없어."

나와 동생은 화가 머리끝까지 치솟아 동시에 소리쳤다.

---

* 融通无涯. 거침없이 통하여 막히지 않음.

"나가 뒈져라!"

"그런 식으로 나온다면 우리도 살살 넘어가지는 않을 거야."

"어디 한번 해보자. 형, 밟아버려."

하늘 저편에서 맷돌 가는 소리가 또렷하게 들려왔다. 드디어 뇌신이 고도의 하늘에 나타난 모양이다.

동생은 내 턱에 차가운 콧물을 묻히며 울먹이며 말했다.

"형, 엄마가 걱정돼."

"알아."

이런 곳에서 멍청이 트위들덤과 트위들디**를 상대로 재미도 없는 문답을 계속하다가는 어머니에게 달려갈 시간만 빼앗긴다. 하지만 금각과 은각은 완력이 세다. 정면 승부를 하는 것은 어리석기 짝이 없는 짓이다. 지금은 일단 퇴각하고 나중에 궁리에 궁리를 거듭한 비열한 계략으로 끽소리도 못 하게 만들어주어야만 한다. 될 수 있으면 내 손을 더럽히지 않는 쪽으로.

두 마리의 초특대 고양이가 앞뒤로 가로막고 서 있는 상태에서 동생을 품에 안은 나는 가장 빠른 탈출 방법을 궁리했다.

하지만 머리를 짜낼 필요도 없었다. 가로막고 선 은각 뒤에서 불쑥 위엄 있는 목소리가 들려왔다.

"금각아, 은각아."

그리고 호랑이 우는 소리가 어흥 하고 이어졌다. 내 몸이 다

** 『이상한 나라의 앨리스』에 나오는 머리 크고 땅딸한 두 형제.

떨릴 만큼 큰 소리였다. 금각과 은각이 핏기를 잃고 무채색 백자 마네키네코로 변해버렸다.

호랑이. 포유강 식육목 고양이과. 사자와 마찬가지로 대형 고양이. 몸길이는 2미터에 이르고 몸무게가 200킬로그램을 훌쩍 넘는다. 금빛으로 빛나는 몸에 검은 줄무늬로 치장하고 때로는 곰까지 이긴다는, 아시아가 자랑하는 맹수의 왕. 인간이건 너구리건 바늘두더지건 거북이건 메뚜기건 어쨌든 가리지 않고 잡아먹는다.

하지만 이 도시에 야생 호랑이는 서식하지 않는다. 너구리가 호랑이로 둔갑을 하지 않는 한.

"야이치로 형이다."

동생이 말했다.

큰형은 너구리계의 풍조를 성실하게 따르기 때문에 결코 함부로 둔갑을 하지 않는다. 하지만 그 분노가 정점에 이르렀을 때는 당당한 호랑이로 변신한다.

그래서 큰형은 '가모 호랑이'라는 별명을 지니고 있다.

○

화가 머리끝까지 치민 큰형은 가까이 있던 은각의 궁둥이 먼저 덥석 깨물었다.

"으갸갸갸, 엉덩이를 물렸어."

은각은 이상한 비명을 지르며 바로 볼품없는 너구리로 돌아왔다. 털이 숭숭한 은각의 궁둥이를 문 채로 큰형은 고개를 홱 저었다. 그러자 은각은 가로등이 쏟아내는 흰빛 속을 지나 하늘로 날아올랐다.

"날고 있어! 누가 받아줘!"

허공을 나는 털 뭉치가 소리를 질렀지만, 이윽고 수로의 물이 첨벙, 하고 튀는 소리가 나더니 조용해졌다.

어디로든 멀리 떠내려가 버리면 좋겠다고 생각했다.

동생인 은각이 수로에 빠져 아득한 바다로 흘러가기 시작하자 금각은 각오를 굳힌 모양이었다. 마네키네코의 뒷다리가 점점 가늘어지고, 불룩했던 배도 차츰 쭈그러들었다.

손에 들고 있던 큼직한 타원형 금화가 사라지고, 반짝거리던 눈빛이 차가워지면서 얼굴 주위에 숭숭한 금빛 털이 돋아나기 시작했다.

금각이 완전히 사자로 변신했다. 언제든 덤벼들 수 있도록 잔뜩 긴장한 자세로 큰형의 움직임을 쏘아보고 있었다. 큰형은 자세를 낮추고 조심스럽게 슬금슬금 다가갔다.

나와 동생은 전신주 뒤로 물러나 호랑이와 사자의 있을 수 없는 대결을 관전했다.

금각이 마침내 큰형에게 덤벼들었다. 한동안 금빛 털과 검은

줄무늬가 뒤섞여 제대로 분간을 할 수 없었지만 이윽고 금각이
날카로운 비명을 질렀다.

"거긴 안 돼! 거길 물리면 여러모로 골치 아프다니까!"

물리면 여러모로 골치 아픈 곳을 물린 금각이 맥없이 너구리
로 돌아왔다.

큰형이 고개를 휘젓자 금각은 은각과 마찬가지로 허공을 날
아갔다. 수로의 물에 첨벙 빠지는 소리가 나고, 이내 주위가 조
용해졌다.

밤하늘에서 번쩍 빛이 났다. 빗방울도 툭툭 떨어지기 시작했다.

큰형은 호랑이 모습에서 여느 때와 마찬가지로 '전통복 차림
을 한 젊은 도련님 스타일'로 돌아왔다. 그리고 가로등 아래 서
있는 나와 동생을 잠시 싸늘한 눈길로 바라보더니 다리 쪽으로
가서 휘익, 하고 휘파람을 크게 불었다. 그러자 길가에서 기다리
고 있었는지 자동 인력거가 나타났다. 아버지에게 물려받은 큰
형의 보물이다. 인력거꾼은 일찍이 교토에서 명성이 자자하던
자동인형 기술자가 발명한 가짜 인력거꾼인데, 이제는 움직임
이 예전만 못하지만 큰형은 아버지의 유물인 그것을 계속 수리
하면서 애용하고 있었다.

큰형은 인력거에 올라탄 뒤 나와 동생에게 말했다.

"뭘 꾸물거리는 거냐! 얼른 타!"

나는 동생을 안고 인력거로 달려갔다.

○

　인력거는 좁은 길을 달렸다. 빗발이 점점 굵어졌지만 인력거
꾼은 군소리 하나 없이 달렸다.

　큰형은 기온 근처에서 열린 너구리계 권력투쟁의 마무리와
관계된 모임에 참석했던 모양이다. 굳이 아끼는 자동 인력거를
타고 나온 것도 예전에 그것을 타고 다니던 아버지의 위광을 입
으려는 생각 때문이었으리라. 하지만 그 모임은 이렇다 할 결론
을 내리지도 못하고 끝났다고 한다.

　큰형은 달리는 인력거 안에서 불쾌한 모임에 관한 기억을 반
추하면서, 천둥에 겁을 집어먹고 있을 어머니를 걱정하고, 나아
가 에비스가와에게 괴롭힘을 당한 못난 두 동생에게 어떤 설교
를 해야 할지 궁리하고 있는 게 확실했다. 큰형은 더 찌푸릴 수
없을 만큼 잔뜩 얼굴을 찌푸리고 있었다.

　"너희들은 에비스가와 녀석들에게 그렇게 모욕을 당하면서
도 왜 아무런 대응도 하지 않은 거냐."

　큰형이 말했다.

　"몸을 바쳐 우리 가문의 긍지를 지켜야겠다는 기개는 없다는
거냐?"

　"미안."

　동생이 작은 목소리로 대꾸했다. 동생은 소년 모습으로 돌아

왔지만 큰형이 화를 내자 다시 겁을 집어먹고 당장이라도 너구리 꼬리를 내밀 태세였다.

"하지만 나가 돼지라고 해주었어."

동생이 머뭇머뭇 덧붙였지만 큰형은 들은 척도 하지 않았다.

"가문의 긍지라는 게 뭐야? 난 모르겠는걸."

"자기만 재미있으면 다른 건 아무 상관없다는 식으로 사는 너 같은 녀석이 그걸 알 리 없지."

큰형이 말했다.

"정말이지 넌 불효자야. 아버지가 저승에서 슬퍼하실 게 틀림없다."

"아버지는 그런 일에 신경 쓰지 않는 너구리 아니야?"

내가 대꾸하자 큰형은 입을 꾹 다물었다.

가모 대교 서쪽에 있는 카페에 도착할 무렵에는 비가 더욱 거세져 이마데가와 길 아스팔트에서는 빗방울이 흰 연기처럼 피어오르고 있었다. 큰 천둥소리가 울려 우리 형제의 간담을 서늘하게 만들었다.

당구장으로 가보았지만 어머니는 보이지 않았다.

당구를 치고 있는 학생을 붙들고 물어보았더니 '검은 옷의 왕자'는 천둥이 친 순간 흰 얼굴이 더욱 창백해지더니 비틀거리면서 당구장을 나가 아래로 내려갔다고 한다. 그 뒤 아래층에 있는 카페에 너구리가 뛰어드는 진기한 소동이 벌어져 당구를 치던 사람들도 카페로 몰려갔었는데 '검은 옷의 왕자'는 보이지 않았다고 했다.

"집에 간 거 아닐까?"

그 너구리는 어떻게 되었느냐고 캐묻자 학생은 의아한 표정을 지으며 말했다.

"어느새 어디론가 사라져버렸지."

어머니의 행방을 파악할 수 없었다.

이 천둥 치는 빗속에 어머니 혼자 다다스숲까지 돌아갔으리라고는 도저히 생각할 수 없었다. 어딘가 어둠 속에서 비에 흠뻑 젖어 떨고 있을지도 모른다. 혹시 천둥소리에 꼼짝도 못 하다가 인간에게 잡히거나 차에 치이지는 않았을까? 번개가 칠 때마다 어두운 가모가와강의 수면이 드러났다. 우리 마음속에 소용돌이치는 좋지 않은 상상은 점점 더 끔찍한 것이 되어갔다.

"아아, 어머니!"

큰형이 소리쳤다. 그러더니 머리카락을 쥐어뜯으며 느닷없이 착란 상태에 빠졌다.

"이게 다 당구 따위를 치기 때문이야!"

큰형은 이렇게 중요한 상황에 직면하면 정신적인 취약성을 드러내는 버릇이 있어서 그럴 때마다 평소 몸에 두르고 있던 위엄이라는 도금은 후두두 떨어져 내리고 만다. 큰형은 어서 전령을 보내 이 도시의 모든 너구리에게 알려 어머니 수색 작업을 단행하자고 했다.

"아무리 그래도 그건 일을 너무 크게 만드는 거야, 형."

내가 말렸다.

"형, 어머니가 굳이 고조나 니시진 구석까지 도망갔을 거라고 생각해? 일단은 다리 부근을 나눠서 찾아보자."

"맞아. 우선 그래야겠다. 그럼 내가 지휘를 하지!"

큰형은 비를 맞으며 힘차게 외쳤다.

"야이치로는 도시샤 대학 쪽을 찾는다, 알겠어? 아, 야이치로는 난가? 됐어, 난 도시샤 쪽을 찾겠다. 야사부로는 가모가와강 북쪽을 뒤지고, 야시로는 다리 건너편 쪽이다. 그리고 으음, 가모가와강 남쪽은 야사부로가 찾아. 정신 차리고 수색해."

"형, 나는 북쪽과 남쪽을 동시에 찾을 수 없어."

"못난 녀석. 그럼 야지로가 맡아."

"작은형은 로쿠도 진노지 우물 안에 있지. 게다가 개구리야."

"그 녀석은 정말 아무 짝에도 쓸모가 없구나."

큰형을 머리를 쥐어뜯었다.

"이게 무슨 팔자란 말이냐! 왜 내 동생들은 이렇게 쓸모없는 녀석들뿐이지!"

"침착해, 형. 형이 제일 걱정스러워."

착란 상태에 빠진 큰형이 걱정되었지만 우리는 어머니를 찾아 천둥 치는 빗속으로 흩어졌다.

가모 대교 위로는 자욱한 물보라를 일으키며 자동차의 불빛이 오가고 있었다. 난간에 드문드문 들어온 가로등 불빛이 이윽고 이 고도를 찾아 돌아올 조상들의 영혼을 위한 표지판처럼 느껴졌다.

○

천둥소리에 놀라고 빗물에 흠뻑 젖으며 우리는 가모 대교 주변을 수색했다.

그리하여 가모 대교 아래 어둠 속에 숨어 있던 어머니를 내가 찾아냈다.

털이 흠뻑 젖은 어머니는 정신없이 둑을 달려와 가모가와강변을 오락가락하고 있던 내 품 안으로 뛰어들었다. 그 순간 천둥이 쳤다. 어머니는 몸을 부들부들 떨었다. 안도의 한숨을 내쉰 나는 어머니를 품에 안고 얼굴을 닦아주며 눈을 가리고 있던 젖은 털을 정성껏 쓸어냈다. 어머니가 에취 하고 재채기를 하더니 말했다.

"에비스가와가의 딸이 함께 있어주었단다."

그렇게 말하고는 하늘을 찢을 것 같은 번개에 몸을 움츠리며 속삭였다.

"자칫하면 강에 빠질 뻔한 걸 그 애가 구해주었지."

어머니가 숨어 있던 다리 밑은 캄캄했지만 가이세이는 그 어둠 속에서 이쪽을 살피고 있으리라.

얼굴을 적시는 빗물을 닦고, 나는 다리 아래 어두운 곳을 뚫어지게 바라보았다.

"뭘 봐. 언제까지 그러고 있을 거야. 얼른 다다스숲으로 돌아가."

가이세이가 화난 목소리로 외쳤다.

"싫어. 고맙다는 인사는 해야지."

"그런 건 필요 없어. 어머니를 감기 들게 할 작정이니, 멍청아?"

가이세이는 다리 밑에서 나오려고 하지 않았다.

내가 작은형에게 "얼굴도 제대로 본 적이 없는걸"이라고 한 까닭은 멋쩍어서도 아니도 뭣도 아닌 있는 그대로의 사실이었다. 전 약혼녀인데도 나는 가이세이의 너구리 얼굴은 물론 둔갑한 모습도 본 적이 없었다. 가이세이는 내게 모습을 드러내려 하지 않는다. 그리고 모습이 보이지 않는 어둠 속에서 늘 이러쿵저러쿵 트집을 잡으며 대들었다. 앞에 나타나지도 않으면서 입은 험했다. 아버지로부터 교육을 제대로 받지 못했기 때문이리라. 가이세이라는 존재는 내게 어둠 속에서 불쑥 튀어나와 나를 덮치는 언어폭력이었다. 그 험악한 욕만 들어도 배가 불렀다.

가이세이가 내 약혼녀였을 무렵, 나는 아버지가 정한 약속이라는 무게와 모습을 드러내지 않는 약혼녀의 욕설과 트집을 계속 견뎌내야 하는 현실의 무게를 마음의 저울에 달아보았다. 그 무게는 막상막하여서 마음의 저울이 부서질 만큼 찌부러졌다. 끙끙거리는 사이에 아버지가 죽고 약혼은 취소되었다.

안녕, 가이세이. 다시는 만날 일 없을 거야. 속이 후련하다고 생각했지만 가이세이는 아직까지도 내 주위에 멋대로 신출귀몰하면서 이런저런 잔소리를 해댔다. 가이세이에게 심심풀이 땅콩으로 취급당하는 나로서는 재난이었다. 게다가 에비스가와 사람으로부터 내가 가이세이 주변에 얼씬거린다는 소리까지 들으니 어처구니없는 일이 아닐 수 없다. 누구나 다 내 생각에 동의해줄 것이다.

하지만 오늘 밤은 어머니를 구해주었으니 감사 인사를 제대로 해야 한다.

나는 모습을 드러내지 않는 전 약혼녀에게 고개를 숙이며 말했다.

"고마워. (수로에 빠져 떠내려간) 금각과 은각에게도 안부 전해줘."

어둠 속에서 가이세이가 콧방귀를 흥 뀌었다.

"조심해서 돌아가."

그리고 가이세이와 헤어졌다.

"에비스가와 인간들은 남김없이 뒈져버렸으면 좋겠지만,"

내 품에 안긴 어머니가 말했다.

"저 애만은 예외야."

○

강 건너에서 오락가락하고 있던 동생을 부르고 착란 상태로 이마데가와 거리를 뛰어다니던 큰형을 붙든 뒤 우리는 인력거를 달려 다다스숲으로 돌아왔다.

다다스숲에 들어서자 퍼붓는 소나기는 울창한 나뭇잎에 가려 부드러운 비로 변했다. 빗방울이 나뭇잎을 때리는 소리가 남북으로 길게 뻗은 숲속에 요란하게 울렸다. 시퍼런 번개가 번쩍거려도 숲속이라면 두려울 것이 없었다. 어머니를 안은 나와 큰형, 동생은 시모가모 신사의 길게 뻗은 참배로를 나아갔다.

우리는 숲속 나무 그늘의 작은 모기장 안에 들어가 털이 북슬북슬한 몸을 서로 맞대고 숨을 죽였다. 어머니는 젖은 몸에 흰 수건을 두르고 나뭇가지를 올려다보았다. 그리고 코를 킁킁거리며 뇌신의 동향을 살폈다.

어둠 속에서 토해내는 식구들의 숨결이 따스하고 축축하게 느껴졌다.

그렇게 멀리서 들려오는 빗소리와 천둥소리를 듣고 있다 보니 정겨운 기분이 들었다.

예전 일을 떠올렸다. 동생이 갓 태어났을 때의 일이다. 아버지가 살아 있고 작은형이 아직 우물 안 개구리가 되기 전이었다. 큰형도 버거운 책임을 떠맡기 전이라 그때만 해도 느긋하던 시절이었다. 그때도 천둥이 치면 모두들 어머니가 있는 곳으로 모여들었다.

어머니는 우리 형제를 끌어안고 눈을 꼭 감았다. 아버지는 그런 어머니를 두 팔을 벌려 끌어안았다.

그런 기억을 떠올리자 나답지 않게 애달픈 기분이 들었다.

뇌신이 비와호 쪽으로 멀어져갔다. 히가시야마산 너머 쪽은 천둥소리로 시끄러울 것이다.

"너희들이 있어줘서 다행이로구나."

어둠 속에서 어머니가 조용히 말했다.

"내게는 이제 남편이 없어도 너희들이 있으니까."

○

지금은 세상을 떠난 아버지, 시모가모 '니세에몬' 소이치로는 위대한 너구리였다.

시모가모 가문을 통솔하는 데 머물지 않고 그 위광은 이 도시 너구리계를 두루 비추었고, 가라스마의 번화가 빌딩 위를 날아다니는 덴구들마저도 감복시켰다.

아버지의 노력으로 너구리들은 그야말로 봄바람 불고 화창하며 욕심 없이 마음 편하게 살 수 있는 세상을 맞이했다. 아버지는 자비가 넘쳤고, 유난히 술과 쇼기*를 좋아했다. 싫어하는 것은 맛없는 술과 저질스러운 영역 다툼이었다. 하지만 일단 싸우기로 마음먹으면 딱 한 번만 봐도 상대를 귀신같은 책략과 완력, 둔갑의 힘을 합친 삼위일체로 나무 끝에 매달린 물벼룩처럼 가차 없이 다루었다. 나의 스승인 늙은 덴구, 뇨이가타케 아카다마 야쿠시보 선생님과 절친한 사이였으며, 구라마의 덴구들도 한때 혼내준 적이 있다. 그런 위업을 일구어낸 너구리는 위대한 우리 아버지를 빼고는 찾아볼 수 없다.

그리고 너구리계를 이끄는 단 한 마리의 너구리를 '니세에몬'이라고 부른다.

'시모가모 니세에몬이 있는 한 이곳은 평화롭다.'

다들 이렇게 생각하고 있을 때, 아버지는 뜻하지 않게 어처구니없이 세상을 떠났다.

교토에는 '금요클럽'이라는 인간들의 비밀스러운 모임이 있는데, 그들은 송년회 때 너구리전골을 해 먹기 때문에 우리 너구리들은 그들을 싫어했다.

동생인 야시로가 태어난 해 연말, 그들은 매년 하는 송년회를 열고 너구리전골 주위에 둘러앉았다.

* 일본의 장기 게임.

아버지는 그 냄비 속에 있었다.

아버지가 세상을 떠났다는 사실을 알게 되었을 때, 우리 형제는 반나절 동안 멍하니 있다가 그다음에야 겨우 울음을 터뜨렸다. 큰형도 울었고, 작은형도 울었고, 나도 울었다. 동생은 어린애였기 때문에 원래부터 울고 있었다. 울기 시작하자 이번에는 또 언제 그칠 줄 모르고 계속 울어댔다.

"너구리로 살다 보면 전골이 될 수도 있다. 드문 일도 아니야!"

계속 울어대는 자식 너구리들에게 어머니가 말했다.

"너희 아버지는 훌륭한 너구리였기 때문에 유유히 웃으며 훌륭하고 맛있는 전골이 되었을 거야. 너희들도 그런 너구리가 되어야만 한다. 금요클럽의 너구리전골쯤은 웃어넘길 수 있는 큰 그릇이 되어라. 너희 아버지처럼 되어야 한다. 그렇지만 너구리전골이 되지는 말아라."

어머니는 그렇게 말하고 난 뒤에야 비로소 우리를 끌어안고 울기 시작했다.

"부디 너희들만은 너구리전골이 되지 말아다오."

아버지가 어처구니없이 너구리전골이 되어 호기심 많은 금요클럽 회원들의 배 속으로 들어가자 이 도시의 너구리계에 다시 풍운이 일 조짐이 보였다.

○

천둥과 비가 잦아들어 잠이 들기 전까지 그런 이야기를 했다.

"어머니는 자식들을 큰 그릇으로 키우려고 하셨지만, 우리 세 마리는 쓸모가 없네."

내가 말했다.

"게다가 한 마리는 개구리고."

눈치로 큰형이 쓴웃음을 짓는 것을 알 수 있었다.

어머니가 잠든 동생 뺨에 코끝을 들이댔다.

"개구리건 뭐건 상관없다. 너희들이 이 세상에 있다는 것만으로도 나는 충분해."

어머니가 잠깐 생각한 뒤에 덧붙였다.

"그리고 너희들은 모두 훌륭한 너구리야. 이 어미는 그걸 안다."

제3장

다이몬지 납량선 전투

꽃과 새, 바람과 달을 모방하는 것도 풍류라 할 수 있지만 가장 재미있는 것은 역시 인간을 흉내 내는 일이리라. 인간의 일상생활이나 연중행사에까지 끼어들어 노는 것이 왠지 묘하게 재미있다. 처치 곤란한 이 버릇은 틀림없이 저 멀리 간무 천황 시대부터 면면히 이어져 내려왔을 것이다. 고인이 된 아버지는 그것을 '바보의 피'라고 불렀다.

　"바보의 피를 타고난 팔자라 그렇다."

　우리 형제가 뭔가 못된 장난을 쳐 소동이 일어날 때마다 아버지는 그렇게 말하며 웃었다.

　여름 풍습인 고잔 오쿠리비가 있는 날 저녁, 들뜬 인간들과 마찬가지로 우리 너구리들도 덩달아 마음이 들뜨는 까닭 또한 결국은 그 바보의 피 때문이리라.

내가 고잔 오쿠리비를 유난히 재미있게 여기는 까닭은 아버지에 얽힌 추억이 있기 때문이다. 아버지는 하늘을 나는 납량선 '만푸쿠마루'를 화려하게 치장하고 이 산 저 산에 불을 붙이는 모습을 바라보면서 야단법석을 떨었다. 호테이로 둔갑해 뱃머리에 떡하니 버티고 서서 싱글싱글 웃던 아버지의 모습이 지금도 생생하게 떠오른다. 아버지는 그렇게 일족의 건강과 행복을 조상들의 영혼에 자랑했던 것이다.

아버지가 어처구니없이 저세상으로 거처를 옮긴 뒤에도 남은 어머니와 우리 자식 너구리 형제는 매년 오쿠리비가 있는 날 저녁이면 납량선을 띄웠다. 사실 시모가모 가문의 조상님들은 염두에 두지도 않았다. 때로는 아버지를 그리워하기도 하지만 대개는 그저 왁자지껄하게 여름 밤하늘 아래서 법석을 떠는 것이다.

너구리이기 때문에 어쩔 수가 없다.

이 또한 바보의 피가 흐르기 때문이다.

○

오쿠리비가 얼마 남지 않은 8월이었다.

징그러울 만큼 끈질긴 더위에 지친 오후, 나는 동생 야시로를 데리고 시모가모 신사 다다스숲을 나섰다. 터벅터벅 걸어 아오이바시 다리를 건너 데마치 상점가로 향했다.

스승인 아카다마 선생님을 위해 상점가에서 쇼카도 도시락과 데마치 후타바* 떡을 샀다. 선생님은 '뇨이가타케 야쿠시보'라는 거창한 이름을 지닌 덴구로, 많은 너구리들을 가르쳐왔지만 지금은 상점가 뒤편의 싸구려 연립주택에 은거하며 세상에 두루 침을 뱉으며 지내고 있다.

지난번 선생님의 정력 증진에 조금이나마 도움이 되어보고자 소녀로 둔갑해 찾아갔는데 뜻하지 않게 욕을 먹는 굴욕을 당했다. 제자의 갸륵하고도 기특한 마음 씀씀이에 욕을 퍼부어 답례를 하니 나도 참을 수가 없었다. 그래서 이번에는 푹푹 찌는 더위를 더 느껴보시라고 일부러 꾀죄죄한 대학생으로 둔갑했다.

야시로는 소년으로 둔갑해 아카다마 포트와인 큰 병을 품에 안고 있었다.

동생은 이 한 가지 둔갑밖에 모르고 조금만 겁이 나도 말 그대로 너구리 꼬리를 그대로 드러내는, '꼬리를 고스란히 드러내는 아이'라는 별명을 지닌 못난이다.

동생이 슬쩍 털어놓았다.

"그렇지만 형, 난 휴대전화 충전을 할 수 있어."

동생은 자랑스럽게 작은 손가락을 휴대전화에 꽂더니 충전

---

* 1899년에 창업한 교토의 화과자점. 콩떡이 유명하다.

을 해 보였다. 전기밥솥에 손가락을 꽂아서 밥을 지을 수 있다면 몰라도 이렇게 온통 전깃줄이 깔린 도시에서 휴대전화 충전이 무슨 도움이 되겠는가. 밖에 나갔다가 배터리가 다 떨어졌을 때는 편할지도 모르지만 그럴 때 말고는 별 쓸모가 없다. 그런데도 어린 동생은 가짜 덴키브랜 공장이 여름휴가에 들어가자 날마다 다다스숲 나무그늘에서 휴대전화를 충전하며 놀았다.

"너는 대체 어디다 전화를 하는 거냐?"

내가 걸으며 물었다.

"엄마한테."

"하지만 넌 늘 어머니와 함께 있잖아."

"그렇지 않아. 공장에 가 있을 때 전화를 해."

상점가에서 뻗어나간 골목을 북쪽으로 따라가면 낡은 연립주택이 나온다. 아카다마 선생님은 하늘을 자유자재로 날아다니는 덴구에게 도무지 어울리지 않는 그 연립주택에 산다.

아카다마 선생님 집을 방문하는 까닭은 께름칙한 죽이나 먹으며 쇠약해져가는 선생님에게 음식과 술을 가져다 드리기 위해서만은 아니다. 또 한 가지 중요한 용건이 있었다.

'만푸쿠마루' 때문이다.

○

오쿠리비가 코앞에 닥쳤는데도 우리 시모가모가에는 띄울 납량선이 없었다.

우리 납량선 '만푸쿠마루'는 지난해 오쿠리비가 있던 날 저녁에 벌어진 에비스가와가와의 쓸데없는 전투 때문에 안타깝게도 사라져버렸기 때문이다.

"기분 좀 낸다고 쏜 불꽃 때문에 불이 붙었다. 그건 뜻하지 않은 사고였어."

에비스가와가는 이렇게 우겼다.

하지만 사고치고는 야릇하다는 생각이 든다. 에비스가와가의 바보 너구리, 이른바 금각과 은각이 "오월동주*! 오월동주!" 하고 뜻도 모르는 소리를 지르면서 우리 쪽에 불꽃을 쏴대는 걸 나는 보았다. 분명히 놈들 말대로 그런 못된 너구리들이 이 세상에 태어난 것은 뜻하지 않은 '사고'다.

나는 '만푸쿠마루'를 대신할 배를 속으로 생각하고 있었다. 하지만 큰형은 무슨 일이든 자신의 정치적 능력만 믿고 피가 섞인 동생의 재능은 의심하는 좋지 않은 경향이 있다. 도무지 도움이 안 된다고 생각해 큰형은 내 의견을 들으려고도 하지 않았다. 그래서 나도 화가 나 로쿠도 진노지에 있는 우물가로 가서는 큰

---

* 吳越同舟. 서로 미워하면서도 공통의 이해를 위해 협력하는 경우를 비유하는 말.

형 욕을 우물 안에 실컷 퍼부었다.

어머니는 납량선을 타고 오쿠리비를 즐기리라 기대하고 있다. 아무리 야단법석을 떨며 즐기는 것이 원래 목적이라고는 해도 죽은 아버지를 기리는 중요한 행사이기도 하다. 큰형은 애를 써서 '제2대 만푸쿠마루'를 손에 넣을 궁리를 거듭하다가 드디어 나라 쪽에 사는 지인에게 빌리기로 했다.

그런데 며칠 전 야음을 틈타 나라에서 배를 가지고 오다가 추락해 제2대 만푸쿠마루는 써보지도 못하고 기즈강에 있는 섬에서 덧없이 부서지고 말았다. 오쿠리비를 목전에 두고 큰형의 계획은 물거품으로 돌아갔다.

어머니에게 꾸중을 들은 큰형은 내게 고개를 숙였다.

"결국 이렇게 되고 말았구나. 무슨 방법이 없겠니?"

처음부터 이 유능한 동생의 도움을 받았다면 일이 더 쉽게 풀렸으리라. 나는 고개 숙인 큰형을 흘끔 보며 다다스숲의 개울에 발을 담그고 진하게 탄 레모네이드를 쪽쪽 빨았다.

"이번 일은 야이치로가 잘못했다. 이제 너만 믿는다."

어머니가 말했다.

"무릎을 꿇으면 내가 어떻게 해볼게."

내가 말하자 큰형은 분노로 털을 떨면서 무릎을 꿇으려고 했다. 그 순간,

"집어치워!"

어머니가 화를 버럭 내며 나를 개울물에 처넣고 말았다.

"형이 곤경에 빠졌는데 무릎을 꿇으라는 동생 녀석이 어디 있어!"

나는 개울에서 올라와 털을 푸르르 털었다.

그리하여 큰형의 뒷수습을 떠맡게 된 나는 아카다마 선생님에게 '야쿠시보의 안방'을 빌리자는 속셈을 실행에 옮기기로 했다.

'야쿠시보의 안방'이란 덴구들이 이용하는 탈것 가운데 하나인데 작은 다실茶室 모양이다. 둘레에 툇마루가 있어 하늘을 날며 여행하기에 아주 쾌적하다. 탈것에 의지하기 싫어하는 아카다마 선생님은 평소 쓰지 않았는데, 설마 친한 골동품 가게에 팔아넘기지는 않았으리라. 지금도 틀림없이 어딘가에서 먼지를 잔뜩 뒤집어쓰고 있을 것이라고 생각했다.

이미 나이가 많이 들어 비행 능력을 잃은 아카다마 선생님은 무엇 때문에 편리하기 짝이 없는 '안방'으로 마음껏 날아다니지 않는 걸까. '썩어도 덴구는 덴구라는 아이덴티티의 위기에 직면해 있음을 선언하고 싶지 않다'는 쓸데없는 발버둥이리라. 하지만 그뿐만은 아니다.

아카다마 선생님의 '안방'은 아카다마 포트와인을 연료로 비행한다. 선생님은 탈것에 와인을 먹이느니 차라리 자기 배에 넣고 망상의 하늘을 마음껏 날아다니는 쪽을 선택한 셈이다.

과연 덴구로서 그렇게 해도 되는지 묻고 싶다.

○

아카다마 선생님의 집으로 들어서자 한증막처럼 더웠다. 잡
동사니가 잔뜩 쌓여 있고, 창문으로 스며드는 햇살 속에서 먼지
가 춤을 추고 있었다. 보기만 해도 코가 간질간질해진다. 동생이
에취, 재치기하며 꼬리를 드러내고 말았다.

"왔느냐?"

아카다마 선생님은 따분하다는 듯한 목소리로 묻더니 이내
누군가와 이야기를 나누었다. 좁은 방 한복판에 누런 속옷 차림
을 한 아카다마 선생님이 책상다리를 하고 앉았고, 맞은편에는
나이 든 남자가 앉아 있었다.

이와야산 긴코보라는 덴구다.

그는 우리 쪽으로 고개를 돌리더니 덴구답지 않은 부드러운
목소리로 말했다.

"시모가모가의 야사부로인가? 훌륭하게 자랐구나."

검은 테 안경이 반짝 빛났다. 땀에 젖은 와이셔츠에 넥타이를
하고 있었다.

"바보냐? 너구리가 훌륭해져서 어쩌려고."

아카다마 선생님이 부채질을 하며 말을 이었다.

"자네는 너구리에게 너무 잘해줘. 그러니 털북숭이들이 기어
오르지."

긴코보는 이와야산 덴구의 지위를 2대째 물려받았으며, 지금 은 오사카에서 취미를 살려 중고 카메라 가게를 하고 있다. 덴구 주제에 카메라 따위에 정신이 팔렸다고 아카다마 선생님이 욕 을 한 적이 있다. 긴코보는 지금 막 도착했다면서 방바닥에 있던 선물 꾸러미를 풀며 말했다.

"야쿠시보는 필요 없다니까 너희들이 먹어라."

"아무리 그래도 오사카에서 교토까지 전철로 오다니, 덴구 축 에도 끼지 못할 녀석."

아카다마 선생님이 투덜거리자 긴코보는 쓴웃음을 지었다.

"이렇게 무더운 여름에 교토까지 날아와봐. 머릿속까지 푹 익 을 거야. 전철은 시원하거든."

"한심한 일이로군."

"그런데 정말 놀랐어. 데마치까지 와서 자네 얼굴을 보려고 뇨이가타케산에 들르니 거기엔 구라마 덴구밖에 없더군. 자네 가 데마치 상점가로 옮겼다고 해서 깜짝 놀랐네."

"귀찮아서 뇨이가타케산 쪽은 그 녀석들에게 맡겼지."

"그래도 뇨이가타케 야쿠시보라고 불리는 자가 그러면 안 된 다고 생각하는데."

긴코보는 떼쟁이 어린애를 보는 표정을 지었다.

"나는 구라마 녀석들이 도무지 마음에 들지 않네. 비실비실한 애들처럼 하얗고 안색이 좋지 않아."

아카다마 선생님이 덴구들의 전투에서 참담하게 패해 뇨이가타케산에서 밀려난 것은 한 해 전의 일인데, 선생님은 그 사실을 인정하려 들지 않았다. 곧 죽어도 '구라마 녀석들에게 뇨이가타케산 관리를 맡겼다'고 우기는 모습은 눈물 없이 볼 수가 없다.

"녀석들을 쫓아내고 싶다면 우리 2세에게도 돕게 하겠네."

긴코보가 진지하게 말했다.

"자네가 부탁하면 아타고야마 쪽에서도 도와줄 거야. 자네와는 성격이 잘 맞지 않은 모양이지만 그쪽도 구라마 녀석들을 싫어하니까."

"쓸데없는 참견이야."

"결판을 짓고 자네도 뇨이가타케산을 자네의 2세에게 물려주면 되지 않는가?"

"그 바보와는 인연을 끊었어."

아카다마 선생님에게 아들이 있다는 이야기는 들은 적이 있다. 선생님의 피를 이었다고는 생각할 수 없을 만큼 미끈하게 잘생긴 덴구였다고 하지만 그와 관련된 이야기는 오랜 세월에 걸쳐 꼬리에 꼬리를 잔뜩 물어 소문의 진위를 가늠하기 힘들다.

그 잘생긴 2세가 아버지 덴구에 맞서 히가시야마산 36봉을 진동케 할 만큼 큰 다툼을 벌인 것도 옛날 일이다. 그때만 해도 당당한 덴구였던 아카다마 선생님은 아들에게 가차 없이 반격을 가했다. 사자는 자기 자식을 천 길 낭떠러지에서 떨어뜨린다지만, 선생님이 자식을 단련시키고자 눈물을 머금고 사랑의 채찍을 들었다는 이야기는 별로 믿을 만하지 못하다. 화가 나서 그랬을 거라고 나는 짐작한다.

사흘 낮밤 계속된 다툼 끝에 젊은 2세는 처참하게 패하고 이곳을 떠났다. 전국 각지를 떠돌다가 결국은 영국으로 건너갔다고 한다. 그 뒤로 행방을 알 수 없는 상태다. 애써 신사인 척하다보니 그만 대영제국에 익숙해져 귀국 기회를 놓친 것인지도 모른다.

그런데 그 싸움의 원인은 한 여성을 둘러싼 갈등이었다고 한다.

○

"2세가 돌아오지 않으면 이야기가 안 되겠군."

"그놈은 이제 돌아오지 않을 거야."

아카다마 선생님은 거칠게 부채질하며 창문으로 들어오는 뜨거운 햇살을 바라보았다. 그리고 이렇게 중얼거렸다.

"내 뒤를 이을 만한 애가 하나 더 있지."

"자네, 숨겨놓은 아들이라도 있다는 건가?"

"아들이 아니야. 수업이 아직 덜 된 계집애인데 가능성은 있어."

나는 터럭이 쭈뼛 곤두섰다. 깜짝 놀라 앉은 채 무릎걸음으로 다가갔다.

"선생님, 잠깐 여쭙겠습니다만 그 후계자 후보가 혹시 벤텐 님 아닙니까?"

아카다마 선생님이 고개를 끄덕였다. 나와 동생 그리고 긴코 보는 함께 한숨을 내쉬었다.

"그건 아무래도 곤란하겠군."

긴코보가 신음했다.

"그 애는 질이 나빠."

"질이 좋은 덴구가 어디 있나? 알지도 못하면서."

"그 애는 재앙의 씨앗이 될 거야. 그 아이만은 안 되네."

아카다마 선생님은 발끈해서 긴코보를 노려보았지만 이윽고 돼지처럼 코를 쿵쿵거리더니 부채를 내던지고 벌렁 누워버렸 다. 나이를 몇백 살이나 먹었는데도 처지가 곤란해지면 토라져 서 누워버린다. 뇨이가타케 야쿠시보의 면목이 그대로 드러나 는 장면이다.

그런 아카다마 선생님을 앞에 두고 긴코보는 정좌한 채로 고 개를 숙였다. 땀이 다다미에 툭툭 떨어졌다.

"오쿠리비가 얼마 남지 않았군. 자기 산에 있을 수 없다는 것 이 쓸쓸하지 않은가?"

"오쿠리비를 구경하려면 인간 세상 쪽이 더 즐겁지. 산 위에 있어봤자 무슨 재미가 있나?"

"또 그런 핑계를."

긴코보도 더는 말하지 않았다. 아카다마 선생님은 눈을 꾹 감고 시간을 흘려보냈다.

오쿠리비 때 '대大'라는 커다란 글자의 불을 놓는 다이몬지大文字산은 뇨이가타케산의 서쪽 자락이다. 아카다마 선생님은 뇨이가타케산의 주인이기 때문에 다이몬지 오쿠리비도 당연히 자기 관리 아래 있다고 자부했다. 감독자로서 위엄 있게 지켜보아야 한다고 생각할 테지만 우리의 선생님은 오쿠리비가 있는 날 저녁에 커다란 글자 주변을 어슬렁거리며 애써 쌓아놓은 소나무를 밀어 무너뜨리고는 시모가모 경찰서에 쫓기기도 했다. 하지만 그것도 구라마 덴구들에게 쫓겨나 데마치 상점가로 물러나기 전의 일이다. 이제 아카다마 선생님은 그토록 무시하던 인간들과 함께 살며 자기 산을 멀리서 바라보는 지경에 이르렀으니 애처로운 선생님의 속이야 오죽하랴.

내가 조심스럽게 입을 열었다.

"선생님, 그 오쿠리비 말입니다만."

"뭐냐, 야사부로."

선생님이 눈을 감은 채로 말했다.

"저희 집에서 매년 납량선을 띄우는 건 알고 계시죠?"

"알지. 정말이지 너구리는 구제할 길이 없는 바보야."

"하지만 작년 에비스가와가의 비열하기 짝이 없는 계략에 걸려 우리는 배를 태워먹고 말았습니다. 다른 배를 구하려고 애를 썼는데 일이 잘 풀리지 않았습니다……. 그래서 선생님의 안방을 하룻밤만 빌려주셨으면 해서 찾아왔습니다."

"안방이라는 게 뭐지?"

"아니, 선생님. 그 작은 다실처럼 생긴 하늘을 나는 것 있지 않습니까."

"아아, 그거? 그런데 그걸 누구 줬더라?"

아카다마 선생님은 갑자기 벌떡 일어나더니 멍한 표정을 지었다.

"아아, 그렇군. 그건 벤텐에게 줬다."

모두들 깜짝 놀라 방 안에 정적만 흘렀다.

아카다마 선생님이 '풍신뇌신의 부채'를 벤텐에게 아낌없이 주고 '어디서 굴러온 말 뼈다귀인지도 모를 계집아이에게 궁둥이 털까지 뽑혔다'라는 빈축을 산 일은 아직도 생생하게 기억이 난다. 그런데 '안방'까지 넘겨주다니, 그럼 선생님에게 남은 것은 무엇이란 말인가. 하늘을 날지도 못하고, 회오리바람도 일으키지 못하여 안 그래도 찌그러진 처지라고 할 수 있는데. 어처구니없을 만큼 퍼주었다.

마음 가득 존경을 담아 선생님을 모시는 나도 인내의 한계에 도달했다. 이놈의 한계에는 참 자주도 도달한다.

"그만 좀 하세요."

내가 소리쳤다.

"왜 그렇게 이것저것 다 퍼주시는 겁니까!"

아카다마 선생님은 책상다리를 하고 앉은 채로 얼굴이 빨개지더니 주름투성이 얼굴을 일그러뜨렸다. 그리고 옆에 있던 커다란 달마 오뚝이를 내게 집어 던졌다. 긴코보가 그만하라고 달랬지만 선생님의 분노는 가라앉지 않았다. 달마 오뚝이 다음에는 마네키네코, 마네키네코 다음에는 후쿠스케*, 후쿠스케 다음에는 또 달마 오뚝이. 이런 식으로 계속 집어 던졌다. 나는 목을 움츠리고 이리저리 피했다.

"아직도 모르겠느냐, 이 어리석은 녀석!"

위대한 스승이 외쳤다.

"기뻐하는 얼굴을 보고 싶어서였느니라."

○

아카다마 선생님을 달랜 뒤 나와 동생, 긴코보는 함께 선생님의 집을 나섰다.

데마치 상점가를 지나면서 긴코보가 말했다.

"야쿠시보가 늘 신세를 지고 있는 모양이로구나. 네 마음 씀

* 복을 부른다고 알려져 있는 일본의 전통 인형. 전통복 차림에 머리가 크고 정좌를 하고 있다.

씀이가 갸륵하다."

"얼떨결에 떠밀려 이렇게 된 신세입니다. 다른 제자들은 들르지도 않거든요."

"야쿠시보가 투덜거리기는 하지만 그래도 틀림없이 널 고맙게 생각하고 있을 거다."

"말뿐인 위로는 사양하겠습니다."

"이런! 내가 무책임한 소리를 했군."

긴코보가 이마를 때리며 말했다.

"그런 걸 기대해서는 도저히 스승님을 모실 수가 없죠."

"맞는 말이로구나."

긴코보는 한동안 이와야산에 머물 거라고 했다. 돌아갈 생각은 없었는데 아들이 꼭 놀러 오라고 사정했다며 기쁜 듯이 말했다. 고잔 오쿠리비 때는 산에서 내려와 구경할 작정이란다.

"납량선에 야쿠시보를 태워주지 않겠나? 나도 타보고 싶군."

"그렇게 조치하도록 하겠습니다."

"그리고 말이야, 벤텐은 조심해야만 해."

긴코보는 데마치야나기역에서 버스를 타고 이와야산까지 간다기에 가모 대교 서쪽 부근에서 헤어졌다. 해가 쨍쨍 내리쬐어 가모가와강 물이 꽤 줄어들었다. 뜨거운 햇살이 쏟아지는 가모 대교를 비칠비칠 건너는 긴코보의 뒷모습을 동생과 함께 지켜보았다.

벤텐은 산조 다카쿠라의 부채 가게 '니시자키 겐에몬 상점'에 가 있다고 선생님이 알려주었기 때문에 나와 동생은 가와라마치에서 시영버스를 탔다. 동생은 좌석에 앉아 잔뜩 긴장하고 있었다. 겁을 먹어 당장이라도 꼬리가 튀어나올 조짐이어서 내가 달래주었다.

"벤텐도 너구리전골을 자주 먹는 건 아니야. 송년회 때만 먹어."

나는 아카다마 선생님 때문에 벤텐과 알게 되었으며, 끊으려야 끊을 수 없는 인연이 있다. 솔직히 이야기하면, 그녀는 이루지 못한 내 첫사랑이다.

"걱정되면 넌 먼저 집에 가도 돼."

내가 말했다.

하지만 동생은 버텼다.

"나도 같이 갈 테야. 엄마가 담력을 기르라고 했거든."

○

부채 가게 '니시자키 겐에몬 상점'은 산조 다카쿠라에서 조금 올라간 한적한 동네에 있다. 외관은 고풍스럽지만 일반 주택과 별다를 바가 없다.

돋을새김으로 가게 이름을 새겨놓은 유리 미닫이문을 열고

"실례합니다" 하며 안으로 들어섰다. 가게 안은 시원하고 향을 피운 냄새가 났다. 약간 어두운 봉당에는 나무 진열대가 있었다. 거기에는 멋들어진 부채가 날갯짓을 멈춘 나비처럼 진열되어 있었다. 마루 귀틀에 앉아 손님과 이야기를 나누던 겐에몬에게 인사하며 동생과 함께 신발을 벗고 올라섰다.

짙은 남색 포렴을 들추고 검은 마루가 깔린 복도를 걸어가는데 향내가 심해 숨을 쉬기 힘들었다. 참고 걸어가니 소금기 때문에 발바닥이 마루에 척척 달라붙었다. 거리의 소음이 들리지 않아 세계의 끝에 들어온 것처럼 정적에 싸여 있었는데 높은 하늘에서 갈매기 우는 소리가 들렸다. 복도 끝이 왼쪽으로 꺾여 있고 스며든 햇살이 흔들리고 있었다.

복도를 돌자 작은 식당 앞이 나왔다.

바닷바람이 불어와 입구의 포렴을 흔들었다. 흔들리는 수면에서 반사되는 빛이 식당 안을 가득 채웠다. 큼직한 마루방에 소박한 탁자가 놓여 있고, 벽에는 색 바랜 메뉴가 걸려 있지만 손님은 없었다. 식당을 지나자 잔교*가 나타났다. 거기에는 작은 배 몇 척이 떠 있었다. 그 너머로 바다가 펼쳐져 잔잔한 파도 이는 수면이 햇살을 받아 빛나고 있었다. 바람이 들려주는 풍경 소리와 푸른 하늘을 나는 갈매기 소리, 파도 소리가 뒤섞여 나는 산조 다카쿠라 변두리라고는 생각할 수 없는 곳으로 여행 온 기

---

* 해안가나 부두에서 배를 접안시킬 수 있게 해놓은 다리 모양의 구조물.

분을 맛보았다.

취사장에서 노파가 나왔다. 내가 물었다.

"벤텐 님은 시계탑 쪽에 있나요?"

노파는 바닷가 쪽을 가리키며 대답했다.

"네, 저기 보이죠?"

안개가 흐릿하게 끼어 잘 보이지 않았지만 수면 위에 우뚝 선 건물이 보였다.

"어제만 해도 파도가 거칠었는데 오늘은 정말 날씨가 좋군요."

노파가 잔교로 나가 작은 배를 준비하면서 그렇게 말했다.

나와 동생은 배에 올라타 출발했다. 작은 배는 시소처럼 흔들렸다. 바닷물이 배에 부딪히며 찰랑거렸다. 처음에는 재미있어하던 동생도 바닷물 빛깔이 짙어지자 안색이 점점 창백해졌다. 노를 젓던 내가 방향을 확인하고 나서 뒤돌아보니 바로 앞에 있던 소년의 모습은 온데간데없고 털북숭이 너구리 한 마리가 몸을 잔뜩 웅크리고 있었다.

"역시 안 되겠니?"

"형, 미안해. 무서워서 둔갑이 풀렸어."

"괜찮아. 마음 푹 놓고 내게 맡겨."

수면 위에 우뚝 선 건물이 가까워졌다. 오랜 세월 비바람에 씻겨 퇴락한 건물은 다이쇼 시대에 성공한 무역상이 지은 당당한 서양식 건물인데, 지금은 80퍼센트가 바닷속에 가라앉아 있다. 바다 위에 높이 솟은 시계탑은 일찍이 이 건물이 호텔로 명성을 떨칠 때 멋진 광고탑 역할을 했다고 한다. 그 유명한 시계탑도 끊임없이 불어오는 바닷바람에 녹슬어 시계는 이제 움직이지 않는다.

시계탑 아래 수면에는 튜브 매트가 둥실둥실 떠 있고 선명한 빛깔의 파라솔이 보였다.

"계세요?"

내가 소리를 지르자 누워 있던 벤텐이 일어나서 손을 흔들었다. 벤텐은 '천하무적'이라는 꼴사나운 사자성어가 큼직하게 찍힌 티셔츠에 반바지를 입고 있었다.

○

내가 물 위에 떠 있는 튜브 매트 한쪽에 배를 대자 벤텐은 구석에 웅크리고 있는 작은 너구리를 보더니 선글라스를 벗었다.

"어머나, 귀여워라. 동생인가?"

파라솔 한쪽에는 벤텐이 좋아하는 작은 라디오와 읽던 문고본, 먹던 도넛, 망원경 그리고 보기 드문 가짜 덴키브랜 큰 병 따위가 어질러져 있었다. 벤텐이 먹던 도넛을 주자 동생은 쭈뼛거리며 먹기 시작했다. 목이 메는지 가끔 억억 소리를 냈다.

"그런데 더워 보이네. 좀 더 시원한 모습으로 둔갑해주지 않을래?"

나는 책상다리를 하고 앉으며 말했다.

"그 티셔츠는 뭡니까? 꼴사납게."

벤텐은 불룩 솟은 자기 가슴께를 내려다보았다.

"이건 에비스가와 너구리들이 준 거야."

"금각과 은각 말인가요?"

"그래, 여기 있는 가짜 덴키브랜과 함께."

나는 찾아온 이유를 설명하기 시작했다. 벤텐은 가짜 덴키브랜을 꿀꺽꿀꺽 마시면서 귀를 기울였다. 금각과 은각이 우리 납량선을 불태운 이야기에는 하얀 허벅지를 두드리며 웃음을 터뜨렸다.

"마침 어제 금각과 은각이 찾아와서 네가 분명히 여기 올 거라고 했지. 너구리들 다툼에 끼어들지 말아달라며 이상야릇한 티셔츠와 가짜 덴키브랜을 두고 갔어."

"뇌물치고는 쩨쩨한데요."

"맞아. 갖고 싶은 것이 있으면 얼마든지 빼앗을 수 있는걸."

"바보 형제라서 생각이 짧군요."

벤텐이 심술궂게 웃었다.

"안방이 필요하지?"

"무지하게 필요하죠."

"어떻게 할까. 네게 빌려줘봤자 난 아무 이득도 없는걸."

그러면서 벤텐은 무릎을 끌어안고 삼각형 모양으로 앉아 재미있다는 듯이 바다를 바라보았다.

밀어붙여 봤자 결론이 나지 않겠다는 생각이 들었다. 나는 당겨보기로 했다.

"오늘은 무얼 하고 있었나요?"

"고래를 기다리고 있었지."

"그런 게 있어요?"

"가끔 머리를 내밀어, 저쪽에서."

벤텐은 그렇게 대꾸하며 앞바다 쪽을 가리켰다.

"오늘 아침에 일어났더니 갑자기 고래 꼬리지느러미를 잡아당겨보고 싶어졌어. 그래서 온 거지. 그런데 막상 기다리니 오히려 잘 나타나지 않네."

"세상일이 다 그렇죠."

이런저런 이야기를 나누면서 벤텐과 함께 고래가 나타나기를 기다렸다. 나는 벤텐이 권하는 대로 가짜 덴키브랜을 받아 마셨다. 더위와 술기운, 그리고 흔들리는 튜브매트 때문에 머리가 어질어질했다.

○

잔교에서 작은 배 한 척이 다가왔다. 부채 가게 겐에몬이 혼자 타고 있었다.

벤텐이 불쑥 일어서서 생긋 웃었다. 겐에몬 영감은 엎드리는 자세로 작은 나무 상자를 벤텐에게 바치더니 바로 돌아갔다.

"뭐예요?"

"봐."

나무 상자 안에는 접어놓은 멋진 부채가 들어 있었다.

그 유명한 풍신뇌신의 부채였다. 일찍이 아카다마 선생님은 이 부채를 늘 품에 지니고 다니며 교토의 날씨를 멋대로 주물렀다. 풍신이 그려진 면으로 크게 부치면 큰바람이 불고, 뇌신이 그려진 쪽으로 크게 부치면 천둥 번개와 함께 비가 내린다. 아카다마 선생님은 이것을 써서 참석하기 싫은 수많은 회합을 무산시켰다고 한다. 선생님이 그런 부채를 얼결에 벤텐에게 준 것은 고금을 통틀어 찾아볼 수 없는 경솔한 짓이었다.

"겐에몬에게 부채 수리를 맡겼어. 전에 네가 나스 요이치 흉내를 내는 바람에 여기 구멍이 뚫렸어. 기억 안 나?"

"과거는 돌아보지 않고 싶습니다."

"몹쓸 너구리네. 반성해."

벤텐은 상자에서 부채를 꺼내 펼쳤다.

금가루로 장식한 부채 면이 한여름 햇살을 받아 반짝반짝 빛났다. 벤텐은 기쁜 표정으로 웃으며 부채를 빙빙 돌렸다. 춤을 추는 것 같았지만 벤텐은 무용은 할 줄 모르는 듯했다. 이윽고 벤텐은 앞바다를 노려보며 풍신뇌신의 부채를 높이 치켜들었다. 그리고 부채를 흔든 순간 바람이 휘익 일어 안개처럼 희고 자욱한 것이 팽이처럼 빙빙 돌며 하늘로 날아올랐다.

하늘이 갑자기 흐려졌다.

거대한 맷돌을 돌리는 듯한 소리가 사방팔방에서 들려왔다. 번쩍하는 퍼런 번개가 바다 위에 솟아오른 시계탑을 밝혔다. 그 즉시 굵은 빗방울이 수면을 두드리기 시작하고 눈앞에 펼쳐진 바다가 납빛으로 바뀌어 꿈틀거렸다.

"모처럼 좋은 날씨였는데 엉망이 되었네."

벤텐이 비를 맞으며 유쾌하다는 듯이 말했다.

"좋았어. 네 부탁이니 안방을 쓰게 해줄게."

"감사합니다."

"하지만 안방까지 부채처럼 엉망으로 만들어놓으면 어쩌지?"

벤텐이 미간을 찌푸리며 말했다.

"넌 난폭한 애니까."

"조심해서 쓸게요."

"아, 참!"

벤텐이 찡그리고 있던 눈썹을 불쑥 펴며 재미있다는 듯이 손뼉을 쳤다.

"만약에 안방이 망가지면 금요클럽 모임에서 개인기를 보여주는 걸로 하자. 마침 여흥을 부탁받았어. 만약 개인기가 재미없으면 너구리전골을 해서 먹으면 되겠네."

"난 맛없는데."

"상관없어. 잡아먹고 싶을 만큼 좋아하는걸."

먹겠다면 백 년 사귄 친구도 잡아먹는 것이 벤텐이다. 첫사랑에게 잡아먹힌다면 꽤 멋진 최후겠지만 나에게는 아직 해야 할 일이 있다.

더 큰 천둥이 치자 동생이 벼락이라도 맞은 듯이 비명을 질렀다.

"아, 이것 봐."

벤텐은 망원경을 들고 해적 선장처럼 바다를 보았다.

일렁이는 파도 사이로 새카맣고 거대한 것이 수면 위로 올라왔다 들어갔다 하고 있었다. 작은 섬만 한 것이 엄청난 크기였다. 저것이 큰고래인 모양이다.

벤텐은 몸을 유연하게 뒤로 젖히며 옷을 벗었다. 그리고 아무것도 걸치지 않은 알몸으로 저 멀리 파도 사이에서 나타났다 사라졌다 하는 큰고래를 향해 아름답고 텐구다운 곡선을 그리며 뛰어들었다. 벤텐은 어두운 구름 사이로 번개가 떨어지는 바다 위에서 새카만 큰고래의 등에 올라탔다. 그러더니 허공으로 둥실 떠올라 바닷속으로 들어가려는 고래의 커다란 꼬리지느러미를 움켜쥐고 잡아당겼다.

나는 바다에서 벌어지는 벤텐과 큰고래의 대결을 구경했다.

등 뒤에서 우엑, 하고 푸딩을 접시에 쏟는 듯한 작은 소리가 났다. 돌아보니 내 연약한 동생이 도넛을 토하고 있었다. 털이 비에 젖은 채로 파도에 흔들리는 동생은 이제 뭐가 뭔지 모르겠다는 표정으로 자신의 토사물을 바라보고 있었다.

나는 덜덜 떠는 동생을 안고 벤텐이 돌아오기를 기다렸다.

벤텐은 큰 소리로 덴구답게 웃으며 황량하고 어두운 바다 위를 펄쩍펄쩍 뛰었다.

○

나는 시조 가라스마의 빌딩 옥상에 있던 벤텐의 '안방'을 빌렸다.

'안방'은 도코노마*가 딸려 있는 다다미 넉 장 반에, 둥글고 예쁜 살창이 난 토벽과 아랫부분은 판자, 윗부분은 창살에 종이를 붙인 미닫이로 둘러싸여 있다. '안방'에는 벤텐이 쓴다는 작은 장롱 말고는 아무것도 없었다. 안에서 미닫이를 열고 나가면 툇마루다. 비행할 때는 거기 걸터앉아 발을 흔들며 밤바람 속에

---

* 다다미방 정면에 바닥을 한 층 높여 장식물을 놓을 수 있게 만들어둔 공간.

야경을 감상할 수 있다. 작고 비좁은 널문도 있지만 덴구가 아닌 우리는 섣불리 그 문으로 드나들지 못한다. 널문 밖에는 툇마루가 없어 떠 있을 때 자칫 그리 나가면 눈 아래 펼쳐진 야경으로 몸을 던지는 꼴이 되기 때문이다.

다다미 녁 장 반 한복판을 잘라내 화로를 만들어두었다. 그 안에는 지저분하고 둥글납작한 찰떡처럼 생긴, 찻물 끓이는 솥 모양의 엔진이 있다. 하지만 이 차솥 모양의 엔진은 '안방'을 날게 할 뿐만 아니라 물을 끓일 수도 있는 편리한 물건이다.

벤텐은 구석에 있는 작은 장롱을 부스럭부스럭 뒤졌다. 그리고 값비싼 핸드백 종류와 보석을 마구 헤집더니 아카다마 포트 와인병을 꺼냈다.

"알지? 이걸로 움직이게 하는 거야."

벤텐은 화로의 솥에 와인을 따랐다. 그러자 '안방'이 덜컹거리며 떠올랐다.

반짝반짝 빛나는 빌딩가의 불빛을 내려다보며 우리는 한동안 밤하늘 산책을 즐겼다.

벤텐이 이윽고 나와 동생에게 조종을 맡겼다.

"제발 망가뜨리지 않도록 조심해."

그렇게 못을 박더니 널문을 열고 밤하늘로 날아갔다. 아마 어디론가 화끈한 밤놀이를 즐기러 나갔으리라.

○

나는 동생과 의기양양하게 '안방'을 조종하며 밤하늘을 날았다. 금의환향하는 기분으로 다다스숲에 돌아왔더니 큰형이 '안방'을 보고 투덜거렸다.

"아니, 이런 걸로 어떻게 오쿠리비 구경을 한단 말이냐? 꼴사납다."

큰형은 자신이 납량선을 마련하지 못한 것이 못내 마음에 들지 않았던 것이다. 하지만 어머니는 달랐다.

"제법 괜찮구나."

나는 동생과 함께 기분 좋게 바닥을 뒹굴며 놀았다.

고잔 오쿠리비까지 며칠 남지 않았다. 우리는 벤텐의 '안방'을 제2대 만푸쿠마루로 개조하는 준비에 여념이 없었다. 구석구석 쓸고 걸레질을 한 다음 툇마루에 달 등불을 여러 개 준비했다. 그리고 반짝거리는 깃발도 매달았다. 잔치용 음식과 술, 조상님들에게 바칠 공물들을 준비했다. 바삐 움직이면서도 동생과 나는 장난삼아 아카다마 포트와인을 부어 '안방'을 공중에 띄우곤 했다. 그러다가 툇마루에서 떨어져 큰형에게 야단을 맞았다.

"에비스가와 녀석들은 올해도 요란한 배를 띄우겠지?"

어머니가 툇마루에 등을 놓으며 말했다.

"아마 그렇겠죠."

큰형이 떨떠름한 표정으로 대답했다.

"금각과 은각 녀석, 이번에도 불을 지르면 가만두지 않겠어. 물론 작은아버지가 시키는 짓일 테지만."

에비스가와 가문의 수령인 에비스가와 소운은 우리 아버지의 동생이며, 금각과 은각을 이 세상에 태어나게 만든 장본인이다. 그는 시모가모 가문을 싫어해 틈만 나면 우회적인 방법으로 우리 집안을 못살게 군다.

"골치 아픈 일이 안 일어났으면 좋겠는데."

어머니가 그렇게 말하며 한숨을 내쉬었다.

고잔 오쿠리비를 하루 앞둔 저녁, 나는 아카다마 선생님을 초대하기 위해 외출했다. 긴코보가 따로 부탁까지 했으니 올해 납량선에는 선생님도 태워주기로 했던 것이다.

선생님은 얼굴을 찡그리며 말했다.

"뻔뻔스러운 소리를 하는구나."

"어머니가 초밥을 대접하신다고."

"너구리가 만든 초밥이면 터럭이 목구멍에 걸리겠지."

"어쨌든 올 마음이 있으시면 내일 저녁 7시에 건너오세요."

"깨어나 있으면 갈지도 모르겠다. 가지 않을지도 모르고. 그리 알거라."

아카다마 선생님은 아마 올 거라고 생각하고 나는 어머니에게 그렇게 전했다.

○

긴 여름 해도 뉘엿뉘엿 저물었다. 히가시야마산 너머는 이미
어두웠다. 가모가와강 변에 밀려들어 다이몬지산의 '대' 자를
지켜보는 인간들의 소음은 다다스숲까지 들려왔다. '안방'에는
잔치 준비가 모두 갖추어졌다. 툇마루에 매단 등에는 불이 켜졌
다. 이제 차솥 엔진에 와인을 부어 밤하늘로 날아오를 일만 남았
다. 그런데 아카다마 선생님이 나타나지 않았다.

'안방'에 차려놓은 진수성찬에는 손도 못 대고 우리는 그저
침이나 삼키며 기다릴 수밖에 없었다. 큰형이 호테이로 둔갑해
'안방' 한가운데 자리를 잡더니 젤리로 가득찬 공마냥 배를 출
렁출렁 흔들었다.

돌아가신 아버지는 고잔 오쿠리비 때마다 호테이로 둔갑했
다. 이유는 모르겠으나 그렇게 정해져 있었다. 큰형은 아버지를
따라 호테이로 둔갑하더니 우리에게 일곱 복신 가운데 하나로
둔갑하라고 했다. 둔갑하라고 하면 하기 싫어지는 것이 너구리
의 심보다. 나는 머저리 대학생으로 둔갑했다. 동생은 둔갑 능력
이 떨어져 모습을 바꿀 수가 없었다. 어머니는 자신이 좋아하는
다카라즈카 스타일의 미청년을 고집했다. 결국 누구도 큰형의

말에 따르지 않았다. 혼자 튀게 된 큰형은 배를 잔뜩 부풀리며 다다미를 쥐어뜯었다.

나는 툇마루에 책상다리를 하고 앉아 스승이 도착하기를 기다렸다.

이윽고 아카다마 선생님이 지팡이를 휘두르며 숲길에서 나타났다.

선생님은 이따금 멈춰 서서 나뭇가지를 올려다보거나 풀을 쥐어뜯으며 천천히 다가왔다. 분명 이쪽이 보일 텐데 애써 못 본 척하는 까닭은 너구리의 초대를 받고 가슴 설레어 달려온 것이 아니라 우연히 지나가던 길이었던 척하려는 연출이다.

"오오, 야사부로 아니냐? 이런 데서 무엇을 하고 있는 거냐?"

아카다마 선생님이 멈춰 서더니 내게 말을 걸었다.

"아니, 선생님. 어쩜 이런 우연이. 산책 나오신 겁니까?"

"으음, 선선해서 기분이 좋은 저녁이로구나."

"마침 잘되었습니다. 선생님, 오늘 밤이 고잔 오쿠리비라는 걸 아셨습니까?"

"아, 그런가?"

"딱 맞춰 오셨습니다. 이제 선생님께서 빌려주신 안방을 타고 오쿠리비 구경을 하려고 합니다. 혹시 급한 볼일이 없으면 함께 하시지 않겠습니까? 조촐하나마 술과 음식도 준비되어 있습니다."

"아아, 그러고 보니 그런 이야기를 들은 것도 같군."

아카다마 선생님은 눈썹을 찡그리며 고민하는 척했다. '할 수 없지'라는 투로 혼자 고개를 끄덕이더니 선생님이 말했다.

"잠시 다리를 쉴까 하던 중이었어. 잠깐이라면 괜찮겠지."

피차 속이 뻔히 보이는 연극을 마치고 선생님은 툇마루에 올라가 '안방'으로 들어가더니 상석에 책상다리를 하고 앉았다.

선생님은 호테이로 둔갑한 큰형을 보더니 어처구니없다는 듯이 물었다.

"넌 야이치로냐? 왜 그런 꼴을 하고 있느냐?"

"오늘 밤은 실례 좀 하겠습니다, 야쿠시보 선생님. 저도 가끔은 놀아야죠."

큰형이 실망한 표정으로 말했다.

동생이 아카다마 포트와인병을 안고 방 한복판으로 갔다. 선생님은 자기가 마실 술인지 알았던 모양인데 동생이 화로 안의 차솥에 따르는 걸 보고 눈을 부릅떴다.

"아아, 차솥에 붓다니, 아깝도다."

선생님이 슬픈 표정으로 중얼거린 순간 '안방'이 떠올랐다. 나뭇잎이 스치며 바스락 소리를 냈다. 한바탕 나뭇가지 부러지는 소리가 나더니 '안방'은 어느새 숲 위로 둥실둥실 떠올랐다.

미닫이를 활짝 열자 동쪽에 불을 놓을 커다란 글자가 보였다.

"선생님, 저쪽이 뇨이가타케산입니다. 큰 글자가 보이는군요.”

내가 말하자 선생님은 관심 없다는 표정으로 그쪽을 바라보았다.

“보인다. 보이고말고.”

○

동쪽에서 바람이 살짝 불어왔지만 저녁 하늘은 평온했다.

더 높이 올라 바람을 타고 고료 신사 쪽으로 ‘안방’을 몰았다.

툇마루에서 저녁 바람을 즐기며 아래를 내려다보았다. 도시는 점점 어둠 속으로 가라앉고, 여기저기 불빛이 들어오기 시작했다. 이윽고 눈부신 도시의 불빛 가운데 한 척, 또 한 척이 하늘로 떠오르는 모습이 보였다. 멀리서도 오쿠리비를 구경하려는 납량선이라는 사실은 쉽게 알 수 있었다. 기타야마산 방향에 두 척, 고쇼* 위에도 한 척, 우류산에서 다누키다니 후도인에 걸쳐 여러 척이 떠 있었다. 모두들 불을 밝히고 밤하늘에 둥실둥실 떠 있었다. 저쪽 배 위에서 왁자지껄 떠드는 소리가 여기까지 들리는 듯했다.

오쿠리비가 시작되기 전에 잔치를 하자고 해서 어머니가 만든 초밥을 먹고 술을 마셨다. 초밥은 맛있었다. 선생님도 드물게

* 御所. 1337년-1869년까지 약 500여 년간 일왕이 기거하며 정무를 수행한 궁궐.

입맛이 당기는지 잘 드셨는데, 차솥에 와인을 빼앗기는 것이 불
만인지 계속 투덜거렸다.

동생은 레모네이드병을 들고 재잘거리며 툇마루를 어슬렁거
렸다.

"그쪽은 위험해. 떨어진다."

어머니가 말했다.

조금 있다가 동생이 소리쳤다.

"에비스가와가 왔어."

큰형과 나는 툇마루로 나갔다.

남쪽에서 증기선처럼 바깥에 바퀴가 달린 배가 점점 다가왔
다. 크리스마스트리처럼 갑판과 돛대에 전구 장식을 해서 요란
하게 반짝거렸다. 갑판에는 의자와 테이블이 여러 개 놓여 있어
마치 하늘을 나는 맥줏집 같았다.

"저기 봐, 소운이 있어."

큰형이 말했다.

밉살맞은 작은아버지, 에비스가와 소운도 호테이로 둔갑한
모양이었다. 뚱뚱한 호테이가 뱃머리에 책상다리를 하고 앉아
있었다. 역시 연륜은 무시하지 못한다. 큰형의 어중간한 둔갑과
는 비교도 안 될 만큼 경지에 이른 모습이었다.

돛대에는 돛 대신에 거대한 전광판이 붙었고, 거기에 '에비스
가와 소운'이라는 분홍색 글씨가 적혀 있었다. 꼴사납기 짝이 없

게 전광판 주위에는 '에비스가와'라고 쓴 새빨간 등이 잔뜩 달려 있었다.

작은아버지 옆에는 기분 나쁜 웃음을 짓는, 똑같이 생긴 두 명의 에비스*가 서 있었다. 금각과 은각이리라. 그들은 팔짱을 끼고 우뚝 서서 당당한 자세로 이쪽을 바라보고 있었다.

다다미 넉 장 반 '안방'에 웅크리고 있는 우리를 비꼬려는 속셈인지, 그들은 깜빡거리는 전구 장식 아래서 요란을 떨며 술잔치를 시작했다. 가짜 덴키브랜 큰 병이 계속 갑판으로 나왔다. 괴수처럼 큰 바다새우며 웨딩 케이크 같은 과자, 방석만 한 고기만두를 잔뜩 차려놓았다.

시비를 걸어올 생각은 없는 듯해 우리는 잔치를 계속했다.

툇마루에 사람이 내려서는 기척이 났다. 내다보니 술병을 든 이와야산 긴코보가 밤바람을 타고 하늘에서 내려왔다. 그는 '안방'에 있는 아카다마 선생님을 보고 말했다.

"아, 왔군."

"또 왔나?"

선생님은 쓸쓸한 표정을 지으며 무뚝뚝하게 대꾸했다.

긴코보가 실례하겠다며 우리에게 고개를 숙인 뒤 아카다마 선생님과 마주 앉아 술을 마시기 시작했다.

술기운이 돌아 기분이 좋아졌을 때 우리는 툇마루로 나가 한

---

* 오른손에 낚싯대를, 왼손에 도미를 안은 바다의 수호신.

줄로 늘어서서 다이몬지산 쪽을 바라보았다. 커다란 '대' 자에 불이 붙자 아래서 인간들이 환성을 지르는 소리가 들려왔다.

아카다마 선생님은 혼자 문지방에 서 있을 뿐, 우리와 어울리려 들지 않았다.

"재미없네. 여기서 보니 오쿠리비가 저렇군."

선생님이 중얼거렸다.

긴코보가 툇마루에서 고개를 돌려 선생님에게 물었다.

"저기로 돌아가고 싶지 않은가?"

"됐네, 이제 와서. 번거롭기만 할 뿐이야."

선생님은 팔짱을 낀 채로 일찍이 자신이 관리하던 다이몬지산을 바라보았다.

○

묘법妙法이란 글자, 배 모양, 큰 대 자, 도리이* 모양, 오쿠리비 구경도 순조롭게 끝나고 흔들리는 '안방' 안에서 잔치를 계속하다 보니 고인이 된 우리 아버지 시모가모 소이치로에 관한 이야기가 나왔다.

드물게도 아카다마 선생님이 술김에 아버지 이야기를 꺼내자 우리는 귀를 기울였다.

* 신사 앞에 세우는 기둥 문.

아카다마 선생님과 아버지는 예전에 친하게 지내는 사이였다. 선생님을 위해 구라마 덴구들을 혼찌검 낸 이야기는 아버지의 자랑이자 우리의 자랑이기도 했다.

"소이치로는 싹수가 있었지."

아카다마 선생님이 말했다.

"너구리로 살게 두기는 아까울 정도였어."

이렇게 죽은 아버지에 얽힌 추억 이야기가 나오자 실내는 숙연한 분위기가 되었다. 하지만 옆에 정박 중인 에비스가와가의 배는 소란스러웠다. 브라스밴드가 요란하게 연주를 하는 것은 그렇다고 쳐도 불꽃을 펑펑 쏘아 올리는 소리는 신경에 거슬렸다.

그쪽 모습을 살피기 위해 툇마루로 나와보니 신바람이 난 너구리들이 불꽃을 마구 쏘아 올리고 있어 위태로웠다. 그 소란 한가운데에 에비스가와 소운과 마주 앉은 유카타 차림의 요염한 미녀가 보였다. 가짜 덴키브랜을 병나발 불고 있는 그 여자는 틀림없이 벤텐이었다.

뜻밖이라 나는 깜짝 놀라 중얼거렸다.

"저 배에 벤텐 님이 있네."

내 말을 들은 아카다마 선생님의 머리에서는 아버지에 관한 추억이 안개 걷히듯 사라졌다. 자기 곁에 있어야 할 벤텐이 옆 배에 있다는 걸 안 선생님은 술잔을 입으로 깨물어 부수며 분통을 터뜨렸다.

"왜지? 왜 이리 오지 않는 거지?"

하지만 우리는 그 까닭을 알 도리가 없다.

에비스가와가에서 쏘아 올린 불꽃 소리가 점점 가까워졌다. 밤바람에 실려 흰 연기가 흘러왔다. 연기 냄새를 맡자 어머니는 못마땅하다는 듯이 기침을 해댔다. 불꽃이 터질 때마다 툇마루 밖이 대낮처럼 환해졌다. 확실하지는 않지만 우리 쪽을 노리고 쏘는 듯했다. 이윽고 '안방'은 흘러드는 화약 연기로 가득 차 앞에 앉은 사람의 얼굴도 잘 보이지 않았다. 동생이 연신 기침을 해댔다. 아카다마 선생님은 얼굴을 잔뜩 찌푸리고 술을 마셨다. 어머니는 이를 바득바득 갈았다.

"아무리 그래도 이건 너무하네. 내가 작은아버지에게 한마디 하고 오지."

큰형이 그렇게 말하며 일어서 툇마루로 나간 순간 더 큰 소리가 났다.

큰형의 비명이 들리더니 툇마루에서 불길이 확 일었다.

활활 타오르는 자루를 든 호테이가 뛰어 들어와 '안방'이 소란스러워졌다.

등에 불꽃이 명중해 거기에서 불이 나고, 당황한 큰형의 자루로 옮겨붙은 모양이다. 위기 상황에 약한 큰형은 정신이 나간 듯이 만약을 대비해 도코노마에 두었던 소화기를 뿌려댔다. 덕분에 불은 꺼졌지만 '안방'은 소화기에서 나온 분말투성이가 되었다.

"에잇, 시끄러."

아카다마 선생님은 누구에게랄 것도 없이 호통을 쳤다.

나는 툇마루로 나와 등불을 끄고 돌아다녔다. 에비스가와의 배에서 박수와 함께 왁자지껄한 소리가 들려왔다. 너무 재미있어 견딜 수가 없는 모양이었다.

흰 연기 너머에서 누군가가 움직이는 모습이 보였다. 어머니가 드럼통만 한 커다란 불꽃 발사통을 안고 툇마루로 나오려고 했다. 큰형이 어머니를 말리고 있었다.

"어머니, 지금은 참으세요. 우리가 공격을 하면 안 돼요. 여러모로 번거로운 일이⋯⋯."

"에잇! 우리를 계속 업신여기다니!"

어머니는 사나운 개처럼 으르렁거렸다. 툇마루의 탄 자국을 보던 나는 어머니를 붙들고 늘어지는 큰형을 '안방'으로 밀어넣고 어머니와 함께 거대한 불꽃 발사통을 들었다.

"한복판이 좋겠군. 명중시켜주마!"

어머니가 말했다.

갑판을 겨냥하고 있는데 에비스가와 소운과 술잔을 나누고 있던 벤텐이 우리의 움직임을 눈치챘다. 벤텐은 가짜 덴키브랜 큰 병을 가슴에 안고 훌쩍 돛대 위로 날아올랐다. 뚱뚱한 소운이 탁해진 눈으로 이쪽을 노려보았다. 옆에 앉아 있던 금각과 은각이 일어서더니 뭐라고 소리를 질렀다.

큰형이 소리쳤다.

"안 돼, 참아. 참아야 해."

어머니와 나도 소리를 질렀다.

"나가 뒈져랏!"

우리 발사통이 불을 뿜었다.

○

드럼통 크기의 발사통에서 날아간 한 발은 에비스가와가의 흥청망청하는 잔치 한복판으로 날아갔다.

잔치를 벌이다가 공격을 받아 당황한 녀석들의 소란은 전혀 생각도 못 한 곳에서 불꽃이 날아오자 더욱 어지러워졌다. 그런 소동 속에서 가짜 덴키브랜 큰 병이 박살 나고 잔뜩 쌓아 올렸던 산해진미가 사방으로 튀었다. 찬연하게 빛나는 납량선에서 밤의 도시로 쏟아져 내리는 바다새우와 거대한 고기만두들……

벤텐은 돛대 꼭대기에 걸터앉아 갑판에서 튀어 오르는 불꽃을 재미있다는 듯이 구경하고 있었다.

금각과 은각이 갑판을 이리저리 뛰어다니며 부하 너구리들에게 명령을 내렸다. 이윽고 에비스가와가의 납량선은 불꽃을 쏘며 무서운 기세로 다가왔다.

이미 사태가 수습될 가능성이 전혀 없다고 생각한 큰형도 가세해, 우리는 잔치가 끝나면 쏘아 올리려고 준비한 불꽃을 발사하며 응수했다. 에비스가와가에서 발포한 불꽃이 '안방'의 미닫이를 부수고, 등을 쓰러뜨리고, 여기저기 불이 붙을 때마다 동생이 소화기를 뿜고 다녔다.

갑판 위를 이리저리 뛰어다니는 에비스가와 녀석들의 모습이 바로 앞까지 왔을 무렵 불꽃이 다 떨어졌다. 어머니는 빈 술병과 아카다마 선생님의 지팡이 따위를 집어 던지기 시작했다.

"이제 슬슬 도망치자."

내가 큰형에게 말한 순간 쇠사슬 달린 낫이 여러 개 날아와 우리 툇마루에 꽂혔다.

"위험해! 찔리면 죽잖아!"

어머니가 소리쳤지만 갑판에 나와 있는 소운과 금각, 은각은 히죽히죽 웃기만 할 뿐이었다.

녀석들이 쇠사슬을 당기자 '안방'이 에비스가와가의 배 쪽으로 끌려갔다.

"상대는 몇 안 된다! 배를 완전히 붙여서 모두 쳐부숴라!"

금각이 몸을 내밀고 소리쳤다.

어디서 나왔는지 모르지만 거대한 곰의 손 같은 것을 디밀어 우리 '안방'을 끌어당기려는 녀석도 있었다. 끼릭끼릭 쇠사슬 감는 소리가 났다.

불타는 미닫이 옆에 버티고 서 있는데 돛대 꼭대기에 있는 벤텐이 눈에 들어왔다. 벤텐은 빈 가짜 덴키브랜 큰 병을 휙 내던지더니 내게 미소를 지었다. 그러고는 '안방' 안쪽을 가리키며 서랍을 열라는 시늉을 했다.

왜 그러지?

나는 방 안으로 돌아왔다.

어머니는 에비스가와 소운의 웃는 얼굴에 한 방 먹일 불꽃을 찾느라 방 안을 오락가락하고 있었다. 그러더니 결국 구석에 있는 벤텐의 작은 장롱을 뒤지기 시작했다. 어머니는 소리를 빽빽 지르며 안에 있는 물건을 닥치는 대로 끄집어냈다.

"아무것도 없네!"

어머니가 집어 던진 물건 가운데 눈에 익은 부채가 보였다.

확인할 필요도 없이 그것은 풍신뇌신의 부채였다.

○

불에 거의 다 탄 미닫이 너머로 에비스가와의 전구 장식이 반짝거렸다.

놈들이 마지막으로 힘을 내 끌어당기는 바람에 '안방'이 크게 기울어 술병이며 접시, 찬합, 심지어 아카다마 선생님까지 바닥에 쓰러졌다. 지붕과 기둥이 삐걱거리는 소리를 냈다. 툇마루 밖에는 요란한 장식을 한 에비스가와가의 배가 옆에 딱 붙어 있었다. 밝은 빛과 함께 피리와 큰북, 브라스밴드 소리가 뒤섞인 요란한 음악이 울려 퍼졌다. 갑판에서 놈들이 장단을 맞추는 소리도 들려왔다.

"야이치로를 내놓아라."

에비스가와 소운이 갑판에서 거만하고도 엄숙하게 말했다.

나는 툇마루로 나가려는 큰형을 말렸다.

대신 내가 툇마루로 나가자 갑판에 쭉 늘어서 있던 너구리들이 야유를 퍼부었다. 핑크색 화통을 든 녀석이 나를 겨냥하고 있었다. 금각과 은각을 양옆에 거느린 에비스가와 소운은 호테이답게 만면에 웃음을 지으며 나를 내려다보았다.

"장남 대신 삼남이 나왔군."

소운이 말했다.

"야이치로는 어찌 되었느냐. 방구석에 웅크리고 있는 건가?"

소운을 무시하고 나는 돛대 꼭대기를 쳐다보았다.

벤텐은 돛대 꼭대기에 외발로 서서 놀고 있었다. 나는 입술을 꾹 다문 채로 오른손에 쥔 풍신뇌신의 부채를 벤텐에게 보여주었다. 벤텐이 키키킥 하며 괴소문으로 돌던 '입 찢어진 여자'처럼 웃더니 짧게 자른 검은 머리카락을 흔들었다. 그리고 배 위가 아비규환이 되기 전에 훌쩍 에이잔산 쪽으로 날아갔다.

"왜 대답이 없나."

소운이 몸을 내밀며 큰 소리로 외쳤다.

"멀리 있는 놈은 소리라도 듣고 가까이 있는 놈은 눈으로 잘 봐라. 나는 시모가모 소이치로의 삼남, 야사부로다."

"그건 알고."

소운이 중얼거리자 옆에 있던 금각이 끼어들었다.

"어서 네 형을 내놓으라고 하잖아. 지난번에 궁둥이를 깨물린 복수를 해야겠다."

은각도 나섰다.

"엉덩이가 네 쪽으로 뽀개지는 줄 알았어."

금각이 업신여기는 표정을 지으며 말했다.

"그리고 야사부로, 그걸 납량선이라고 우기면 너무하지. 그건 배가 아니라 다실이잖아?"

아무리 인간들 행사에 편승해 즐기는 것이 너구리의 습관이라고는 해도 절도가 중요하다. 다투는 일이 내 습관은 아니지만 재미있는 행사를 엉망으로 만든 건방진 너구리들을 혼찌검 내주는 것이 아버지의 가르침에 따라 태평성대를 맑고 바르게 살아가는 너구리로서의 당연한 의무이리라.

사랑스러운 작은아버지와 사촌들을 날려버릴 나를 용서해달라고, 나는 오늘 밤 이 장면을 내려다보고 있을 아버지의 영전에 고개를 숙였다. 내 머릿속에서 생전의 아버지가 껄껄 웃으며 '상관없다, 괜찮아'라고 했다. '해치워버려.'

나는 부채를 펼쳐 들었다.

소운의 표정이 갑자기 굳었다.

"작은아버님, 그럼 살펴 가십시오!"

나는 다이몬지산의 아직 남은 불씨마저도 날려버릴 기세로 부채를 휘둘렀다.

어마어마한 회오리바람이 에비스가와가의 배를 뒤흔들었다.

거센 바람을 정통으로 맞은 소운과 금각, 은각의 얼굴이 말랑말랑한 떡처럼 얇아져 아주 이상하게 보였다.

무섭게 휘몰아치는 바람 때문에 배가 크게 기울었다. 마치 현란하고 거대한 병풍이 뒤집어지는 듯했다. 갑판에 나와 있던 녀석들은 비명을 지른 모양이지만 그 비명마저도 바람에 날려 내 귀에는 이르지 못했다. 갑판에 남아 있던 진수성찬이 접시째 허공을 날았다. 이쪽을 향해 발사된 불꽃 한 발도 바람을 타고 순식간에 사라졌다. 돛대가 크게 기울며 갑판이 뒤틀렸다. 그러더니 판자를 깐 부분이 폭탄이라도 맞은 듯이 박살 났다. 돛대에 매달았던 전광판에도 크게 금이 갔다.

에비스가와가의 배가 바람에 날려 멀어지면서 쇠사슬로 연결되어 우리 쪽 툇마루에 꽂혀 있던 낫에서 뿌직뿌직 소리가 났다. 아차 싶었지만 툇마루는 이미 부서졌다. 느긋하게 구경하던 나는 자칫하면 도시의 야경 속으로 추락할 뻔했다. 뒤에 있던 어머니가 내 목덜미를 잡아주었다. 어머니도 함께 떨어질 뻔했는데 동생과 큰형이 붙들고, 거기에 긴코보까지 가세해 무사할 수 있었다.

나는 부서진 툇마루 끄트머리에 대롱대롱 매달려 추락하는 에비스가와가의 배를 바라보았다.

안녕, 에비스가와. 바람에 실려 정처 없이 떨어지는 걸 기뻐하라!

기운 배에 매달린 에비스가와 소운과 금각, 은각이 사나운 표정으로 나를 노려보았다. 그 분노의 표정을 전구 장식이 반짝반짝 비추고 있었다.

나는 눈꺼풀을 까 내리고 혀를 날름 내밀어 한껏 조롱해주었다. 에비스가와가의 배는 밤거리로 떨어져 내리면서도 요란한 조명을 반짝거렸지만 이윽고 갑판에 둘렀던 전구 장식이 깜빡이나 싶더니 이내 캄캄해졌다.

그리고 쿠웅 하는 소리가 들려왔다.

나는 그제야 툇마루로 기어 올라왔다. 아카다마 선생님이 서서 아래를 내려다보고 있었다.

"너구리란 참 구제할 길 없는 바보들이로군."

선생님은 아카다마 포트와인을 홀짝거리며 말했다.

○

에비스가와가 녀석들을 쳐부수고 우리는 쾌재를 불렀다.

이와야산 긴코보가 가방에서 낡은 카메라를 꺼내 기념 촬영을 해주겠다고 했다. 부서진 툇마루에 모여서 우리는 긴코보의 카메라를 향해 미소를 지었다.

"멋진 가족이로군. 아버지도 기뻐하겠다."

긴코보가 그렇게 말하며 셔터를 눌렀다.

하지만 원통하게시리 우리도 바로 에비스가와의 뒤를 따르게 되고 말았다.

'안방'이 갑자기 비실비실해 살펴보았더니 와인이 떨어졌다. 허둥지둥 '안방' 안을 뛰어다니며 찾았지만 연료로 쓸 수 있는 아카다마 포트와인은 한 방울도 남아 있지 않았다. 서둘러 소주를 부어보았는데 차솥 엔진이 소주를 뿜어내며 화로에서 뛰쳐나와 제멋대로 날뛰는 바람에 도저히 손쓸 방법이 없었다.

속수무책으로 추락하는 '안방' 안에서 우리는 둥글게 모여 앉아 사태가 이 지경에 이른 진상을 밝혀냈다.

아카다마 선생님은 일찍이 자신이 장악했던 다이몬지산에 불이 붙는 모습을 보고 겉으로는 무심한 척했지만 속으로는 허전한 마음 금할 길이 없어 내심 눈물을 흘리고 있었다. 그런데 술에 취한 긴코보가 이와야산에 있는 아들에게 후한 대접을 받은 자랑을 늘어놓으니 선생님은 더욱 부러워질 수밖에 없었다. 사랑하는 벤텐은 에비스가와가에서 띄운 배에 있으면서도 이쪽에는 얼굴도 내비치지 않았다. 어리석은 너구리들은 한심한 전투로 우왕좌왕하고 손님인 아카다마 선생님은 안중에도 두지 않았다.

이토록 다방면으로 무시당하는데 어찌 차솥 엔진 따위에게 그 좋아하는 아카다마 포트와인을 양보할 수 있겠는가. 선생님은 스스로에게 물었다. 나는 뇨이가타케 야쿠시보. 오늘 밤은 귀빈이다. 너구리보다 훨씬 위대하다. 차솥보다 위대하다. 마시고 싶은 걸 마음껏 마시고서 망상의 하늘을 자유자재로 비행하는 것이야말로 덴구로서의 타고난 권리가 아니겠는가.

아카다마 선생님은 포트와인병을 왼손으로 움켜쥐었다.

그리고 우리가 에비스가와가를 상대로 용감하게 싸우는 모습을 구경하며 한 방울도 남김없이 마셔 치웠던 것이다.

○

우리는 고료 신사 옆에 떨어졌다. 불행 중 다행이라고 해야할까, 다치지는 않았다. 그리고 다행 중 불행이라고나 해야 할까, 에비스가와 녀석들도 전혀 다치지 않았다. 그들은 이즈모지 다리 북쪽, 가모가와강 둑에 떨어졌다고 한다.

고잔 오쿠리비는 이렇게 막을 내렸다.

피차 무승부라고 해야 할 테지만 심한 피해를 입은 것은 나였다.

그날 밤이 내게 남긴 것은 성한 곳 없이 부서진 '벤텐의 안방'

이었다. 그 사실만으로도 나는 간이 오그라들기 충분한데 툇마루에서 떨어질 뻔했을 때 풍신뇌신의 부채까지 잃어버리고 말았다는 사실을 나중에야 알아차렸다.

하룻밤 사이에 벤텐에게 빌린 물건을 두 가지나 잃었다. 이걸어찌 변명할 수 있을까.

'안방'의 잔해를 앞에 두고 나는 멍하니 서서 등에 난 털이 쭈뼛쭈뼛 곤두서는 것을 느꼈다.

그때 내 눈앞에 또렷하게 떠오른 광경은 벤텐이 주최하는 송년회 모습이었다.

따스한 방 한가운데서 전골이 부글부글 끓고 있다. 파, 두부와 함께 삶아지고 있는 것은 물론 나, 바로 시모가모 야사부로다. 전등 불빛 아래 벤텐이 야사부로 전골에 젓가락을 가져간다. 냄비 안을 들여다보는 내 첫사랑, 반덴구는 눈을 반짝이며 뺨이 발그레해져 있으리라.

"잡아먹고 싶을 만큼 좋아하는걸."

그게 정말이라면 너구리전골 재료가 되길 자원하겠다.

하지만 꿈도 꿀 수 없다.

삼십육계 줄행랑이 최고다.

나는 일단 야음을 틈타 도망치기로 했다.

융통성이 있는 나는 너무나도 감쪽같이 뺑소니를 쳤기 때문에 도피 생활은 길어졌다. 그래서 여름 끄트머리에서부터 가을에 걸쳐 나는 '빵소니 야사부로'라는 용명을 얻게 되었다.

제4장

금요클럽

교토에는 다이쇼 시대부터 이어져 내려온 비밀결사가 있다.

그 설립 목적은 수수께끼에 싸여 있지만 의외로 단순한 친목 모임이라고 하는 사람도 있다. 회원 수는 일곱으로 정해져 있고, 각 자리를 차지한 인간들은 각자 복을 가져다준다는 일곱 명의 복신 이름으로 불린다.

한 달에 한 차례씩, 기온이나 폰토초의 술자리에 유쾌하지 않은 얼굴 일곱이 모여 흥청망청하는 밤의 문화를 만끽한다. 울던 아이도 이름만 들으면 울음을 뚝 그친다는 너구리의 천적, '금요클럽'이 바로 그들이다.

어찌하여 우리의 천적이 되었는가. 그들이 송년회 때면 너구리전골을 먹기 때문이다.

교토에 사는 너구리들에게 생존경쟁이라는 가차 없는 자연계의 규칙은 유명무실해진 지 이미 오래다. 우리를 습격하는 간 큰 야생동물은 이미 지상에서 사라졌다. 게다가 우리 너구리들은 잡식성이라 무엇이든 불평 한마디 없이 먹기 때문에 산에 있건 들에 살건 거리를 헤매건, 주위에는 맛난 음식이 가득하다. 산과 들에는 그곳대로 맛있는 것들이 있고, 시내에는 시내대로 맛난 음식들이 있다. 천적에게 잡아먹힐 염려도 없이 편히 살며 생기는 대로 먹다 보면 옆에 있는 낙원 같은 숲에 과일이 열린다. 식량을 둘러싼 피를 부르는 다툼은 이미 종족의 기억 저편으로 사라졌다. 오늘을 살아가는 우리들의 사전에는 생존경쟁이란 단어를 찾아볼 수 없다.

그 조용하고 평화로운 나날 속에 1년에 한 번 쑥 튀어나오는 정기적인 악몽.

우리 위대한 아버지 시모가모 소이치로도 금요클럽의 너구리전골이 되어 그 생을 허무하게 마감했다.

금요클럽이 자랑하는 그 끔찍한 음식이 이 도시의 너구리들에게 일깨운 것은 일찍이 산과 들에 살던 조상들을 못살게 굴던 공포이며, 먹느냐 먹히느냐 하는 약육강식의 규칙이고, 먹이사슬이라는 자연의 섭리다.

이리하여 우리는 생각한다.

먹이 피라미드의 꼭대기에 선 짐승은 인간이라고…….

○

　한여름부터 가을까지 두 달, 나는 오사카 니혼바시와 교토를 오가는 이중생활을 하고 있었다.

　니혼바시에는 긴코보가 경영하는 중고 카메라 가게가 있는데 나는 그곳에서 장사를 도우며 지냈다. 이따금 교토 너구리 사회의 동향을 살피러 돌아오기는 했지만 괴조처럼 하늘을 나는 벤텐이라는 이름을 지닌 반덴구가 나를 잡아먹으려고 눈에 불을 켜고 있기에 내 영역에도 마음대로 드나들 수가 없었다. 너구리의 법도를 벗어나면서까지 멋대로 둔갑을 해봤자 벤텐에게는 덴구의 영역에 이른 여자의 육감이라는 게 있어 자칫하면 정체가 들통날지도 모른다.

　벤텐은 아카다마 선생님, 즉 뇨이가타케 야쿠시보라는 덴구의 제자로, 영롱한 미모를 자랑하는 인간 여성이다. 일찍이 비와호 호숫가를 타박타박 거닐다가 아카다카 선생님에게 낚여 뜻하지 않게 교토로 오게 되었다. 하지만 선생님의 훈도를 받아 덴구적 재능을 폭발적으로 꽃피웠고 진짜 덴구를 무안하게 할 만큼 크게 웃으며 지금 교토를 뒤흔들고 있다.

　너구리라는 분수도 모르고 벤텐을 사랑한 적도 있는 나지만 벤텐의 역린을 건드렸기 때문에 이 천하무적의 여성을 피해 도망 다니는 꼴이 되고 말았다. 하지만 벤텐이 화를 내는 것도 무리는 아니다.

다이몬지 오쿠리비가 있던 날 밤, 여러 가지 불행한 일이 겹쳐 나는 벤텐에게 빌린 '안방'을 산산조각 내버렸을 뿐만 아니라 함께 빌린 '풍신뇌신의 부채'를 잃어버렸다. 빌린 물건을 엉망으로 만들었기 때문에 벤텐은 틀림없이 나를 호되게 다루려고 만반의 준비를 갖추고 있을 것이다.

그래서 주위가 조용해질 때까지 나는 길고 긴 도피 생활에 들어갔다. 이따금 교토에 오면 골동품 가게 2층이나 지하도에 숨어 인편을 통해 교토의 동향을 살필 수밖에 없었다.

10월 중순경에는 간발의 차이로 도망친 적도 있다.

그날 나는 오사카와 교토를 오가는 전철을 타고 교토에 돌아와 시조 거리의 지하도를 인파에 섞여 걷고 있었다. 다이마루 빌딩 지하의 쇼윈도가 유난히 아름다워 멈춰 선 채로 넋을 놓고 보고 있는데 흰 어깨를 드러낸 검은 양장 차림의 벤텐이 마치 은막의 스타 같은 자태로 다이마루 지하 계단을 걸어 내려왔다. 지나가는 사람들에게 마구 위압적인 분위기를 풍기며 벤텐을 둘러싸고 있는 네 명의 검은 양복 남자는 구라마야마 소조보 휘하의 덴구들인데 '벤텐 친위대'라고 불린다.

벤텐은 다이마루에서 막 산 호화로운 물건들에 정신이 팔려 쇼윈도 앞에 있는 나를 보지 못했다. 벤텐이 구라마 덴구들을 거느리고 사라지자 나는 얼른 전철을 타고 오사카로 돌아갔다.

○

처음 겪어본 오사카 생활은 신기하고 재미있었다.

중고 카메라 가게 주인인 긴코보는 이와야산 덴구의 자리를 아들에게 물려주고 은퇴한 느긋한 처지라서 장사에는 마음이 별로 없었다. 바람이 불면 지각하고 비가 내리면 나오지 않았다. 나는 이 풍치 있고 제법 멋있는 점장의 방침에 따라 나의 장사 의욕을 가둬두고 다코야키를 볼이 미어져라 입에 넣은 채로 니혼바시 전자상가를 구경하거나 에비스 다리에서 인간들을 관찰하기도 하고 음식점 같은 곳에서 많이 쓰는 조리 기구나 집기를 파는 가게가 밀집한 센니치마에 거리에서 무슨 의미인지도 모를 간판을 사기도 했다. 긴코보는 요시모토 신희극을 좋아해서 나를 종종 난바그랜드카게쓰라는 공연장에 데리고 갔다.

한번은 어머니가 오사카로 찾아왔다. 어머니는 구제할 길 없을 만큼 다카라즈카 가극에 빠져 있어 전철을 타고 자주 다카라즈카 공연장에 간다. 거기 들렀다 돌아가는 길에 오사카 우메다에 들린다고 해서 나도 니혼바시에서 우메다로 나가 어머니와 함께 카페에 들어갔다. 어머니는 자신이 좋아하는 피부가 하얀 미청년 모습으로 둔갑한 상태였고, 나는 긴코보를 흉내 내 넥타이를 맨 아저씨 모습이었다.

어머니는 배짱 좋게 말했다.

"뭐 언젠가는 해결이 되겠지. 벤텐이란 사람은 무시무시한 인간이지만 변덕이 심해 금방 시들해질 테니까."

"빨리 시들해져야 할 텐데."

"야이치로가 아카다마 선생님에게 수습해달라고 부탁하러 갔다가 투덜거리면서 돌아왔어. 그러더니 자기는 이제 모른다면서 털을 곤두세우고 화를 내던걸. 그 애도 그릇이 좀 커져야 할 텐데."

벤텐이 얼마나 화가 났는지 알 수는 없지만 막상 만나면 의외로 지난 일이라고 더는 탓하지 않는 것이 아닐까, 나는 그런 생각도 해보았다. 하지만 실제 만났을 때 '역시 아니었어'라면 아주 심각해진다.

"정말 인간은 덴구보다 질이 나빠."

내가 한숨을 내쉬었다. 어머니는 고개를 끄덕였다.

"그래도 대부분은 착한 사람들이야."

"어머니에게는 생명의 은인이 있으니까."

"네가 이렇게 세상에 태어난 것도 요도가와 씨 덕분이야."

어머니는 그렇게 말하며 창밖으로 눈길을 돌렸다.

"고맙게 생각해야지."

어머니의 목숨을 구해준 은인은 '요도가와 조타로'라는 사람이라고 들었다. 그 남자가 구해주었을 때 먹여준 주먹밥의 맛을 어머니는 아직도 소중하게 기억하고 있다.

○

　너구리는 한두 가지 약점이 있기 마련이라 아무리 감쪽같이 둔갑하더라도 그 약점을 찔리면 털이 숭숭한 정체를 드러내고 만다. 너구리가 인간 세상에 뒤섞여 살기 위해서는 늘 둔갑한 상태로 지내야 하기 때문에 이 약점은 아주 골치 아프다.

　우리 어머니는 천둥을 무척 두려워한다. 뇌신이 쿠르릉 하늘에서 울리기 시작하면 어머니는 둔갑한 모습을 바로 벗어버린다. 어머니는 이 약점 때문에 몇 차례나 위험한 순간을 당해 간담이 서늘했는데 예전에 딱 한 번 진짜로 목숨을 잃을 뻔한 재난을 당한 적이 있다. 내가 태어나기 전이니 큰형이나 작은형도 아직 어려서 털 뭉치인지 너구리인지 분간이 가지 않을 때였다.

　어느 날 어머니는 사쿄구에 있는 절 다누키다니 후도에 사는 할머니 댁에 볼일이 있어 외출했다. 시모가모의 숲에서는 아버지가 큰형과 작은형을 돌보고 있었다. 오래간만에 혼자 외출하다 보니 어머니도 너구리라 몸 안에 흐르는 바보의 피가 꿈틀거렸다. 공연히 마음이 들떠 중간에 다른 곳에 들러 놀았다. 그런데 날이 흐려지더니 비가 사납게 쏟아지기 시작했다. 비명을 지르며 달리는데 번쩍하면서 하늘이 보라색으로 빛나고 온몸이 떨리는 천둥이 쳤다. 인간으로 둔갑했던 어머니는 그만 비에 흠뻑 젖은 너구리로 돌아와 먹구름이 드리운 하늘을 우러러보며 멍하니 서 있었다.

어머니는 겁을 먹고 코를 킁킁거렸다.

바로 그때 차가 달려왔다.

앞에서 나는 교토에 우리를 습격할 야생동물이 없다고 했다. 하지만 현대에는 이 강철로 이루어진 천적이 사라진 맹수들을 대신해 우리를 덮친다. 약점이 찔려 정체를 드러내고 말았는데 번쩍거리는 헤드라이트를 받으면 도저히 살아남을 가망성이 없다.

"죽는 줄 알았다, 정말."

어머니가 말했다.

젊었던 어머니는 간신히 몸을 피했지만 범퍼에 부딪혀 앞발이 부러졌던 모양이다. 너무나 아파서 걸을 수가 없었다. 하지만 길바닥에 누워 있다가는 시청 공무원에게 잡히거나 가난한 학생에게 잡혀 너구리전골이 될 것이 뻔했다. 어머니는 길가 수로까지 간신히 기어 들어갔다. 발이 아파 정신이 가물가물했다. 수로에는 차가운 물이 흐르고 있었다. 소나기가 아스팔트에 쏟아지며 하얀 물보라를 일으켰다. 보랏빛 번개가 시커먼 구름 사이로 번쩍거렸다. 어머니는 이제 죽는구나 하고 비에 흠뻑 젖은 채로 웅크리고 있었다. 시모가모의 숲에 남겨두고 온 남편과 아직 어린 큰형, 작은형의 모습이 눈앞에 어른거렸다.

정신을 차리니 커다란 사람 그림자가 들여다보고 있었다. 어머니는 흠칫 놀랐지만 도망갈 기운도 없었다. 머리를 때리는 거센 빗줄기가 불쑥 그치더니 빗방울이 우산을 때리는 소리가 났다. 호테이 같은 얼굴을 한 남자가 눈썹을 찡그리고 있었다.

"이런, 불쌍해라!"

어머니는 눈을 꾹 감고 체념했다. 무섭다는 생각도 들었고, 이제 어찌 되건 모르겠다는 생각도 들었다. 당장이라도 정신을 놓을 것만 같았다.

"다쳤니? 자, 이리 오렴."

남자는 털이 잔뜩 난 커다란 손을 뻗어 흠뻑 젖은 어머니를 품에 안아 들었다.

○

내가 오사카로 도망친 뒤로 시간은 가모가와강 물처럼 흘러 어느덧 11월이 되었다.

나는 데라마치 거리에 있는 골동품 가게 2층에서 점심을 먹기로 했다.

창고로 쓰는 그 방은 고가구가 빼곡하게 들어차 있어 거의 볕이 들지 않았다. 가게 주인은 알고 지내는 사이라 믿을 수 있었고, 뒤에 있는 비상계단으로 도망칠 수 있기 때문에 좋은 은신처였다. 교토로 돌아왔을 때 나는 백발귀신 같은 골동품 수집가로 둔갑해 이 어두운 2층 창고에 숨어 밥을 먹곤 했다.

갓 지은 밥을 한 공기 가득 얻어 거기에 니시키 시장에서 산 지리멘자코*를 뿌렸다. 서양식 테이블에는 호지차를 가득 따른 찻잔과 먼지를 뒤집어쓴 달마 오뚝이가 놓여 있었다. 나는 달마 오뚝이와 눈싸움을 하면서 뜨거운 밥을 훅훅 불며 먹기 시작했다. 도피 생활의 비애가 곁들여져 밥은 무지무지 맛있었다.

불룩 튀어나온 배를 통통 두드리는데 구석에 있는 서양식 장롱 안에서 웅얼거리는 소리가 났다.

"참 게걸스럽게도 먹는구나!"

"가이세이?"

내가 벽시계를 올려다보며 물었다.

"왜 그런 장롱에 들어가 있는 거야?"

"시끄러. 내버려둬."

가이세이는 서양식 장롱을 덜컹덜컹 흔들었다.

가이세이는 내 사촌동생이자 전 약혼녀인데 금각, 은각이라고 불리는 쌍둥이 오빠는 그 끝 모를 바보스러움으로 이 도시에서 이름이 났다. 지적이며 품격 높은 나와는 당연히 서로 어울릴 수 없는 관계다. 가이세이의 성격이 일그러진 까닭은 바보 같은 오빠들의 지도 때문이다. 옛날부터 가이세이는 고약한 입버릇으로 정평이 나 있다. 게다가 무엇이 그리 부끄러운지 결코 내게 모습을 보여주지 않았다. 어둠 속에 숨어 욕설과 잔소리만 퍼붓

---

* 멸치, 정어리 같은 치어를 쪄서 말린 것.

는 피앙세가 귀여울 리 없었다. 파혼이 결정되었을 때 나는 쾌재를 불렀다.

교토의 상황을 살피러 올 때마다 가이세이로부터 너구리계의 동향을 들었다. 입은 험하지만 가이세이는 결코 벤텐과 내통할 일이 없다는 점에서 마음이 놓였다. "그런 덜떨어진 덴구의 말을 듣느니 죽는 게 낫지"라며 가이세이는 벤텐을 무척 싫어했기 때문이다.

가이세이의 말에 따르면 교토의 너구리계는 12월이 다가오자 풍운이 몰아칠 조짐인 모양이었다. 너구리계의 다음 두령인 '니세에몬' 선출일이 가까워지고 있기 때문이다. 가장 유력한 후보로 지목되는 너구리는 우리 아버지의 동생이자 가이세이의 아버지인 에비스가와 소운이다. 이 너구리 아저씨는 너구리들이 즐겨 마시는 가짜 덴키브랜을 제조하는 공장을 이끌고 있어 너구리 사회에 두루 영향력을 행사하고 있다. 하지만 소운은 성격이 삐뚤어졌고, 그의 자식들이 이끄는 에비스가와 바보 부대의 악행도 유명해 반감을 품은 너구리도 많다. 그 약점을 이용해 니세에몬이 되고자 정치적 책략을 꾸미고 있는 너구리가 바로 나의 형 야이치로다. 정치적 책략이야말로 큰형의 가장 큰 취미다.

"바보 아버지나 바보 오빠들이나 선거운동 때문에 이리저리 돌아다녀 시끄럽기 짝이 없지."

"우리 형도 가지가지 하는군."

"하지만 야이치로 오빠는 도무지 그릇이 아니지. 그런 꼴로 우리 바보 같은 아버지를 물리치고 니세에몬이 되겠다니! 그릇으로 따지면 우리 바보 오빠들과 어슷비슷해."

"아무리 그래도 내 형이야."

나는 화를 내며 테이블을 두드렸다.

"네 바보 오빠들과 똑같이 취급하지 마!"

"이런 얼간이 자식! 우리 오빠들을 무시하면 용서하지 않겠어."

"자기가 바보 오빠라고 부른 주제에."

"너도 그렇게 불러도 된다고 누가 그랬어? 기어오르지 마, 이 바보 맹추야!"

그 뒤로도 한동안 가이세이가 욕을 하는 바람에 나는 못 들은 척했다. 욕이 그치자 내가 물었다.

"야지로 형은 잘 지내?"

"응, 우물 안에서 잘 지내. 고민 상담도 하고 있고. 난 야지로 오빠 좋아. 이따금 상담하러 가거든. 벤텐도 찾아온다는 소문이던데……."

나는 깜짝 놀라 입에 머금었던 차를 뿜었다.

"천하무적 벤텐 님에게 무슨 고민이 있다는 거지?"

가이세이가 목소리를 낮췄다.

"올해는 너를 너구리전골로 만든다는 소문이 들리던데. 어때?"

"그럴 계획 없어."

"벤텐은 너에 대해 묻고 돌아다녀. 위험해. 너구리 주제에 그런 덜떨어진 덴구와 접촉하니까 골치 아픈 일이 생기지."

나는 갑자기 꼬리털이 간질간질해지는 기분이 들어 견딜 수가 없었다.

"얼른 오사카로 돌아가. 꾸물거리다가는 정말 잡아먹혀."

"너구리로 사는 이상 전골이 될 가능성은 늘 있어. 그때는 웃으며 냄비 속으로 들어갈 각오야."

"배짱 있는 척하지 마, 쥐뿔도 없으면서."

"내가 잡히면 곤란하니까 이걸 맡아줘."

"뭐야, 유품?"

"덴구 담배야. 아카다마 선생님에게 전해줘."

아카다마 선생님은 주변에서 돌봐주지 않으면 만사 우습게 여기며 밥도 먹으려 들지 않는 골치 아픈 늙은 덴구다. 내가 교토를 비우는 동안 동생에게 시중을 들라고 부탁했지만 선생님은 이런저런 까다로운 요구를 하며 동생을 곤란하게 만들고 있었다. 선생님을 시끄럽지 않게 하려면 입에 덴구 담배를 물려주는 게 좋다. 덴구 담배는 한 개비 피우는 데 보름은 충분히 걸릴 만큼 오래 타는 고급 담배다. 선생님의 입에 물려주면 보름 동안은 동생이 편할 거라 생각해 덴마바시에서 구해 왔다.

"안 돼. 보이지 않아."

"장롱 안에 들어가 있으니까 그렇지. 어지간히 하고 그만 나와."

"싫어. 안 돼."

"왜 그러는지 알 수가 없군. 어쩌란 말이야?"

이렇게 승강이를 벌이는데 아래층에서 가게 주인이 외치는 소리가 들렸다.

"2층 손님! 도망쳐요! 벤텐 님이 이 가게로 옵니다!"

○

뒤에 있는 비상계단을 통해 도망치려고 했다. 그때 불쑥 기분 나쁜 그림자가 드리웠다. 높고 푸르른 가을 하늘에서 줄줄이 잡거빌딩 사이로 날아 내려오는 구라마 덴구들이었다. 아래층에서는 벤텐이 올라오고 있다. 앞문에는 호랑이, 뒷문에는 늑대. 가련한 너구리에게는 퇴로가 없었다.

창고로 되돌아온 나는 눈에 들어온 달마 오뚝이로 얼른 둔갑해 바닥에 쓰러졌다.

벤텐이 창고 안으로 들어왔다. 바닥에 쓰러져 있는 나를 보더니 집어 들고 빙빙 돌리며 살피다가 서양식 테이블에 있는 달마 오뚝이 옆에 내려놓았다. 구라마 덴구 가운데 한 명이 들어와 안

락의자를 끌어다 손수건으로 정성스럽게 먼지를 닦았다. 벤텐은 당연하다는 표정으로 의자에 걸터앉았다. 이 가을 날씨에는 추워 보일 만큼 어깨를 드러낸 서양식 옷차림을 한 벤텐은 호색한이라면 한 번만 봐도 극락왕생할 정도로 요염했다.

"그 야사부로라는 녀석이 여기 있습니까?"

구라마 덴구가 물었다.

"뺑소니 야사부로라고 불릴 지경이니 벌써 도망쳤는지도 몰라, 데이킨보."

"그럼 어떡하죠? 금요클럽까지 모셔다드리겠습니다."

"약간 피곤하네. 여기서 좀 쉬겠어."

벤텐의 시선은 테이블 위에 있는 두 개의 달마 오뚝이 사이를 오락가락했다. 미소를 지으며 나를 노려보는가 싶더니 옆에 있는 달마 오뚝이 쪽으로 시선을 옮겼다. 벤텐은 검은 머리카락을 경단처럼 뭉쳐 머리 위로 얹었다. 화가 나서 머리카락이 곤두선 채로 얼어붙은 듯한 머리 모양에 평소에도 싸늘한 얼음 같은 미소가 더욱 무섭게 느껴졌다.

"아, 데이킨보. 여기 달마 오뚝이가 두 개 있는데 너무 똑같지 않아? 둘 다 같은 부분이 그을었고 때 낀 자국도 똑같네."

"그렇군요. 분명히 이상합니다."

"야사부로는 둔갑을 아주 잘하는 애였어."

제 꾀에 넘어간다더니 바로 이런 것인 모양이라는 생각이 들었다.

벤텐은 테이블 위에 있던 덴구 담배를 집어 들고 입에 물었다.
데이킨보가 허리를 낮추고 불을 붙였다. 불이 붙자 벤텐이 증기
기관차처럼 연기를 뿜어댔다. 순식간에 짙은 담배 연기가 창고
를 가득 채워 마치 불이 난 것처럼 자욱했다. 조상님들도 아늑하
게 지내던 너구리 굴에 연기가 들어오면 이렇게 괴로웠을 거라
는 생각을 하며 숨을 꾹 참아보았지만 결국 나는 기침을 하고 말
았다. 그 순간 두 달마 오뚝이 사이를 오가던 벤텐의 시선이 내
쪽에 멈췄다. 벤텐은 나를 바라보며 요염하게 미소 지었다.

"오래간만이네, 야사부로."

"내가 여기 있는지 어떻게 알았죠?"

"금각, 은각이 고민 상담을 하러 왔지. 자기들 여동생이 요즘
이따금 혼자 외출한다고. 아무래도 버르장머리 없는 수컷 너구
리의 꾐에 넘어간 것 같다더군."

"정말이지 쓸데없는 짓만 하는 녀석들이로군."

"여동생을 걱정하는 착한 오빠들이지."

벤텐은 불이 붙은 덴구 담배를 그대로 검정 광택이 나는 핸드
백에 집어넣었다. 그리고 나를 집어 들더니 성큼성큼 창고를 걸
어 나갔다.

"가자, 데이킨보, 료젠보."

나는 얼굴을 찌푸린 채로 벤텐의 품에 안겨 있었다. 벤텐은

계단을 내려가 한편에서 납작 엎드리는 골동품 가게 주인에게 슬쩍 인사를 하고 데라마치 거리로 나왔다. 그리고 검은 정장의 구라마 덴구들을 거느리고 붐비는 상점가를 북쪽으로 걸었다. 벤텐은 품 안에 있는 나를 내려다보며 고양이처럼 웃었다.

"동글동글 귀여우니까 한동안 달마 오뚝이로 있어."

"어디로 가는 거죠?"

"넌 내 안방을 박살 내고 귀중한 부채를 잃어버렸으니까 금요클럽에서 재주를 보이기로 약속했잖아? 까먹었다고는 못 하겠지?"

"그 문제에 관해서는 뭐라고 사과해야 할지 모르겠어요. 하지만 그건⋯⋯."

"사과는 하지 않아도 돼."

벤텐은 유쾌하다는 듯이 고개를 들었다.

"보여주는 재주가 시원치 않을 경우 널 냄비에 넣으면 그만이니까."

○

데라마치 거리에 스키야키집이 있다.

메이지 시대*부터 영업을 해온 유서 깊은 가게인데, 목조 건

* 1868년-1912년

물과 콘크리트 건물이 뒤섞인 동서양 절충식이다. 사람들은 걸려 있는 어마어마한 등만 보아도 막연히 맛집일 것 같다는 기분이 든다고 한다. 포렴을 들추고 안으로 들어가면 어두컴컴하다. 흐릿한 황금빛 전구 불빛이 판자가 깔린 복도를 비추고 있다. 그 빛이 닿지 못하는 안쪽은 캄캄했다. 손님은 위층으로 안내된다. 계단은 비밀 통로처럼 좁고, 자칫하면 굴러떨어질 만큼 경사가 급했다. 계단은 계속 위로 이어지고 점점 어두워졌다. 계단을 올라갈수록 맛난 음식 냄새가 짙어졌다. 손님을 기다리는 쇠고기 냄새가 코끝을 간질이는데 이것이 꿈인가 환상인가. 왠지 검은 광택이 나는 계단마저도 맛있을 것만 같다.

그 스키야키집 꼭대기 층에 있는 다다미방에서 벤텐과 나는 금요클럽 회원들을 기다렸다. 다섯 평쯤 되는 방 한가운데 원탁이 두 개 놓여 있고, 구석에는 방석이 쌓여 있었다.

나는 무난한 대학생 차림으로 둔갑해 구석 쪽에 긴장한 채로 앉아 있었다.

벤텐은 창가에 걸터앉아 난간에 팔을 얹고 잡거빌딩이 촘촘히 들어선 거리 풍경을 바라보았다. 창밖을 내다보면 바로 눈앞에 데라마치 상가 지붕이 남북으로 뻗어나간 모습이 보인다. 하늘을 자유자재로 날아다니는 벤텐이 보기에는 별 재미없는 풍경일 테지만 땅바닥을 기어 다니는 너구리에게는 흥미로운 경치였다.

하늘에 떠 있는 비늘구름이 붉게 물들자 뱃속에서 쓸쓸한 가을바람이 불었다.

"스키야키 좋아해?"

"너구리전골만 아니라면 이 세상에 맛없는 음식은 없죠."

"나는 스키야키보다 너구리전골이 좋은데."

"이상한 음식을 좋아하네요. 쇠고기가 얼마나 맛있는지 몰라서 그래요."

벤텐은 먼 곳을 바라보았다.

"네 아버지도 너구리전골이 되었지. 몇 년 전이더라?"

"그 자리에 있었으면서 마치 모르는 일처럼 이야기하는군요."

"내가 금요클럽에 들어온 지 얼마 되지 않았을 때야. 너구리를 처음 먹어봤지."

벤텐의 흰 뺨이 석양에 물들었다.

"정말 맛있는 너구리전골이었어."

○

하늘이 어두워지고 데라마치 거리 상가에 불이 켜질 무렵, 금요클럽 회원들이 모습을 드러냈다. 그들이 방에 들어올 때마다 벤텐은 인사를 하고 "오늘 밤 여흥으로"라며 나를 소개했다. '오늘 밤 너구리전골 재료로'가 아니어서 다행이었다.

마지막으로 들어온 사람이 활짝 웃는 얼굴로 "잘 지냈느냐"며 벤텐에게 인사를 건넸다.

"선생님, 또 뵙게 되어 기뻐요."

벤텐도 웃는 얼굴로 대꾸했다.

"오늘 밤은 주로진과 후쿠로쿠주가 오지 못한다는군. 가게에도 내가 이야기해두었어."

다섯 복신과 너구리 한 마리가 모여 그날의 저녁 술자리가 시작되었다.

철제 냄비가 두 개 걸리고 맥주병이 든 대나무 바구니가 들어왔다. 맥주 따르는 소리가 여기저기서 나더니 달걀을 깨서 젓는 소리가 들렸다. 뜨거워진 철제 냄비에 종업원이 기름을 두르고 반짝반짝 빛나는 설탕을 뿌린 다음 쇠고기를 얹자 치익치익 요란한 소리와 함께 고소한 냄새가 났다. 거기에 간장을 넣었다. 이윽고 고기가 익었다. 다들 먹기 시작했다. 그런 뒤에 또 고기를 넣고 파와 두부를 넣었다. 고기를 먹고 맥주를 마시는 금요클럽 회원들은 으음, 아아, 맛있군, 하고 중얼거렸다. 말로는 표현할 수 없는 기쁨이 얼굴에 드러났다.

맥주를 다 마실 동안 조용했던 실내가 시끌시끌해지기 시작했다.

"이 소리와 냄새만으로도 맥주를 마실 수 있겠네요."

"그럼 에비스 씨는 맥주만 마시면 되겠군. 당신 몫은 내가 먹지."

"아니야, 이 요리 없이는 술맛이 나지 않지."

"맛있는 고기는 몸에 독이 돼."

"어떤 문인이 있었는데요, 소는 지푸라기를 먹기 때문에 이건 쇠고기 요리가 아니라 지푸라기 요리라고 했어요. 지푸라기라면 콜레스테롤은 없을 것 같은데. 없죠, 선생님?"

"요새 소가 지푸라기를 먹나?"

"요즘 소는 모차르트를 들으며 맥주를 마시죠."

"그럼 우리는 맥주를 마시면서 맥주를 먹는 건가요?"

"쌀을 반찬 삼아 쌀을 먹는 셈이로군."

나는 벤텐 옆에 앉아 천적들에 둘러싸인 채 고기를 먹었다. 내 아버지의 비극적인 최후, 약육강식, 먹이사슬…… 가슴속에 응어리진 이런저런 상념이 날달걀을 고루 묻힌 쇠고기 맛에 섞여 녹아 사라졌다. 나도 참 어처구니없다. 한심하다. 그러나 맛있다. 철제 냄비는 맛있는 재료로 가득하다. 정신없이 우적우적 먹고 있는 나에게 벤텐이 귓속말로 금요클럽 회원들에 관해 이야기해주었다.

나와 벤텐과 함께 스키야키를 먹고 있는 남자는 '호테이'. 무서운 기세로 냄비 안에 든 내용물을 비우고 불룩 튀어나온 배를 쓰다듬는 대식가인데, 벤텐이 '선생님'이라고 부르는 까닭은 그의 직업이 대학교수이기 때문이다. 우리 옆에서는 세 남자가 다른 냄비를 둘러싸고 있었다. 한 사람은 '다이코쿠'. 전통복 차림을 한 젊은 남자로 교토 요릿집 '지토세야'의 주인이다. 또 한 사람은 '비샤몬'. 겉보기에는 만만치 않은 근육질의 남자로 오카자키에 있는 호텔 '교운카쿠'의 사장. 맥주를 마셔 붉어진 얼굴로 배를 출렁거리면서 웃는 모습을 보면 유목 기마민족 같은 호쾌한 인상을 풍긴다. 마지막 한 사람은 '에비스'. 열에 녹은 밀랍인형 같은 얼굴에 눈이 축 처졌다. 오사카를 본거지로 삼은 어느 은행의 높은 사람이라고 했다.

"두 사람이 더 있는데, 오늘은 결석이네. 주로진…… 만나고 싶었는데."

"주로진은 어떤 사람인가요?"

그때 큼직한 고기를 우물우물 씹던 교수가 고개를 들었다.

"주로진은 고리야."

"얼음?"*

"고리업자지."

벤텐이 말했다.

"얼음 가게요?"

"고리대금업자야."

---

* 얼음水과 고리高利는 일본어 발음이 같다.

○

어쨌든 상대는 아버지를 먹은 놈들이다. 방심하지 않겠다고 속으로 다짐했지만 그런 굳은 결심도 황금빛으로 찰랑거리는 차가운 맥주와 맛난 고기 탓에 무너지고 말았다. 아득한 조상들로부터 이어져 내려오는 바보의 피를 억누르기 힘들어 점점 기분이 좋아졌다. 이것이 너구리의 어쩔 수 없는 습성이다.

같은 냄비에 든 요리를 먹는 대학교수와는 고기를 두고 치열한 다툼을 벌였다. 서로 먼저 먹으려다 보니 젓가락으로 젓가락을 쳐내는 검술 시합 같은 양상을 보였다. 교수는 겉보기와 어울리지 않게 기민했는데 털이 숭숭 난 큼직한 손으로 젓가락을 잽싸게 움직여 고기를 빼앗았다. 무서우리만치 능숙한 솜씨였다. 벤텐이 느긋하게 구경하는 가운데 탐욕스러운 식욕을 그대로 드러내며 맞닥뜨린 결과 무사들이 결투 뒤에 싹트는 뜨거운 동지의 감정을 느꼈다.

"오늘은 호테이 씨가 그쪽 냄비여서 다행이로군."

"호테이 씨는 날것도 막 먹으니 꾸물거리다가는 쫄쫄 굶지."

"그럼, 그렇고말고."

옆 냄비 쪽 사람들이 저마다 이야기하며 안심한 표정을 지었다.

"자네, 어떻게 생각하나? 저쪽은 평화롭게 먹는 듯하지만 진지한 맛이 없지 않은가?"

"지당하신 말씀입니다. 스키야키는 다투며 먹어야 제맛이죠."

"이거 안 되겠군. 현실이 얼마나 엄혹한지 녀석들에게 가르쳐 줘야겠어."

나와 교수는 옆 냄비를 습격해 고기를 빼앗아 왔고 전리품을 나누며 우의를 더욱 돈독히 했다.

술기운이 오르니 두렵다는 생각도 들지 않았다. 자진해서 재주를 보여주고 싶은 생각이 들었다. 쭈뼛거리기보다 너구리의 재주를 제대로 보여주자는 배짱이었다. 미닫이를 멋대로 떼어 내 그것을 칸막이로 만들어 벤텐에게 들고 있으라고 했다. 그리고 벤텐이 그 미닫이를 눕히거나 일으키거나 할 때마다 둔갑을 해 보였다. 설마 너구리가 정신없이 둔갑하고 있을 거라고는 아무도 생각하지 못할 것이다. 취기가 오른 금요클럽 회원들은 "멋진 마술이로군" 하며 감탄했다. 나는 호랑이로 둔갑하고, 마네키네코로 변하고, 증기기관차로 둔갑하며 계속해서 모습을 바꾸었다. 그때마다 요란한 박수갈채가 터져 기분이 상당히 좋았다.

마무리 삼아 오래간만에 벤텐으로 둔갑했다.

얼굴까지 공개하면 벤텐과 똑같은 미모를 보고 술 취한 회원들의 넋이 나갈 거라고 생각해 요염한 뒷모습만 보여주었다. 대학교수가 내 아름다운 뒤태에 뜨거운 시선을 보내며 천박하게 휘파람을 획획 불어댔다. 나도 기분이 들떠 옷을 약간 내리고 등을 노출하는 섹시한 서비스를 했지만 화가 난 벤텐이 미닫이 뒤에서 무시무시한 표정을 지었다.

"까불면 잡아먹는다."

나는 술기운이 싹 가셨다. 반성했다.

원래 모습으로 돌아와 고개를 숙이자 다시 요란한 박수 소리가 쏟아졌다.

"대단하군."

호텔 사장인 비샤몬이 멍하니 중얼거렸다.

"역시 벤텐이 초대한 손님이야."

"정말 어떻게 그렇게 변신하는지 모르겠군. 이봐, 자네 혹시 너구리 아닌가?"

에비스가 불쑥 정곡을 찔렀다.

"아하하하, 그렇습니다. 너구리입니다."

내가 일부러 정색을 하고 대답해보았다.

"맞아요. 이 아이는 저와 알고 지내는 너구리예요."

벤텐이 말했다.

"맛있겠죠?"

"아니, 먹기에는 아까운 재능이로군. 먹을 수야 없지."

"마음에 들었어! 아주 대단했어. 재미있었네!"

대학교수가 감격하며 내 손을 잡았다.

"다음에도 또 와주게!"

○

"자, 먹어. 계속 먹어."

벤텐이 철제 냄비 바닥에 남아 있던 건더기를 건져 내 접시에 얹어주었다. 친절인지 뒤처리를 하려는 건지 알 수 없었다. 대학 교수는 그런 모습을 부러운 표정으로 바라보았다.

"좋아, 오늘은 용서해주지."

벤텐이 말했다.

"그럼 냄비에 넣지 않겠다는 건가요?"

"내일이면 마음이 변할지 모르지만."

일단 내 큰 걱정을 덜자 술자리도 차분해졌다.

얼굴이 빨개진 회원들은 다다미방에 앉아 천천히 술을 마셨다. 벤텐이 창문을 열자 시원한 밤바람이 들어왔다. 벤텐이 덴구 담배를 꺼내어 입에 물자 교수가 꿇어앉는 듯한 자세로 불을 붙여주었다. 벤텐은 고맙다고 인사하고는 데라마치 거리 상공에 연기를 내뿜었다.

"다음 달 송년회는 너구리전골이로군."

비샤몬이 말했다.

"역시 매년 그랬던 것처럼 지토세야를 빌려서."

에비스가 말했다.

"물론 우리 가게는 괜찮습니다. 다른 요릿집에서 너구리전골을 할 수는 없을 테니까요."

비샤몬은 술을 단숨에 들이켜더니 크아 하는 소리를 내며 불쑥 고마이누* 같은 표정을 지었다.

"그런데 왜 송년회 때마다 너구리전골을 하는 건가? 난 쇠고기가 더 좋은데."

다이코쿠가 팔짱을 끼고 말했다.

"다니자키 준이치로**가 정한 것 아닌가?"

"그게 정말인가?"

비샤몬이 말했다.

"주로진에게 다니자키 준이치로도 회원이었다는 이야기를 들었어요."

"거짓말!"

"다니자키가 너구리를 먹어? 그 사람이라면 갯장어 아닌가?"

"그렇지만 갯장어는 여름에나 먹으니까요."

"다음 모임에는 호테이 씨가 너구리를 데리고 오는 거죠?"

비샤몬이 교수에게 말했다. 하지만 당사자는 개의치 않고 홀로 떨어져 담배를 피우는 벤텐의 모습을 감상하고 있었다. 벤텐

---

* 마귀를 쫓는 상상의 짐승으로 사자처럼 생겼다.
** 일본의 소설가.

이 창틀에 앉아 불쑥 교수에게 말했다.

"호테이 씨는 너구리를 좋아하세요?"

벤텐의 질문에 정신이 돌아온 교수는 코를 벌름거리며 고개를 크게 끄덕였다.

"응, 너구리는 귀여워. 정말 귀여워."

그러더니 교수는 너구리가 얼마나 사랑스러운 존재인지 유창하게 늘어놓기 시작했다. 다른 사람들이 웃으며 교수의 이야기를 듣는 모습을 보고 그가 이 강의를 이미 여러 차례 했을 거라는 생각이 들었다.

"일단 그 오동통한 모습이 애교 있잖아. 오동통하다는 표현은 너구리를 위해 있는 단어라고 생각해. 눈 주위가 검은 것이나 작은 손발이 검은색인 것도 너무 사랑스러워. 게다가 동그랗게 뜨고 바라보는 눈이나 쪼르르 달려갈 때의 엉덩이는 정말……. 똥도 동글동글해서 참으로 귀엽지. 예쁜 구석은 얼마든지 있어."

교수는 눈물까지 살짝 글썽이며 이야기에 빠져들었다.

"내가 진심으로 너구리에게 반한 지 이미 몇 해가 지났는데, 그 너구리는 정말로 귀여웠어. 혼자 기타시라강 가를 걷고 있었는데 도로 옆 수로에서 다친 너구리 한 마리를 발견했던 거야. 암컷이었지. 궂은 날씨였는데 비에 젖고 천둥이 칠 때마다 부들부들 떨고 있었어. 다친 다리가 아픈지 집까지 안고 가는데도 가만히 있더라고. 그래서 치료를 하고 주먹밥을 줬지. 그 너구리는 뭐든 잘 먹더군. 나처럼 먹보였어. 그리고 천둥을 싫어하는 것도 나하고 똑같더군. 천둥이 칠 때마다 굉장히 무서워했어. 낑낑 소리를 내면서 허둥지둥하는 모습이 측은해서 천둥이 치는 밤에는 담요를 덮어주고 내내 함께 있어주었지. 다친 다리가 다 나아서 산으로 돌려보내줬는데, 가면서도 내 얼굴을 돌아보는 거야. 뒤돌아보고 또 돌아보며 갔지. 아, 비샤몬 씨는 믿지 못할 거야. 못 봤으니까! 당신은 그 녀석이 얼마나 귀여운지 본 적 없잖아. 그 녀석은 말이야, 구해준 은혜를 아는 듯했어. 너구리는 영리하거든. 엉덩이를 씰룩거리며 걸어갔어. 그리고 그 귀여운 눈으로 나를 흘끔 보는 거야. 어서 돌아가라고 말은 했지만 아, 정말이지 애가 끊어지는 심정이었어. 너무 예뻐서 보내놓고 쓸쓸해서 나는 울었어. 그때부터야, 내가 너구리에게 빠진 건."

그때 비샤몬이 끼어들었다.

"그래서 이상하다는 거지. 호테이 씨가 너구리에게 반했다는 건 다들 알아. 하지만 매년 너구리전골을 좋아라 먹지 않나? 그건 이상하잖아."

"너구리를 좋아하는 것과 먹는 건 모순이 아니야. 자네처럼 마지못해 먹어서야 되겠나. 나는 늘 기꺼이 먹지. 너구리전골도 잘 만들어. 비법을 써서 고기 냄새를 없애야 하거든. 하지만 너구리는 맛있지. 맛있는 건 먹어줘야 예의에 어긋나지 않으니까."

"아니, 하지만 굳이 좋아하는 너구리를 먹을 것까지야 없잖아? 맛있는 음식이야 한두 가지가 아닌데."

비샤몬의 날카로운 지적에 나는 내심 찬성했다.

하지만 교수는 혀가 잘 돌지 않는 발음으로 먹는 것은 사랑이
라는 이상한 주장을 펼쳤다. 너구리 처지에서 보면 쉽게 고개를
끄덕일 수 있는 논리는 아니었다. 먹은 다음에 '사랑한다'고 해
봐야 그저 난처할 뿐이다.

"잡아먹고 싶을 만큼 좋아하는 거야, 나는."

"호테이 씨를 알고 지낸 지 오래되었지만 역시 난 당신을 이
해 못 하겠어."

비샤몬은 쓴웃음을 지으며 뻣뻣한 머리카락을 쓰다듬었다.

"정말 기상천외해."

그리고 술잔이 더 돌자 교수의 말은 알아듣기 힘들어졌다. 나
중에는 "너구리도 귀엽지만 그만큼 예쁜 사람이 여기 있다"고
중얼거리며 끈덕지게 벤텐에게 말을 건넸다.

"이런, 안 되겠군. 호테이 씨, 취했어."

"불쌍하게도. 심정은 이해가 가지만 참아."

다른 사람들이 제각각 떠들며 교수를 만류했다. 벤텐이 그런
모습을 곁눈질하면서 내 귓가에 속삭였다.

"난 왠지 따분해졌어. 나가자."

○

벤텐은 창문을 넘어 술에 떨어뜨린 각설탕처럼 부스러지는
술자리를 빠져나갔다.

벤텐은 내 손을 잡고 난간에서 몸을 날려 아케이드 지붕 위를
지나는 고가 통로에 내려섰다.

금요클럽 회원들이 돌아오라고 불러대는 소리가 들렸지만
아랑곳하지 않고 가벼운 걸음으로 데라마치 상가의 천장을 걷
기 시작했다.

우리는 작은 발소리를 내며 아케이드를 따라 난 좁은 통로를
걸었다. 벤텐이 문 덴구 담배에서 피어나는 연기가 빌딩 사이로
흩어져갔다.

잡거빌딩 사이로 난 아케이드는 남쪽으로 이어졌다. 아래서
비치는 데라마치 거리의 불빛이 밤의 밑바닥을 환하게 밝혔다.
출입이 금지된 작업용 통로라서 저 멀리 시조 거리까지 이어지
는 길에는 사람이 보이지 않았다. 고개를 들면 잡거빌딩 옥상에
드문드문 카페나 바의 불빛이 반짝였고, 테이블에 앉아 금요일
밤을 만끽하는 인간들이 모형처럼 보였다. 이미 밤이 깊어 아래
보이는 거리의 소란스러움은 점점 줄어들고 있었다.

정면 밤하늘에 환상적으로 큰 달이 떴다. 벤텐이 감탄한 듯이
말했다.

"큰 달이 떴네. 난 둥근 것이 좋아."

"그래요?"

"달님을 갖고 싶어!"

느닷없이 벤텐은 밤하늘의 달을 향해 외쳤다.

"저 달을 가져와봐, 야사부로."

"그런 말도 안 되는……. 아무리 벤텐 님 부탁이라고 해도."

"한심하구나, 할 줄 아는 것이 하나도 없으니……. 너는 정말 한심한 너구리야."

"뭐라고 해도 할 말이 없군요."

"달이 아름다운 날은 왠지 슬퍼져, 나는."

"취했네요."

"취하지 않았어……. 그 정도 마시고."

아래로 신쿄고쿠 롯카쿠 공원이 보였다.

아케이드 위로는 전깃줄이 어지러이 얽혀 있었다. 벤텐은 통로에서 몸을 내밀고 공원을 내려다보았다. 공원 너머로는 신쿄고쿠 아케이드가 있다. 신쿄고쿠와 데라마치 거리 사이에 있는 그 공원은 밤이 깊어 인적이 드물었다. 성기게 심긴 나무들도 잎이 져서 쓸쓸한 풍경이었다. 신쿄고쿠의 게이간지라는 절 문 앞에 앉아 노래하는 젊은이의 목소리가 들려왔다.

앞으로 더 걸어가자 시커먼 잡거빌딩이 나타났다. 통로 옆에 '카페&바'라고 무뚝뚝하게 적어놓은 작은 간판이 나와 있었다.

작은 테이블과 둥근 의자가 두 개 있었다. 고개를 들어 올려다보니 빌딩 5층쯤에 열려 있는 창문으로 불빛이 흘러나오고, 창가에는 커다란 금빛 꽹과리가 걸려 있었다. 그 꽹과리에서 길게 늘어뜨린 끈이 테이블 옆까지 뻗었다.

벤텐은 의자에 걸터앉더니 그 끈을 당겼다. 땡땡 하고 소리가 나자 창문으로 콧수염을 기른 대머리 남자의 얼굴이 나타났다. 벤텐이 올려다보며 손가락 두 개를 세우자 남자는 고개를 끄덕이더니 얼굴을 창문 안쪽으로 거두었다. 이윽고 줄에 매달린 쟁반이 창문에서 내려왔다. 벤텐이 좋아하는 아카와리 두 잔이었다. 아카와리는 소주와 아카다마 포트와인을 섞어 만든 술이다.

그 비밀 술집에서 우리는 달을 향해 건배했다. 술을 마시며 벤텐은 연방 "슬프다"고 중얼거렸다. 이윽고 벤텐은 자리에서 일어서더니 연분홍빛 아카와리가 든 잔을 들고 상가 위를 빠르게 미끄러져 갔다.

"무얼 그리 슬퍼하는 거죠?"

"내게 먹힐 네가 불쌍해."

"잡아먹지 않으면 되잖아요?"

"하지만 언젠가는 분명히 널 먹게 되고 말 거야."

"그런 말씀을 하시면 곤란하죠. 내겐 목숨이 걸린 문제라고요."

내가 말했다.

"좋아하는 걸 먹으면…… 좋아하는 것이 없어져버리는걸!"

벤텐이 자주 쓰는 대사를 읊조렸다.

"그거야 당연하죠. 순 제멋대로네."

그때였다.

"어이."

느릿한 목소리가 들려왔다.

좁은 고가 통로를 위태로이 걸어오는 이는 술자리에서 열변을 펼치며 너구리에 대한 샘솟는 애정으로 좌중을 압도하던 대학교수였다. 흐트러진 머리카락에, 튀어나온 배를 출렁거리며 후줄근한 양복을 입은 그가 커다란 가방을 가슴에 안고 헉헉대면서 걸어오고 있었다. 땀을 뻘뻘 흘리고 있었다.

"어머, 선생님. 쫓아오셨네."

결국 교수도 옥상 세계에서 벌어지는 금요클럽 2차 술자리에 합세했다.

○

교수가 도착하자 벤텐은 '단풍놀이' 가자는 말을 꺼냈다.

벤텐은 술값을 치르고 데라마치 상가를 가로지르는 작은 철교를 서쪽으로 건너 잡거빌딩의 나선계단을 올라갔다. 그리고 그 건물 옥상에서 다시 옆 빌딩으로 건너뛰었다. 빽빽하게 늘어선 빌딩과 빌딩을 옥상에서 옥상으로 날렵하게 건너뛰었다. 나와 교수가 고소공포로 주춤거리자 벤텐이 돌아와 우리 손을 잡아끌었다. 우리는 달빛 내리는 옥상 위를 건너뛰면서 옮겨 갔다.

"벤텐!"

교수가 헉헉거리며 말했다.

"정말이지 액티브하군."

"교수님도 연세에 비해 날렵하세요."

"채집을 하러 다니기도 하고 열대 정글에도 들어갔었지. 평범한 아저씨들과는 체력이 달라."

인사치레로 건넨 말이라는 걸 뻔히 알면서도 교수가 그렇게 대꾸하자 벤텐은 달빛 속에서 깔깔 웃었다.

이윽고 어느 잡거빌딩 옥상에 이르렀다.

큰길에서 약간 벗어난 위치에 있는 옥상은 조용했다. 누가 이걸 이용할까 싶은 자동판매기가 놓여 있고, 그 곁에 커다란 단풍나무가 서 있었다. 교수와 나는 지칠 대로 지쳐 자동판매기 옆에 있는 파란색 벤치에 걸터앉았다. 벤텐은 단풍 아래 서서 덴구 담배를 뻐끔거리며 나뭇가지를 올려다보았다. 붉게 물든 잎은 자동판매기의 환한 형광등 불빛을 받아 반투명 유리 공예품처럼 보였다. 덴구 담배 연기가 모락모락 피어올라 옥상의 밤하늘로 흘러갔다.

나는 어렸을 때 아카다마 선생님과 벤텐이 빌딩 옥상에서 꽃

놀이를 하는 자리에 아카다마 포트와인을 전해주러 갔던 날의 기억을 떠올렸다. 그날은 벤텐이 처음으로 하늘을 날던 날이었다. 당시의 벤텐은 아직 덴구의 경지에 이르는 사다리에 그 미끈한 다리를 막 걸쳤을 뿐이었다. 모든 것을 손에 넣은 지금의 벤텐에게는 공중에 뜨는 것만으로도 기뻐하며 미소 짓던 옛 모습을 찾아볼 수가 없다.

우리는 단풍을 바라보며 시간을 보냈다. 나는 카메라를 꺼내 기념사진을 찍었다.

이윽고 교수가 입을 열었다.

"난 말이야, 널 처음 만난 날을 떠올리고 있었어."

"어머, 싫어요. 그런 건 잊어주세요."

"잊을 수가 없지. 정확하게 송년회가 열리는 날이었어. 너구리가 든 케이지가 안쪽 방에 있다고 해서 상태를 보러 갔었어. 그랬더니 네가 그 케이지 옆에 누워서 쿨쿨 자고 있었지. 방석을 접어 베개로 삼고 어린애처럼 몸을 웅크리고서."

"……그랬나요?"

벤텐은 단풍나무에 손을 대고 천천히 주위를 걸었다.

"누군가 싶었지. 새로 들어올 금요클럽 회원이 젊은 여성인지는 몰랐으니까. 지토세야에서 일하는 젊은 아가씨가 너구리를 지키고 있다가 지쳐 잠이 든 줄 알았어. 측은하다는 생각이 들었지. 우리 안에는 훌륭한 너구리가 있었는데, 그 모습이 당당했어. 두려워하는 모습이라곤 눈곱만큼도 찾아볼 수가 없었거든. 그래서 내가 너구리를 들여다보고 있는데 네가 잠에서 깨어 내 곁으로 다가오더니 너구리에게 말을 걸었지."

"그런 옛날이야기는 이제 기억도 나지 않아요."

"너는 '내게 먹힐 네가 불쌍하구나'라고 했어. 그리고 '하지만 나는 먹을 거야'라고 했지. 너구리에게 그런 말을 건넸어."

교수는 눈을 감은 채로 미소를 지었다.

"그 순간 반하고 말았지. 사랑에 빠진 거야. 네 심정을 나도 이해할 수 있었으니까. 여기 동지가 있구나, 하는 생각이 들었어……."

"그건 선생님의 오해예요."

벤텐이 단풍을 바라보며 중얼거렸다.

"난 그때 한 말 기억하지 못하는걸요."

"그런가?"

교수가 크게 하품을 했다.

"나는 기억하는데."

그러고 또 뭐라고 중얼거렸지만 이내 고개를 떨어뜨리고 졸기 시작했다.

벤텐은 슬픈 표정을 지으며 단풍나무 주위를 빙빙 돌았다. 내가 불러보았지만 아무런 대꾸도 하지 않았다. 덴구 담배에서 불길이 솟아오르고 연기가 회오리처럼 단풍나무를 휘감았다. 엄청난 연기였다. 뭉게뭉게 피어오르는 담배 연기 속에 벤텐의 날씬한 그림자가 어른거리고 이따금 덴구 담배의 불길이 보였다. 불을 뿜는 괴수가 꿈틀거리는 듯했다.

나는 지독한 담배 연기를 헤치고 벤텐에게 다가갔다.

"무얼 하는 거죠?"

뭉게뭉게 회오리치는 연기 너머로 벤텐의 아름다운 실루엣이 보여 내가 다가가려고 하는데 그녀는 훌쩍 몸을 피해 덴구 담배 연기 속으로 사라졌다.

"가까이 오지 마."

연기 속에서 벤텐이 말했다.

"다가오면 잡아먹을 거야, 정말이야."

나는 걸음을 멈추고 연기 때문에 목이 메었지만 다시 물었다.

"주제넘은 참견인지 모르겠지만 왜 그러세요?"

"달이 아름다워서 그냥 슬퍼진 거야. 목욕하고 싶어. 나 그만 돌아갈래."

"제멋대로네! 우리를 옥상에 남겨두고 가버린다는 건가요?"

"야사부로, 선생님을 잘 모셔다드려."

연기가 더욱 짙어지면서 엄청난 기세로 소용돌이치더니 이윽고 불쑥 모든 움직임이 멈췄다. 밤바람에 연기가 흩어지자 점점 시야가 열렸다. 벤텐의 모습은 이미 사라졌다. 단풍나무 아래에 다 타버린 덴구 담배 꽁초가 떨어져 있었다.

○

달이 가을 밤하늘을 지나고 밤기운이 몸을 적셨다.

녹슨 난간에 기대어 야경을 보고 있자니 아파트 베란다에서 접이식 의자에 앉아 달을 바라보는 여자의 모습도 보이고 건물 옥상에 내건 신등 앞에서 절을 하는 양복 입은 남자들도 보였다. 다른 건물 꼭대기 층에 있는 바에서는 무용수 차림을 한 여자가 가지 모양으로 분장한 사람과 춤을 추는 모습도 보였다. 아무 소리도 들리지 않는 옥상 세계의 이상야릇한 광경을 바라보며 나는 덴구가 된 듯한 기분을 맛보았다.

교수가 음냐, 하는 소리를 내며 눈을 떴다.

"벤텐은 어디 갔지?"

그렇게 물으며 몸을 부르르 떨었다.

교수는 배가 고프다고 하더니 크고 볼품없는 가방에서 알루미늄 호일에 싼 주먹밥을 꺼내 옆에 잔뜩 늘어놓았다. 교수가 권해서 나도 하나 집어 들었다. 달걀부침이 든 것과 다시마가 든 것이 있었다. 교수는 가방 안에서 전통주까지 꺼내 털이 숭숭한 큼직한 손에 들고 또 한 손으로는 컵을 들고 홀짝거렸다.

"내가 주먹밥을 잘 만들거든. 맛있지?"

교수가 웃었다.

"난 말이야, 주먹밥이 좋아. 식어도 맛있고 따뜻해도 맛있고,

게다가 언제든 먹을 수가 있으니까."

그렇게 둘이서 주먹밥을 먹었다. 교수는 내게도 술을 권했다.

"벤텐 님은 돌아오지 않네요."

"우리는 그걸 '벤텐의 중도 퇴장'이라고 하네. 벤텐은 늘 아무 말도 않고 중간에 불쑥 사라지거든."

"참 알 수 없는 분이니까요……."

"자넨 학생이지? 벤텐과는 어떤 사이인가?"

오래 알고 지내는 너구리와 반덴구 사이라고 할 수도 없어 나는 길거리에서 알게 되었다며 그럴싸한 거짓말을 꾸며냈다. 교수는 고개를 끄덕이며 듣고 있었다.

"뭐 어쨌든 참 범상치 않은 미인이야!"

교수가 감개무량한 표정을 지으며 말했다.

"선생님도 범상치 않으세요."

"난 별로 그렇지 않은데."

"그 왕성한 식욕은 범상치 않죠."

교수는 주먹밥을 먹으며 중얼거렸다.

"분명히 식탐이 있지. 갖가지 음식을 먹었어. 반쯤은 연구 때문이기도 하지만."

"선생님은 너구리를 드시죠?"

"너구리뿐인가? 전 세계를 돌아다니며 곤충은 물론 식물, 동물, 물고기, 뭐든 먹지."

"맛있습니까?"

"일단 먹으면 맛있게 먹어. 이건 먹는 사람의 의무지. 하지만 말이야, 자네. 사실대로 말하자면 생명을 먹는다는 것만으로도 맛있다, 이렇게 생각해야만 해. 나는 그 경지에 이르고 싶어. 그래서 여러 가지를 먹는 거지. 뭐, 독이 있는 것은 안 되겠지만 말이야…… 죽으니까. 하지만 나는 우물 안 개구리에 지나지 않아. 세계로 눈을 돌려보게. 인간이란 존재는 닥치는 대로 먹지. 끔찍할 만치 식탐을 부려. 그걸 생각하면 나는 감탄하지 않을 수 없어. 먹는다는 것은 사랑한다는 이야기야. 우리는 얼마나 많은 것들을 먹는가. 그리고 우리는 얼마나 많은 것들을 사랑하는가. 인간 만세! 이런 생각이 드는 거야."

"하지만 먹히는 쪽에서 보면 만세를 부를 수는 없는 노릇이죠."

"먹히는 쪽에서야 물론 당연히 싫을 테지. 나도 곰이나 늑대에게 머리부터 아작아작 씹히기는 싫으니까. 다들 싫겠지. 그럼에도 먹히는 것이고, 나는 먹고 싶어. 불쌍하지만 먹고 싶을 만큼 너구리를 좋아하지. 너구리만이 아니야. 난 예쁜 것들을 먹어. 슬프지만 정말 맛있지. 여기에 바로 커다란 모순이 있어, 즉 사랑이야. 잘은 모르지만 아마 사랑일 거야. 그게 사랑이겠지."

"인간은 먹힐 걱정이 없으니 그런 느긋한 소리를 하는 거죠."

"자넨 유난히 먹히는 쪽 편을 드는군. 하지만 중요한 문제지.

분명히 우리 인간들은 먹힐 염려가 없어. 천적이 없지. 죽으면 불에 태워져 재가 된 뒤 미생물에게 먹힐 뿐이지. 하지만 그렇게 되는 건 쓸쓸하다는 생각이 들어. 갑자기 미생물에게 먹힌다는 건 덧없는 일이지. 어차피 죽을 거라면…… 별로 아프지만 않다면 나는 너구리에게 먹히는 편이 낫겠다고 생각해. 병원에서 쪼글쪼글해져 죽기보다는 너구리의 저녁 식사가 되는 편이 훨씬 낫지. 병원에서 죽으면 누구에게도 영양가 있는 존재가 될 수 없어. 그런 건 슬픈 일이야. 너구리의 배를 불려주는 편이 훨씬 낫지."

"선생님을 먹는 건 너구리들에게는 좀 버거운 일이에요."

"그렇겠군……. 그런데 나는 분명히 맛이 없을 것 같아. 슬픈 일이야."

교수는 주먹밥 하나를 또 먹기 시작했다.

"맛이 없을 거야. 이런 생각을 하는 인간은 슬프지."

"그런 문제로 슬퍼하는 인간이 있다는 이야기는 들어본 적이 없어요."

"옛날에 그런 말을 한 너구리가 있었지. 지금도 생각이 나는군. 아, 자네는 내가 거짓말을 한다고 생각하는 거지? 하기야 당연하겠지. 너구리가 말을 한다고 하면 아무도 믿지 않을 테니. 그래서 이 이야기는 아무한테도 하지 않아."

교수는 싱글싱글 웃었다.

"하지만 그 너구리는 정말 훌륭한 너구리였어."

○

벤텐이 금요클럽에 처음으로 참석한 날 밤이었다.

교수는 잡혀 온 너구리를 보고 싶어서 '지토세야' 안쪽 방으로 갔다. 그 다다미방에는 옛날 등불을 흉내 낸 전등이 하나 놓여 있을 뿐이었다. 창밖으로는 가모가와강 변의 저녁 풍경이 보였다. 구석 쪽에 신문지가 깔려 있고 그 위에 케이지가 놓여 있었다. 낯선 여자가 방석을 접어 베고 케이지 옆에 몸을 웅크린 채로 자고 있었다. 잠든 얼굴이 너무 예뻐서 교수는 가슴이 설레었다. 그래서 여자가 깨지 않도록 조용히 우리 옆으로 다가갔다.

케이지 안에는 커다란 너구리가 웅크리고 있었다.

털이 불빛을 받아 반짝거렸고 당당하리만치 통통하게 살이 오른 너구리였다. 교수가 다가온 걸 눈치채고 쳐다보았지만 겁먹은 모습은 아니었다. 아무 소리도 내지 않았다. 교수를 똑바로 바라보는 눈은 차분했다. 무척 생각이 깊은 너구리라는 느낌이 들었다. 그 관록에 교수는 감탄했다.

"너는 대단하구나."

교수는 중얼거렸다.

"너구리 사회에서는 분명히 명성 있는 너구리일 거야."

너구리는 천천히 일어서더니 교수의 말에 귀를 기울이는 듯한 자세를 취했다. 교수가 가방 안에서 주먹밥을 꺼내 우리 안에 넣어주었다. 너구리가 코를 대고 냄새를 맡은 뒤 주먹밥을 먹기 시작했다. 그 모습을 지켜보던 교수는 우리 앞에 쭈그리고 앉아 말했다.

"오늘 밤 우리는 널 먹기로 되어 있어. 너는 원치 않겠지만 송년회 때 너구리전골을 먹는 게 우리 전통이니까. 너구리로 태어났기 때문에 인간에게 먹힐 수도 있는 거야. 제멋대로라고 할 테지만 나는 널 먹게 돼 기뻐. 이것도 하나의 만남이니까."

교수가 그렇게 말하자 너구리는 조용히 교수의 얼굴을 바라보았다.

"너는 어떻게 그렇게 차분할 수 있지? 불안하지 않니?"

교수가 말했다.

그때 너구리가 불쑥 입을 열었다.

"나는 지금까지 하고 싶은 일은 모두 했고, 자식들도 컸지. 막내는 아직 어리지만 형들이 있으니 서로 도와가며 잘 자랄 거야. 나는 씨를 뿌렸고 어느 정도 다 키웠어. 한 마리의 너구리로서 할 일은 제대로 한 셈이지. 남은 나날은 하늘이 내리는 것이야. 그러니 여생이란 뜻밖에 얻는 이익이나 마찬가지지. 그래서 지금 당신들에게 먹힌다고 해도 아무런 거리낌 없어. 먹고 싶다면 먹으면 돼."

"뭔가 이상하군."

교수가 중얼거렸다.

"네가 말을 한 것 같은데 내 망상인가?"

"나는 실제로 말을 할 수 있어."

"이런, 사람을 너무 놀라게 하면 못써."

"당신이라면 말을 해도 괜찮겠다는 생각이 들어서야. 내 생애…… 마지막 장난이라고나 할까? 바보의 피를 이어받았으니까."

교수와 너구리는 그 뒤로도 한동안 대화를 나누었다. 너구리는 내내 차분했지만 딱 한 가지를 신경 썼다.

"아무래도 나는 맛이 없지 않을까?"

교수는 가슴을 두드렸다.

"걱정 마. 내가 책임지고 맛있는 너구리전골을 만들 테니까."

"부디 잘 부탁해. 나 때문에 맛이 떨어지면 면목이 없으니까."

"넌 훌륭한 너구리이니 맛있을 거야. 안심해."

교수가 그렇게 말하자 너구리는 만족스러운 듯이 고개를 끄덕였다.

"작별의 선물로 당신 이름을 알려줄 수 없나?"

너구리가 말했다.

"요도가와 조타로라고 해."

그러자 너구리는 만족스러운 듯이 숨을 내쉬며 중얼거렸다.

"역시 당신이었나?"

"아니, 날 아나?"

"집사람이 신세를 졌지."

"내 이름을 알려주었으니 너도 가르쳐줘."

너구리는 우리 안에서 한껏 등을 펴고 자신을 과시하는 자세를 취했다.

"나는 니세에몬, 시모가모 소이치로."

그때 방석을 베개 삼아 자고 있던 여자가 눈을 떴다.

"누구시죠?"

여자가 교수에게 물었다.

교수는 저도 모르게 여자를 돌아보며 쉿 하고 손가락을 세워 입술에 댔지만 그가 우리를 다시 보았을 때는 주먹밥으로 배를 불린 너구리는 몸을 웅크리고 느긋하게 코를 골고 있었다. 교수는 홀린 듯한 기분이 들었다.

"호테이 씨이신가요?"

여자가 고개를 숙였다.

"앞으로 잘 부탁드립니다."

"아, 그런가? 주로진이 이야기하던 우리 금요클럽에 새로 들어온 분이로군. 여성인지는 몰랐네."

여자가 미소를 지었다.

"벤텐이라고 합니다."

벤텐은 일어서서 교수 곁으로 다가와 우리 안의 너구리를 들여다보며 중얼거렸다.

"편히 자고 있군요."

벤텐은 자고 있는 너구리를 조용히 들여다보며 다시 중얼거렸다.

"내게 먹힐 네가 불쌍하구나. 하지만 난 먹을 거야."

그 당당한 너구리, 내 아버지 시모가모 소이치로는 그대로 쿨쿨 잠이 들어 그들의 배 속을 채울 때까지 다시는 입을 열지 않았다.

○

달이 하늘을 가로지르고 가을밤은 깊어갔다.

교수가 웃음을 터뜨렸다.

"이런 이상야릇한 이야기, 자네는 믿지 않겠지."

"믿어도 괜찮겠죠."

내가 대꾸했다.

"기쁘군. 자네와 나 사이니까 이야기해준 거야."

"오늘 처음 만난 사이인데요."

"난 자네를 보고 운명을 느꼈네. 옷깃만 스쳐도 인연이라고 하지. 오늘 밤 만남을 위해 건배하지, 건배!"

"대학교수나 된다는 분이 밤중에 이런 곳에서 술을 마셔도 괜찮은가요?"

"상관없어, 그까짓 거. 바보의 피 때문이니까."

교수가 웃었다.

"이봐, 자네. 저 달 좀 봐. 멋진 달이로군!"

우리 형제가 무슨 문제를 일으킬 때마다 아버지는 '그건 바보의 피 때문이다'라며 웃었다. 교수가 그 표현을 썼을 때 아버지의 모습이 떠올랐다. 아버지를 먹은 원수가 왜 우러러보이는 걸까. 털이 숭숭한 교수의 손에서 아버지 냄새가 났다.

교수는 연방 하품을 하며 눈을 비볐다.

"우는 애와 졸음은 이길 수가 없다고들 하지. 벤텐은 이제 오지 않을 테니 슬슬 내려가세. 침대가 그립군."

내려가기는 보통 힘든 일이 아니었다. 중간에 멍하니 있다가 긴 사다리를 발견했다. 그걸 타고 고코마치 거리로 내려갈 수가 있었다. 도시 한복판에서 사다리가 불쑥 솟아날 리가 없다. 기분 나쁘리만치 이상한 느낌이 들었다. 나는 빌딩 계곡 사이의 어둠을 향해 소리쳤다.

"가이세이, 너냐?"

"얼른 집에 가서 자, 멍청아."

어둠 속에서 가이세이가 대꾸했다.

"다음번에는 도와주지 않을 거야."

"고마워."

모습이 보이지 않는 옛 약혼녀의 기척을 살피고 있는데 앞장 서서 걷기 시작한 교수가 뒤를 돌아보며 나를 불렀다.

"이봐, 데라마치는 이쪽이야."

조용한 데라마치 거리를 지나 가와라마치로 나온 뒤, 교수와 헤어졌다. 그는 택시를 잡아타면서 연구실에 꼭 놀러 오라고 했다. 그러더니 서둘러 큰 가방을 뒤지면서 명함을 찾는데 쉽사리 나오지 않았다. 간신히 가방 밑바닥에서 찾아낸 한 장은 보기에 처참할 만큼 구겨져 있었다. 교수는 그걸 두 손으로 조심스럽게 펴서 내밀었다. 명함에는 '농학박사 요도가와 조타로'라고 적혀 있었다.

"그럼 또 만나세."

나는 길에 서서 교수를 태운 택시가 밤거리로 사라져가는 모습을 지켜보았다.

○

나는 시조 대교를 건너 로쿠도 진노지 방향으로 밤길을 걸었다.

걸으며 요도가와 교수를 생각하고, 아버지를 생각했다. 어머니를 구한 생명의 은인에게 먹힐 거라는 사실을 알게 되었을 때 아버지는 어떤 심정이었을까. 그리 괴롭지는 않았을 거라는 생각이 드는데, 내 착각일까. 요도가와 교수와 아버지가 대화하는 장면이 왠지 정겹게 느껴졌다.

로쿠도 진노지 우물은 캄캄했다.

너구리계를 떠나 개구리가 되어 우물 안에 틀어박힌 작은형을 본 지 오래되었다. 워낙 여러 가지 일이 있었던 날이라 작은형이 무척 보고 싶었다.

"형!"

불러보았지만 대꾸가 없었다. 나는 개구리로 둔갑해 우물 안으로 뛰어들었다. 바닥에 떨어져 물이 튀자 작은형이 으앗, 하고 소리를 질렀다.

나는 물에서 고개를 내밀고 말했다.

"형, 나야."

"뭐야, 너냐? 살아 있었구나. 걱정했다."

"대충 살아 있어."

작은형이 작은 촛불을 밝혔다. 우물 안이 밝아졌다. 구석에 살짝 흙이 올라온 섬 같은 부분이 있고, 소인국의 사당 같은 건물이 있다. 작은 개구리가 그 옆에 엉덩이를 붙이고 앉아 물에 떠 있는 나를 향해 손을 흔들었다. 나는 그 섬으로 헤엄쳐 기어 올라갔다.

"너도 세상을 버리고 개구리가 될 작정이냐?"

작은형이 한숨을 내쉬었다.

"아들이 둘씩이나 개구리가 되면 어머니가 우셔."

"하루만 묵고 갈게."

"그렇다면 괜찮지만."

우리는 물가에 앉았다. 형과 나란히 우물물이 흔들리는 모습을 바라보며 나는 오늘 있었던 일을 이야기했다.

"여러 가지 일이 있었던 하루였구나. 네게는 정말 감탄했어."

작은형이 말했다.

"저어, 형."

"왜, 야사부로?"

"아무리 생각해도 이상해. 왜 나는 그 교수를 미워하지 않는 걸까. 그 교수가 너무 좋아졌어……. 그리고 아버지를 너구리전 골로 만들어 먹은 벤텐 님에게 왜 반한 걸까?"

"그야 바보의 피 때문이지."

형이 웃었다.

"게다가 우리는 너구리니까. 때론 먹힐 수도 있어. 인간이 너구리를 먹는 건 잘못된 일이 아니야."

"형은 대단해. 깨달음을 얻었구나."

"아니야, 사실 난 아는 척만 할 뿐이야. 어차피 우물 안 개구리니까."

"또 그렇게 꽁무니를 빼네."

"그게 아니야. 난 아직 멀었어."

작은형은 물에 들어가 거품을 뿜었다.

"난 지금도 아버지를 생각하면 눈물이 나."

그때 우물 밖에서 누군가 다가오는 기척이 나자 작은형은 뛰어가 촛불을 껐다. 누군가가 우물 안을 가만히 들여다보았다. 나는 작은형 옆으로 바짝 다가갔다.

"또 누가 고민 상담을 하러 온 건가?"

"아니, 저건 벤텐 님이야."

작은형이 말했다.

"그 여자는 아무 말도 하지 않지."

우리는 어둠 속에 나란히 앉아 벤텐의 숨소리에 귀를 기울였다. 이윽고 툭 하고 물방울이 떨어져 내 코끝을 적셨다. 맛이 짭짤했다.

"늘 저렇게 혼자 울어. 우물물이 짠물이 될 것 같아."

두 마리의 개구리가 우물 안에서 동그란 하늘을 올려다보고 있었다. 벤텐은 아무 말도 없이 그저 툭, 툭, 짭짤한 눈물만 흘릴 뿐이었다.

"왜 우는 걸까? 무슨 슬픈 일이라도 있는 걸까?"

내가 중얼거렸다.

"예쁜 달을 보았기 때문인가?"

작은형이 떨어지는 눈물을 올려다보며 말했다.

"애들이란 까닭 없이 울기도 하지."

제5장

아버지가 떠나던 날

살아가는 한 이별을 겪지 않을 수는 없다.

인간이나 텐구나 너구리나 다 마찬가지다.

이별에는 여러 가지가 있다. 슬픈 이별이 있는가 하면 때로는 고맙고 속 시원한 이별도 있다. 성대한 송별 파티를 하며 요란뻑적지근하게 헤어지는 이도 있고, 누구의 전송도 받지 못하고 외롭게 떠나가는 이도 있다. 긴 이별이 있고 짧은 이별도 있다. 한번 헤어졌던 이가 멋쩍은 듯이 훌쩍 돌아오는 일은 흔히 있다. 그런가 하면 짧은 이별인 줄 알았는데 쉽사리 돌아오지 않는 일도 있다. 그리고 다시는 돌아오지 않는, 생애 단 한 번뿐인 진짜 이별도 있다.

태어난 지 얼마 되지 않은 내가 다다스숲을 타박타박 걷기 시작했을 때, 아버지와는 짧은 작별을 자주 했다. 우리 아버지 시모가모 소이치로는 너구리계를 단결시킨 위대한 너구리라서 무척 바빴다. 아버지는 자주 출타했고, 어머니와 자식이 기다리는 숲에 작별을 고했다. 짧은 헤어짐도 있었고 몇 주씩 걸리는 긴 헤어짐도 있었다. 그런 상태였기 때문에 그해 겨울에 아버지가 송년회의 너구리전골이 되어 이 세상과 작별했다는 사실을 알게 되었을 때 우리는 그게 진짜 이별이라는 사실을 받아들이기가 너무 힘들었다.

이 세상과 작별하면서 우리 아버지는 위대한 그 피를 정확하게 넷으로 나누어 주었다.

큰형은 책임감만 이어받았고, 작은형은 느긋한 성격만 물려받았으며, 동생은 순진함만 물려받았다. 그리고 나는 바보스러움만. 완전히 제각각인 형제들을 이어주는 것은 바다보다 깊은 어머니의 사랑과 위대한 아버지와의 이별이다.

위대한 이별 하나가 남은 이들을 하나로 연결하는 일도 있다.

○

12월에 들어서자 가로수 잎들이 모두 졌다.

아무리 너구리라고 해도 교토의 겨울은 엉덩이부터 시리다. '털이 잔뜩 난 주제에 한심하게'라며 무시해서는 안 된다.

엉덩이에서부터 기어 올라오는 한기를 피하려고 나는 시모가모혼 길가 카페에 틀어박혀 골동품 같은 난로 옆에서 꾸벅꾸벅 졸고 있었다. 여느 때와 마찬가지로 머저리 대학생 모습으로 둔갑한 상태였다. 잠에서 깨면 커다란 유리창으로 들어오는 겨울 햇살을 바라보았다. 앞으로 추위는 점점 더 심해질 텐데, 그래도 살기 익숙한 교토에서 가족과 함께 한 해의 마지막 달을 맞이할 수 있다는 것은 다행스러운 일이다.

고잔 오쿠리비 이후 나는 교토를 떠나 오사카로 돈벌이를 나가 있었다. 벤텐의 노여움을 샀기 때문이다. 오사카에서 숨어 지내며 몇 차례 교토에 들러 상황이 좀 나아졌다는 확신이 들기까지는 3개월이라는 시간이 필요했다. 11월 말에는 새벽에 아라시야마산으로 단풍놀이 가는 벤텐을 따라가 그녀가 큰 소리로 웃을 때마다 흩어져 내리는 단풍을 시키는 대로 보자기에 잔뜩 그러모았다. 아라시야마산 단풍이 하룻밤 사이에 다 지고 만 것은 벤텐의 소행이었다. 스케일 큰 장난으로 가을의 우수를 떨쳐 냈기 때문인지 벤텐은 기분이 좋아 보였다. 그래서 나는 오사카에 있는 중고 카메라 가게에 마련했던 은신처를 나와 교토로 돌아왔다.

길에서 마주치는 너구리들은 저마다 축하의 말을 건넸다. 나는 가는 곳마다 환희의 눈물과 꽃다발에 묻혔고 '빵소니 야사부로'의 귀환 소식은 순식간에 너구리계를 석권했다. 데라마치 거리에 있는 '아케가라스'에 인사하러 갔더니 주인이 말했다.

"네가 이미 너구리전골이 되어 잡아먹혔는지 알았어. 뭐, 언젠가는 그렇게 될 테니 별 차이야 없지만."

"너무 심하게 말씀하시네."

"술은 마실 수 있을 때 마셔두는 거야. 살아 있는 기쁨을 깊이 음미하도록 해."

그래서 나는 편안히 졸고 있다.

하지만 나도 매일 졸기만 하며 지내는 건 아니다. 오쿠리비가 있던 날 밤에 잃어버린 '풍신뇌신의 부채'를 찾아내 벤텐에게 반납하려고 단단히 마음먹었다. 그래서 매일 가모가와강 서쪽을 어슬렁거리며 빈집에 들어가보기도 하고, 풀숲을 뒤지기도 하고, 고료 신사 경내에서 멍하니 있기도 하면서 성과 없는 수색활동에 여념이 없었다. 그날도 꼬박 하루를 허탕 치고 카페에서 혼자 반성하던 중이었다.

난로에서 나는 작은 소리에 귀를 기울이고 있는데 불쑥 유리문이 열리더니 자그마한 사내아이가 들어왔다. 마치 '소년 탐정단'*의 고바야시 소년처럼 뺨이 반짝반짝 빛났다. 나는 꾸물꾸물 자리에 몸을 파묻고 숨으려 했다. 하지만 소년은 눈치 빠르게 나를 찾아내 쪼르르 달려왔다.

"형."

---

* 에도가와 란포의 어린이 탐정소설 시리즈에 등장하는 탐정단.

동생이 울먹이는 목소리로 말했다.

"도와줘."

○

우리 형제는 아카다마 선생님에게 드나들며 가르침을 받았다. 선생님은 허리가 불편해 본거지였던 뇨이가타케산에서 구라마 덴구들에게 쫓겨나고, 너구리를 가르치는 교직에서도 물러나 데라마치 상점가 뒤편의 연립주택 '코포 마스가타'에 틀어박혀 푹푹 썩고 있는 덴구였다.

아카다마 선생님의 원통한 심정은 헤아리고도 남음이 있었다.

일찍이 하늘을 자유자재로 비행하던 능력은 다다미에서 몇 센티미터를 뛰어오르느냐를 따져야 할 일반인 수준으로 떨어졌다. 러브 라이프를 누릴 능력 또한 잃은 지 오래라 실천력이 따르지 않는 가공의 욕망은 벤텐에 대한 늘그막 연애에 박차를 가하지만 사랑스러운 벤텐은 들르지도 않았다. 찾아오는 것은 바보 너구리거나 종교를 권유하는 전도사쯤이었다. 이게 원통하지 않으면 그 무엇이 원통하랴. 무능한 자신에 대한 분노 때문에 선생님은 시종 부루퉁한 표정을 지었고, 근거 잃은 오만傲慢의 폭풍은 좁은 단칸방을 휩쓸었다.

아카다마 선생님이 실각하게 된 드라마에는 나도 한몫했기 때문에 책임을 느끼고 있었다. 내가 선생님의 시중을 들게 된 것도 그 때문인데 '실각한 덴구'만큼 다루기 까다로운 종족은 없다. 오사카로 도망친 것은 선생님의 시중드는 일을 내동댕이칠 좋은 구실이었다. 동생에게 뒤를 부탁했을 때, 조금씩 그 역할을 떠넘기려는 속셈이 없었다고 하면 거짓말이리라.

하지만 선생님의 고집은 아직 어린 동생이 감당하기에 버거운 것이었다.

동생과 함께 카페를 나와 이즈모지 다리를 건넜다. 차가운 바람이 몰아치는 가모가와강 변을 걸으며 내 사랑스러운 동생은 선생님이 도무지 목욕을 하지 않는다고 탄식했다.

아카다마 선생님은 목욕을 대단히 싫어한다.

얼마나 싫어하느냐 하면 집에 있는 지저분한 욕실을 다시는 쓸 수 없도록 스스로 부수었을 지경으로 싫어한다. 시모가모 숲을 아지트로 삼고 있는 너구리마저도 털 갈라지는 것을 걱정해서 트리트먼트를 쓰는 세상인데 선생님은 젖은 수건으로 몸 닦는 일마저도 싫어했다. 그리고 애용하는 향수만 목에 뿌리는 정도로 아무렇지도 않게 지냈다. 공중목욕탕에 가자고 하면 날씨가 나쁘다, 엉덩이가 가렵다, 허리가 아프다, 네 얼굴이 마음에 들지 않는다, 하며 툴툴거렸다. 억지로 끌고 가려고 하면 묵직한 달마 오뚝이를 집어 던졌다.

그냥 놔두면 뭔가가 발효되는 듯한 그윽한 향이 연립주택 방 안에 가득 찼다. 그럴수록 선생님은 더 열심히 향수를 뿌려대기 때문에 방에 앉아만 있어도 눈물이 찔찔 흘렀다. 그런 상태가 되면 도저히 미룰 수 없어 선생님과 일전을 벌이게 된다. 나는 지금까지 선생님을 종종 공중목욕탕으로 연행했지만, 그때마다 털이 빠지고 피가 흐르는 상황을 불사할 각오가 필요했다.

곁에서 걷는 동생은 거의 울상이었다.

"형, 난 도움이 안 돼. 선생님을 목욕시킬 능력도 없어……."

"울지 마, 야시로. 그런 능력은 아무 짝에도 쓸모가 없어. 네게는 달리 익혀야 할 것이 있어."

"선생님은 회오리바람을 일으켜."

"뭐? 선생님에게 아직 그런 힘이?"

"그래서 내 털을 곱슬곱슬하게 만들어. 계속 이러다가는 내가 아프리카 사람 머리카락처럼 될 거야."

"너 같은 어린애를 상대로 그런 재주를 부리다니, 텐구라고 할 수도 없는 선생님이로구나! 뜨거운 목욕물에 처넣어버릴 테다."

"하지만 형, 선생님을 너무 못살게 굴면 안 돼."

"알아."

나는 동생의 머리를 툭 쳤다.

"괜히 해본 소리야."

우리는 쇼핑객으로 붐비는 데마치 상점가를 지나 옆으로 뻗은 골목으로 들어갔다.

나는 연립주택 계단을 올라가 문을 두드렸다.

"계세요? 야사부로예요."

안으로 들어선 순간 짙은 안개처럼 자욱한 향수 냄새에 숨이 막혔다. 눈물이 고였다. 동생은 콜록콜록 기침을 하더니 바로 꼬리를 드러내고 말았다.

"야, 꼬리! 꼬리!"

동생은 알았다고 했지만 탐스러운 꼬리가 자꾸 튀어나오려는지 엉덩이를 꿈지럭거렸다.

수북하게 쌓인 도시락 상자와 아카다마 포트와인병을 헤치고 내가 방 안으로 들어가자 선생님은 창문으로 비쳐 드는 햇살 속에 웅크리고 앉아 있었다. 새 솜옷을 걸치고 앉은뱅이책상에 놓인 선인장에게 분무기로 물을 주고 있었다.

내가 환기팬을 켜고 창문을 열어 환기를 시키는데 선생님은 고개도 들지 않고 불쾌하다는 듯이 말했다.

"야사부로냐? 오쿠리비가 있던 날 밤부터 전혀 보이지 않던데, 어디서 놀고 지낸 거냐? 스승에 대한 예의도 지키지 못하는 놈. 머릿속에 그저 놀 생각뿐이구나."

"놀았던 게 아니에요. 어쨌든 소식을 전하지 못했습니다."

"소식이야 전할 필요 없지. 속이 다 후련했으니까."

"또 그런 말씀을. 쓸쓸했으면 쓸쓸했다고 하시면 돼요."

"천치 같은 놈!"

○

얼굴을 보자마자 시작된 욕설은 그대로 '공중목욕탕 가기'를 둘러싼 승강이까지 이어졌다. 덧없는 격투는 한 시간이나 이어졌다. 나는 날이 선 표현으로 선생님의 불결함을 타박하고, 선생님은 분노 섞인 방귀를 뀌며 언성 높여 억지를 늘어놓았다. 동생은 겁을 집어먹고 부엌 구석에 웅크리고 있었다. 그러다 보니 해가 저물어 더 추워졌다.

"내가 어째서 너구리 같은 것들을 데리고 목욕하러 가야 한다는 거냐! 데데하게!"

아카다마 선생님이 핏대를 세우며 소리쳤다.

"우리하고 외출하는 게 싫습니까? 그러세요? 그럼 벤텐 님이라면 가시겠어요?"

"말할 나위 없지, 당연하지!"

"이런 색골 뗑구. 그렇다면 내가 벤텐 님으로 둔갑하죠. 아주 에로틱하게!"

"그러기만 해봐라, 깔아뭉개버릴 테니."

"할 수 있으면 해보시지. 이 괴팍한 영감탱이!"

선생님은 두르고 있던 솜옷을 벗어 던지고 무릎을 세우더니 내 쪽으로 얼굴을 들이밀었다. 잡동사니에 둘러싸인 방 한복판에 비치는 저녁 햇살 속에서 선생님은 크악, 하고 무시무시한 표정을 지었다. 흰 눈썹이 잔뜩 치켜 올라갔고, 눈이 번쩍번쩍 빛났다. 그리고 맹수처럼 으르렁거렸다.

"말했지, 마음만 먹으면 너희들쯤은 회오리바람으로 대번에 날려버릴 수 있어."

"어디 해보시죠!"

나는 싱크대 앞으로 물러서서 커다란 껍정소로 둔갑했다. 선생님이 아무리 거센 바람을 일으켜도 날아가지 않기 위한 준비였다. 둔갑이 풀려 작아진 동생이 정신없이 굴러와 내 뒷다리에 매달렸다. 선생님이 얍, 하고 소리를 질렀다. 우리는 발에 힘을 주고 버티고 서서 눈을 감았다. 이제 무시무시한 회오리바람이 우리를 정통으로 덮칠 것이다. 털이 다 뽑혀나갈지도 모른다. 아플지도 모른다. 이제 곧 바람이 몰아치리라. 이제 곧, 이제 곧. 각오를 굳히고 기다렸지만 도무지 기별이 없었다.

불쑥 부드러운 봄바람 같은 기운이 뺨을 어루만졌다.

조심조심 눈을 뜨니 아카다마 선생님이 무릎을 세운 채로 멍하니 방 한쪽 구석을 바라보고 있었다. 먼지가 뭉게뭉게 일었다. 나와 동생은 말없이 그 광경을 바라보았다. 이윽고 구르던 화장지가 풀려서 흰 종이가 나선 모양을 그리며 천장으로 솟아올랐다. 재미는 있지만 피해는 없다. 아카다마 선생님이 내려친 분노의 철퇴는 좁은 방 안을 어질렀을 뿐이다.

화장지가 한바탕 치솟아 오르자 주위는 흰 종이로 뒤덮였다. 종이에 파묻힌 선생님은 어깨를 축 늘어뜨렸다. 이윽고 선생님은 콧방귀를 뀌더니 손을 뻗어 다다미 위에 쌓인 화장지를 갈기갈기 찢었다. 그리고 그것들을 정성스레 접었다. 자세를 단정하게 고쳐 앉은 선생님은 소리 높여 코를 풀었다.

나는 껌정소로 둔갑한 채 부엌에서 머뭇거리고 있었다. 조금 전까지 서로 언성을 높였기 때문에 뜻밖의 시들한 결말은 부끄러웠다. 선생님은 멋쩍은 듯 코만 계속 풀었고, 나도 멋쩍어서 음매 음매 울었다. 털이 북슬북슬한 동생은 구석에서 어정거리다가 좋은 냄새가 나는 화장지에 코를 들이박고 킁킁 냄새를 맡았다.

"야사부로, 거기서 뭘 하고 있는 거냐."

코를 다 푼 선생님은 저물어가는 창밖을 바라보았다.

"음매 음매 울지 좀 말거라."

"선생님, 조금 전에 화낼 때 땀 흘리지 않으셨습니까?"

"으음."

"가끔 목욕을 하는 것도 괜찮아요."

"으음."

선생님은 그제야 승낙을 했다.

부근에는 목욕탕이 없어서 아카다마 선생님을 데리고 갈 때는 데라마치 거리를 걸어 고료 신사 북쪽에 있는 공중목욕탕으로 간다. 선생님은 거기까지 갈 때도 제 발로 걸으려고 하지 않는다. 그래서 매번 큰형에게 가짜 인력거꾼과 인력거를 빌려야만 했다.

동생이 휴대전화로 연락하니 큰형은 어머니에게 이끌려 가모 대교 서쪽에 있는 당구장에 있는 모양이었다. 연일 정치적 책략 세우기에 여념이 없어 까칠함만 더해가는 큰형을 어머니가 기분 전환 시키려고 데리고 나갔으리라. 전화를 받은 큰형은 아버지의 소중한 유산인 인력거를 매번 괴팍한 영감 수송용으로 사용하는 것이 내키지 않는 눈치였지만 큰형도 아카다마 선생님 문하였다. 의리를 중시하는 큰형으로서는 인력거를 내주지 않을 도리가 없다.

이윽고 큰형은 젊은 도련님 모습으로 '코포 마스가타' 앞에 인력거를 세웠다.

큰형이 침울한 표정으로 인력거에서 내리자 아카다마 선생님이 올라타려고 했다. 나와 동생이 그 엉덩이를 쑥쑥 밀어 좌석에 쑤셔 넣었다.

"선생님, 오래간만에 뵙겠습니다."

큰형이 공손하게 고개를 숙이자 아카다마 선생님은 솜옷 앞섶을 꼭 여미며 "춥군" 하고 중얼거리며 큰형을 흘끗 노려보았다.

"야이치로."

"네, 선생님."

"귀찮다고 생각하고 있구나."

"전혀 그렇지 않습니다."

"솔직하게 이야기하거라."

"진심입니다."

아카다마 선생님은 흥, 콧방귀를 뀌더니 "그래, 알았다" 하고 웃음을 지으며 말했다.

"어서 가자. 무얼 그리 꾸물거리고 있느냐!"

○

인력거는 데라마치 거리로 나와 북쪽을 향해 덜컹덜컹 달렸다. 저녁 하늘에는 솜을 늘여놓은 듯한 구름이 옅은 분홍색으로 물들어 있었다. 절의 긴 담장을 따라 달리니 이윽고 하늘을 찌를 듯한 짙은 갈색 굴뚝이 눈에 들어왔다. 공중목욕탕이 가까워지자 선생님이 인력거 안에서 꿈지럭거리며 중얼거렸다.

"귀찮도다. 아아, 귀찮도다."

포렴을 들추고 여탕으로 들어가려는 선생님을 간신히 붙들어 남탕 탈의실에 밀어 넣었다. 여기까지 와서도 아카다마 선생님은 지명수배범 전단이나 사물함 위에 있는 텔레비전을 보거나 마사지 의자에 앉으려 하거나 화장실에 틀어박혀 나오려 하지 않았다. 잘 달래서 겨우 목욕탕 안으로 들어설 때쯤에 큰형과 나는 이미 녹초가 되어 있었다. 어슬렁어슬렁 줄지어 들어가는 우리를 목욕하고 있던 손님들이 힐끔힐끔 쳐다보았다.

나와 큰형, 아카다마 선생님은 쭉 늘어서서 몸을 닦았다. 동생은 신기한 듯이 어정거리며 욕조에 들어가 첨벙거리다가 사우나에 들어가다가 했다. 그러다 냉탕에 발을 넣었다가 으힉, 하고 이상한 소리를 질렀다.

"형, 여기는 차가워."

"야시로, 그건 원래 찬물이야."

흥분한 동생과는 달리 선생님은 뚱한 표정이었다.

"내가 무엇 때문에 너희 같은 털북숭이들과 목욕을 해야만 하는 거지?"

"인간으로 둔갑했으니 털이 흩어질 염려는 하지 않아도 됩니다."

큰형이 열심히 손을 움직이며 말했다. 선생님은 비누 거품 내는 일도 싫어하는지라 그 일도 큰형에게 시켰다.

"어차피 해야 한다면 벤텐에게 등을 밀어달라고 하고 싶구나."

선생님이 고집을 부렸다.

"나는 벤텐과 목욕하고 싶다. 아아, 벤텐과 욕조에 들어가고 싶어!"

큰형이 선생님의 야윈 등에 비누 거품을 칠하며 소리 죽여 말했다.

"선생님! 그런 외설적인 성욕을 떨쳐내세요! 조금이라도 체면을 지키려는 노력을 하셔야죠."

"한심한 제자로구나."

나는 한숨을 내쉬었다.

"아니, 벤텐 님과 함께 와봐야 선생님은 여탕에 들어갈 수도 없지 않습니까."

"시끄럽다!"

선생님은 수건을 휘둘러 내 뺨을 찰싹 때렸다. 되게 아팠다.

"야사부로, 너 지난번에 벤텐과 금요클럽에 나갔다고 하지 않았느냐. 아무래도 네가 지나치게 벤텐 주위를 맴도는 듯하구나. 털 뭉치가 설마 그 아이에게 연정을 품고 있는 것은 아닐 테지."

"말도 안 됩니다. 너구리가 인간에게 반해서 어쩌려고. 법도에 어긋난 사랑 아닙니까?"

"네가 너구리의 법도 따위를 눈곱만큼이나 생각하겠느냐? 너처럼 삐뚤어진 녀석이 무슨 꿍꿍이를 꾸미는지 내가 어찌 알겠느냐."

"제자를 묘하게 몰아세우는군요."

"너를 걱정해서 하는 이야기는 아니지만, 기껏해야 인간 아가씨 아니냐고 얕보다가는 잡아먹힐 거야. 마도를 벗어나지 않고 조금만 정진하면 그 애는 훌륭한 덴구가 된다. 언젠가는 내 뒤를 이어 2대 뇨이가타케 야쿠시보가 될 것이다."

몸을 다 닦은 우리는 욕조에 들어가 멍하니 천장을 올려다보았다. 녹색으로 칠한 이상한 모양의 천장은 가운데가 움푹 들어간 하늘 창으로 되어 있었다. 희미한 빛이 들어와 뭉게뭉게 피어나는 욕조의 더운 김을 비추었다.

한여름부터 초겨울에 걸쳐 쌓인 때를 벗겨내자 아카다마 선생님도 개운해진 모양이었다. 보글보글 거품을 내는 초음파 욕조에 들어가더니 이렇게 말했다.

"벤텐이라면 꼴도 보기 싫은 구라마 덴구들을 혼내줄 수 있을 거야."

선생님은 기쁜 표정을 지었다.

"우리 아버지도 구라마 덴구를 혼내주셨죠."

큰형이 말했다.

"소이치로 말이냐? 그런 일도 있었지……."

선생님은 뜨거운 물을 천천히 끼얹었다. 그리고 공중목욕탕 창문으로 스며드는 빛을 바라보며 말했다.

"정말 훌륭한 너구리였어."

○

옛날 일이다.

동생인 에비스가와 소운과 너구리계의 두령 자리를 놓고 다투던 아버지는 승리를 거두고 '니세에몬'이란 칭호를 손에 넣었다. 그 뒤로 호기심 많은 인간들인 '금요클럽'에 의해 너구리전골이 되기까지 아버지는 교토 너구리계의 두령 자리에 있었다. 그 길고 영광스러운 시대의 정점을 찍는 것이 '가짜 뇨이가타케산 사건'이다. 너구리가 그런 엄청난 재주로 덴구를 깜짝 놀라게 만든 일은 고금을 통틀어 찾아볼 수 없는 사건이었다.

사건의 발단은 구라마 덴구와 아카다마 선생님의 다툼이었다.

덴구들은 모두 성깔이 보통이 아니기 때문에 사이좋게 지내는 경우가 드물다. 특히 선생님과 구라마 덴구들은 견원지간이었다. 온화한 성격인 이와야산 긴코보가 중재하려고 애썼지만 아무런 효과가 없었다. 한 해에 한 번 열리는 모임이 아타고산에서 열렸을 때 아카다마 선생님은 조끼까지 갖춘 양복을 차려입고 파티 석상에 나와 있던 구라마 덴구들을 "별 볼일 없는 것들이 똥폼 잡고 있군" 하고 비웃어 싸움을 걸었다. 모처럼 마련한 잔치는 구라마산파와 뇨이가타케산파의 회오리바람이 몰아치는 일대 격전장으로 변해 친목을 돈독히 하기는커녕 사이만 벌어졌다. 구라마 덴구들과 아카다마 선생님은 함께 아타고야마다로보로부터 호된 꾸지람을 들었다.

훗날 이 다툼을 마음속에 담고 있던 구라마 덴구들은 머릿수를 믿고 번갈아 뇨이가타케산에 들어와 '야쿠시보를 철저하게 무시하는 모임'이란 것을 날마다 열어 아카다마 선생님의 골머리를 썩였다. 그들은 밤낮없이 술을 마시며 선생님을 모욕하기 위해 마련한 가사 바꿔 부르기 노래를 목청 높여 계속 합창해댔다. 너무도 불쾌했던 선생님은 수면 부족 상태에 빠져 수업이 있다는 사실도 잊고 이만 바득바득 갈고 있었다. 그때 선생님의 가르침을 받고 있던 큰형은 어쩔 줄 몰라 했고, 작은형은 이때다 싶어 수업을 빼먹고 영화관으로 달려갔다.

아카다마 선생님의 괴로움을 보다 못해 분연히 일어선 것은 아버지였다. 아버지는 스케일 크게 뇨이가타케라는 산으로 둔갑했다. 이런 연유로 '가짜 뇨이가타케산 사건'이라는 이름이 붙게 되었다.

감쪽같이 둔갑한 뇨이가타케산에 들어온 구라마 덴구들은 눈치채지 못하고 계속 술판을 벌였다. 이윽고 구라마로 돌아가려고 산에서 나가려 할 즈음에야 비로소 눈치를 챘다. 구라마 덴구들이 날아오르려고 하면 무성한 나무들이 덮쳐 이륙을 저지했다. 걸어서 하산하려고 해도 자꾸 같은 곳만 맴돌게 되었다. 게다가 갖가지 괴이한 현상이 그들을 덮쳤다. 나무에 난 구멍에서 끝없이 쏟아지는 달마 오뚝이들, 노래하며 춤추는 닭들, 안개에 묻힌 숲 저편을 지나가는 거대한 흰 코끼리 등등. 결국 그들은 착란 상태에 빠져 가짜 뇨이가타케산 안에서 이리저리 헤맸다. 일주일 뒤에 거의 거지꼴이 되어버린 그들은 아카다마 선생님 앞에 무릎을 꿇고 사죄했다.

아카다마 선생님과 구라마 덴구의 다툼은 이로써 일단락되었다.

하지만 일주일 이상 '산'으로 둔갑하는 엄청난 일을 해냈기 때문에 아버지도 지칠 대로 지쳤다. 아버지는 그 뒤 꼬박 한 달 동안 다다스숲에서 잠만 잤다. 너구리라면 상대도 하지 않던 아카다마 선생님이 과자 상자를 들고 인사하러 왔다. 그때 선생님은 낙엽 위에서 굴러다니던 털 뭉치를 까딱하다 밟을 뻔했는데 그것이 아버지 주위에서 얼쩡거리던 어린 시절의 나였다.

"잠만 쿨쿨 자며 지내다니, 너구리는 뱃속 편한 짐승이로군."

아카다마 선생님은 입을 열자마자 그렇게 말했다.

낙엽 침대에서 몸을 일으킨 아버지는 씩 웃으며 대꾸했다.

"좀 무리가 가는 바보짓을 해서요. 무척 재미있기는 했지만 좀 지나쳤습니다."

"몸 생각해서 정도껏 해야지."

"죄송합니다."

속으로는 아카다마 선생님도 틀림없이 고마워했으리라. 게다가 아버지는 그런 선생님의 속마음을 뻔히 알면서도 아카다마 선생님의 명예를 지켜주기 위해 잘난 척하는 소리는 한마디도 하지 않았다.

○

아카다마 선생님은 목욕을 싫어하지만 일단 시작하면 시간이 오래 걸린다.

"이제 그만 나가시죠"라고 해도 "네가 목욕을 하자고 해서 일부러 왔는데 느긋하게 씻지도 못하느냐!"라며 화를 낸다. 하지만 쫄랑거리며 놀던 동생이 칭얼거리기 시작하면서 당장이라도 사람들 앞에서 꼬리를 드러낼 것만 같았다. 나는 선생님을 큰형에게 맡기고 동생을 데리고 탈의실로 나왔다.

등나무 의자에 앉아 텔레비전을 보면서 커피우유를 마셨다.

"맛있어?"

"맛있어."

"형, 커피도 우유도 맛이 없는데 커피우유는 왜 맛있지?"

"그건 상승효과 때문이지."

"상승효과라는 게 뭐야?"

"운명적인 만남이란 거지. 그렇게 되면 뭐든 좋아지는 거야."

동생은 고개를 끄덕이며 커피우유를 마셨다.

"선생님은 말씀은 저렇게 하셔도 사실은 형을 좋아해."

"흐흥, 나도 그건 뻔히 알아."

"형도 선생님이 좋지?"

"야, 그런 소리 누구에게도 하지 마. 나한테도 체면이란 게 있으니까."

"형이 오사카에 가 있을 때 선생님이 나한테 늘 말씀하셨어. 야사부로는 어떻게 지내느냐, 벤텐에게 잡아먹히지는 않았느냐고."

"고마운 일이로구나."

우리는 한동안 멍하니 있었다. 동생은 끄윽 하고 살짝 트림을 했다.

전에 우물 안에 틀어박혀 개구리로 살아가는 작은형이 이런 말을 한 적이 있다.

"아버지가 마지막으로 남긴 말씀을 기억하니?"

작은형은 우물 물에 잠긴 채로 그 말을 기억하지 못하는 것을 원통해했다.

나는 그날 무엇을 하고 있었던가…….

그해 겨울 아침의 일을 떠올렸다.

나는 아버지 뒤를 따라 다다스숲을 빠져나와 개울로 갔다. 아버지가 킁킁 냄새를 맡기에 나도 주위 냄새를 맡았다. 숲속 공기 냄새가 이상했다. 그것은 교토 시내의 구석구석을 점령해가는 겨울 냄새였다. 아버지와 나는 냄새를 맡으며 아무도 없는 개울가를 걸었다. 그것이 아버지와 함께 보낸 마지막 아침이었다. 여느 때와 다를 것이 없는 하루였다.

아버지는 큰형을 데리고 외출했다. 숨바꼭질을 즐기는 작은형은 여느 때처럼 어디론가 훌쩍 사라지고 동생은 어머니에게 응석을 부리고 있었다. 나는 아카다마 선생님의 가르침을 받기 위해 집을 나섰다. 금요클럽의 송년회가 다가오니 조심하라는 이야기를 들었지만 나는 별로 두려워하지 않았다. 해가 지고 아버지와 외출했던 큰형이 혼자 돌아왔을 때도 아무도 불안하게 생각하지 않았다. 기온에서 볼일을 마친 뒤에 아버지는 중요한 약속이 있다며 큰형과 헤어졌다. 아버지는 너구리계의 우두머리였기 때문에 급한 볼일이 생기면 집에 들어오지 못하는 일이 다반사였다. 밤이 더욱 깊어 작은형이 다다스숲으로 돌아왔다. 작은형은 어디서 놀다가 들어왔는지 많이 취해 있었다. 작은형은 잔소리하는 큰형 눈치를 보며 호테이처럼 히죽히죽 웃을 뿐이었다. 그리고 결국은 그 잔소리를 들으며 곯아떨어졌다. 어머니도 동생을 안고 잠이 들었다.

하지만 나는 잠을 이루지 못하고 숲속을 뛰다 걷다 하면서 돌아다녔던 것으로 기억한다.

참배로 쪽으로 나오니 흐릿한 불빛이 들어와 있는 시모가모 신사가 보였다. 잠시 후에 큰형이 나와 "얼른 자"라고 했다. 내가 말을 듣지 않고 멍하니 앉아 있자 큰형도 아무 말 없이 내 곁에 앉았다. 그렇게 큰형과 함께 참배로 안쪽으로 보이는 따스한 불빛을 바라보았지만, 특별히 마음이 뒤숭숭하거나 한 기억은 없다. 나는 그저 멍하니 있었다. 그때 내가 아버지 생각을 했는지 어쨌는지는 기억이 나지 않는다.

그날 밤, 아버지는 집에 들어오지 않았다.

○

커다란 벽걸이 선풍기의 바람을 쐬면서 동생과 텔레비전을 보고 있는데 불쑥 바깥의 구라마구치 길이 소란스러워지더니 남자들이 우르르 몰려 들어왔다.

기분 나쁘게도 그들은 거의 비슷한 얼굴에 다들 똑같이 배가 불룩 튀어나왔고, 훈도시 한 장에 흰 겉옷만 걸치고 있었다. 카운터에 있던 아주머니가 히익 하고 소리를 질렀지만 그들은 요금을 내고 계속 안으로 들어왔다. 마치 컨베이어벨트에 실려 들어오는 참쌀떡 같았다. 그렇게 여러 명인데도 숨소리만 낼 뿐, 말은 한마디도 하지 않았다. 심상치 않은 분위기에 탈의실에서 몸을 닦던 손님들은 얼른 옷을 입고 목욕탕을 빠져나갔다.

이윽고 그 이상한 집단이 탈의실을 꽉 채웠다. 격자천장을 올려다보며 입을 꾹 다물고 배로 서로를 밀치기만 할 뿐 아무 말도 없었다. 동생과 나는 그 남자들의 불룩 튀어나온 배에 밀려 다시 목욕탕 안으로 들어가고 말았다. 탈의실을 채운 남자들이 유리 문 너머로 이쪽을 노려보았다.

"무슨 일이냐?"

아카다마 선생님이 욕조 안에서 외쳤다.

"너구리들이 또 어리석은 짓을 저지르고 있구나."

"에비스가와 친위대인가?"

사우나에서 나온 큰형이 수건을 휘두르며 말했다.

에비스가와 친위대란 에비스가와 소운의 더블 바보 아들 금 각과 은각이 이끄는 너구리들인데, 공짜로 가짜 덴키브랜을 마실 수 있다는 데 혹해 몰려든 얼간이들이다. 에비스가와가의 두령인 소운은 우리에게 작은아버지인데도 시모가모가를 적으로 여겼다. 그 가르침을 충실하게 따르는 금각과 은각은 유난히도 우리를 싫어한다. 에비스가와 친위대가 둔갑한 남자들이 노려보는 모습에 나는 진절머리가 났다. 아카다마 선생님을 목욕시키는 일만 해도 귀찮은데 금각과 은각까지 나타나다니. 이거야말로 진짜 상승효과가 아니고 무엇이겠는가.

"형, 무슨 일 있었어?"

"작은아버지 명령으로 손을 떼라고 이야기하러 왔겠지. 이번 달에 차기 니세에몬을 뽑을 거야. 나하고 작은아버지 둘 중 어느 쪽으로 결정될지 예측을 할 수 없는 상황이니까……."

그러더니 형이 불쑥 화를 냈다.

"나 혼자 이리 뛰고 저리 뛰고 해. 아무도 도와주지 않으니까. 정말이지 내 동생들은 이 녀석이나 저 녀석이나……."

"또 그 소리야?"

"너도 내가 고생하는 걸 알면서도 오사카로 도망치고 말이야."

"목숨이 위태로웠을 때라 어쩔 수 없었어……."

"그것도 원래 네가……."

"잠깐만 형, 저것 봐."

찹쌀떡 틈새로 밀려 나오듯이 훨씬 더 큰 남자 둘이 나타났다. 무슨 까닭인지는 몰라도 은색 팬티를 입고 있었다. 팬티에는 각각 '과대광고'와 '천지무용'*이라고 적혀 있었다. 뜻도 모르는 사자성어로 바보스러움을 어필하는 것이 그들의 스타일이다. 우뚝 선 은색 팬티 차림의 두 남자는 "금각이다", "은각이다"라며 자기소개를 했다.

"말하지 않아도 알아."

큰형이 내뱉듯이 말했다.

금각이 불룩 튀어나온 배를 흔들었다.

"그렇다면 우리가 무슨 말을 하려고 온지도 알겠구나."

"내가 순순히 손을 뗄 거라고 생각하나?"

"그렇게 이야기할 줄 알았지. 그래도 내가 냉정 침착하게 계

---

* 天地無用. 원래는 택배나 소포 등을 보낼 때 위와 아래를 뒤집지 말라는 뜻.

산한 바에 따르면 네게 승산은 없어. 너야 잘 모를 테지만 요시
다야마는 에비스가와가에 붙었고, 게다가, 그러니까, 다카라가
이케도 우리 편이 될 거야. 야세도 슬슬 우리 쪽으로 넘어올 테
고."

"고쇼 쪽에 있는 너구리들은 내 편이다. 난젠지도 너희 편을
들지는 않을 거야. 난젠지가 그렇다면 긴가쿠지도 마찬가지지.
필연적으로 고다이지나 로쿠하라도 내 쪽으로 붙을 거야."

"그럴지도 모르지만 그러지 않을지도 모르지."

금각이 더듬더듬 말했다.

"그게…… 정말이야? 그렇게나? 얘기가 다르네. 경천동지*
야."

"형, 지지 마."

은각이 말했다.

"해치워버려. 우리에겐 비장의 카드가 있어."

"그렇지, 비장의 카드, 비장의 카드."

금각이 빙그레 웃었다.

"뭐야, 그게?"

"이건 비장의 카드이기 때문에 쉽게 보여줄 수가 없지. 그래
서 가르쳐주지 않을 거야. 가르쳐주지 않을 거지만 항복해. 너구
리 세상을 단결시킬 수 있는 분은 우리 아버지뿐이야. 그리고 나

---

* 驚天動地. 세상을 크게 놀라게 함.

244

중에는 내가 그 뒤를 이을 테고. 시모가모가의 한심한 아들에게
는 이제 볼일 없지! 암, 그렇고말고!"

"그렇고말고!"

모욕을 당한 큰형은 화가 치밀어 호랑이로 둔갑했고 어흥 하
며 입을 벌렸다.

금각과 은각이 잠깐 멈칫거렸다. 유리문 밖에 있는 친위대 녀
석들도 불룩 나온 배를 흔들며 겁을 먹었다. 하지만 금각과 은각
은 제자리에서 발을 구르며 가슴을 쭉 펴고 반짝반짝 빛나는 은
빛 팬티를 과시하는 듯한 자세를 취했다.

"또 궁둥이를 깨물려고 하겠지만 그렇게는 안 돼. 이거야말로
나가하마에 있는 대장장이가 마지못해 만든 철제 팬티야. 네가
덥석 깨물었다가는 이빨이 왕창 빠질 거다."

"어떠냐, 이 아이디어가! 우리 형 엄청 똑똑하지!"

"억지로 벗기려고 해봐야 소용없는 짓이야. 나도 쉽게 벗지
못하니까."

"덕분에 배가 싸늘해서 형이나 나나 아주 고생하고 있지."

"암, 그렇고말고!"

그러더니 은각은 불쑥 배가 아프다는 생각이 들었는지 얼굴
을 찡그렸다.

"형, 좀 위기일발인 것 같은 느낌이 들어. 살짝 난처하네."

금각이 말했다.

"사실대로 말하자면 나도 그래."

그러더니 급히 소리쳤다.

"자, 니세에몬이 되지 않겠다고 말해. 빨리 말하지 않으면 큰일 날 거야!"

"어디 해봐, 그런 것 별로 신경 쓰지 않아."

우리가 말했다.

금각과 은각은 대꾸할 말을 찾지 못하고 우물쭈물했다. 없는 꾀를 짜내 애써 궁리를 하지만 그 때문에 자멸하는 것이 어렸을 때부터 변함없는 그들의 상투적인 수순이었다.

짜증이 난 큰형이 크게 울부짖자 금각과 은각은 깜짝 놀라 궁둥이를 지키려고 했다. 그러다가 궁둥이 지키기에 정신이 팔려 둔갑이 풀리고 말았다. 이윽고 목욕탕 구석에는 커다란 철제 팬티에 들어 있는 너구리 두 마리.

"이놈들!"

큰형이 덤벼들자 금각과 은각은 철제 팬티에서 빠져나와 젖은 타일 위를 데굴데굴 굴러 도망쳤다. 큰형은 먼저 금각의 궁둥이를 덥석 물었다. 푸르르 고개를 젓고 내던지자 금각은 으악 하고 비명을 지르며 허공을 날아 욕조에 빠졌다. 튀어 오른 물을 뒤집어쓴 아카다마 선생님이 소리쳤다.

"시끄럽다!"

멍하니 보고 있던 은각은 다음 표적이 되었고, 자기 형과 마찬가지로 허공을 날았다. 언젠가 보았던 광경과 똑같았다.

두 마리를 처치한 큰형이 힐끔 탈의실을 노려보자 잔뜩 몰려서 있던 남자들은 점점 줄어들더니 생쥐로 변해 썰물 빠져나가듯 자취를 감췄다. 친위대란 이름뿐이다.

젊은 도련님 모습으로 돌아온 큰형은 뽀글뽀글 거품이 나는 욕조에서 금각을 건져냈다.

"야, 금각. 공중목욕탕 규칙도 모르냐? 첫째, 욕조에서는 타월을 쓰면 안 돼. 둘째, 세탁을 해선 안 돼. 그리고 셋째, 탕에 들어가기 전에 반드시 미리 몸을 깨끗하게 씻고 들어가야 해. 목욕탕 이용법도 모르는 멍청이가 교토 너구리들의 두령이 되겠다는 거냐?"

"날 집어 던졌잖아. 내 발로 들어온 게 아니야."

"뭐, 그건 됐고. 그래, 비장의 카드란 것이 뭐냐?"

"……말할 수 없어."

"그래? 말 못 하겠다고?"

큰형은 금각을 위로 들어 올렸다. 금각은 큰형 머리 위에서 으아악, 하며 몸부림을 쳤다.

큰형은 사우나 옆에 있는 냉탕으로 걸어갔다.

"말하지 않으면 여기 처넣고 뚜껑을 덮을 테다. 그러면 배가 더 차가워질 거야."

금각은 배를 움켜쥐고 죽어가는 소리로 항복했다.

"알았어, 말할게. 나 배 아파."

금각은 냉탕 앞에 쭈그리고 앉았다.

"너희 아버지 이야기야. 왜 죽었는지 알아?"

"이제 와서 무슨 소리냐. 아버지는 너구리전골이 되었지."

큰형이 대꾸하자 금각은 밉살맞은 웃음을 지으며 고개를 저었다.

"이상하다는 생각이 들지 않아? 그렇게 대단한 너구리가 어째서 그렇게 쉽게 인간에게 잡혔을까? 난 두뇌가 명석해서 이건 이상하다고 생각했지. 그래서 은각과 함께 조사를 해보았어. 그래서 알게 되었지. 이 사실이 폭로되면 시모가모가는 다시는 일어설 수 없을 거야. 내가 보증하지."

"무슨 소릴 하는 거냐."

"큰아버지는 금요클럽에 잡힌 날 새벽까지 누군가와 함께 술을 마셨던 모양이야. 그래서 곤드레만드레 취했지. 방심한 거야. 술이 목숨을 앗아 간 셈이지. 그런데 말이야, 그날 밤에 함께 술을 마신 상대는 지금까지 내내 입을 다물고 있지. 나는 용서할 수 없어. 원래는 책임을 느끼고 모든 너구리에게 사과해야 하는 것 아니야? 같은 너구리로서 말이야. 큰아버지는 너구리들의 우두머리였으니까."

큰형이 벌떡 일어섰다. 얼굴이 창백해졌다.

"그 상대가 누구지? 똑바로 대."

금각은 큰형의 얼굴을 쳐다보며 키들키들 웃었다.

"쓸모없는 네 동생이지. 진노지에 있는 우물 속 야지로 말이야."

○

큰형은 신음하며 금각을 냉탕에 처박았다.

"으악! 차가워, 차가워!"

금각이 비명을 질렀다. 큰형은 금각의 비명 따위엔 아랑곳하지 않고 벌거벗은 채로 목욕탕을 뛰쳐나갔다. 나도 뒤를 따라 뛰어나갔다. 동생이 "형, 왜 그래?"하며 뒤따라 나왔다. 공연음란죄에 해당되지 않는 모습으로 다시 둔갑을 하고 우리는 인력거에 올라탔다. 데라마치 거리를 남쪽으로 달려 이마데가와에 이르렀을 때 큰형이 인력거를 세웠다.

"야시로는 숲으로 돌아가."

큰형이 호통을 쳤다.

"어머니에게 가 있어."

동생은 뭐라고 대꾸하려 했지만 큰형이 너무 무서운 표정을 짓고 있어 겁이 난 모양이다. 얼른 인력거에서 내렸다. 이마데가와에 동생을 내려놓고 큰형과 나는 고쇼의 숲 옆을 남쪽으로 달렸다.

"왜 야시로를 내려놓고 가는 거야?"

"불쌍하니까."

"형은 야시로에게 너그럽네."

"아니야."

큰형이 소리쳤다.

"야지로 때문이야."

큰형은 인력거를 마루타마치에서 동쪽으로 돌리더니 완전히 어둠이 내린 거리를 무서운 기세로 달렸다.

소중하게 여기는 가짜 인력거꾼이 끼익끼익 소리를 내는데도 큰형은 아랑곳하지 않았다. 믿을 수 없는 속도로 어둠 속을 달리는 인력거는 행인들을 놀라게 했지만, 그들이 웅성거리기도 전에 모퉁이를 돌았다. 가모가와강을 건너 에비스가와 발전소 옆을 지나 인적이 없는 골목을 달렸다.

이윽고 환하게 불을 밝힌 기온이 다가왔다. 나도 모르게 큰형 어깨에 손을 얹었지만 형은 인력거를 멈추려 들지 않았다. 밤 손님으로 붐비기 시작한 하나미코지 거리를 그대로 들어갔을 때는 큰형이 얼마나 화가 났는지 알 수 있었다. 평소 큰형이라면 함부로 거리를 소란스럽게 만들지 않기 때문이다. 우리는 비명을 지르며 피하는 행인들 사이를 계속 달렸다.

이윽고 로쿠도 진노지에 이르렀다.

담장을 넘어 우물로 다가갔다. 우물 안은 캄캄했다.

"야사부로냐?"

우물 안에서 작은형이 물었다.

"야이치로 형도 함께 왔네. 어쩐 일이야?"

"형, 요즘 어때?"

내가 말했다.

"세상이 좁아서 별로 희한한 일이 일어나지는 않아. 어차피 우물 안이니까."

작은형이 킥킥 웃었다.

"그러고 보니 넌 도피 생활을 마치고 교토로 돌아온 모양이 구나. 축하한다."

"좁은 세상에 살면서 정보 하나는 빠르네."

"어제 가이세이가 와서 이야기해주었어."

"……저어, 형."

"뭐?"

나는 입을 다물었다. 뭐라고 해야 좋을지 알 수 없었기 때문 이다. 그러자 큰형이 내 옆에서 우물담 위에 손을 얹었다. 큰형 은 굳은 표정으로 캄캄한 우물 안을 들여다보았다.

"야지로."

"아, 형. 기분이 몹시 언짢은 목소리네. 무슨 설교를 하려고 그래?"

작은형이 가볍게 말했다.

"형의 기대에 부응할 자신이 없어. 어차피 난 개구리니까."

큰형은 우물 안을 들여다보며 이야기하기 시작했다.

"야지로, 난 아버지를 마지막으로 본 날을 고스란히 기억하고 있어. 그날, 나는 아버지와 함께 교토 동부 지역 장로들을 만나러 외출했지. 자동 인력거를 탔지만 그래도 볼일을 전부 마쳤을 때쯤에는 해가 기울었지. 제일 마지막에 들른 곳은 기온 너구리들이 사는 곳이었어. 그 뒤에 아버지는 뭔가 중요한 약속이 있다고 했어. 그러니 너는 버스를 타고 돌아가라고 하셨지. 별로 드문 일은 아니었어. 아버지는 늘 바쁘셨으니까. 아버지는 히가시오지까지 바래다주며 내가 버스에 타는 모습을 지켜보셨어. 그리고 시조 대교 쪽으로 가셨지. 그 모습을 나는 지금도 기억해. 왜냐하면 그게 내가 본 아버지의 마지막 모습이었으니까."

"형."

작은형이 불안하다는 듯이 중얼거리는 소리가 들렸다.

"내가 묻고 싶은 건 말이야, 네가 마지막으로 아버지를 본 것이 언제, 어디였는가 하는 거야. 너는 제대로 기억하니? 아까 기분 나쁜 이야기를 들었다. 그런 소리는 믿고 싶지 않아서 굳이 여기까지 찾아왔어. 네가 아니라고 하면 그걸로 그만이야. 어떻게 된 거지? 너 혹시 그날 밤 아버지를 만났어? 아버지와 함께 술을 마셨니? 넌 취했었어? 아버지는 어떻게 되었지? 너는 술취한 아버지를 방치한 거야? 제발 아니라고 말해줘."

큰형은 거기까지 말을 토해내더니 눈을 감았다. 우물에 두 손을 짚고 발을 벌린 채 고개를 숙인 형의 모습은 우물 안에서 들려올 대답을 각오하고 있는 듯했다.

"형, 그랬어."

작은형이 말했다.

"아버지를 죽게 만든 건 나야."

"아아! 이게 무슨!"

큰형은 우물가에 주저앉았다.

"이런 멍청한 녀석!"

○

작은형은 옛날부터 교토에서 제일 의욕 없는 너구리로 이름을 떨쳤다. 누구로부터도 존경받지 못하고 숨바꼭질을 해대는 쓸모없는 작은형이 유일하게 의욕을 발휘하는 곳은 술자리였다. 아버지도 가짜 덴키브랜을 즐겨 마셨기 때문에 아버지와 작은형은 시내로 나가 술을 마시는 일이 잦았다.

그날 큰형과 헤어질 때 아버지가 말한 '중요한 약속'이란 작은형과의 약속이었다고 한다. 평소 같으면 아버지도 굳이 그런 표현을 쓰지는 않았을 텐데, 그날만은 특별했다. 왜냐하면 아버지의 느긋한 성격을 물려받아 설렁설렁 살아가던 작은형에게 고민거리가 생겼기 때문이다.

아버지와 작은형이 술을 마신 곳은 기야마치 골목에 있는 작은 주점이었다. 이야기가 밖으로 새면 곤란하기 때문에 아버지는 누가 엿들을 우려가 없도록 세심한 주의를 기울여 너구리들이 출입하지 않는 술집으로 골랐다. 2층에 있는 좁은 별실에서 아버지와 작은형은 마주 앉아 술을 마셨다.

그때 작은형은 결말이 나지 않을 짝사랑 때문에 괴로워했는데 그 심정을 아버지에게 털어놓고 도움말을 듣고 있었다. 왜 그 짝사랑에 결말이 나지 않을 것 같았느냐 하면, 작은형이 사랑하던 상대는 아직 많이 어린 너구리였고, 게다가 약혼까지 한 상태였기 때문이다. 그 너구리의 약혼자가 자기 친동생이라는 사실이 작은형의 고민이었다. 즉 작은형의 짝사랑 상대는 나의 전 약혼녀 에비스가와 가이세이였다.

작은형은 가족과 헤어져 교토를 떠나고 싶다고 몇 차례나 이야기했다.

하지만 그날도 아버지는 반대를 했다.

덴구마저도 혼찌검 낸 적이 있는 아버지는 이 세상에 두려울 것이 없으리라. 작은형은 그렇게 생각했다. 하지만 아버지가 두려워하는 것이 딱 하나 있었다. 자기 자식들이 뿔뿔이 흩어지거나 서로 미워하게 되는 일이었다. 불행하게도 동생인 에비스가와 소운과 서로 미워하는 사이가 되고 만 아버지로서는 절실한 심정이었다.

"너희들에게 나는 네 가지 피를 나누어 주었다. 그래서 누구하나라도 없으면 안 돼. 너는 무척 좋지 않은 평가를 받지만 모든 일에는 균형이라는 것이 있어. 너 또한 시모가모 가문의 균형을 이루는 추 가운데 하나야. 그걸 이해하지 못하는 녀석들이 하는 소리에는 귀를 기울일 필요가 없다. 너는 형제들 곁을 떠나서는 안 돼."

"하지만 아버지,"

작은형이 말했다.

"그럼 저는 이대로 참고 살아갈 수밖에 없는 건가요?"

아버지는 잠시 생각에 잠겼다.

"어떻게든 해보자. 잘 풀릴지 어떨지는 모르겠지만, 일단 모든 걸 내게 맡기면 돼. 잠시 참고 견뎌라."

그리고 아버지는 작은형의 고민은 잊은 듯이 술을 마셨다.

이윽고 밤이 깊어 완전히 취한 아버지와 작은형은 주점을 나왔다. 바보 같은 노래를 부르며 거리를 걷다가 아버지가 작은형에게 명령했다.

"그거 해봐!"

작은형은 그 당시 교토를 덜덜 떨게 만들었던 '가짜 에이잔전철'로 둔갑해 아버지를 태우고 밤 깊은 시조 지역 변두리를 달렸다. 밤놀이를 즐기던 술주정꾼들이 깜짝 놀랐고, 경찰들도 놀랐다. 작은형은 바람을 뚫고 달렸다. 아버지는 호테이로 둔갑해 전철 맨 앞에 서서 배를 잡고 즐거워했다. 그건 아버지와 작은형이 즐기던 놀이였는데, 작은형이 에이잔 전철로 둔갑한 것은 그 때가 마지막이었다. 술기운이 오른 몸에 불어닥치는 12월의 바람, 심야의 거리 불빛이 전철에 반사되어 반짝거리는 모습, 달리고 또 달리는 상쾌한 기분, 유쾌하게 껄껄 웃는 아버지의 모습. 작은형은 그런 장면들을 또렷하게 기억한다. 하지만 그날 밤의 그런 찬란한 모습들을 마지막으로 작은형의 필름은 끊어졌다.

이튿날 작은형은 다다스숲에서 눈을 떴지만 심한 숙취 때문에 꼼짝도 하지 못했다. 아버지 생각은 하지도 못하고 침대에서 끙끙거리며 하루를 보냈다. 아버지가 돌아오지 않았다는 사실을 깨닫게 된 것은 그날 밤이었다. 아버지가 어찌 되었는지 작은형은 알지 못했다.

그날 밤에도 아버지는 돌아오지 않았다.

그리고 이튿날, 우리는 전날 밤에 금요클럽 송년회가 열렸다는 사실을 알게 되었다.

그 너구리전골 재료가 우리 아버지였다는 사실을 알게 되었을 때 우리는 말할 필요도 없이 슬퍼하며 울었지만 작은형의 심정은 내가 헤아릴 수 없다. 작은형은 엄청난 충격을 받았으리라. 작은형은 생각했을 것이다. 자기는 술 취한 아버지를 길거리에 내버려두고 들어왔고, 그래서 아버지가 금요클럽에게 그런 꼴을 당했다고.

진노지 우물가에서 작은형의 고백을 들으며 나는 아버지가 저세상으로 떠난 뒤 보아온 작은형의 태도를 떠올렸다. 작은형은 완전히 패기를 잃고 술도 마시지 않았다. "숨 쉬는 일마저도 귀찮다"고 중얼거려 어머니가 가모가와강에 처박은 적도 있다. 떠내려가다가 고조 대교 교각에 걸려 있던 작은형을 안아 들었을 때의 축 늘어진 슬픈 무게를 기억한다. 그리고 매달리는 우리를 걷어차며 다다스숲을 떠나던 작은형의 쓸쓸한 뒷모습을 기억한다.

큰형과 나는 말없이 작은형의 이야기를 듣고 있었다.

우물 안에서 들려오는 작은형의 목소리는 점점 작아져서 알아듣기 힘들었다.

"나는 아버지를 죽였어. 다른 너구리들이 했던 말이 맞는다고 생각했어. 난 정말 쓸모없는 너구리였어. 쓸모없는 정도가 아니라 돌이킬 수 없는 짓을 저지르고 말았지. 슬퍼하는 식구들에게 그런 이야기를 할 수 있겠어? 그렇다고 그대로 아무렇지도 않은 얼굴로 가족에 섞여 살아갈 수도 없었지. 그래서 아무 소리 않고 우물 속 개구리가 되었어. 너구리이기를 그만둔 거야."

이윽고 작은형이 흐느껴 우는 소리가 들려왔다.

"어머니를 뵐 면목이 없어. 난 이미 자식으로서 자격이 없어."

○

집으로 돌아오는 길에 큰형은 아무 말도 없이 거리의 불빛을 바라보았다.

데마치야나기까지 왔을 때 우리는 그제야 아카다마 선생님을 목욕탕에 남겨두고 왔다는 사실을 떠올렸다.

"데리러 가야겠구나."

큰형은 눈을 부비면서 지친 목소리로 말했다.

"됐어, 형은 집에 가. 내가 다녀올게."

형을 데마치 다리에서 내려준 뒤 나는 자동 인력거를 타고 공중목욕탕으로 갔다.

새벽까지 영업을 하는 공중목욕탕은 손님이 많은지 시끌시끌한 소리가 바깥까지 들렸다. 나는 포럼을 들추고 카운터에 있는 아주머니에게 인사를 한 뒤 안으로 들어갔다. 탈의실에는 학생에서부터 노인에 이르기까지 다양한 연령대의 손님들로 붐볐다. 살 냄새와 담배 연기 그리고 더운 김이 가득 차 무시무시하리만치 인간 냄새가 났다.

시끌시끌한 가운데 아카다마 선생님은 험상궂은 표정을 하고 마사지 의자에 앉아 격자천장을 노려보고 있었다. 마치 격자 한 칸 한 칸에 증오스러운 구라마 덴구들의 얼굴 사진이라도 붙어 있는 듯한 눈빛이었다. 선생님의 왼손에는 감씨 모양의 과자

안주가, 오른손에는 맥주 깡통이 들려 있었다. 커다란 벽걸이 선풍기에서 나오는 바람에 선생님의 흰 머리카락이 나부꼈다. 그 모습이 너무나도 무서운 요괴 같아 탈의실에 드나드는 손님들도 멀찌감치 피해 다니는 듯했다. 그 모습만 보면 덴구의 위엄이 약간은 남아 있었다.

내가 마사지 의자 앞으로 다가가자 선생님이 으르렁거렸다.

"너는 스승을 내버려두고. 나보고 혼자 걸어서 돌아가라는 거냐?"

"정말 죄송합니다."

욕을 해대며 뻗대는 선생님을 공중목욕탕에서 끌어내 인력거에 밀어 넣었다.

인력거는 길게 뻗은 밤길을 천천히 움직였다. 나는 그 옆에서 따라 걸었다. 선생님은 솜옷을 입어 어린아이처럼 통통해 보였다. 내가 그 솜옷을 칭찬하자 선생님은 말했다.

"부럽지? 가이세이가 가져온 거다."

"왜요?"

"네가 나를 내버려두고 오사카로 가버렸을 때 가이세이가 자주 찾아왔지. 그때 이제 날이 추워질 거라면서 이걸 가져왔다. 그 애도 입은 험하지만 마음씨는 고와."

"선생님은 너구리건 인간이건 상대가 암컷이면 참 너그럽군요."

"시끄러!"

선생님이 말했다.

"……이제 그런 정도밖에 즐거움이 없기 때문이다."

나는 한동안 말없이 걸었다. 선생님도 아무 말이 없었다.

데라마치 거리는 유난히 어둡고 쓸쓸해 한없이 이어질 것만
같았다. 맑은 밤하늘에 별이 빛나고 있었다. 나는 그저 묵묵히
걸으며 흰 입김을 훅훅 토했다. 새벽 다다스숲, 고요한 숲속에서
아버지 또한 훅훅 흰 입김을 토했었다. 그날 아침 졸졸 흐르던
개울이나 아버지가 코를 킁킁거리며 겨울 냄새를 맡던 모습을
떠올려보려 했다. 그 모습이 또렷하게 떠오르지 않아 마음이 허
전했다. 그런 생각이 들자 갑자기 뭔가 돌이킬 수 없는 짓을 저
지른 기분이 들었다. 여태 내가 아무렇지도 않게 느꼈다는 사실
이 믿기지 않아 멍하니 멈춰 설 뻔했다.

"야사부로야."

선생님이 불렀다.

"왜 그러느냐? 어째 그리 말이 없지?"

"저는 아버지를 생각하고 있습니다."

"젖을 생각한다고?* 무슨 바보 같은."

"젖이 아니라 아버지요."

"음, 그렇구나. 젖이 아니라 아버지?"

---

* '아버지父'와 '젖乳'은 모두 일본어로 '지치ちち'라고 읽는다.

선생님은 훅 하고 숨을 토했다.

"소이치로가 왜? 저세상으로 떠난 사람은 아무리 생각해봐야 돌아오지 않아. 그래서 네가 바보라는 거다."

"조금 전 아버지를 마지막으로 보았던 것이 작은형 야지로라는 걸 알게 되었어요. 저는 전혀 몰랐죠. 아버지는 형과 술을 마시고 잔뜩 취했다가 인간에게 잡힌 거예요."

"잡히면 너구리전골이 되지."

"그야 그렇죠."

"하지만 말이야, 살아 있는 한 덴구도 너구리도 언젠가는 세상을 떠나게 되어 있다. 하늘을 마음대로 날아다니던 덴구도 지붕에 떨어질 때가 있어. 재미없는 세상이지. 너구리가 잡혀서 전골이 되는 것이 이상할 게 뭐 있겠느냐. 소이치로는 잘못된 것이 아니야."

"그런 건 저도 알아요."

내가 언성을 높였다.

선생님은 화가 났는지 잠시 말이 없다가 이윽고 부드러운 목소리로 입을 열었다.

"소이치로를 마지막으로 본 건 야지로가 아니다."

○

　아버지가 너구리전골이 되던 날 밤, 아카다마 선생님은 데라마치 거리 아케이드에 있는 '아케가라스'에서 혼자 와인을 홀짝거리고 있었다. 돌아오지 않는 벤텐 때문에 애를 태우던 선생님은 어쩌면 벤텐이 들를지도 모른다는 생각에 그럴 만한 술집을 돌아다니고 있었던 것이다. 물론 그때 벤텐이 금요클럽에서 우리 아버지를 넣은 너구리전골을 먹고 있을 줄은 아카다마 선생님도 몰랐다.

　'아케가라스'는 교토에 서식하는 너구리가 모두 모여도 다 채울 수 없다고 한다. 왜냐하면 그 지하에 있는 가게는 안으로 계속 이어져 끝까지 가본 자가 없다고 하니까. 가게는 안으로 들어갈수록 좁아지고, 이윽고는 어두운 복도처럼 좁아진다. 벽 쪽으로 드문드문 벨벳 의자와 나무 테이블이 놓여 있고, 천장에 매단 램프가 희미한 빛을 던진다. 늘 춥기 때문에 1년 내내 난로를 피운다. 그 안쪽이 저세상으로 가는 길로 통한다는 이야기는 유명하다.

　가게는 인간으로 둔갑한 너구리와 인간이 뒤섞여 소란스러웠다. 아카다마 선생님은 와인병을 들고 계속 안으로 자리를 옮겨 갔다. 벤텐이 곁에 없다는 사실이 화가 나고, 술 취한 인간들이 시끄럽기도 해 자칫하면 홧김에 회오리바람을 일으킬 것 같았기 때문이다.

완전히 가게 안쪽으로 들어가게 된 선생님은 난롯불에 몸을 덥히면서 혼자 와인을 마셨다.

가게의 소음은 전혀 들리지 않았다. 난로에서 나는 작은 소리와 이따금 안쪽에서 들려오는 축제 음악 같은 이상한 음색뿐이었다. 그 가락을 어디선가 들은 적이 있는 듯했다. 선생님은 "갓 태어나 처음으로 목욕을 했을 때 들었던 것 같은 기분이 든다"고 했지만 그런 태곳적 이야기를 해봐야 나는 알 도리가 없다. 게다가 너구리는 갓난아기 때에 목욕을 시키지 않는다.

선생님은 벤텐을 생각하고 있었다. 그 무렵 벤텐은 아카다마 선생님에게 말도 없이 나다녔고, 모르는 인간들과 어울리게 되었던 모양이다. 에이잔 전철을 타고 구라마에 갔다는 이야기를 듣고 벤텐이 구라마 덴구에게 속아 넘어가는 것이 아닐까 속이 바짝바짝 탔다고 한다.

불안한 심정으로 와인을 마시고 있는데 털 많은 짐승이 어두운 바닥을 휙 지나갔다. 선생님이 어라, 하며 바라보니 램프 불빛을 받아 눈이 빛나는 너구리가 오도카니 앉아 선생님을 쳐다보고 있었다. 윤기 흐르는 털을 떨고 있는 까닭은 복도가 추웠기 때문일 거라고 선생님은 생각했다.

"아니 이거, 선생님, 안녕하세요?"

너구리가 말했다.

"소이치로인가?"

아카다마 선생님이 웃었다.

"여긴 추울 텐데. 어때, 마실 텐가?"

"그렇게 말씀하시니 한 잔."

아버지는 테이블 맞은편에 있는 의자를 타고 테이블로 기어 올라갔다. 그리고 손을 꼼지락거렸다. 아카다마 선생님은 아버지가 굳이 불편한 모습인 채로 둔갑하려고 하지 않는 것을 이상하게 여겼다. 왜 그러느냐고 묻자 아버지는 이렇게 대답했다.

"이미 둔갑할 수 있는 처지가 아니라서요."

선생님은 와인을 따라 아버지에게 주었다. 아버지는 위태위태하게 잔을 받더니 홀짝홀짝 마시고 입을 닦은 뒤에 말했다.

"이게 마지막 술이로군요. 감사합니다."

선생님은 테이블 위에 앉아 있는 아버지를 바라보며 물었다.

"소이치로, 너 죽은 거냐?"

"죄송스럽습니다만, 조금 전에 너구리전골이 되어서요."

선생님은 아버지가 마시다 남긴 와인 잔을 빼앗아 홀짝 들이켰다.

"그런 바보 같은 일이!"

"그리 말씀하지 마십시오. 누구나 한 번은 거쳐야 할 길입니다."

"그러기에 뭐라고 했나. 어지간히 까불라고 했더니."

"어쨌든 저는 너구리니까요. 도저히 그럴 수는 없었죠. 이 또한 바보의 피 때문이니."

그러더니 아버지는 여러 가지 이야기를 했다.

예전에 아버지가 어렸을 때 아카다마 선생님을 찾아다니며 가르침을 받던 무렵의 이야기. 동생과 사이가 틀어져 선생님에게 야단맞은 이야기. 어머니와 만나는 데서도 선생님에게 신세를 진 이야기. 구라마 덴구들을 혼내준 이야기. 자식 넷을 모두 선생님에게 보내고 싶었다는 이야기. 특히 셋째인 야사부로는 특별히 잘 살펴달라는 이야기.

"선생님, 부디 잘 부탁드립니다."

"그 녀석은 보통내기가 아니야. 바보 같은 면이 자네를 많이 닮았어. 하지만 너무 바보 같지 않은가?"

"맞는 말씀입니다……. 하지만 그런 면에 기대하고 있습니다. 폐가 될 줄은 알지만 부디 부탁드리겠습니다. 언젠가는 선생님에게 도움이 될 겁니다."

"흐음."

그리고 아버지는 테이블에서 뛰어내렸다.

"그럼 저는 이만 가봐야겠습니다."

"소이치로."

아카다마 선생님이 아버지를 불렀다.

"지금이니 하는 이야기지만, 나는 너와 작별하는 것이 섭섭하구나."

"말씀 고맙습니다. 저세상으로 가는 길, 좋은 선물로 간직하겠습니다."

아버지는 허허허 웃으며 털을 떨었다. 그리고 훌쩍 일어서서 털투성이 손을 아카다마 선생님에게 내밀었다. 선생님은 허리를 굽혀 그 손을 잡았다. 마지막 악수를 나눈 아버지는 등을 쭉 펴고 자세를 바로 한 뒤 이렇게 말했다.

"그러면 선생님, 시모가모 소이치로 먼저 실례하겠습니다. 번거로운 일도 많았지만 무척 유쾌한 일생이었습니다. 뇨이가타케 야쿠시보 님에게는 오랜 후의에 감사드리며, 참으로 고맙게 생각합니다."

아카다마 선생님은 저세상으로 향한 긴 복도를 걸어가는 아버지를 배웅했다. 어두운 복도를 걷는 아버지의 반짝거리는 털빛이 이윽고 시야에서 사라졌다. 선생님은 혼자 멍하니 남아 와인을 마셨다. 이윽고 그 이상한 음색의 소리가 들려왔다. 그것은 이별의 소리였다.

"정말 끝까지 바보였어."

선생님이 말했다.

"너구리치고는 아까웠지."

아버지는 그렇게 떠났던 것이다.

○

　아카다마 선생님을 데마치 상점가 뒤편에 있는 연립주택까지 데려다드린 나는 선생님의 방에서 몰래 아카다마 포트와인을 후무려 나왔다.

　데마치 다리에서 인력거를 멈추고 가모가와강 삼각주에 내렸다. 하늘은 맑았다. 시내의 불빛이 반사되어 북쪽에서 흘러오는 가모가와강과 다카노강의 물이 어두운 은색으로 빛났다. 추운 밤이라 인적은 없었다. 나는 삼각주 끄트머리에 앉아 와인을 마셨다. 술기운이 돌아 머릿속이 어질어질해지자 나는 이리저리 흔들리는 머리를 숙이고 "형", "아버지" 하고 중얼거렸다. 차가운 바람이 스쳐갔다.

　이윽고 추위를 견딜 수 없어진 나는 다다스숲으로 돌아가기로 했다.

　울창한 숲 사이로 난 참배로를 지나니 안쪽에 신사의 불빛이 보였다. 그 불빛이 가물가물하는 어둠 속에 어머니와 동생이 걱정스러운 표정으로 앉아 있었다. 내 모습을 보더니 어머니와 동생은 살짝 손을 흔들었다. 어머니는 어서 오라는 듯이 손짓했다. 인력거에서 내린 내게 어머니가 절박한 어조로 물었다.

　"무슨 일이 있었던 거냐? 야이치로가 무서운 표정을 하고 돌아왔어. 그런데 아무 말도 하지 않는구나."

"야지로 형에게 다녀왔어요."

"그래서? 다투기라도 한 거냐?"

나는 아무 말도 하지 않고 숲으로 들어갔다.

너구리 모습으로 돌아와 낙엽을 밟으며 걸었다. 어머니와 동생이 뒤따라왔다.

큰형은 침대에 누워 몸을 웅크리고 가만히 있었다. 자는 것은 아닌 모양이었다. 곁으로 다가가니 형의 눈물 냄새가 났다.

"형."

부르기는 했지만 다음 말을 이을 수가 없었다. 큰형은 웅크리고 등을 보이고 있었지만 내 말은 듣고 있는 듯했다.

"어머니가 걱정하셔. 뭐라고 말씀 좀 해드려."

내가 말했다.

이윽고 큰형은 몸을 움직이더니 크게 숨을 토하고 중얼거렸다.

"어머니."

어머니가 대답했다.

"뭐냐?"

어머니가 큰형 곁으로 다가갔다.

"왜 그러는 거야?"

"어머니는 알고 계셨어요?"

"뭘 말이냐?"

"야지로가 우물 안에 틀어박힌 이유요."

촉촉한 코를 빛내며 어머니가 나를 바라보았다. 나는 말없이 고개를 끄덕였다. 어머니는 다시 큰형을 바라보며 잠시 생각에 잠겼다. 어머니의 마음이 호수처럼 차분해지는 것을 알 수 있었다. 아아, 어머니는 역시 알고 있었다. 나는 그렇게 생각했다.

"내 자식 일이다. 내가 이해해주지 않으면 그 애가 너무 가엽지."

어머니가 말했다.

큰형은 털을 부스스 떨기만 할 뿐, 대꾸가 없었다.

어머니가 큰형 곁으로 다가가 나직한 목소리로 말했다.

"얘, 야이치로. 부탁이니 그 애를 너무 나무라지 말거라."

어머니의 차분한 목소리는 싸늘한 숲속 어둠을 타고 나와 동생의 가슴에 스며들었다. 동생이 내 등에 코를 대고 있어 그 부분이 더운물 찜질이라도 하듯 따뜻해졌다. 동생과 나는 말없이 어머니의 말에 귀를 기울였다.

"난 이해한다. 그 애 마음을 난 잘 알아."

어머니가 말했다.

"너도 형이니 그 애 마음을 이해해주거라."

"이해해요, 어머니. 그 녀석은 제 동생인걸요. 저도 알아요."

큰형은 몸을 웅크린 채로 말했다.

"알기 때문에, 그래서 괴로운 거예요."

제6장

에비스가와 소운의 암약

아버지가 세상을 떠난 뒤, 교토에 사는 너구리들은 우리 다다스숲에 사는 형제들을 '훌륭한 아버지의 피를 제대로 잇지 못한 바보들'이라고 놀렸다. 남의 말을 함부로 하는 너구리들의 험담이 때로는 정곡을 찌르는 때도 있으리라. 하지만 아버지의 피가 어디론가 안개 걷히듯 사라졌다는 식의 이야기를 들으면 아무리 그래도 화가 치민다. 원래 너구리는 모두 어느 정도는 바보다. 내친김에 이야기하면 바보이기 때문에 우리가 아버지의 피를 이었다는 증거가 되는 것이다. 아버지는 너구리계의 정점을 찍은 뒤 '바보'인 탓에 너구리전골이 되었다.

일찍이 어머니가 우리에게 말했다.

"아버지는 훌륭한 너구리였으니 느긋하게 웃으며 멋지고 맛

있는 너구리전골이 되었을 거다. 너희도 그런 너구리가 되어야
한다."

하지만 어머니는 이렇게 덧붙이기도 했다.

"그렇다고 너구리전골이 될 필요는 없다."

바보라서 숭고해진다. 우리는 그것을 긍지로 삼는다. 춤추는
바보로 보이는 바보. 같은 바보라도 춤추는 바보가 낫다고 한다.
그렇다면 멋지게 춤추면 된다.

우리 몸속에 매우 진한 '바보의 피'가 흐른다는 사실을 한 번
도 창피하게 생각한 적이 없다. 이 태평성대를 살아가며 맛보는
기쁨이나 슬픔도 모두 이 바보의 피가 가져다주는 것이다. 우리
아버지도, 아버지의 아버지도, 아버지의 아버지의 아버지도 모
두 그랬듯이 시모가모가의 너구리들은 대대로 그 몸속에 흐르
는 바보의 피가 시키는 대로 때로는 인간을 호리고 때로는 덴구
를 함정에 빠뜨리며, 때로는 펄펄 끓는 철제 냄비에 빠지기도 했
다. 이것은 창피해할 일이 아니라 자랑스러워해야 할 일이다.

아무리 눈물이 고여도, 그래도 또 자랑스럽게 여기는 자세가
우리 형제의 진면목이다.

○

하루하루 겨울이 깊어갔다. 길가의 낙엽도 이리저리 분주하

게 굴러다녔다.

너구리계의 다음 두령을 뽑는 날이 코앞으로 다가와 있었다. 큰형은 실력자들에게 인사를 하러 돌아다니며 수상쩍은 비밀 지하 집회('에비스가와 소운을 헐뜯는 모임' 등)에서 연설하는 등 잡다하고 기괴하게 만들어진 너구리계의 전통적 의식 때문에 눈코 뜰 새가 없어 잠잘 틈도 없는 모양이다.

불구대천의 원수는 숙부인 에비스가와 소운이다. 소운은 가짜 덴키브랜 공장의 꼭대기에 군림하며 지휘하기 때문에 밀조하는 술 냄새에 이끌려 소운의 편을 드는 너구리들도 많으리라. 하지만 그런 주정뱅이 너구리들마저도 '소운은 두령이 되자마자 나쁜 짓을 잔뜩 하고 단물만 쪽쪽 빨아먹을 것 같다'며 입을 모은다. '그렇지 않아도 두둑한 재산이 어디까지 불어날지 짐작이 가지 않는다'고도.

바로 그 점이 큰형이 노리는 바였다. 큰형은 너무 고지식해서 제 배를 채울 만한 그릇도 못 된다면서 너구리들이 오히려 어처구니없게 여기기 때문이다.

고쇼, 난젠지, 기온, 기타야마, 다누키다니 후도, 요시다산 등 어느 곳을 보더라도 큰형과 소운에 대한 평가는 백중지세였다. 이러한 의견을 듣고 판정을 내리는 것은 가모히가시에 있는 장로들이다. 나이가 너무 많이 들어 방석에 달라붙은 솜먼지와 구분하기도 힘들어진 어르신들이다.

올겨울, 너구리 세 마리만 모이면 화제에 올리는 이야기가 두 가지 있다.

하나는 '니세에몬' 선거. 또 하나는 금요클럽의 너구리전골.

너구리 세 마리가 모이면 기막힌 지혜가 나온다고 한다. 하지만 금요클럽의 포학에 관해서는 아무런 지혜도 내놓지 못했다. 교토에 사는 너구리들에게 '너구리전골'은 세밑 너구리계를 뒤흔드는, 하늘이 내리는 재앙으로 여겨졌다. 하지만 이건 잘못이다. 금요클럽의 정체를 보면 하늘이 내린 재앙이 아니라 인간으로 인한 재앙일 뿐인데 너구리들은 그렇게 체념하며 속수무책으로 지내고 있었다.

"인간이 너구리를 먹는 건 잘못된 일은 아니야."

전에 작은형이 이런 말을 했다.

하늘의 이치에 거스르는 일은 아니라는 의미로 이야기했을 테지만 현대 교토의 길 위를 꿈지럭거리며 털 숭숭한 꼬리를 숨기고 살아가는 너구리들이 하늘의 이치를 생각할 리 없다.

말하자면 바보이기 때문이다.

연말이면 교토에 사는 너구리들은 '설마 내가 잡아먹히지는 않을 테지'라고 생각하며 지낸다. 누가 잡아먹히면 한바탕 털을 푸르르 떨며 울고, 그런 다음 바로 까먹는다. 매년 같은 일을 반복한다. 너구리 특유의 게으름을 유감없이 발휘하여 눈앞에서 일어나는 인간으로 인한 재앙을 외면하고 있다. 그러면서도 역시 두렵기 때문에 금요클럽이라는 이름을 듣고도 태연자약하게 둔갑 상태를 유지할 수 있는 너구리는 거의 없다. 거리에서 '금요클럽이 온다!'라고 소리쳐보면 안다. 너구리는 한 마리도 남김없이 두려움에 떨며 집으로 도망치리라.

하늘이 내린 수명을 깨닫고 운명을 맞이할 수 있는 경지와는 거리가 한참 멀다고 할 수 있다.

이렇게 이야기하는 나도 크게 다를 바 없다.

○

하지만 지나치게 무저항으로 지내는 것에도 점점 질린다. 약간은 대책을 궁리해도 괜찮으리라.

나는 금요클럽의 동정을 탐색하기로 마음먹었다.

어머니는 걱정스러운 표정을 지었고, 큰형은 "쓸데없는 짓 하지 마"라고 했다. 동생은 벌써 겁을 먹고 있었다.

"요도가와 씨에게 가서 슬쩍 물어볼까?"

"괜찮겠어?"

"뭐, 내가 자진해서 찾아갈 때는 의외로 아무렇지 않아."

나는 특기인 머저리 대학생으로 둔갑했다.

햐쿠만벤 변두리에는 머저리 대학생이 널렸기 때문에 아무도 신경 쓰지 않는다.

다다스숲을 나와 다카노강을 건너 걸었다. 햐쿠만벤에서부터는 요도가와 교수한테 받은 구깃구깃한 명함을 보며 걸었다. 교수의 연구실은 농학부 건물에 있는 모양이다. 북쪽 캠퍼스 문을 지나자 엄청나게 많은 은행나무 잎들이 길을 노랗게 뒤덮고 차가운 바람에 흩날렸다. 나는 몸을 부르르 떨었다. 올해 강의도 막바지에 접어든 대학 캠퍼스 안은 어슬렁거리는 학생들도 줄어들어 쓸쓸한 느낌이 들었다.

요도가와 교수의 연구실은 농학부 건물 3층 구석에 있었다.

문을 노크하고 들어가니 벽 쪽에 책상이 쭉 놓여 있는 넓은 방이었다. 전기 주전자가 놓인 갈색 테이블이 한복판에 있었다. 그 테이블을 사이에 두고 흰옷을 입은 남학생과 요도가와 교수가 입을 크게 벌리고 나뭇등걸을 씹고 있었다. 역시 먹보인 요도가와 교수의 연구실이다. 오후 3시 간식 시간에 나뭇등걸을 먹다니. 속으로 감탄하며 자세히 보니 간식 수준을 넘어설 만치 커다란 바움쿠헨*이었다.

"이 아이디어는 재미있군, 스즈키 군."

교수가 케이크를 먹으며 말했다.

"하지만 방귀 뀌는 데는 도움이 되지 않겠어."

"그렇죠. 방귀에는 도움이 되지 않습니다. 재미만이라도 있다면 인생은 즐거운 거죠."

* 나무를 잘라놓은 것처럼 원통 모양에 나이테 무늬가 있는 케이크.

그런 대화를 나누며 둘이서 웃었다.

내가 교수를 부르자 두 사람은 그제야 나를 바라보았다. 바움쿠헨을 입에 넣은 교수의 얼굴이 밝아졌다. 교수는 케이크를 삼키고 나서 말했다.

"오, 자네로군!"

"그날 찍은 사진을 가지고 왔습니다."

"사진? 그런 걸 찍었나?"

"네, 그 빌딩 옥상에서……."

"아아! 맞아! 그거 소중한 사진이로군! 그녀와 단둘이 찍은 사진은 귀중하지!"

학생은 의아한 표정을 지었다.

"그녀와 단둘이라니요, 교수님. 어른들 불장난인가요? 불륜입니까?"

"그게 무슨 소린가, 스즈키 군. 난 불장난 같은 건 하지 않아."

"됐습니다, 됐어요. 교수님 사생활에 참견할 생각은 없습니다. 이만 실례하죠. 저는 이제부터 방귀 뀌는 데도 도움이 되지 않을 일을 잔뜩 해야 하니까요."

학생은 서둘러 일어나더니 바움쿠헨 한 조각을 입에 넣었다.

"꾸물거리다가는 연구실에서 새해를 맞이해야 할 테니까요."

그렇게 말하고 스즈키 군은 연구실을 나갔다.

나는 사진을 꺼냈다.

그 가을밤, 금요클럽에서 빠져나와 벤텐, 교수와 셋이서 밤 깊은 데라마치 하늘을 걷던 추억의 앨범이다. 옥상의 단풍나무 옆에서 활짝 웃는 요도가와 교수와 나른한 미소를 짓는 벤텐의 모습이 한 장에 담긴 사진은 내가 보기에도 아주 잘 나왔다. 이와야산 긴코보가 하는 중고 카메라 가게에서 일할 때 사진 촬영 기술을 배우는 일도 게을리하지 않았던 것이다.

교수는 여학생처럼 환호성을 지르며 눈을 반짝였다.

"아름다워! 단풍도 아름답지만 벤텐이! 선녀가 따로 없군!"

한참 동안 그날 밤의 추억과 벤텐의 아름다움에 관해 이야기를 나눈 뒤 내가 물었다.

"너구리전골 준비는 잘되어갑니까?"

교수는 미간을 찡그리고 고개를 저으며 대답했다.

"그게 말이야, 잘되지 않고 있어. 지난번에는 성공적이었는데 말이야. 제명 처분되면 아버지에게 면목이 서지 않을 텐데."

금요클럽 회원들은 번갈아가며 송년회 너구리전골을 준비한다. 물론 이 '준비한다'는 이야기는 주방에서 요리를 한다는 것이 아니라 좋은 재료를 마련한다는 뜻이다. 회원은 일곱 명으로 제한되어 있기 때문에 7년에 한 번 회원들은 반드시 너구리를 마련할 궁리를 하게 된다. 회원들이 모두 바보라면 교토의 너구리 세상은 평안할 테지만 안타깝게도 그들은 다들 노련하다. 내가 아는 한 금요클럽은 송년회 때 너구리전골을 거른 적이 없다.

그리고 올해는 요도가와 교수 차례다.

"너구리를 먹다니, 문명인이라고 할 수가 없죠. 이 기회에 그만두는 건 어떠세요?"

"그럴 수는 없어."

"너구리를 무척 좋아하시잖아요. 귀여운 동물을 굳이 먹을 것까지야 있습니까."

"말했잖아. 먹고 싶을 만큼 좋아하는 거야."

"마음 아프지 않으세요?"

"아프지만 난 먹을 거야. 먹는다는 건 사랑이니까."

"그럼 이렇게 생각해보세요. 옛날에 선생님이 구해준 너구리 있잖아요? 자꾸 뒤를 돌아보며 산속으로 돌아간 귀여운 너구리요. 그 너구리가 전골이 된다면 선생님은 드실 겁니까?"

"아니, 어떻게 그런 잔혹한 생각을 하지, 자네? 극악무도하군."

교수는 얼굴을 찡그렸다.

"그건…… 그때 가봐야 알지!"

"그것 보세요, 선생님. 저 너구리는 먹지만 이 너구리는 먹지 않는다는 거 아닙니까? 너구리를 두루 사랑하신다면 그런 불공평은 안 되죠. 편의주의 아닙니까."

"어떻게 할지 모른다고 했을 뿐이지 먹지 않는다고는 하지 않았어. 먹을지도 몰라. 게다가 사랑이란 원래 논리적이지 않은

법이야. 불공평하기 마련이지."

"궤변이에요, 궤변!"

"나도 젊었을 때는 궤변론부에서 장래가 촉망받는 사람이었어. 하지만 이건 말로 요리조리 빠져나가기 힘든 문제야!"

교수는 신음했다.

"그런데 왜 자네가 그렇게 너구리 편을 드는 거지?"

"선생님이야말로 왜 금요클럽에 얽매이는 거죠? 그런 모임 그만두면 될 텐데."

"말도 안 되는 소리 하지 마. 자넨 학생이니까 아무렇지도 않게 그런 소리를 할 수 있겠지만 어른들 세상이란 여러 가지 사정이 있는 법이야. 눈에 보이는 것만이 세상은 아니지."

"인간 사회의 시스템이란 기괴하군요."

"모르는 편이 나은 것도 있네. 알아야만 할 일은 언젠가 알게 되고, 모르고 넘어갈 수 있다면 더 바랄 나위 없지."

"어쨌든 잘 해결되기를 바랍니다."

"음, 노력해야지."

그러면서 시선을 허공에 던졌다. 선생님은 너구리 포획에 실패할지도 모른다.

나는 마음이 놓였다.

○

　가라스마의 사무실 거리에서 롯카쿠 길로 꺾으면 바로 사이고쿠 33개소 관음성지 가운데 제18번째인 시운잔초호지가 있다. 흔히 롯카쿠도六角堂란 이름으로 불리는 건축물이 널리 알려져 있는데 경내에는 유명한 것이 또 하나 있다. '가나메이시' 또는 '배꼽돌'이라고 불리는 육각형 돌이다. 배꼽이란 교토의 중심이라는 뜻이며 간무 천황이 이곳에 도읍을 마련할 때 그 돌을 기준으로 거리와 마을을 구분했다는 일화 때문에 그렇게 불린다.

　"1,200년 전 이야기인데 믿을 수 있나?"

　이렇게 말하는 사람도 있겠지만 그런 사람은 더 믿을 수 없는 일이 있다.

　'배꼽돌'이라는 돌은 이 세상에 없다.

　그렇다면 현재 조호지 경내에 떡하니 자리 잡고 있는 육각형 돌은 무엇인가. 말하자면 '가짜 배꼽돌'이다. 너구리가 둔갑한 것이다.

　그런 바보 같은 소리 하지 말라는 사람도 많으리라.

　나도 어렸을 때는 바보 같은 소리라고 생각했다.

　"그냥 돌이잖아! 털도 없고 만질만질한데, 건방지게!"

　유리 공예품처럼 섬세하고 툭하면 화를 내려 들던 어린 시절이었다.

그때부터 장래가 촉망되는 대담무쌍한 새끼 너구리였던 나는 밤에 조호지에 몰래 들어가 온갖 수단을 다해 '배꼽돌'에 심술을 부렸다.

데라마치 고물상에서 슬쩍해 온 공작 깃털로 간지럼을 태우기도 했고, 커다란 얼음 덩어리를 얹어보기도 했고, 예쁜 암컷 너구리 사진을 보여주기도 했고, 맛있는 냄새가 나는 꼬치구이를 접시에 얹어 바친 적도 있다. 모두가 순수한 호기심의 발로였다. 만약 진짜로 '배꼽돌'이 너구리라면 참지 못하고 꼬리를 드러내게 될 거라고 예상했다. 그러다가 결국 황송하옵게도 배꼽돌님 앞에서 연기를 피워 올리는 금지된 장난까지 하다가 포박되었다.

어린 내 실수에 너구리계는 충격을 받았고, 나는 장로들로부터 '작렬하는 철퇴'라고나 할 만한 야단을 맞았다. 요 4반세기 동안 그렇게 야단맞은 새끼 너구리는 없었다고 한다. 너무나 무서워 나는 보름쯤 몸져누웠다.

지금도 생생하게 기억한다.

바로 앞에서 솔잎을 태워 부채질을 하고 있는데, 이윽고 연기에 싸인 배꼽돌이 푸딩처럼 흔들렸다. 그리고 불쑥 갈색 털 같은 것이 튀어나왔다. 배꼽돌님이 폭신폭신한 방석처럼 되었던 것이다. 앗, 하고 눈을 크게 뜬 순간 그물에 갇혀버렸기 때문에 그 뒤에 배꼽돌님이 어찌 되었는지 결국은 볼 수가 없었다.

조호지에 들어갈 수 있다는 허락이 떨어진 것은 그 금지된 장난을 친 날로부터 반년이라는 세월이 흐른 뒤였다. 내 눈앞에 있는 '배꼽돌'은 역시 그냥 돌이었다.

경내에 무릎을 꿇고 내 무례함을 눈물로 사죄하던 그 여름날의 해 질 녘이 떠오른다.

○

배꼽돌님은 거룩하기 때문에 너구리계의 두령을 바꿀 때면 보고해야 한다. 그래서 주요 너구리 인사들이 롯카쿠도에 얼굴을 드러낸다.

약속된 시간까지 근처 편의점에서 선 채로 잡지를 읽은 뒤, 나는 롯카쿠 길을 어슬렁어슬렁 서쪽 방향으로 걸었다. 맑은 겨울 공기가 거리에 가득하고 하늘은 푸르게 갰다. 히가시노토인으로 가는 길모퉁이의 카페 문을 밀고 들어서자 안에는 어머니와 큰형이 점잖은 얼굴로 앉아 있었다. 큰형은 전통복 차림의 젊은 도련님으로 둔갑했고, 어머니는 온통 검은색 일색의 다카라즈카 스타일 미청년으로 둔갑한 모습이었다.

내가 자리에 앉자 큰형이 내 과거의 잘못을 들추었다.

"배꼽돌님이 노하시지 않으면 좋겠는데."

큰형이 떨떠름한 표정으로 말했다.

"하지만 배꼽돌님도 그 뒤로 더 소중히 여겨지게 되었으니 분명히 기뻐하시겠지."

"어머니는 너무 쉽게 생각하세요. 자꾸 그러시면 야사부로가 더 버르장머리 없어져요."

배꼽돌님은 공작 깃털이나 꼬치구이쯤으로는 결코 소리를 내지 않는, 엄청나게 참을성이 강한 너구리다. 그렇지 않다면 하루 종일 돌로 둔갑한 상태로 버틸 수는 없다. 그 교묘한 둔갑술이 오히려 재앙이 되어 교토 너구리들은 배꼽돌님을 공경하는 척하면서 자연스럽게 멀리하는, 사실대로 말하면 '길가의 돌멩이' 취급을 하는 경향이 있었다. 그런데 내가 등장해서 배꼽돌님이 진짜 너구리라는 사실을 증명했기 때문에 모두들 '배꼽돌님은 대단하다'라고 생각을 바꾸게 되어 다시 열심히 찾아오게 되었다고 한다.

"배꼽돌님도 솔잎 연기를 쐰 보람이 있었다는 이야기지."

내가 이렇게 말하자 큰형이 화를 냈다.

"넌 그래서 안 돼. 꼭 롯카쿠도에서 그런 소리를 해야겠냐?"

이윽고 가짜 덴키브랜 공장에서 열심히 배우고 있는 사랑스러운 동생이 뛰어 들어왔다.

"왜 이리 늦었어?"

큰형이 투덜거렸다.

"미안."

동생이 말했다.

"오늘은 공장도 쉬는 날 아니었니?"

"금각과 은각이 일을 시키며 심술을 부렸어."

그러자 어머니가 말했다.

"네가 이해해라. 바보들이 어련하겠니."

"맞아, 그래."

큰형과 나도 어머니 말에 맞장구쳤다.

경사스럽게도 가족 모두의 의견이 일치했다. 우리는 일어나 롯카쿠도로 향했다.

사람들이 사찰 참배를 기념해 자기 이름을 적은 종이를 잔뜩 붙여놓은 커다란 문 앞은 교토는 물론이고 다른 곳에서까지 몰려든 너구리들로 붐볐다. 경내에 들어가지 못한 너구리들이 롯카쿠 길 건너편에 있는 주차장과 종루鐘樓에 몰려 있었다. 초밥 배달부로 둔갑한 너구리도 있고, 장삼에 가사를 걸친 이도 있었다. 노트르담여자대학* 학생으로 둔갑한 너구리, 외국인 관광객 모습을 한 너구리도 있다. 마치 둔갑술 박람회 같았다.

양복을 입은 남자들이 문 앞을 막고 서서 들어가려는 너구리들을 정리하고 있었다. 그들은 '에비스가와가'라는 굵은 글자가 적힌 노란색 완장을 차고 있다. 금각, 은각이 지휘하는 에비스가와 친위대 녀석들일 것이다. 놈들을 보니 기분이 나빴는데, 아니

---

* 1961년에 창립한 교토 소재 사립 여자대학.

나 다를까 경내로 들어가려는 우리 식구들에게 시비를 걸었다. 우리가 둔갑한 모습을 믿지 않고 시모가모가라는 사실을 증명하라고 했다. 말도 안 되는 생트집이었다.

어머니는 "나가 뒈져라" 하고 중얼거리고 큰형도 핏대를 세우며 화를 냈다. 나는 말없이 남자들 가슴팍을 밀어댔고, 동생은 그들에게 밀려 넘어졌다.

"꺼져."

"너희들이야말로 꺼져."

쓸데없는 말다툼만 반복하다 보니 문 앞이 더욱 혼잡해졌다. 그때 난젠지 가문의 두령이 에비스가와 친위대를 꾸짖어 정리가 되었다.

문을 들어서며 난젠지가 부드러운 웃음을 짓고 말했다.

"자네도 고생이 많군."

"면목이 없습니다."

"에비스가와가 골치 아프지만 오늘은 다투지 말게."

구름 한 점 없이 맑은 겨울 하늘에서 빌딩의 계곡 사이로 햇살이 비친다. 롯카쿠도는 그 햇살 속에 있었다.

장엄한 처마 아래서 향 타는 연기가 피어오르다가 이따금 불어오는 바람에 흩어졌다. 롯카쿠도 바로 앞에 있는 커다란 버드나무의 늘어진 가지가 살짝 흔들리고 있었다.

경내를 둘러보면 흔들리는 버드나무 가지를 멍하니 쳐다보며 몸을 흔드는 사람, 지장보살처럼 생글생글 웃는 사람, 경내에 있는 연못에서 백조에게 물려 우는 사람, 처마 아래 돗자리를 펼치고 도시락을 먹는 사람, 이끼 낀 녹나무에 기어 올라가는 사람. 모두들 너구리다운 모습을 유감없이 드러내고 있었다.

버드나무 옆에 있는 배꼽돌님 쪽만 조용했다. 지위 높은 너구리들이 애써 심각한 표정을 지으며 위엄을 지키려 하고 있다. 큰형도 어머니에게 등을 떠밀려 너구리들을 헤치고 그쪽으로 걸어갔다. 에비스가와 소운이 얼굴을 들고 큰형을 쏘아보았다.

우리는 붐비는 경내 구석에 서서 사태의 추이를 지켜보았다.

해우소 쪽에서 비둘기가 날아오자 어머니가 손을 휘저어 쫓았다.

"어머, 저리 가! 똥 떨어질라."

그러자 비둘기는 자리를 잡지 못하고 또 날아올랐다.

나는 롯카쿠도 북쪽에 솟아오른 이케노보 빌딩을 멍하니 쳐다보았다. 그 빌딩 북쪽에 있는 가라스마 거리 쪽에 '라쿠텐카이 빌딩'이라는 교토 주재 너구리들 공동 소유의 빌딩이 있다.

그곳 옥상에 멋진 벚나무가 있다. 봄이면 가라스마 빌딩가에 꽃잎이 흩어진다. 내가 벤텐이라는 여성을 처음 본 것은 그 벚꽃잎이 눈처럼 휘날릴 때였다.

아카다마 선생님 옆에 바싹 달라붙어 흩날리는 꽃잎을 바라보던 벤텐은 얼마 뒤에 발휘될 덴구보다 더 덴구스러운 본성을 억누르고 한껏 청초한 모습을 하고 있었다. 그 무렵에 본 벤텐의 모습이 이제는 꿈처럼 느껴진다. 그때 나는 아버지를 대신해 선생님을 찾아가는 일이 많았다. 너구리 주제에 내가 반쯤은 덴구나 마찬가지인 벤텐에게 그만 홀딱 반해버린 것도 그 때문이었다.

"그 무렵 아버지는 아카다마 선생님을 찾아가는 일이 별로 없었죠. 그렇게 사이가 좋았는데도."

"그 대신에 너나 야이치로가 찾아가지 않았니."

"그래도 선생님은 분명 쓸쓸했을 거예요. 아버지가 와주면 좋겠다는 말은 한 번도 하지 않았지만 체면상 할 수 없었을 뿐이겠죠."

"아카다마 선생님도 못 말리는 분이야. 자기가 벤텐 님을 데려왔잖아. 네 아버지는 벤텐 님을 거북하게 여겼으니까."

"그 무렵엔 벤텐 님도 예뻤는데. 아버지 같은 너구리가 두려워한 것은 뜻밖이에요."

"지금이니까 이야기해도 상관없겠지만……"

어머니가 말했다.

"언젠가 아카다마 선생님이 벤텐 님을 데리고 숲에 오신 적이 있단다. 그때 너희 아버지는 갑자기 둔갑을 할 수 없게 되고 말았어. 무척 애를 썼지만 벤텐 님이 있으면 불안해서 둔갑이 풀려버리는 거지. 교토에서 둔갑술이 가장 뛰어난 너구리였는데."

"그런 이야기는 처음 듣네요."

"친척들에게도 비밀로 했으니까. 아카다마 선생님이나 벤텐 님밖에 모르는 일이지."

"어머니가 천둥이 치면 둔갑이 풀리는 것과 마찬가지인가요?"

"그래서 너희 아버지는 벤텐 님과 마주치지 않으려고 했었지. 그 시절 선생님은 어디에 가건 벤텐 님을 데리고 다니지 않았니?"

"뭐, 그런 셈이죠."

어머니가 한숨을 쉬었다.

"아카다마 선생님이 쓸쓸해하셨다고 해도 그건 자업자득이지. 너희 아버지도 딱하게 여겼을 거야."

○

뿜빠뿜빠 금빛 나팔을 불어대는 한 무리가 문을 열고 들어왔다.

그들 한가운데서 걷고 있는 것은 아버지의 뒤를 이어 너구리 계를 이끌어온 야사카 헤이타로였다.

그 어떤 어려움도 다 물리치고 니세에몬 자리를 누군가에게 떠넘긴 뒤 조금이라도 빨리 속 편한 남쪽 나라로 여행을 떠나려는 기백은 겨울 날씨에 어울리지 않게 차려입은 알록달록한 알로하셔츠가 웅변해주고 있었다. 왠지 생각에 잠긴 듯이 보이는 까닭은 마음이 이미 너구리계를 떠나 멀리 남쪽 해변으로 달려가고 있기 때문이리라. 수평선 너머로 지는 태양. 끝없이 밀려오는 파도. 깔깔대며 야자열매를 던지며 노는 건강한 남과 여.

헤이타로의 뒤를 이어 푹신푹신한 방석 위에 앉은 장로들을 걸쳐 멘 이들이 들어왔다. 이 세상에 작별을 고할 타이밍을 놓친 장로들은 둔갑할 기운도 없지만, 너구리라는 질곡에서 해방되어 작은 털 뭉치 라이프를 즐기고 있다. 우리는 털 뭉치로서 이 세상에 태어나 늙은 뒤에 다시 털 뭉치로 돌아간다. 그런 생각을 하면 뭔가 의미심장한 느낌이 들기는 하지만 실제로는 아마 별 의미 없으리라.

"문을 닫아라!"

에비스가와 친위대가 외부인이 들어오지 못하도록 문을 닫았다.

좁은 경내에 너구리가 잔뜩 들어찼으니 아무 일도 일어나지 않을 리가 없었다.

개회를 앞두고 소동이 일어났다. 경내의 비둘기가 장난삼아 털 뭉치 하나를 물고 하늘로 날아오르자 방석을 걸쳐 메고 있던 이들이 허둥대고 이어 나머지 여섯 털 뭉치가 모두 굴러떨어졌던 것이다. 일치단결해 비둘기를 잡아 부리를 벌리고 장로를 되찾았지만, 본인은 지극히 태연하게 "괜찮아, 괜찮아"라고 중얼거렸다. 역시 장로다. 하지만 방석에서 굴러떨어진 장로들을 방석에 다시 앉히는 일이 힘들었다. 다들 털 뭉치라서 누가 누군지 구분이 가지 않았기 때문이다.

드디어 경내가 차분해졌을 때 알로하셔츠를 입은 야사카 헤이타로가 배꼽돌님 앞에 섰다. 큰형과 소운이 앉고 그 주위에 장로들이 둘러앉았다. 그리고 그 바깥쪽을 너구리들이 꽉 메웠다.

"정숙하시기 바랍니다."

야사카 헤이타로가 배를 펑펑 두드렸다.

"지금부터 회의를 시작합니다. 먼저 회의를 개최할 수 있도록 해주신 시운잔초호지 측의 각별한 배려에 감사드립니다. 또한 바쁘신 중에도 참석해주신 장로 여러분들께도 감사 말씀 드립니다. 그리고 회의에 앞서 배꼽돌님께 귀한 말씀을 받았습니다. 제가 대신 읽을 테니 모두들 자리에서 일어서주시기 바랍니다."

경내에 있는 너구리들이 일제히 일어섰다.

"읽습니다. '점점 추워지니 감기 들지 않도록 해야 하느니라. 감기는 만병의 근원이닷!', 이상입니다."

너구리들이 모두 절을 하고 자리에 앉았다.

야사카 헤이타로는 배꼽돌님께 감사의 뜻을 표한 뒤 경내의 너구리들을 쭉 둘러보았다.

"돌이켜보면 지금은 세상에 없는 시모가모 소이치로의 갑작스러운 서거는 우리 너구리들에게는 미증유의 충격, 미증유의 손실이었습니다. 그 애끓는 심정은 지금도 여전합니다. 여기 모이신 여러분들 심정도 저와 마찬가지일 것입니다. 시모가모 소이치로야말로 다시 볼 수 없는 비범한 너구리, 너구리의 귀감이었습니다. 저처럼 평범한 일개 너구리가 그를 대신해 니세에몬이라는 무거운 직책을 맡아 참으로 황송하기 짝이 없습니다. 그 중차대한 역할을 간신히 맡아 해온 것도 오로지 여기 모이신 여러분, 그리고 교토와 다른 지역에 사는 분들의 도움이 없었다면 불가능했을 겁니다. 이에 깊은 감사를 드리는 바입니다."

박수.

헤이타로는 에헴, 헛기침을 하더니 큰형과 소운을 바라보았다.

"새 니세에몬으로 시모가모 야이치로와 에비스가와 소운이 출마해주었습니다. 이에 배꼽돌님에게 정식으로 보고를 드립니다."

큰형과 소운이 일어서서 서로 잠깐 노려본 뒤에 경내의 너구리들에게 고개를 숙였다. "와!" 하는 소리가 나고, 휘파람 소리도 났다. 헤이타로가 정숙하라며 배를 두드렸다.

그리고 큰형과 소운은 배꼽돌님을 향해 허리를 깊숙이 숙였다. 그리고 앞으로 다가가 배꼽돌님을 살짝 쓰다듬었다.

박수.

큰형과 소운이 물러나 자리에 앉자 헤이타로는 만족스러운 웃음을 지었다.

"이로써 배꼽돌님에게 보고를 마쳤습니다. 그러면 앞으로의 일정에 관해 여러분에게 몇 가지 안내 말씀을 드리고 뜻을 모으기로 하겠습니다. 우선 장로님들의 회의는 12월 26일 밤, 기야마치에 있는 '센스이로'로 예정하고 있습니다. 이의는 없으신지요?"

경내의 너구리들은 아무런 대꾸도 없었다.

"그러면 다른 의견이 없는 것으로 알겠습니다. 이어서 또 한 가지, 너구리계의 두령을 결정하는 데 있어서 입회인으로 구라마 덴구 님에게 참석을 요청하는 것이 통례였습니다. 하지만 참석하기로 하셨던 구라마의 데이킨보 님으로부터 속이 좋지 않아 올 수 없다는 연락을 받았습니다. 그래서 이번에는 뇨이가타케 야쿠시보 님에게 참석을 요청드릴까 합니다. 이의 있습니까?"

고개를 살짝 꼬는 너구리들도 많았지만 특별히 다른 의견은 나오지 않았다.

헤이타로는 고개를 끄덕였다.

"이의 없는 것으로 알겠습니다. 그러면 장로님들 회의는 12월 26일 밤, 기야마치 '센스이로'로 하겠습니다. 그날은 뇨이가타케 야쿠시보 님께서 참석하도록 하겠습니다. 이상입니다."

경내는 조용했다. 헤이타로는 난처한 듯이 멍한 표정을 지었다. 그리고 뒤늦게 눈치를 채고 선언했다.

"오늘은 이만 해산."

경내의 너구리들이 파도치듯 엎드려 절을 했다. 그리고 경내는 바로 떠들썩해졌다.

○

단풍이 들었던 도시의 나뭇잎들은 이미 떨어져버렸지만 멀리 보이는 산들은 온통 알록달록한 옷을 입고 있어 풍성해 보였다. 덕분에 산이 따스하게 느껴졌지만 거리는 조금씩 추워졌다. 가모가와 삼각주에 늘어선 소나무도 교토의 뼛속까지 파고드는 겨울 추위에 대비해 볏짚을 둘렀다.

볏짚을 감은 소나무를 바라보면 예전에 큰형이 자포자기 상태에 빠질 때마다 나무에 감긴 볏짚을 벗기고 돌아다니던 일이 떠오른다. 지금이야 시모가모 가문의 두령으로서 아무런 힘도 되지 못하는 동생들을 '질타 격려' 하는 큰형도 아무 쓸모 없는 나쁜 버릇에 빠졌던 시절이 있었다. 큰형의 화풀이에 볏짚이 벗겨진 소나무도 재앙이었겠지만 쫓아다니며 다시 감아야 하는 나도 고역이었다.

니세에몬을 뽑기로 결정된 12월 26일은 아버지가 너구리전골이 된 날이기도 하다.

그날이 다가오면서 어머니는 눈에 띄게 불안해 보였다.

내 권유로 가모 대교 서쪽에 있는 당구장에 가서도 제대로 집중하지 못하는 듯했다. 다카라즈카 사진을 가지고 가도 별 반응이 없었다. 큰형이나 동생이 숲 밖으로 나가 있을 때는 무사히 돌아올지 어떨지 염려했고, 내가 숲에서 나가 있을 때도 마찬가지였다.

어느 날 동생이 가짜 덴키브랜 공장에서 돌아오지 않자 어머니와 함께 시모가모 신사 참배로까지 나가 기다렸다. 어머니는 목에 휴대전화를 걸고 있었다. 가짜 덴키브랜 공장에서 나올 때 전화가 왔을 뿐, 그 뒤로 시간이 꽤 흘렀다.

어머니가 참배로 입구 쪽을 바라보며 말했다.

"야지로가 우물 안 개구리라 다행이로구나."

"왜요?"

"그야 개구리는 너구리전골이 될 염려가 없으니까. 야지로가 개구리가 아니었다면 난 한 명 더 걱정해야 해서 머리가 이상해져버렸을 거야."

"야시로를 공장에 그만 다니게 하는 게 어떻겠어요? 돈이 없어도 살아갈 수 있잖아요, 너구리는."

"그럴 순 없다."

어머니는 꼬리를 홰홰 저으며 화를 냈다.

"배우게 해달라고 네 아버지가 부탁한 일을 내가 멋대로 취소할 수도 없고, 또 도중에 그만둔다고 에비스가와가에서 이러쿵저러쿵 여러 소리 나오는 것도 싫다. 게다가 그만두면 다카라즈카 가극단 공연 티켓은 누가 사준단 말이냐?"

"그만한 돈은 마련할 수 있어요. 아직 카메라 가게에서 받은 월급이 남았거든요."

"하지만 야시로도 도망치듯 그만두기는 분하다고 했어."

어머니가 생글생글 웃었다.

"나는 감탄했단다."

"그 녀석도 마냥 어린애는 아니죠. 하지만 나만 해도 금각이나 은각이 있는 공장이라면 사흘도 견디지 못할 거예요."

"네 아버지도 그걸 알기 때문에 너를 거기 집어넣겠다는 약속은 하지 않았던 거야. 하지만 너도 빈둥거리지 말고 배워. 배워서 돈을 벌어 다카라즈카 티켓을 사다오."

"그렇지만 어머니, 공연을 보러 갈 생각도 별로 없잖아요."

"지금은 그럴 때가 아니니 그렇지. 하지만 새해가 밝으면 다시 다닐 작정이야."

그런 이야기를 나누는데 동생이 참배로 입구에 모습을 드러내더니 이쪽으로 달려왔다.

어머니가 휴우, 하고 긴 한숨을 내쉬었다.

큰형의 귀가가 늦는 것도 어머니의 걱정거리였다. 12월 26일이라는 날짜에 운명을 느꼈는지, 큰형은 아직 포기하지 않고 너구리계를 동분서주하며 사전 공작을 하고 있었다. 어머니는 바쁜 큰형을 걱정했다. 나와 동생을 데리고 상점가의 세일하는 가게에서 영양 드링크를 잔뜩 사들이자 큰형은 내키지 않는 표정을 지으며 비명을 질렀다.

"그렇게 많이 마시면 코피 나요. 이제 더 마실 수 없어요."

"코피 날 만큼 마시는 것이 딱 좋아."

어머니는 영양 드링크를 꺼내놓으며 억지를 부렸다.

"지금이 가장 중요한 때니까."

○

동짓날에는 아침부터 비가 계속 내려 교토 거리를 회색으로 적셨다. 궁둥이가 유난히 시린 날이었다.

아무리 털이 많다고 해도 너구리는 겨울비를 견디기 힘들다. 큰형과 동생은 아침 일찍 외출했지만 나는 숲에 있었다. 이런 날씨에 돌아다니며 궁둥이를 적시는 녀석은 진짜 바보다. 비가 들이치지 않는 나무 그늘에 틀어박혀 뒹구는 것이 최고다.

낙엽을 덮고 찹쌀떡을 먹으며 궁둥이를 소중하게 보존하고 있는데 어머니가 나를 찾으러 왔다.

"방금 야이치로한테서 연락이 왔는데, 너 아카다마 선생님 댁에 다녀와라."

나는 낙엽 속으로 파고 들어가 몸을 숨겼다.

"지금 하는 일이 있어서 안 돼요."

"궁둥이만 덥히고 있잖아."

"궁둥이가 차가워지는 게 만병의 근원이에요, 어머니. 따스하
게 해야만 된다고요!"

"아카다마 선생님이 니세에몬을 결정하는 회의에 참석하기
싫다고 하신단다. 또 떼를 써서 난처하게 만들고 있어."

"선생님을 모시겠다고 한 건 야사카 씨예요. 이야기가 다 되
어 있는 줄 알았는데."

"그렇지 않아. 급해. 다들 난처해하고 있어. 그래서 네 이야기
라면 선생님이 들을지도 모른다면서 부탁하더구나."

어머니는 낙엽을 헤치고 나를 걷어찼다. 사자는 자기 자식을
천 길 낭떠러지로 밀어 떨어뜨리고, 너구리는 자기 자식을 따스
한 낙엽 침대에서 겨울 빗속으로 차낸다. 그야말로 짐승의 도리
란 어쩔 수가 없다. 꾸물거리고 있자 어머니가 다시 궁둥이를 걷
어차려고 했다.

"알았어요. 갈게요, 간다고요."

"어휴, 정말. 형이 고생하는데 느긋하게 궁둥이 덥힐 궁리나
하는 거냐?"

어머니가 투덜거렸다.

"내친김에 데마치 상점가에서 영양 드링크도 사 와라. 야이치
로 주게."

나는 포근한 침상에 작별을 고하고 다다스숲을 나와 데마치

상점가로 향했다.

아오이바시 다리를 건너면서 북쪽을 보니 먼 산들이 솜을 펼쳐놓은 듯한 구름으로 덮여 있었다. 회색 강물이 다리 아래로 도도하게 흘렀다. 가능한 한 엉덩이가 젖지 않도록 우산을 잘 조절해서 썼다.

빗소리가 울려 퍼지는 데마치 상점가를 휘적휘적 걸어 옆 골목으로 돌아 들어가니 선생님 집 '코포 마스가타' 앞에 웬 녀석들이 계단 아래까지 늘어서서 서로 밀고 당기고 난리도 아니었다. 아무리 둔갑을 했더라도 너구리들이 저렇게 많이 몰려들면 선생님도 기분이 당연히 언짢을 테고, 대화도 제대로 될 리 없다.

"아, 야사부로입니다. 실례합니다."

내가 말하자 너구리들이 웅성거렸다.

"오, 야사부로가 왔다."

너구리들을 밀치고 계단을 올라 선생님의 좁은 방으로 들어갔다.

안쪽 다다미 넉 장 반에 누렇게 바랜 속옷만 걸친 아카다마 선생님이 이쪽으로 등을 돌린 채 책상다리를 하고 앉아 족자를 바라보며 코털을 뽑고 있었다. 방 바로 앞에는 선물로 받은 아카다마 포트와인이 쭉 늘어서 있고, 그걸 경계로 부엌에서부터 현관에 이르기까지 너구리들이 엎드려 있어 발 디딜 틈이 없었다.

"아, 실례."

실수로 밟았는데, 큰형이었다.

"이야기는 잘됐어, 형?"

"꿈쩍도 하지 않아. 지금 선물을 더 가지러 보냈는데 소용이 없을 것 같아. 우리한테서 짜낼 만큼 짜내자는 속셈 아닐까?"

"다 들린다, 이놈아."

아카다마 선생님이 말했다. 큰형은 움찔하더니 다시 엎드렸다. 다른 너구리들은 일제히 현관 쪽으로 물러났다. 나는 안으로 들어가 문지방 앞에 정좌했다.

"선생님, 선생님. 시모가모 야사부로입니다."

"무엇 때문에 왔느냐. 부른 적 없다."

"그렇게 토라져 있을 것 없잖아요. 송년회다 생각하고 한번 나와주시죠."

"시끄럽다. 술에 너구리 털이 섞이면 골치 아프다."

"사실은 좋으시면서."

"뭐라고!"

얼굴이 시뻘개진 아카다마 선생님이 돌아보았다. 부엌을 가득 메운 너구리들은 썰물 빠지듯 꽁무니를 뺐고, 나만 남겨졌다. 큰형까지 도망치다니, 한심하다. 하지만 좁은 방에 회오리바람을 일으키려다가 공연히 화장지만 낭비한 쓰라린 기억이 아직 남아 있는지, 선생님은 나를 노려보기만 할 뿐 그 분노를 터뜨리지는 않았다. 나도 굳이 소로 둔갑하는 따위의 쓸데없는 궁리는 하지 않았다.

이윽고 선생님이 콧방귀를 뀌더니 다시 족자를 바라보았다.

실내가 조용해지고 톡톡 떨어지는 빗소리만 들렸다. 나는 말 없이 선생님의 굽은 등을 바라보았다. 누렇게 바랜 속옷 표면으로 등뼈가 울퉁불퉁 튀어나와 있었다.

이윽고 선생님이 담배에 불을 붙이고 짙은 연기를 뿜었다. 그러다가 옆에 있던 달마 오뚜기를 안아 들고 차분한 목소리로 말했다.

"야사부로야."

"네."

"면봉 사 오너라. 귀가 가려우면 나는 짜증이 나서 회오리바람을 일으킨다. 정말 바람을 일으킬 거야."

"알겠습니다. 얼른 준비시키겠습니다."

"그 너구리 회의라는 것 말이다. 왜 내가 거길 가야 하는 거지?"

"부디 부탁드립니다! 선생님이 와주시지 않으면 시작할 수가 없습니다. 교토는 물론이고 다른 지역에 사는 너구리들이 선생님의 말씀을 듣고자 기다리고 있습니다."

"어차피 구라마가 귀찮아하니까 내게 떠맡긴 역할일 텐데."

"사실대로 말씀드리면 그렇습니다."

"그럴 줄 알았다."

선생님은 달마 오뚝이를 안고 우는 시늉을 하며 방귀를 거세게 뀌었다.

"너구리 두령을 뽑는 그런 시시한 짓이 내게 어울린다는 이야기로군. 감히 내게 그런 일을 떠넘기다니, 그 구라마 똘마니들이. 내가 이래 봬도 일찍이 국가의 명운을 손에 쥐고 있던 뇨이가타케 야쿠시보야! 너희들은 나를 필요할 때만 부려먹으려 하는구나. 일단 제일 손쉬운 덴구를 데려다놓으면 체면은 차려 급한 불을 끌 수 있을 거라는 심산이겠지. 너희들 가운데 한 마리라도 나를 진정으로 존경하는 너구리가 있느냐? 어떠냐? 다들 털 숭숭한 뱃속에서는 혀를 날름 내밀고 있는 것 아니냐?"

선생님은 힘없이 고개를 숙이고 입을 다물었다.

일찍이 선생님이 국가의 명운을 쥐고 있었다는 이야기는 과장된 것이라고 생각하는 편이 낫다. 가모가와 동쪽의 명운을 쥐고 있었는지 어떤지도 알 수 없다.

나는 무릎걸음으로 선생님에게 다가갔다.

"뇨이가타케 야쿠시보라는 위대한 덴구가 털 뭉치들의 존경이 필요합니까? 선생님이 으스대는 까닭은 너구리가 존경하기 때문입니까? 그런 하찮은 이유 때문은 아닐 겁니다. 선생님이 으스대는 까닭은 덴구이기 때문이죠. 너구리들이나 인간들이 혀를 내밀건 말건 군소리 필요 없는 위대한 덴구이기 때문이 아닌가요?"

선생님은 달마 오뚝이를 껴안은 채로 아무 대꾸도 없었다.

"방금 선생님이 하신 말씀은 이 야사부로의 가슴속에 담아두 겠습니다. 그러니 잊으십시오."

선생님은 콧방귀를 흥 뀌었다.

"술을 준비해놓고 기다리라 전해라. 마음이 내키면 나가마."

올 거라고 생각해도 틀림없다. 털이 숭숭한 뱃속에서 날름 혀를 내민 순간 선생님이 달마 오뚝이를 쓰다듬으며 말했다.

"야사부로, 너 지금 내가 틀림없이 참석할 거라고 생각했지?"

"역시 선생님이십니다. 어떻게 아셨습니까?"

"털 뭉치들이 생각하는 거야 뻔히 들여다보이지. 완전히 멍청 한 녀석들이니까."

나는 부엌 마룻바닥에 엎드려 절했다.

내가 선생님과 교섭을 마치고 나가자 너구리들이 마른침을 삼키며 기다리고 있다가 물었다.

"어떻게 됐어? 응?"

"참석하실 거야."

내가 대답했다. 나이 든 너구리가 휴우, 하고 한숨을 내쉬었다.

"거참."

"이제 준비는 다 된 셈이로군."

"다행이야."

저마다 한마디씩 했다. 큰형이 내 어깨를 두드리며 말했다.

"잘했어. 어떤 너구리에게나 한 가지쯤 잘하는 일이 있기 마련이지."

"뭔 소리야!"

○

차가운 비에 궁둥이를 적셨으니 삶아질 만큼 뜨거운 물에 몸을 담가야 했다.

다행히 오늘은 동짓날이라 유자욕을 할 수 있다.

아카다마 선생님의 집에서 나온 나는 공중목욕탕으로 가서 뜨거운 물에 들어갔다.

높다란 유리창으로 들어오는 햇살 속에 유자 향기를 머금은 뜨거운 김이 소용돌이치는 모습을 바라보며 궁둥이를 뜨뜻하게 데웠다. 큰형은 유자 향기를 맡으면 재채기가 난다며 유자탕에 들어가지 않는다. 잘난 척하면서도 툭하면 감기 기운 때문에 목캔디를 우물거리느라 체면이 깎이는 까닭도 유자탕에 들어가지 않기 때문이리라. 나는 내가 감기에 걸리지 않는 이유가 매년 꾸준히 유자탕에 들어가기 때문이라고 생각한다. 그런데 큰형은 '바보는 감기에 걸리지 않는다'는 미신을 들이대며 내가 감기를 앓지 않는 이유를 설명한다. 화가 난다.

아버지가 세상을 떠난 뒤에도 여전히 이어지는 에비스가와가와의 갈등은 니세에몬 자리를 둘러싼 다툼이 클라이맥스에 이르자 점점 더 심해져 나도 좀 지쳤다. 너구리는 원래 태평천하를 사랑하는 동물이다. 특히 따뜻한 물에 들어가 앉아 있다 보면 욕조에서 넘치는 뜨거운 물처럼 태평천하에 대한 사랑이 넘쳐흐른다. 너구리들에게 태평천하란 무엇일까. 그것은 가모가와강 둑에 누워 푸른 하늘을 멍하니 바라볼 수 있으면 얻을 수 있는 것이다. 아주 간단하다.

현대 너구리 사회에서 진지한 마음가짐으로 니세에몬이 되고자 하는 이가 어디 있을까. 무엇에도 얽매이지 않는 자유로운 너구리 생활과, 갈등이 있을 때마다 밤낮없이 뛰어다니며 이런저런 참견을 해야만 하는 니세에몬의 생활을 저울에 달아보며 맑고 바른 마음을 지닌 너구리들은 스스로에게 묻는다. 니세에몬이라는 전통적인 칭호는 분명 명예롭지만 과연 안락하고 느긋한 생활을 버리면서까지 택할 가치가 있는 걸까, 하고.

다들 별로 원하지 않는 지위를 얻기 위해 큰형은 진흙탕 같은 선거전에 핏대를 세우고 있다. 시모가모 가문은 도움이 되지 않는 동생들뿐이라 큰형은 고군분투하는 꼴이었다. 너무 측은해서 미안한 마음을 덜려고 응원가를 만들어보았다.

되면 좋겠구나, 니세에몬이
오늘도 애쓰는 야이치로

중요한 순간 약해지기는 하지만

　　교토 너구리들을 위해서라면

　　불속이라도 물속이라도

"가사가 왜 그리 내용이 없냐!"

내가 욕조에서 나와 몸을 씻으며 가락을 붙여 부르자 불쑥 여탕에서 가시 돋친 목소리가 튀어나왔다.

"뭐야, 가이세이? 너도 엉덩이 데우러 왔니?"

"숙녀에게 엉덩이 이야기를 하면 어쩌자는 거야, 이 색골아!"

"그대여, 감기에 걸리고 싶지 않다면 추위로부터 엉덩이를 지켜라."

"참견 마."

요란하게 물 끼얹는 소리가 들린 뒤, 욕조에 들어갔는지 한동안 여탕 쪽에서 들려오던 욕설이 끊어졌다. 손님은 가이세이뿐인지 조용했다. 나도 몸을 다 씻고 다시 욕조로 들어갔다. 남탕에 너구리 한 마리, 여탕에도 너구리 한 마리. 너구리 두 마리가 아무 말도 없이 욕조에 들어가 있다. 보글보글 거품이 나는 초음파 욕조에 들어가 건강 증진을 하는데 가이세이가 자그마한 목소리로 노래하기 시작했다.

"좋은 목욕탕이로구나, 아하항."

내가 말했다.

"좋은 목욕탕이지. 유자도 좋아."

"그치?"

가이세이가 드물게 고분고분 인정했다.

"배꼽돌님을 오랜만에 보고 왔어. 여전히 돌멩이인 척하고 있더라고. 어떻게 그렇게 오랫동안 돌로 둔갑한 채로 있는 걸까?"

"넌 무리겠지. 바로 둔갑이 풀릴 거야."

"나도 마음만 먹으면 얼마든지 할 수 있어. 우리 형이나 어머니에 뒤지지 않을 자신이 있다고. 나만큼 둔갑을 풀지 않고 버틸 수 있는 너구리도 없을걸."

가이세이가 코웃음을 쳤다.

"그러고 보니 너 배꼽돌님에게 불을 낸 적 있지? 끔찍한 놈."

"불을 내지 않았어. 연기를 피웠을 뿐이야."

"그게 그거지."

"과거 이야기는 하지 말자. 그보다 롯카쿠도에서 소동이 있었어. 장로가 비둘기에게 물려 갔었지."

"알아."

"너, 거기 없었잖아."

"멍청이. 나도 롯카쿠도에 있었어. 녹나무 위에 숨어서 봤지."

"정말 질린다. 넌 언제 모습을 드러낼 거야?"

"결코 그럴 일 없을 거야."

"잠깐 남탕으로 와주면 좋을 텐데."

남탕과 여탕 칸막이 너머로 큼직한 비누가 날아오기 시작했다. 나는 대야를 얼른 뒤집어쓰고 머리를 방어했다. 여탕에 있는 비누를 몽땅 남탕으로 집어 던지고 나서야 가이세이의 행패도 끝났다. 가이세이는 다시 "좋은 목욕탕이로구나" 하며 느긋하게 노래 부르기 시작했다.

"다음 주에 니세에몬이 결정되는 건가? 이제 얼마 남지 않았네."

"야이치로 오빠는 니세에몬이 될 수 없을 거야, 분명히."

"왜?"

"그야 그릇이 모자라니까."

욕조 물에 몸을 띄운 채로 대꾸를 하지 않고 있는데 가이세이가 불쑥 말했다.

"야이치로 오빠에게 조심하라고 해. 자세한 이야기는 하지 않겠어."

"뭔 소리야? 또 그 멍청이 형제가 잔머리를 굴리고 있는 건가?"

"우리 오빠들을 멍청이라고 하지 마. 이 썩을 털 뭉치야…….
하기야 사실이기는 하지만."

"어차피 별 볼일 없는 작전이겠지만 가르쳐주면 고맙겠네."

가이세이는 한숨을 내쉬었다.

"우리 멍청이 오빠들도 이제 제법 늘었어. 내게 들키지 않도록 여러 가지 꾀를 내지. 얕잡아보았다가는 큰코다칠 거야."

"흥, 그깟 녀석들."

"덴구가 되지 마, 야사부로."

"내가 어떻게 덴구가 돼? 난 너구리인데."

"……그러니까 하는 이야기야."

가이세이는 그렇게만 말하고 입을 다물었다. 대야를 뒤집어서 두드리는지 통통, 하고 느릿한 장단 소리가 들려왔다. 기다려도 말이 없기에 내가 물었다.

"왜 그래?"

"미안해."

모습을 보이지 않는 전 약혼녀는 내게 분명히 그렇게 말했다.

○

내가 기억하기로 온순한 구석이라고는 털끝만큼도 보여준 적이 없는 전 약혼녀의 말치고는 묘했다. 묘하다기보다 불안한 느낌이 들었다. 내가 왜 그러느냐고 다시 물었지만 가이세이는 대꾸가 없었다. 문득 여탕 쪽에서 가이세이의 기척이 사라졌다는 사실을 깨달았다. 나도 날이 저물어가는 밖으로 나왔다. 김이 모락모락 나는 암컷 너구리는 어두워지기 시작한 골목으로 이미 자취를 감춘 뒤였다.

그 뒤로 가이세이는 내 앞에서 모습을 감추었다.

아니, 원래 모습을 드러낸 적이 없으니 입을 다물었다고 해야 할까.

크리스마스가 다가와 더 소란스러운 거리를 헤맸다. 가모가 와강에 가로놓인 다리 밑, 어둠에 잠긴 골목 안, 고물상의 장롱 등에서 가이세이의 기척이 있는지 살피고 돌아다녔지만 전혀 찾을 수 없었다. 생각할수록 가이세이가 여탕에서 탄식처럼 내 뱉은 '미안해'는 아무래도 예사롭지가 않았다. 단순한 사과의 말이 아니라는 생각이 들었다. 왜 그런 소리를 했을까. 알 수가 없다.

이윽고 크리스마스이브.

너구리라고 크리스마스를 축하하지 말란 법은 없다. 오히려 소란스러운 크리스마스만큼 너구리가 좋아하는 것도 없다. 어머니는 크리스마스 케이크를 준비했고, 나는 켄터키 프라이드 치킨을 사러 나갔다. 동생은 가모가와강 변에 있는 가게로 전구 장식을 사러 갔다.

다다스숲에 황혼이 깃들 무렵, 동생이 끙끙거리며 전구 장식에 전기를 넣자 커다란 나뭇가지에 걸쳐놓은 알록달록한 전구들이 반짝거리기 시작했다.

"대단하구나. 야시로는 앞으로 이런 재능을 살려야겠어."

어머니가 감탄하자 동생은 자랑스러운 표정을 지었다.

그때 큰형이 돌아왔다. 모레면 니세에몬을 뽑는 회의가 열린다. 큰형은 "이 중요한 시기에" 하며 씁쓸한 표정을 지었지만 내가 이건 큰형의 승리를 기원하는 것이기도 하다고 설명하고 폭죽을 계속 터뜨리며 반론을 봉쇄했다.

너구리는 프라이드치킨을 무척 좋아한다. 교토에 있는 켄터키 프라이드치킨 가게에 드나드는 손님 가운데 거의 절반은 너구리라는 통계도 있다. 내키지 않는 표정을 짓던 큰형도 프라이드치킨을 꺼내자 바로 표정이 풀렸다. 동생이 밝혀놓은 조명 아래서 우리는 신나게 닭을 뜯었다.

"나는 기필코 아버지의 뒤를 이을 거야."

닭고기를 먹고 활력을 얻은 큰형이 반복해서 말했다.

"소운, 어디 두고 보자."

"금요클럽을 조심해. 술에 취해서 어슬렁어슬렁 돌아다니면 안 된다."

"알아요, 어머니."

큰형은 가슴을 쭉 펴 보였다.

○

싫어할 거라는 사실을 알면서도 자꾸 하고 싶어지는 일들이 있기 마련이다.

크리스마스 파티가 끝난 뒤, 나는 선물을 들고 아카다마 선생님을 찾아가기로 했다. 이치조지의 골동품 가게에서 구한 서양식 지팡이인데 작은 술병을 끼워 넣은 보기 드문 물건이었다. 술병에 아카다마 포트와인을 넣으면 딱 좋을 지팡이였다. 벤텐이 깨끗하게 잊었을 때쯤 '풍신뇌신의 부채'를 선물하고 싶었지만, 몇 달에 걸친 수색에도 불구하고 아직 부채를 찾지 못했다.

출발했을 때는 이미 야심한 시각이었다. 데마치 상점가는 모두 셔터를 내렸고 술집들만 불을 밝히고 있었다. 나는 기다란 꾸러미를 옆구리에 끼고 성큼성큼 걸었다.

'코포 마스가타'의 문은 잠겨 있지 않았다. 혼자 사는 덴구는 조심성이 부족하다.

안으로 들어가자 잡동사니로 뒤덮인 좁은 방에서 알록달록한 불빛이 반짝거리고 있었다. 전구 장식을 두른 크리스마스트리가 한쪽 구석에 놓여 있었다. 일찍이 국가의 명운을 쥐었을 때도 있었다고 자부하는 위대한 덴구에게는 어울리지 않았다. 플라스틱으로 만든 전나무 앞에 아카다마 선생님이 책상다리를 하고 달마 오뚝이를 껴안은 채로 술에 취해 있었다. 빨강, 파랑, 노랑 전구가 번갈아 반짝이며 미간에 주름이 새겨진 선생님의 얼굴을 비추었다. 홀로 크리스마스 장식을 하고 아카다마 포트와인을 세 병이나 비운 모양이다. 궁상맞기는. 나를 부르면 좋았을 것을.

"선생님, 선생님."

내가 불렀다.

"이 트리는 어떻게 된 겁니까?"

선생님은 내키지 않는다는 표정으로 고개를 들고 침을 닦으며 취한 눈으로 두리번거렸다.

"몰라."

그렇게 중얼거렸을 뿐, 또 고개를 푹 숙이니 대화를 할 수가 없었다.

이부자리를 펴고 선생님의 마른 몸을 이불 속으로 밀어 넣었다.

"쓸데없는 참견 하지 마. 내버려두면 돼."

선생님이 중얼거렸다.

"어떻게 내버려둡니까."

달마 오뚝이를 이불 안에 넣어주자 선생님은 꼭 껴안았다. 사랑하는 벤텐의 엉덩이 꿈을 꾸고 있는 것이 틀림없다. 내 스승이지만 색을 밝히는 데는 대책이 없다.

산타클로스처럼 선생님 머리맡에 선물을 놓아두고 일어서려는데 현관문이 살짝 소리를 내며 열렸다. 차가운 바람과 함께 조용히 들어온 것은 벤텐이었다. 술에 취해 상기된 뺨이 반짝거렸다. 손에는 음식 상자를 들고 있었다. 벤텐은 나를 보더니 씩 웃었다.

"아, 취했어!"

벤텐은 구석에서 반짝거리는 크리스마스트리 전구 장식을 보더니 "어머!" 하고 소리를 질렀다. 그리고 잠이 든 선생님 곁에 철퍼덕 주저앉아 반짝이는 전구 장식을 말똥말똥 바라보았다. 그리고 눈을 감더니 마치 얼굴에 비치는 알록달록한 빛깔의 감촉을 느끼기라도 하는 표정을 지었다. 전구는 타버리듯 꺼졌다가 뜸을 들인 뒤 다시 반짝이곤 했다. 그때마다 도자기처럼 매끈한 벤텐의 빰이 어둠 속에서 떠올랐다.

"참 정겹네. 이거 내가 사 왔던 거야."

"그렇군요. 아카다마 선생님 방에 크리스마스트리가 있다니, 이상하다는 생각은 했어요."

"벌써 몇 년 전 일이지. 난 크리스마스를 좋아하거든."

"너구리도 좋아해요. 크리스마스에 공연히 시끌시끌한 것도 아주 좋고."

벤텐이 트리 아래 놓인 꾸러미를 집어 들었다.

"이건 뭐지?"

"아카다마 선생님에게 드리는 선물이에요. 멋진 지팡이죠."

"크게 썼네. ……그런데 내 선물은 없어?"

"없어요."

"왜?"

"벤텐 님은 갖고 싶은 게 없을 거 아니에요? 뭐든 손에 넣을 수 있으니."

"그런 심한 말을. 갖고 싶은 건 하나도 얻지 못하는데."

"거짓말!"

벤텐은 벌떡 일어서더니 부엌 한구석에 쌓아놓은 새 아카다마 포트와인병을 꺼내 왔다. 컵 두 개에 술을 따라 하나는 내게 내밀었다.

"춥네. 새해가 밝으면 바로 눈이 쌓이겠어."

"그야 일이월이면 눈이 쌓이기도 하겠죠."

내가 대답했다.

"눈이 오면 난 쓸쓸해져."

"벤텐 님은 아무런 고민도 없는 것 같은데 그런 말씀을 하시네. 천하의 벤텐 님이 그래봐야 아무도 동정하지 않아요."

"너구리나 텐구와는 달리 인간이란 이런저런 상념에 빠지게 되는 밤이 있어."

"너구리도 상념에 빠지기는 해요."

"너구리 따위와는 비교도 안 될 만큼 빠지게 되지. 인간이란 그렇게 되어먹었어."

"뭐, 그럼 그렇다고 해두죠."

"저…… 난 이곳으로 끌려오기 전에 산 너머 큰 호수 옆에 살았어. 산 너머에는 눈이 무척 많이 쌓이지. 너, 알아? 동장군은 산 너머에다 눈을 잔뜩 뿌리고 여기 넘어올 때쯤이면 빈털터리가 되는 거야."

"그래요?"

벤텐은 누워 있는 아카다마 선생님의 흰머리를 쓰다듬으며 말을 이었다.

"집 주위에 있는 물이 다 빠진 논이나 파릇파릇한 대나무 숲이 전부 눈으로 뒤덮이는데 그런 풍경을 바라보며 걸으면 아무 소리도 들리지 않아. 조금만 가면 호숫가가 나오지. 그곳도 온통 눈으로 뒤덮여 발자국 하나 없어. 아무도 없지. 지독하게 추운 드넓은 호수만 펼쳐져 있어. 나는 외톨이구나, 외롭다, 이런 생각을 하게 되지만 아무도 없는 그곳을 걷지 않고는 배길 수가 없지. 하지만 목적지도 없어. 머릿속이 점점 텅 비어가지. 외로울 때는 늘 그 풍경과 그곳을 걷고 있는 내 모습이 떠올라. 매년 외롭다, 쓸쓸하다 생각하면서 그 풍경을 보았기 때문에 쓸쓸하다는 것과 설경이 겹쳐버렸지. 그래서 내 마음은 늘 차갑고 추워. 어때, 시적이지?"

"산 너머에 있을 때는 벤텐 님에게도 가족과 친구들이 있었을 것 아니에요?"

"그것과 이 이야기는 달라. 너구리는 이해하지 못할지도 모르겠네."

"눈 때문에 궁둥이가 차가워지면 곤란하죠. 별로 알고 싶지 않네요."

"너도 외톨이가 되어보지 그래?"

"미안하네요. 너구리는 혼자선 살아갈 수가 없어요."

그때 나는 벤텐의 사진을 가지고 있다는 사실이 기억나 주머니에서 꺼냈다.

"아, 이거 크리스마스 선물로 드릴게요."

벤텐은 사진을 힐끗 보더니 말했다.

"어머, 요도가와 선생님이네. 하지만 이런 사진 필요 없어."

"그러지 말고 받아두세요. 잘 나오지 않았어요? 사진 찍는 솜씨 괜찮죠?"

"필요 없다니까."

불쑥 이불이 들썩이는 기척이 났다. 아카다마 선생님이 등 뒤에서 손에 든 사진을 들여다보며 잠이 덜 깬 목소리로 물었다.

"그건 누구냐. 벤텐, 이런 인간과 친하게 지내다니, 한심하구나."

"어머, 스승님. 질투하시는 거예요?"

등 뒤에서 뻗어 오는 선생님의 손을 피해 벤텐은 훌쩍 일어났다. 선생님은 지저분한 이불을 망토처럼 두른 채 힘없이 말했다.

"아직 괜찮잖아. 오래간만에 왔는데 벌써 가려고?"

벤텐은 부엌 테이블에 놓아둔 상자를 가리켰다.

"파티에 갔다가 선물을 드리려고 잠깐 들른 거예요. 오늘은 이만 가봐야겠어요."

"자고 가면 좋을 텐데."

"어머, 스승님께 폐를 끼칠 수야 없죠."

"무슨 소리야! 폐라니! 아 참, 크리스마스를 축하하자. 선물을 주지. 음…… 뭐가 있더라. 풍신뇌신의 부채는…… 이미 줬군. 아, 잠깐! 찾아볼게! 아직 뭔가 있을 거야."

"저어, 선생님은 이제 아무것도 가진 게 없어요."

벤텐이 속삭이자 아카다마 선생님이 흘끗 바라보았다. 그러더니 이렇게 중얼거렸다.

"맞아. 네게 줄 수 있는 것은 이제 아무것도 없구나."

"그럼 전 가보겠어요."

벤텐은 문손잡이를 잡더니 고개를 돌려 선생님을 바라보며 미소 지었다.

"질투를 할 때는 건강을 생각하세요. 스승님이 질투하다 돌아가시면 저는 좀 서운할 거예요."

그러더니 문을 닫고 어둠 속으로 사라졌다.

○

니세에몬을 결정하는 날.

즉 우리 아버지가 세상을 떠난 날.

즉 그 가증스러운 금요클럽의 송년회가 열리는 날이 왔다.

그날 나는 아침 일찍 벌떡 일어났다. 아직 햇빛도 들지 않는 다다스숲은 컴컴했다. 다른 식구들은 자고 있는지 살짝 코 고는 소리가 들렸다. 다시 잠을 청할 마음이 없어 침대에서 나와 맑고 차가운 새벽 공기를 마시며 코를 킁킁거렸다. 주위는 너무도 고요해 새 지저귀는 소리조차 없었다.

옅은 아침 안개가 낀 숲을 지나 개울로 향했다. 오늘은 식구들 가운데 제일 먼저 일어났다고 뿌듯해하며 낙엽을 헤치며 걷는데 큰형이 오도카니 앉아 있는 모습이 눈에 들어왔다. 정신 통일을 하고 있었는지, 털 많은 등을 쭉 펴고 눈을 감고 있었다. 내가 다가가자 귀가 쫑긋 움직였다.

"야사부로니?"

큰형이 뜻밖이라는 듯이 물었다.

"별일도 다 있구나."

"형도 오늘은 무지하게 일찍 일어났네."

"멍청이, 난 늘 이렇게 아침 일찍 일어나서 정신을 단련하고 있어. 넌 게을러서 늦잠을 자니 몰랐을 테지만."

나는 큰형 옆에 앉아 개울물 흐르는 소리에 귀를 기울였다. 차분한 상태로 선입관 없이 냄새를 맡으니 맑고 차가운 공기 속에 살짝 아버지 냄새가 섞여 있었다. 죽은 아버지에게는 까마득하게 미치지 못하는 큰형에게서 아버지 비슷한 냄새가 났다. 아버지와 함께 다다스숲을 거닐며 겨울 아침 냄새를 맡던 기억이 떠올랐다. 왠지 찡해져서 나는 킁킁 콧소리를 냈다.

"니세에몬은 너구리계의 미래를 두 어깨에 짊어져야 하는 존재야."

큰형이 불쑥 입을 열었다.

"아니, 형, 잠에서 깬 지 얼마 되지도 않았는데 무슨 그런 심각한 소리를."

"니세에몬으로 뽑히는 너구리는 그 중차대한 임무를 수행하기에 적합한 존재여야만 해. 그래서 나는 나름대로 계속 노력해 왔지."

"아하."

아카다마 선생님이 갓 태어났을 무렵이라면 큰형 말이 통했으리라. 하지만 인간들의 문명개화에 따라 너구리계의 문명도 덩달아 개화되어 이제 너구리를 위협하는 천적이나 전쟁도 지상에서 사라졌다. 너구리전골을 만끽하는 몬도가네* 집단 '금요클럽'과 교통사고만 제외하면 불안을 느낄 필요도 없이 느긋하게 살아갈 수 있는 너구리들은 위대한 두령을 요구하지 않게 되었다. 너구리계의 장래를 염려하여 모든 것을 니세에몬에게 맡기려고 하는 너구리는 이제 없다. 대부분은 너구리계의 미래는 억지로 누가 떠맡지 않아도 내버려두면 적당한 방향으로 흘러간다고 속으로 생각한다. 큰형이 이야기하는 니세에몬은 어디까지나 사라진 전통으로서의 니세에몬이다. 큰형에게는 이상적

* 혐오 식품을 먹는 등 비정상적 식생활을 의미한다.

인 모양새일지 몰라도 그것은 생전의 아버지 모습을 닮았다.

"그 뜻은 가상하네, 형."

나는 개울을 바라보며 흰 입김을 후욱 내뿜었다.

"이상은 웅대할수록 좋지. 하지만 말이야."

"아, 그만. 아무 말도 하지 마."

큰형은 쓸쓸하게 들리기까지 하는 웃음소리를 냈다.

"네 생각쯤은 나도 알아. 너도 내 생각은 읽을 수 있겠지. 난 역시 바보인지도 몰라. 난 그저 아버지를 동경하고 있는 건지도 모르고. 마치 작은아버지가 그렇듯이. 니세에몬이란 자리는 이미 너구리계에서는 누가 되건 상관없는 문제일 거야. 하지만 말이야, 아버지처럼 되고 싶다고 생각한 내가 그 꿈을 이루기 위해서 할 수 있는 게 니세에몬이 되는 것 말고 뭐가 있겠니."

큰형과 나는 한동안 말이 없었다. 나뭇가지에서 새 지저귀는 소리가 났다.

"형은 매일 아침 일찍 일어나서 그런 생각을 한 거야?"

"응."

"가끔은 늦잠을 자도 돼."

"그럴지도 모르지."

"어쨌든 오늘 하루는 정신 바짝 차리고 지내."

'센스이로'로 가서 장로들과 함께 자리하지 않으면 니세에몬이 되려는 의사를 포기한 것으로 간주한다. 에비스가와 소운은 자기가 이길 거라고 생각하는 모양이지만 그래도 만약을 위해 큰형의 출석을 방해할 우려가 충분히 있다.

가이세이가 수수께끼 같은 말을 하더라는 이야기를 전하고 거듭 조심하라고 당부하자 큰형이 말했다.

"멍청하긴. 그 바보 형제가 무슨 꿍꿍이를 꾸미면 또 궁둥이를 덥석 물어 차가운 가모가와강 물에 처박아버리면 그만이야. 또 그런 수작을 부리면 이번엔 그냥 넘어가지 않겠어. 궁둥이를 네 토막 내버리지."

"그런 기개는 좋지만 침착해야 해. 형은 늘 중요한 순간에 허둥대는 게 문제란 말이야."

"건방진 소리 지껄이지 마."

"무슨 소릴 그렇게 해! 걱정해주는 건데!"

서로 버럭버럭 소리를 지르며 말다툼을 하는데 어머니가 불쑥 나타났다.

"다투지 마라!"

이윽고 날이 밝아 나뭇가지 사이로 부드러운 햇살이 반짝거렸다.

우리는 침대에 모여 오늘의 일정을 확인했다.

동생은 가짜 덴키브랜 공장에 갔다가 일찍 일을 마치고 일단 다다스숲으로 돌아온다. 큰형은 우선 근처에 사는 너구리들에게 인사를 하고 오후에는 난젠지로 가서 그곳 두령과 의논한다. 그리고 저녁이 되면 따르는 무리를 데리고 난젠지 숲을 나와 '센스이로'로 간다. 그 무렵에 어머니는 동생을 데리고 데라마치로 나가 '아케가라스'에서 파티 준비를 한다. 밤에 니세에몬이 결정되면 큰형은 바로 '아케가라스'로 가서 축하 파티 혹은 위로 모임을 개최한다. 그리고 밤새도록 실컷 먹고 마시면 된다.

"너는 어쩔 거냐?"

어머니가 물었다.

"저는 오늘 시내에 나가서 놀다 오려고 하는데요."

"뱃속 편한 녀석이로구나."

"내친김에 야지로 형에게 다녀올 생각이에요. 오늘은 아버지가 저세상으로 가신 날이니까. 형을 혼자 내버려두면 너무 불쌍하잖아요."

내가 그렇게 말하자 큰형은 입을 다물었다.

"야사부로, 그럼 넌 가는 김에 '아케가라스' 주인에게 다시 확인해줘. 아카다마 선생님을 모셔도 괜찮은지 어떤지 물어봐. 괜찮다고 하면 선생님에게 참석해달라고 하자."

해가 떠오르자 큰형은 슬슬 나가봐야겠다고 했다.

참배로에서 자동 인력거에 타는 큰형을 어머니와 동생과 내가 배웅했다. 어머니가 서둘러 침대로 가더니 부싯돌을 가지고 왔다. 그리고 큰형 뒤에서 탁탁 불꽃을 튀겼다.

"넌 시모가모 소이치로의 아들이다. 자신감을 가져."

"알겠어요, 어머니."

"하지만 어쨌든 승부는 그때의 운이니까."

"네."

큰형은 어머니에게 인사를 하고 자동 인력거에 올랐다.

"그럼 다녀오겠습니다. 좋은 소식 기다리세요."

큰형은 넓은 참배로를 위풍당당하게 달려나갔다.

아무리 어깨에 힘주고 아버지의 유물인 자동 인력거를 타고 다녀도 큰형이 너구리로서 그릇이 작다는 사실은 동생인 내가 가장 잘 안다.

분에 넘치는 웅대한 이상을 작은 그릇에 꾹꾹 눌러 담으려고 분투하는 모습이 독특하게 보이기 시작한 게 언제쯤부터였을까. 큰형의 위대한 이상 달성에 털끝만큼의 도움도 주지 못하는 주제에 형에게 대드는 노력은 아끼지 않는 변변치 못한 동생이긴 하지만 힘을 써야 할 곳을 잘못 알고 헉헉거리며 빨개진 얼굴로 애를 쓰는 큰형을 보고 있으면 '이 또한 바보의 피 때문이구나' 하는 생각이 든다. 분수에 넘치는 노력을 하는 큰형이 안쓰러워질 때도 있다. 그럴 때면 하고 싶어 하는 일을 하게 해주고 싶다는 생각도 든다.

덜컹덜컹 흔들리는 인력거가 미카게 거리로 돌아들 때까지 우리는 눈을 떼지 않았다.

왜일까. 점점 작아지는 인력거를 바라보고 있자니 불러 세우고 싶은 기분이 들었다. 그렇게 해서 인력거에서 내린 큰형에게 달려가 등을 두드려주고 싶었다.

그때 나는 왠지 큰형을 다시는 볼 수 없을 것 같은 기분이 들었다.

○

훌쩍 시내로 나온 나는 우선 데라마치 산조에 있는 '아케가라스'를 찾았다. 아직 가게 문은 열지 않았지만 주인은 어두컴컴한 구석에서 무뚝뚝한 표정으로 준비를 하고 있었다. 내가 털썩 소파에 앉자 주인은 오렌지주스를 건네며 말했다.

"드디어 오늘이로군. 야이치로에게 승산은 있나?"

"승부는 그때의 운에 따라 갈리니까."

"하기야 결국 장로들이 결정하는 일이니까. 그래도 니세에몬이 되겠다니, 네 형이나 에비스가와나 참 별난 너구리들이야. 그런 걸 변태라고 하나?"

"지건 이기건 오늘 저녁에는 여기서 파티를 할 거야."

"아니, 일부러 확인하러 온 거야? 준비는 이미 다 해두었어. 날 뭘로 보는 거야?"

"너구리로 보지."

"시끄러, 웃기지 않아."

"그런데 아카다마 선생님을 불러도 괜찮을까?"

가게 주인은 노골적으로 싫은 표정을 지었다.

"그건 곤란해. 잘 들어, 기본적으로 여긴 너구리 술집이야. 덴구가 오면 다들 무섭다고 하지 않겠어?"

"선생님은 그래 봬도 외로움을 타서 그래."

"외로움을 타는 거야 상관없지만 툭하면 짜증을 내니까. 이 가게에서 회오리바람은 금지야."

"괜찮아. 선생님은 이제 바람을 일으키지 못하니까."

"뭐? 벌써 그렇게 약해졌나?"

"응."

"그래? 그 아카다마 선생님이⋯⋯. 왕년에 그렇게 유명했던 덴구도 세월 앞에서는 버티지 못하는 건가? 그럼 오라고 하지. 하지만 벤텐은 안 돼. 그런 사람이 오면 손님들이 모두 도망칠 거야."

"알아."

'아케가라스'를 나온 나는 신쿄고쿠에 들어가 무슨 영화를 하는지 살피다가 서점에서 책을 뒤적이다가 골동품 가게에서 달마 오뚝이 머리를 쓰다듬다가 하면서 어슬렁어슬렁 걸었다. 휴일 오후라서 신쿄고쿠에서부터 시조 거리까지는 사람들로 붐볐다.

시조 거리에서 동쪽으로 돌아 시조 대교를 건넜다. 작은형을 만나러 가기 위해서였다.

기온을 지나 진노지 담장을 넘어 경내로 들어갔다.

내가 우물가로 다가가며 "헤이!"라고 하자 우물 안에서 작은 형이 "헤이호!"라고 대꾸했다.

"야사부로냐?"

내가 냅킨에 싼 닭고기 조각을 우물 안으로 떨어뜨리자 큰형이 중얼거렸다.

"뭐야? 무지 좋은 냄새가 나네."

그러더니 부스럭거리는 소리가 났다.

내가 우물 안을 들여다보며 대답했다.

"프라이드치킨이야. 크리스마스이브 때 먹었는데 남겨서 가지고 왔어."

"닭고기라니, 호강하네."

"부드러울 거야. 곤충만 먹고 살려니 입안이 까끌까끌하지?"

"우물 안 개구리가 프라이드치킨을 먹을 수 있다니. 정말 고마운 일이로군. 역시 동생밖에 없구나. 그래, 크리스마스이브 파티는 했니?"

"이브에 야시로가 전구 장식을 달았어. 그 녀석 솜씨가 많이 늘었지."

"나도 구경하고 싶은데. 야시로가 전기 쪽에 관해 잘 아니?"

"글쎄, 현재로는 전혀 도움이 되지 않는 일에만 한몫하지."

"너답지 않게 무슨 소리냐. 어차피 너구리가 하는 일인데, 쓸모 있을 리가 없지."

형이 닭을 오물거리면서 웃은 듯했다. 나는 우물 바로 옆에 앉아 자동판매기에서 뽑은 캔 커피를 마셨다.

"오늘이 차기 니세에몬을 정하는 날이야."

작은형이 대꾸했다.

"오늘로 정리가 되면 좋겠는데. 야이치로 형에게는 미안한 소리지만 난 니세에몬이 형으로 결정되건 소운으로 결정되건 상관없을 것 같아. 너구리계만 조용해진다면 그걸로 그만이지. 아버지가 돌아가신 지 벌써 몇 년째인가."

"그렇군."

"오늘 아침부터 아버지 생각만 했어."

"우리 식구 다 마찬가지지."

"아버지를 늘 잊지 않고는 있지만 특히 오늘은 더 생각나. 하루 종일 머릿속에서 떠나질 않네. 그래서 나는 계속 기억을 떠올리려고 애를 쓰고 있어. 아버지가 내게 뭐라고 하셨던가를. 아버지가 마지막으로 남긴 말씀이 무엇이었는지. 우물 속에서 몇 년을 떠올리려고 하고 있기는 하지만 아무리 그날 밤 기억을 더듬어도 중간에 끊어지고 말아. 평생 이대로 기억해내지 못하는 것이 아닐까 싶어 개구리 주제에도 애가 타네."

작은형은 한숨을 쉬었다.

나는 문득 생각이 난 김에, 요즘 가이세이가 여기 들르지 않았느냐고 물었다.

"그러고 보니 요즘은 보이지 않네. 왜, 다투기라도 했니?"

"말다툼이야 자주 하지만, 좀 이상해서."

내가 공중목욕탕에서 가이세이가 했던 행동을 이야기하자 작은형은 생각에 잠겼다.

"그거 정말 좀 묘한 느낌이 드네."

"그렇지? 찜찜해죽겠어."

"그러고 보니 가이세이가 나하고 이야기할 때 그렇게 얌전해질 때가 있었어. 한창 이야기를 하다가 불쑥 입을 다무는 거야. 무슨 걱정이 있는 모양이더라고. 그게 뭘까, 요즘 아가씨니까 연애 문제로 고민하는 건가, 그런 생각을 했지만 그런 일이 몇 해씩 계속된다는 것은 이상하지."

"가이세이가 무슨 생각을 하는지 알 수가 없네. 그 애는 괴짜야."

"분명히 괴짜이긴 하지. 그래도 내가 개구리에서 다시 너구리로 돌아가지 않을 거라는 사실을 알고는 우물가에서 오래 울었어. 착한 면도 있지."

"그야, 뭐. 그렇기는 하지."

"이렇게 우물에 틀어박힌 뒤로 시간이 꽤 흘러서 내가 시모가모 야지로라는 이름을 지닌 너구리였다는 사실을 대부분 까

먹었어. 다들 속에 있는 이야기를 털어놓기 위해 이 우물을 찾아
올 뿐이야. 내가 누구건 아무 상관없다는 거지. 하지만 너희들은
나를 만나러 오는 거잖아? 가족 이외에 시모가모 야지로를 만나
러 와주는 건 실제로 가이세이뿐이었어."

"……형은 아직 가이세이를 좋아해?"

첨벙첨벙 귀엽기까지 한 물소리가 들렸다. 캄캄한 우물 안에
서 작은형이 물을 휘젓고 있는 것이다. 이윽고 작은형이 불쑥
"그야 그렇지"라고 했다.

"하지만 야사부로, 우물 안 개구리에게 그런 소릴 하면 안 돼.
괴롭기만 할 뿐이잖아."

"미안해, 형."

나는 가이세이의 '미안해'에 관해 생각했다. 생각할수록 궁
둥이가 근질근질했다.

"그런데 가이세이의 태도가 아무래도 이상해."

작은형이 힘없이 말했다.

"우물 안에서 볼 수 있는 것이야 빤하지만 하늘과 별만은 잘
보여. 그래서 우물 안 개구리라고는 하지만 아쉬울 것은 없어.
세상은 좁아도 밤이면 밤마다 우주를 보니까 말하자면 우주적
규모의 개구리지. 그렇게 혼자서 우주를 바라보다 보면 머릿속
이 차분해져. 훨씬 지혜로워진 기분이 들지. 지혜로운 개구리로
서 이야기하자면 뭔가 아주 좋지 않은 일이 일어날 것 같구나."

나는 난젠지로 간 큰형을 생각하고, 에비스가와가가 운영하는 가짜 덴키브랜 공장에 있는 동생을 생각하고, 다다스숲에서 우리 자식들을 염려하고 있는 어머니를 떠올렸다.

이런저런 생각을 하며 하늘을 올려다보았을 때 이상한 것이 보였다. 그것은 팽이처럼 빙글빙글 돌면서 하늘을 향해 날아가는 여러 개의 기다란 깃발처럼 보였다. 그 현묘한 움직임을 멍하니 보다 보니 시내의 소음이 들리지 않게 되고 문득 정신이 아득해지는 느낌이 들었다. 나는 상념에서 벗어났다.

무서우리만치 거센 바람이 진노지 경내를 휩쓸고 지나갔다.

나는 우물가에 쪼그려 앉았다.

"우와, 바람 한번 지독하네."

"그런가 보구나."

"어, 저것 봐. 하늘이 이상해."

교토 분지를 둘러싼 산 너머 쪽에서 마치 솜털들이 바람에 쓸려 모여들듯이, 무거운 구름이 교토 하늘로 흘러 들어오고 있었다. 맑게 갠 하늘은 점점 대리석 같은 먹구름으로 뒤덮이고, 시내는 온통 이상한 구름 그림자에 휩싸여 해 질 녘처럼 어두워졌다.

굵고 시퍼런 섬광이 먹구름 사이를 찢더니 바로 뒤이어 궁둥이털이 곤두설 만큼 무시무시한 천둥이 쳤다.

"뇌신님이 오셨어."

내가 소리쳤다.

"아니, 이거 너무 갑작스럽지 않나?"

작은형이 말했다.

"이거 이상하네."

"풍신뇌신의 부채를 쓰는 녀석이 있는 것 같아. 제기랄, 어디서 주운 거지?"

"어머니에게 가봐, 야사부로."

작은형이 물을 첨벙거리는 소리가 들렸다.

"또 이런 식이야. 나는 정말 아무 짝에도 쓸모가 없어! 우물 안 개구리. 아무런 도움도 안 돼. 어쩔 도리가 없어."

"괜찮아, 형. 내가 있잖아."

"조심해라, 야사부로."

작은형이 말했다.

"조심해야 해. 좋지 않은 예감이 들어."

나는 집을 향해 달려갔다.

○

천둥 치는 교토는 어수선했다.

시조 대교를 건너는 사람들이 비명을 지르며 먹구름이 드리운 하늘을 가리키고 있었다. 번개가 여러 차례 고삐 풀린 용처럼 구름 사이로 번쩍거렸다. 시퍼런 빛이 번쩍일 때마다 드러나는 구름은 마치 하늘을 뚫고 솟아오르는 불길한 등불 같았다. 뇌신의 부채를 누가 쓰는지는 몰라도 제대로 다룰 줄 모르는 멍청이인 것 같았다.

다다스숲으로 돌아갔는데 천둥이 치고 있었지만 어머니는 없었다. 모기장 안에서 뇌신이 지나가기를 기다리고 있을 거라 생각했는데, 비가 들이치지 않는 낙엽 침대에는 모기장을 친 흔적이 없었다.

나는 가모 대교로 나가보았다.

건너편에 있는 어머니 단골 당구장에서 푸른색 불빛이 흘러나오고 있었다. 퍼붓는 비와 천둥 속을 달려 유리문을 열고 당구장 안으로 들어갔을 때 다시 요란한 천둥소리가 울려 퍼졌다. 당구장 유리창이 뇌신의 철퇴를 맞아 당장이라도 부서질 듯한 소리를 냈다. 안에 있는 사람들도 숨을 죽이고 뇌신의 동태를 살피고 있었다. 점원에게 물어보았지만 "검은 옷을 입은 왕자는 오지 않았다"는 대답이었다.

당구장 구석에 있는 공중전화기 앞으로 가 난젠지로 전화를 걸어보았다. 거센 빗발 때문에 안개가 자욱하게 낀 것 같은 가모 대교가 창밖으로 보였다. 난젠지의 두령이 느릿한 목소리로 전화를 받았다.

"저희 형 그쪽에 갔죠?"

"원래는 함께 기야마치에 가기로 했는데 일단 숲으로 돌아가야 하겠다더군. 깜빡 두고 나온 물건이라도 있는지."

"나간 지 얼마나 되었습니까?"

"천둥이 치기 시작했을 무렵이니 이제 곧 다다스숲에 도착할 거야……. 하지만 어디서 비를 피하고 있을지도 모르겠군. 이런 날씨라면 인력거가 달리는 것도 위험하니까."

나는 고맙다는 말을 남기고 전화를 끊었다. 동생의 휴대전화 번호를 눌렀다.

전화를 빨리 받지 않아 속이 바짝바짝 탔다. 이윽고 영차, 하는 묘한 목소리가 들려왔다. 내가 "야시로냐?"라고 묻자 상대방은 "앗!"하고 소리 지르더니 전화를 끊었다. 번호를 확인하고 다시 걸었지만 연결되지 않았다.

뭔가 무서운 일이 일어나고 있는 느낌이 들었다.

당구장을 나와 비를 맞으며 가모 대교를 건넜다. 시커먼 산 너머에서 거인 같은 구름이 솟아오르고 번개가 번쩍이면서 이쪽으로 다가오는 듯했다.

나는 다다스숲으로 돌아와 빗소리와 천둥소리가 기분 나쁘게 울려 퍼지는 시모가모 신사 참배로에 섰다.

참배로나 다다스숲에서도 식구들 모습은 보이지 않았다.

천둥소리는 말하자면 시모가모가 전원을 집합시키는 호루라기 소리인 셈이다. 자식들은 일단 뇌신이 오면 모든 것을 포기하고 어머니에게 달려오는 것을 신조로 삼고 있다. 그런데 시간이 이렇게 지났는데도 큰형은 물론이고 동생도 나타나지 않는다. 이런 일은 한 번도 없었다.

그때 참배로 남쪽에서 큰형이 타고 나갔던 자동 인력거가 달려오는 모습이 보였다. 큰형이 무사히 돌아오는지 알고 안도했지만 큰형은 인력거에 없었다. 게다가 여기저기 흠집이 나 있었다. 가짜 인력거꾼의 한쪽 팔은 빠져서 덜렁거리고, 바퀴도 덜거덕거렸다. 말을 할 줄 모르는 인력거꾼은 처참한 모습으로 비를 맞고 있었다.

나는 어안이 벙벙했다.

커다란 나무의 울창하고 무성한 나뭇잎을 두드리는 빗소리와 하늘을 찢는 듯한 천둥소리를 듣고 있는데 문득 숲속에서 너구리 기척이 났다.

"어머니?"

내가 말했다.

"나야, 멍청아."

가이세이가 말했다. 여전히 모습은 드러내지 않았다. 어두운 숲속을 향해 내가 말했다.

"너 여기서 뭐 하고 있는 거야? 계속 찾았는데."

"오빠들이 지키고 있어서 기요미즈데라에 숨어 있었어."

그러더니 가이세이가 빠른 말투로 이야기했다.

"이런 데서 기다리고 있어봤자 아무도 돌아오지 않아. 오빠들이 뇌신을 불렀고 에비스가와 친위대가 큰어머니를 납치했어. 야시로는 아마 공장에 있을 거야. 야이치로 오빠도 지금쯤 잡혔을 테고."

"뭐라고?"

"아버지는 야이치로 오빠를 너구리전골로 만들 작정이야. 큰아버지 때와 마찬가지로!"

"그래? 역시 그랬어?"

내가 말했다.

"그래."

가이세이의 목소리에는 흐느낌이 조금 섞여 있었다.

"큰아버지를 너구리전골로 만든 것은 우리 아버지야."

○

숲의 천장을 두드리는 거센 비는 작은 물방울이 되어 시모가모 신사 참배로에 떨어져 내렸다.

번개가 번쩍거릴 때마다 천둥소리가 숲을 뒤흔들었다. 가이세이의 가느다란 목소리가 잘 들리지 않았다. 숲속에서 들려오는 가이세이의 목소리에 귀를 기울이며 나는 아버지가 금요클럽의 손에 넘어가던 날의 기억을 떠올리고 있었다.

그날 밤.

기온에서 모임이 있었기 때문에 아버지는 큰형을 데리고 외출했다. 모임이 끝난 뒤 큰형은 야사카 신사 앞 버스정류장에 서서 자신을 배웅해주는 아버지의 모습을 보았다. 그 뒤에 아버지는 기야마치의 주점에서 작은형과 만나 술잔을 나누었다. 술이 잔뜩 취한 작은형을 가짜 에이잔 전철로 둔갑하게 하고 밤거리를 돌아다닌 뒤 아버지는 작은형을 혼자 다다스숲으로 돌아가게 했다. 작은형은 그즈음의 기억을 못 하고 있다.

작은형과 술을 마셨으니 역시 아버지도 취했을 것이다. 제대로 걷지 못할 지경이었을지도 모른다. 아버지는 밤이 깊은 거리를 걸었다. 건너편에 폰토초의 교토식 요릿집 '지토세야'가 보였다.

지토세야의 객실에는 전통복 차림을 한 에비스가와 소운이 앉아서 아버지가 도착하기를 기다리고 있었다.

은단을 아주 좋아하는 소운이 금계조가 그려진 칠공예 통에서 은단을 꺼내 씹으며 냄새를 퐁퐁 풍긴다. 그 호화로운 통에는 끈이 달려 있고, 그 끝에 아름다운 벤자이텐이 새겨진 공예품이 달려 있다. 소운은 눈치채지 못했지만 그 벤자이텐 공예품은 가이세이가 둔갑한 것이었다.

소운은 가짜 덴키브랜 공장에서 번 돈으로 공예품을 잔뜩 사들여, 을Z 제1번 창고에 넣어두는데, 가이세이는 그 수집품을 몰래 보며 즐기곤 했다. 그날도 창고의 비밀 문으로 숨어 들어가 소운이 아끼는 수집품을 늘어놓고 구경하고 있었는데 갑자기 소운이 들어왔다. 가이세이는 얼른 벤자이텐으로 둔갑했다. 운 나쁘게도 소운은 가이세이가 둔갑한 벤자이텐을 골랐던 것이다.

이윽고 아버지가 지토세야에 도착했다.

"오래 기다렸지."

소운의 얼굴을 보자 아버지는 빨개진 얼굴로 활짝 웃었다.

"형님."

소운도 웃으며 고개를 숙여 인사했다.

넓은 방에는 아버지와 소운 외에 아무도 없었다. 옛날 등불을 본뜬 전등이 희미하게 빛을 내고 있어 객실 구석 쪽은 어두웠다. 유리문 너머로 가모가와강 변의 야경을 바라보면서 두 사람은 술잔을 나누었다.

일찍이 너구리계의 관습에 따라 아버지는 작은아버지와 함께 아카다마 선생님에게 가르침을 받으러 다녔다. 사이좋게 나란히 공부하던 형제의 사이가 벌어지게 된 계기가 무엇인지 알 수 없지만 아버지가 어머니와 부부가 될 무렵 작은아버지는 에비스가와가의 양자로 들어갔다. 큰형과 작은형이 태어난 뒤, 아버지와 작은아버지는 니세에몬 자리를 놓고 다시 다투었다. 그 일이 형제의 사이를 더욱 갈라놓았다. 작은아버지는 니세에몬 자리에 오른 아버지를 흘겨보며 가짜 덴키브랜 공장의 합리화를 위해 노력했고, 이윽고 에비스가와 소운이라고 이름을 바꾸게 되었다.

그날 밤은 소운이 화해를 하자며 마련한 자리였다.

"내가 네게 섭섭한 일을 많이 했지."

"이제 됐어요, 형님. 젊었을 때니까요. 형수님 문제나 니세에 몬 문제도 이제 모두 지나간 일 아닙니까? 나도 지금은 철이 들 만큼 들었고 자식들도 있어요. 사소한 일에는 얽매이지 않아요."

"기쁜 이야기로구나. 정말 너 의젓해졌다."

"무슨 소리예요, 형이야말로 훌륭한 너구리가 되었죠."

그런 이야기를 나누다가 아버지는 불쑥 객실 구석 쪽을 보고는 의아한 표정을 지었다.

"저기 뭐가 있구나. 짐승 우리처럼 보이는걸."

"우리인 모양이네요. 치우라고 할까요?"

"아니야, 그럴 필요 있나? 하지만 이상한 물건을 객실에 두었네."

아버지는 그렇게 말하고 하품을 했다.

"취했어요, 형님?"

"걱정하지 마라. 난 술에 취해 곯아떨어지지는 않으니까."

하지만 아버지는 취해 있었다.

그렇지 않았다면 아버지가 소운이 놓은 덫을 눈치채지 못했을 리가 없다.

"그래요? 그래도 화해 의식을 서두르고 싶군요. 오늘은 입회

인도 불렀어요. 정식으로 화해 계약을 나눈 뒤에 마음 편하게 한
잔하시죠."

"뭘 그리 거창한 준비를 했느냐? 나하고 너만 화해하면 그만
아니냐?"

"아니에요, 형님. 우리는 이제 너구리계를 짊어지고 나아가야
할 너구리들이에요. 그러니 모든 걸 확실하게 해두자고요."

"무슨 이야기인지는 알겠다."

소운이 들어오라고 하자 옆 객실과 통하는 미닫이가 기다렸
다는 듯이 열렸다.

붉은 카펫을 깐 방에는 의자와 탁자가 놓였고, 네 모퉁이에는
키가 큰 전등들이 환하게 불을 밝히고 있었다. 넥타이를 아무렇
게나 맨 구라마 덴구들이 말없이 앉아 와인을 마시며 아버지를
노려보고 있었다. 내가 태어난 지 얼마 되지 않았을 무렵, 아카
다마 선생님과 덴구들 사이에 말썽이 있었다는 이야기는 이미
했다. '가짜 뇨이가타케산 사건'은 너구리들에게는 쾌거이지만
구라마 덴구에게는 치욕이었다.

무서운 눈빛으로 아버지를 노려보는 구라마 덴구들에게 둘
러싸인 채 호리호리한 젊은 여성이 담배를 피우고 있었다.

그 여자와 구라마 덴구가 어떻게 만났는지 그 경위는 알 수
없다. 하늘을 자유롭게 날아다니는 기술을 습득해 마음대로 하
늘을 산책하며 즐기던 여자에게 구라마 덴구가 먼저 접근했으

리라. 그 뒤 여자는 자주 아카다마 선생님의 눈을 피해 구라마를 방문하게 되고, 함께 밤 깊은 교토에서 조금씩 이름을 알리게 되어 선생님이 시샘하고 있었다.

그 여자가 담배를 끄고 자리에서 일어나 이쪽 방으로 들어왔다.

"입회인으로 스즈키 사토미 씨가 함께하겠습니다."

소운이 말했다.

아버지는 눈이 휘둥그레져 스즈키 사토미를 바라보았다. 뜻하지 않은 곳에서 아버지는 자신의 유일한 약점과 대면했던 것이다. 손에 든 술잔이 부들부들 떨렸다. 그 여자가 한 차례 쏘아보자 술잔을 떨어뜨렸고 그 바람에 다다미가 젖었다. 스스로도 이유를 알 수 없는 두려움에 꼼짝도 할 수가 없게 된 아버지는 눈을 감았다. 아버지는 점점 작아지더니 털이 숭숭 솟아났다.

이윽고 고급스러운 방석 위에는 너구리 한 마리가 오도카니 앉아 있었다.

"스즈키 씨, 어쩐 일입니까? 이런 곳에서 만나게 되리라고는 생각도 못 했는데."

"당신이 전혀 만나러 와주지 않아서요. 내가 그렇게 무서운가요?"

"……선생님은 아십니까?"

"측은하게도 스승님은 아무것도 모르죠."

방석에 앉은 너구리는 모든 것을 포기한 듯이 등을 웅크렸다.

여자는 너구리를 안아 들고 큰 소리로 웃었다.

"좋았어! 좋았어!"

옆 객실에 있던 구라마 덴구들이 환호했다.

그해 연말, 금요클럽에는 지난번 '벤텐'의 은퇴로 자리가 하나 났다. 금요클럽의 최고 연장자인 '주로진'의 추천을 받은 사람이 밤의 폰토초에서 의기투합한 스즈키 사토미였다. 하지만 금요클럽에 가입하기 전에 한 가지 과제가 주어졌다. 송년회 준비, 즉 너구리전골이었다.

소운은 우리에 갇힌 아버지를 오만한 자세로 내려다보았다.

"잘 가쇼, 형님. 다시는 만날 일이 없을 거요."

객실을 떠나는 소운의 등에 대고 아버지가 조용히 말했다.

"아우야, 넌 그래도 괜찮은 거냐?"

너구리와 인간과 덴구들이 지켜보는 가운데 어느새 케이지에 갇혔던 아버지는 철제 냄비에 빠지고 말았다.

그 뒤 무슨 일이 일어났는가.

금요클럽은 잔치 준비를 마쳤고, 에비스가와 소운은 오랜 한을 풀고 너구리계의 실질적인 두령이 되었으며, 스즈키 사토미는 금요클럽의 '벤텐'이 되었다. 벤텐은 덴구적인 재능을 폭발적으로 발휘해 순진한 나를 부추겨 '마왕 삼나무 사건'을 일으키고, 마왕 삼나무에 추락한 아카다마 선생님은 허리를 다쳐 덴구로서의 능력을 거의 잃었다. 그리고 구라마 덴구들은 덴구 세

계의 싸움에서 승리하여 숙적이었던 아카다마 선생님을 뇨이가
타케산에서 쫓아냈다.

뒤틀린 덴구, 인간, 너구리들의 운명이 그날 밤 그 객실에서
교차하고 아버지의 철제 냄비 추락을 계기로 제각각 다른 방향
으로 갈렸다.

○

가이세이의 이야기를 들으며 나도 힘없이 고개를 숙였다.

아버지는 가이세이의 이름을 지어주었기 때문에 가이세이를
더욱 귀여워했다. 가이세이도 우리 아버지를 따랐다. 하지만 뜻
하지 않게 덴구들에게 둘러싸여 자기 아버지의 '너구리로서 있
을 수 없는 악행'을 목격한 자식 너구리가 무엇을 할 수 있었을
까. 그래서 가이세이는 우물 안에 틀어박힌 작은형을 자주 찾아
갔다. 하지만 어린 시절부터 친하게 지낸 사촌 오빠에게 '우리
아버지가 당신 아버지를 너구리전골로 만들었다'고 말할 수는
없었다. 이윽고 작은형은 완전히 개구리가 되어 너구리계로 복
귀할 길을 잃었다. 결국 가슴속에 맺힌 이야기를 털어놓을 기회
를 잃어버린 가이세이는 우물가에서 울음을 터뜨렸던 것이다.

어둠 속에서 가이세이의 목소리가 들려왔다.

"미안해."

"그럴 거라고는 생각하고 있었어. 너무 내 생각이 맞아떨어져서 오히려 놀라울 지경이야."

내가 말했다.

"그런데 형은 어디에 잡혀 있지? 어머니는?"

"몰라."

그때 가이세이가 "꺄악!" 하고 비명을 질렀다.

"이거 봐!"

숲속의 풀이 크게 흔들리더니 불쑥 조용해졌다.

"무슨 일이야?"

내가 소리쳤지만 대꾸가 없었다.

내가 풀숲으로 다가가려고 하자 숲속에서 '에비스가와'라고 큼직하게 적힌 등불이 여러 개 불을 밝혔다. 그 속에서 에비스가와 소운이 불쑥 불길한 얼굴을 드러냈다. 나뭇가지에서 떨어지는 빗방울을 피하기 위해 에비스가와 친위대가 우산을 들고 있었다.

소운이 참배로로 나서자 나는 조심스럽게 물러서며 간격을 두었다.

"야사부로."

소운이 빙긋 무섭게 웃었다.

"가이세이가 한 이야기에는 신경 쓰지 마라. 잠이 덜 깨면 꿈과 현실을 구분하지 못해 저런 소리를 하는구나. 곱게 키운 딸이라 섬세해서 말이야."

에비스가와 친위대가 흩어지더니 나를 둘러쌌다.

"오늘 밤 승패야 어찌 되건 시모가모가 식구들을 초대해 파티를 열려고 생각했다. 모두들 우리 집에 모여 있어. 너만 어디 있는지 알 수 없어서 찾아다녔다."

"고마운 말씀이지만 오늘 밤은 '아케가라스'에서 파티를 하기로 되어 있습니다."

"이해력이 부족한 녀석이로구나. 그 일정은 취소되었어."

친위대 가운데 한 명이 우산을 쓰고 내게 다가왔다. 그가 우산을 씌우려고 해 나는 그걸 뿌리치고 뒤로 물러났다.

"저는 비에 흠뻑 젖었고, 예의 같은 것도 모르니 그 파티 초대는 사양해야겠는걸요."

"어쨌든 너는 도망칠 수 없어. 다칠 필요야 없지 않겠나? 나는 슬슬 '센스이로'로 갈 채비를 해야만 해. 번거롭게 만들지 말거라."

에비스가와 친위대가 조금씩 간격을 좁혀 들어왔다.

"가까이 오지 마. 다가오는 녀석은 한 놈도 남김없이 궁둥이를 깨물어줄 테다."

내가 송곳니를 드러내자 친위대는 멈칫하더니 후퇴했다. 서로 노려보았다.

그때 높은 나뭇가지에서 서늘한 목소리가 들려왔다.

"무엇을 하고 있는 거지, 에비스가와."

올려다보니 번개 불빛을 받으며 벤텐이 참배로로 내려왔다. 비행 중에 비를 맞았는지 머리카락이 흠뻑 젖어 다른 때보다 훨씬 요염해 보였다. 에비스가와 친위대가 겁을 먹고 멀찍이서 둘러쌌다.

"이거 비가 지독하게 쏟아져서 골치네."

"벤텐 님, 잘 지내셨습니까?"

소운이 말했다.

"잘 지내지 못한다고 했을 텐데."

벤텐이 대꾸하며 머리를 매만졌다.

"위에서 비를 피하고 있는데 야사부로가 보이기에 우산으로 둔갑해달라고 부탁하려고."

"그야 뭐, 벤텐 님을 위해서라면 우산이건 뭐건 둔갑을 해야죠."

내가 힘주어 말했다.

"아니, 그렇지만."

소운이 말을 더듬었다.

"뭐지, 에비스가와? 무슨 불만이라도 있어?"

"지금 막 화해 파티에 가려던 중이었는데요. 그런데 벤텐 님이 야사부로를 데리고 가시면 저는 아주 난처합니다."

"당신이 난처한 것이 나하고 무슨 상관이야? 아니, 나보고 이

대로 비를 맞으며 가라는 거야?"

"아뇨, 아뇨. 절대 그렇지 않습니다."

"그럼 잠깐 빌릴게."

나는 우산으로 둔갑했다. 벤텐은 차가운 손으로 우산 자루를 잡고 펼쳤다. 그러고는 우산을 빙글빙글 돌리며 걷기 시작했다. 참배로에 쏟아지는 비가 내 몸을 때렸다.

"지독한 비로군."

"덕분에 살았습니다. 감사합니다."

"내가 뭘 했다고? 그런 소리 할 것 없어."

벤텐이 노래하듯 말했다.

벤텐은 쏟아지는 비와 천둥 속을 거침없이 걸었다. 가모가와 강 둑으로 나가 으르렁거리는 천둥은 아랑곳하지 않고 태연하게 걸었다. 강둑을 걷는 사람은 없었다. 콸콸거리며 흐르는 강물은 회색이라 탁하고 차가워 보였다. 나는 입을 다물고 있었다.

"뭐야? 오늘은 유난히 말이 없네."

벤텐이 불쑥 입을 열었다.

"당신은 에비스가와의 부탁을 받아들여 아버지를 함정에 빠뜨렸어요. ……왜 이야기하지 않았죠?"

벤텐은 우산으로 둔갑한 나를 의아하다는 눈빛으로 바라보았다.

"그야 네가 묻지 않았으니까."

"정말 인간이란 동물은 질이 나쁘군……."

"나는 덴구야."

"아뇨, 인간이죠. 뭐라고 해도 인간이에요."

벤텐은 짓궂은 미소를 짓고 우산 밖으로 손을 내밀어 빗방울을 받았다.

"그래서 화가 나서 입을 다물고 있었던 거야?"

"그뿐만 아니죠, 식구들이 에비스가와에게 잡힌 모양이에요. 오늘은 금요클럽 송년회잖아요. 형이 너구리전골이 될지도 모르죠."

"어머! 그럼 난 오늘 밤 네 형을 먹게 되는 건가? 엄청나네."

"형을 살려주실 수 없겠어요?"

"몰라."

"왜죠? 너구리라서 살려줄 수 없는 건가요?"

"그렇잖아, 난 인간인걸."

아주 태연한 얼굴로 벤텐은 까르르 웃었다.

"벤텐 님이 살려줄 수 없다면 어쩔 수 없죠. 나라도 어떻게든 해봐야지. 금요클럽은 어디서 모이죠?"

"폰토초에 있는 '지토세야'. 하지만 뛰어들거나 하진 말아줘. 넌 툭하면 그런 거친 행동을 해서 문제야."

이윽고 가와라마치 이마데가와 북동쪽 모퉁이까지 오자 벤텐은 가와라마치 거리를 남쪽으로 달리던 택시를 향해 손을 들었다. 그런 뒤 나를 옆에 불법 주차된 자전거 핸들에 걸쳐놓았다. 택시가 멈추고 문이 열리자 벤텐은 내 쪽을 바라보며 속삭였다.

"요도가와 교수는 오늘 오후에 너구리를 인수하러 간다고 했어. 너구리를 잡은 사람과 연락이 닿아 그렇게 약속했다던데."

"아, 요도가와 교수 말인가요?"

"나머지는 네가 알아서 해. 하기야 나는 인간이니까 전골이 된 너구리를 먹으면 그만이야. 아무렇지도 않지."

검은 머리카락을 쓰다듬고 벤텐은 택시에 올라탔다.

벤텐이 남쪽으로 사라지는 모습을 지켜보며 '그럼 요도가와 교수를 찾아가야겠구나' 하고 생각했다.

교수가 대학 연구실에 있다면 몰래 미행해 거래 현장을 잡으면 된다. 서둘러 가려고 가모 대교를 건너는데 다리가 시작되는 동쪽에서 커다란 보자기 꾸러미를 품에 안은 중년 남자가 뒤뚱뒤뚱 걸어오는 모습이 보였다. 후줄근한 양복, 불룩 튀어나온 배, 호테이 같은 얼굴. 틀림없이 지금 너구리를 넘겨받으러 가는 교수였다.

"마침 잘되었군. 이거야말로 천우신조야!"

가슴이 뛰었다.

○

나는 지팡이를 짚은 노인으로 둔갑해 연말이라 봄비는 데마치 상가 거리를 빠져나갔다. 쏟아지는 비 때문에 아케이드 안은 무척 습했다. 요도가와 교수는 커다란 보자기에 싼 물건을 이리저리 부딪치며 힘겹게 걷고 있었다.

이윽고 교수가 큰길로 나왔다. 거기에는 '지쿠린테이'라는 가게가 있다. 교수는 그 가게 앞에서 잠시 코를 킁킁거리는 시늉을 했다. 작은 가게였는데 세월이 느껴지는 격자문 옆에 커다란 너구리가 떡하니 버티고 서 있었다. 시가라키산 도자기 너구리였다. 교수는 그 배를 쓰다듬더니 격자문을 열고 안으로 들어갔다.

'지쿠린테이'는 오래된 메밀국숫집이다.

아카다마 선생님은 데마치 상점가 뒤편으로 밀려나 살기 전부터 이 가게에 자주 드나들었다. 세상을 버린 듯 혼자 살게 된지금, 부엌에 들어가도 기분 나쁜 죽밖에 끓이지 않는 선생님에게 이 메밀국숫집은 내가 가져다주는 음식과 함께 가장 중요한 생명선이다. 벤텐도 이 가게의 달걀덮밥을 좋아하기 때문에 자주들른다. 나도 함께 간 적이 있다. 달걀덮밥은 분명히 맛있었다.

혹시나 싶어 주위를 살핀 뒤 나도 따라 가게로 들어갔다.

가게 안 오른쪽에는 오래된 난로가 놓여 있어 따뜻했다. 왼쪽에는 주간지가 꽂혀 있는 선반이 있고, 그 위에 공중전화기와 검은색, 흰색 마네키네코가 있었다. 전철 차량처럼 길쭉한 실내 좌우 벽 쪽으로 네 명씩 앉을 수 있는 작은 좌석이 마련되어 있다.

교수가 내 쪽을 보며 멍한 표정을 지어 깜짝 놀랐다. 하지만 교수는 자기 뒤를 이어 들어온 노인이 나라는 걸 알 리가 없다. 나는 일부러 상대가 알아들을 수 없는 소리를 웅얼거리면서 구석에 걸터앉아 벽에 잔뜩 붙어 있는 메뉴 팻말을 쳐다보았다.

지쿠린테이는 엄청나게 많은 메뉴로도 유명했다. 메밀국숫집 간판을 내걸고 있으면서도 덴신한*까지 있는데, 이 덴신한이 또 기막힌 맛이다. 메뉴를 바라보면서 나는 "여기요" 하고 안쪽에 대고 말했지만 주방은 조용하고 인기척도 없었다.

교수가 불쑥 일어나 화장실로 들어갔다.

잠시 후, 주방에서 주인이 얼굴을 내밀었다. 나는 '달걀덮밥 하나'를 주문했다. 그렇게 해서 나온 달걀덮밥을 먹고 있는데 교수는 여전히 화장실에서 나오지 않았다. 대체 언제 너구리를 넘겨받으러 갈지 모르기 때문에 음식 맛을 제대로 느낄 수 없었다. 나는 달걀덮밥을 입에 쓸어 넣듯이 먹어치웠다.

교수는 계속 나오지 않았다.

너구리를 교수에게 넘겨줄 상대도 나타나지 않았다.

아무래도 이상했다.

가만히 기다리고만 있을 수가 없어서 동생에게 다시 전화를

---

* 일본식 중화요리로 중국식 게살 달걀부침을 얹고 중화풍 소스를 부어 먹는 덮밥.

걸어보기로 했다.

자리에서 일어서 격자문 옆에 있는 공중전화 수화기를 들었다. 배가 불렀기 때문인지 갑자기 나른해졌다. 호출음을 들으며 전화기 옆에 있는 뚱뚱한 마네키네코를 바라보았다. 그것을 집어 드니 묵직한 고양이 등에 '권토중래'라고 큰 글씨로 적혀 있었다. 마네키네코에는 어울리지 않는 말이라는 생각이 들었다. 하품을 하며 기다리자 전화가 연결되었다.

하지만 동생이 받지는 않았다.

상대방은 '권토중래'라고 한마디만 했다. 그와 동시에 등 뒤에서 '권토중래'라는 목소리가 들렸다. 나는 깜짝 놀라 뒤를 돌아보았다. 어느새 화장실에서 나온 교수가 길쭉한 실내 안쪽에서 동생의 휴대전화를 쥐고 있었다. 교수는 나를 향해 기분 나쁜 윙크를 보내더니 씩 웃었다.

어디선가 딱딱이 두드리는 소리가 들렸다.

그걸 신호로 세 가지 색깔의 무대 막 같은 천이 쳐지며 출입구를 가렸다. 그 막에는 커다랗게 '권토중래'라고 적혀 있었다. 벽을 채웠던 메뉴 팻말이 딱지치기 같은 소리를 내며 뒤집혔다.

팻말에 적힌 글씨는 '권토중래', '권토중래', '권토중래'.

권토중래. 패배한 자가 다시 힘을 모아 공격해 온다는 말이다.

교수 얼굴에 히죽거리는 미소가 점점 번지더니 길고 가느다란 고양이수염이 뺨에 삐죽삐죽 돋아나기 시작했다. 그리고 작은 눈은 부릅뜨듯 동그래지며 노란색을 띠고 반짝반짝 빛을 냈다. 자랑스러워 도저히 견딜 수 없다는 듯한 회심의 미소가 당장이라도 얼굴 가득 퍼질 것만 같았다.

힘없이 바닥에 주저앉으면서도 나는 세 가지 색깔 막을 붙들고 늘어졌다. 하지만 힘을 줄 수가 없었다.

메밀국숫집이 덜컹덜컹 소리를 내며 흔들리더니 천장에서 목소리가 들려왔다.

"기막히게 둔갑했어, 형."

요도가와 교수는 웃는 얼굴로 천장을 올려다보며 대답했다.

"잘했다, 은각."

나는 "나가 뒈져라"라고 중얼거렸다. 철이 든 이래 하루도 깔보지 않았던 적이 없는 너구리계 최고의 바보 형제에게 이렇게까지 감쪽같이 당하다니. 스스로 철제 냄비에 몸을 던지고 싶을 만큼 창피했다.

쓰러지는 나를 내려다보며 금각이 웃었다.

그는 보자기를 풀어 안에 있던 케이지를 꺼내더니 큰 소리로 선언했다.

"자, 제군들. 설욕의 날이 왔도다!"

제7장

유정천 가족

내가 금각과 은각이 쳐놓은 함정에 빠져 가짜 메밀국숫집 바닥에 털썩 주저앉아 있을 때, 동생은 가짜 덴키브랜 공장을 제1번 창고에 주저앉아 있었다.

동생은 어쩌다 그곳에 갇혔는가.

발단은 그날 점심때로 거슬러 올라간다. 내가 시조 가와라마치 변두리에서 놀고 있을 무렵이었다.

동생은 쇼고인 렌게조초에 있는 가짜 덴키브랜 공장 작업장에서 창밖을 내다보고 있었다. 지저분한 3층 창문으로는 흐린 햇빛을 받아 반짝이는 에비스가와 댐과 반도처럼 튀어나온 교토시 상하수도국 수로 관리사무소가 보였다. 건너편 레이센 길의 가로수는 잎이 모두 져버려 무척 쓸쓸해 보였다.

검은 가죽 소파에는 금각과 은각이 벌렁 드러누워 배를 통통 두드리면서 고약한 냄새가 나는 여송연을 피우고 있었다. 금각과 은각이 "을 제1번 창고에 쌓아둔 낡은 배전반을 상자에 넣어 정리해"라고 지시했을 때 동생은 '또 심술이 시작되었구나' 생각했다.

다이쇼 시대에 교토 중앙전화국 직원이 시제품 1호를 만든 이래 가짜 덴키브랜 제조는 오늘에 이르기까지 수많은 개량을 거듭해 이어져 내려왔다. 공정이 바뀔 때마다 쓸모없어지는 배전반이나 가지 모양의 플라스크, 진공관, 특수 냉각관이 나온다. 가짜 덴키브랜 제조법은 비밀이라 그 뒤처리가 여간 번거로운 것이 아니다. 공장에서는 그런 쓸모없어진 물건들을 모두 이 창고에 넣어두고 있었다. 너구리에게는 정리와 분류라는 개념이 결여되어 있기 때문에 창고 제일 안쪽에는 가짜 덴키브랜 1호 발명자인 아마기 씨가 고생한 흔적이 담긴 버들고리가 아직 남아 있다고 한다.

을 제1번 창고에는 이른바 가짜 덴키브랜 제조법의 역사가 보는 이를 압도하리만치 어지럽게 쌓여 있었다. 애당초 동생 혼자 정리할 수 있는 일이 아니었다.

"자자, 어서 시작해."

금각이 말했다.

"우리는 오후부터 오늘 밤 준비를 시작해야 하기 때문에 무척 바빠."

"제대로 일을 시작하는 걸 보기 전엔 우리도 외출할 수 없어."

은각이 말했다.

동생은 이것도 수업이라고 생각했다.

그런 점이 동생의 훌륭한 면이기도 하고 바보 같은 면이기도 하다.

동생은 팔을 걷어붙이고 창고로 향했다. 동생 키보다 몇 배나 높은 무거운 철문은 금각과 은각 형제가 도와줘 간신히 열었다.

"배전반이나 낡은 기계가 휴대전화 전파 때문에 작동하는 수가 있어. 다치면 안 되지."

금각이 고양이를 어르는 목소리로 말했다.

"그러니 전화는 저쪽에 놔둬."

동생은 창고 옆에 있는 커다란 은행나무 아래 휴대전화를 꺼내놓았다.

동생은 어지럽게 쌓여 있는 잡동사니 안으로 발을 들여놓고 절망했지만 일을 시작하지 않을 수 없었다. 우선 가까운 곳에서 꺼낸 배전반을 상자에 담고 있는데 웬일인지 주위가 어두컴컴해졌다. 뒤를 돌아보니 철문이 조금씩 닫히고 있었다. 얼른 문으로 달려갔지만 이미 늦었다. 무정하게 꿍음이 울리고, 동생은 캄캄한 창고에 갇히게 되었다. 너무나 무서워서 꼬리가 튀어나왔다.

밖에서는 금각과 은각이 배를 잡고 웃는 모양이었다.

"역시 시모가모가 자식들은 멍청이들이야. 방심은 금물이란 말도 있는데."

금각이 말했다.

"형, 풍신뇌신의 부채 써도 돼? 휙휙 휘둘러도 돼?"

"냉정하고 침착해야 한다, 은각. 우선 야이치로가 어디 있는지 정확하게 알아낸 다음이어야 해. 난젠지에 있을까? 그런데 가이세이는 어디 갔지? 멋대로 행동하게 놔두면 계획이 틀어지게 될 텐데."

"야이치로와 큰어머니를 먼저 잡고 그다음이 야사부로야. 그 녀석은 골치 아프니까."

"겁먹지 마. 아버지가 확실하게 잡아주실 테고, 만약에 안 되더라도 내가 어떻게든 할 테니까 말이야."

"형은 요즘 머리가 팽팽 돌아. 너무 잘 돌아서 내가 무서울 지경이야. 그런데 우물 안 개구리는 어떡하지?"

"그런 녀석은 내버려두면 돼. 아무 짝에도 쓸모없는 놈이니까."

그러더니 금각과 은각은 가버렸다.

동생은 철문에 몸을 부딪치면서 꺼내달라고 소리쳤지만 창고는 그저 잡동사니만 산더미처럼 쌓여 있는 곳이라 지나가는 이도 없었다. 가족들에게 위험이 다가오고 있다는 사실을 알았지만 연락할 방법이 없었다.

이윽고 지축을 뒤흔드는 소리가 창고에 울리더니 지붕에 돌이 떨어지는 듯한 소리가 들려왔다.

천둥이 치고 비가 쏟아지기 시작한 것이다.

뇌신으로부터 도망치려는 어머니의 모습을 상상하니 불안해서 견딜 수가 없었다. 시간은 계속 흘렀다. 소리를 지르고 철문을 두드리다 지친 동생은 그만 울음을 터뜨렸다.

"어머니! 형!"

창고 지붕을 두드리는 빗소리가 동생을 에워쌌다.

○

동생이 그런 꼴을 당하고 있는 줄도 모르고 큰형은 자동 인력거로 무섭게 달려 소나기와 천둥 속을 뚫고 다다스숲으로 가고 있었다.

그날 큰형은 난젠지에 들렀다가 기야마치의 '센스이로'로 갈 예정이었다. 난젠지에서의 모임을 서둘러 마치고 일단 다다스숲으로 돌아가기 위해 빗속을 달린 까닭은 어머니를 염려했기 때문이다.

그런데 에비스가와 발전소 옆에 이르렀을 때 포동포동한 새끼 너구리가 도로로 불쑥 튀어나왔다.

그걸 피하려다 인력거가 홀랑 뒤집혀 큰형은 거센 비가 쏟아지는 길바닥에 내동댕이쳐졌다. 무릎이 세게 부딪히는 바람에 그만 너구리 모습으로 돌아왔는데 그때 에비스가와의 부하에게 잡히고 말았다. 사고의 원인이 된 새끼 너구리는 숲에 숨어 있던 녀석이 던진 봉제 인형이었다.

큰형은 에비스가와 친위대에 의해 작은 우리에 갇혀 차로 옮겨졌다.

이윽고 형이 도착한 곳은 가미야 다리 서쪽 건너에 있는 잡거 빌딩이었다. 그 건물 1층은 콘크리트만 발라놓은 살풍경한 곳이었는데, 어느 시대에 만든 것인지 모를 목제 진열대에는 빛바랜 낡은 잡지가 놓여 있었다. 벽 쪽에 딱 하나 달린 빈 새장이 기분 나쁜 풍경을 만들어내고 있었다. 얼핏 보면 한없이 장사할 의욕이 없는 헌책방처럼 보여 찾아오는 사람도 거의 없지만 이 가게의 수입원은 묵은 잡지가 아니라 몰래 파는 가짜 덴키브랜이다.

에비스가와 친위대는 큰형이 든 우리를 들고 가게 안쪽에 있는 문을 열었다.

그곳 역시 살풍경하기는 매한가지인 방이라 알전구 하나만 달랑 매달려 있었다. 주위를 둘러싸고 있는 것은 어마어마한 양의 술병이었다. 공장에서 제조한 가짜 덴키브랜은 이렇게 해서 교토 이곳저곳에 있는 판매처로 밤마다 팔려나가는 것이다.

큰형은 창고 구석에 자기와 마찬가지로 우리에 갇힌 너구리가 있다는 사실을 알아차렸다.

어머니였다.

눈물을 글썽이며 분해하는 큰형을 차가운 콘크리트 바닥에 내려놓고 에비스가와 친위대는 밖으로 나갔다.

어머니는 우리 안에 갇혀 체념한 듯이 눈을 감고 있었다. 큰형은 우리를 덜컹덜컹 흔들며 "어머니! 어머니!" 하고 외쳤다. 어머니가 천천히 눈을 떴다.

"야이치로, 너도 잡힌 거냐?"

"어머니, 곧 구해드릴게요."

큰형은 마구 몸부림쳤지만 우리에서 빠져나가지 못했고 둔갑할 마음의 여유도 없었다.

"나갈 수가 없네, 제길!"

"우리에 갇혀 있으면 어쩌려는 거냐, 야이치로."

어머니는 한숨을 내쉬었다.

"뇌신님이 와서 내게 오려던 거였구나. 미안하게 됐다. 내가 뇌신님에게 약해서 이런 꼴이 되다니."

"그런 건 상관없어요."

"야사부로와 야시로는 어떻게 되었을까. 무사해야 할 텐데."

"에비스가와가 꾸민 음모예요!"

큰형이 펄펄 뛰었다.

"너구리 주제에 무슨 짓을 하는 거야! 나가 뒈져라!"

하지만 아무리 화를 내봐야 튼튼한 우리는 끄덕도 하지 않았다. 싸늘한 창고에서 큰형과 어머니는 불안한 상태로 긴 시간을 보냈다. 어머니는 연방 재채기를 해댔다.

이윽고 문이 열리더니 에비스가와 소운과 노인 한 명이 들어왔다. 둘 다 멋진 전통복을 입고 느긋한 태도였다. 무서운 눈으로 노려보는 큰형을 소운은 여유 있는 표정으로 바라보았다.

"여기 준비해두었습니다. 얼마나 필요하십니까?"

소운이 말했다.

노인은 복스럽게 생긴 얼굴이었지만 가짜 덴키브랜 술병을 둘러보는 눈은 무서우리만치 싸늘해 큰형에게는 정체를 알 수 없는 인간으로 보였다. 노인은 목을 길게 빼고 주위에 쌓여 있던 병을 살폈다.

"벤텐이 있으니 열 명분은 준비해야 해."

"참, 얼마 전 벤텐 님을 뵈었습니다. 거참 난처했습니다."

"그랬나?"

"벤텐 님은 가끔 장난이 지나쳐서요. 당황했습니다."

"뭐, 어쩔 수 없지. 그게 그 아이의 귀여운 면이니까."

그러더니 노인은 창고 구석 어두운 곳에 놓인 두 개의 우리를 바라보았다.

"아니, 이거. 이런 곳에 너구리가 있다니."

소운은 큰형이 있는 우리를 두드렸다.

"이건 요도가와 교수에게 넘기기로 약속한 너구리입니다."

"그런가? 호테이는 역시 남의 손을 빌리는군……. 한심한 노릇이야. 아무래도 호테이는 요즘 너구리 이야기만 나오면 꽁무니를 빼는 바람에 안 되겠어."

"그래서 제가 나섰죠."

노인은 눈을 뱀처럼 가늘게 뜨고 소운을 바라보았다.

"자네는 그런 장사도 하나, 에비스가와? 정말 나쁜 친구로군."

"죄송합니다."

"그럼 오늘 밤은 너구리가 두 마리인가? 대단하군."

노인이 그렇게 말한 순간, 에비스가와의 낯빛이 바뀌더니 어머니가 있는 우리와 노인 사이에 끼어들었다.

"아닙니다. 이건 안 됩니다."

"한 마리뿐인가?"

"아무리 주로진 님 말씀이라 해도 이쪽 너구리는 넘겨드릴 수가 없습니다."

"자네 마음에 든 모양이로군."

"……그렇습니다."

노인은 뺨을 찡그리며 웃었다.

"뭐, 됐어."

그러더니 가짜 덴키브랜을 골랐다.

"이걸 지토세야까지 배달해줘."

노인을 배웅하러 소운이 밖으로 나갔다.

"어머니, 무슨 좋은 생각 없으세요?"

큰형이 말했다.

"……아무래도 놈들이 나를 너구리전골에 쓸 모양이에요."

"네가 너구리전골이 되게 그냥 두고 볼 것 같으냐? 하지만 지금은 방법이 없구나."

"우리를 구해줄 수 있는 건 야사부로인데 녀석도 잡혔겠죠. 그렇지 않다면 소운이 저렇게 침착할 리가 없어요."

"포기하면 안 돼."

어머니가 힘찬 어조로 말했다.

"아직 잡히지 않았을지도 모르니까. 야사부로는 행동이 재빠르고 두려움을 모르니까 분명히 무사할 거야."

○

어머니의 기대와는 달리 나는 작은 우리에 갇혀 있었다. 맛있게 먹은 달걀덮밥에 약을 탔다. 너구리치고는 비열하기 짝이 없는 짓이다. 달걀덮밥을 사랑하는 벤텐이라면 당장 분노의 철퇴를 내리리라.

용으로 둔갑해 금각의 궁둥이를 깨물어버리고 싶었지만 털투성이 두부처럼 네모나게 접혀 있어서야 둔갑할 힘도 쓸 수가 없다. 너구리가 둔갑을 할 때는 마음의 여유가 있어야만 하는데 이런 꼴로 어찌 마음의 여유를 찾는단 말인가. 나는 간신히 몸을 틀고 눈알을 움직일 수 있을 뿐이었다.

"야, 금각. 여기서 꺼내줘."

내가 말했다.

넉살 좋은 마네키네코 얼굴을 한 가짜 요도가와 교수가 우리 위에 앉아 몸을 쑥 구부려 내 얼굴을 들여다보았다. 그러고는 흥, 하며 콧구멍 평수를 넓혔다.

"너 혹시 바보 아니냐?"

나는 발끈해서 대꾸도 하지 않았다.

"멍청해서 무슨 일이 일어난 건지 모르겠지. 그렇다면 내가 가르쳐주겠어. 네가 요도가와 교수를 미행해 야이치로를 구하려고 할 거라는 사실을 나는 미리 내다보았어."

"맞아!"

천장에서 들려오는 음성은 메밀국숫집으로 둔갑한 은각의 목소리였다.

"이렇게 간단하게 잡힐 줄은 몰랐어. 한심하군. 이러니까 시모가모가의 너구리들은 안 된다는 거야. 아무리 생각해도 너무 간단하잖아? 너 바보 아냐? 넌 바보야. 아무리 그래도 요도가와 교수가 가모 대교를 어떻게 그렇게 딱 맞는 순간에 지나가겠어?

그런 걸 적당주의라는 거야. 아마 '이거야말로 천우신조'라고 생각했을 테지?"

"맞아!"

어림짐작이지만 맞는 말이라 찍소리도 못 했다.

"아버지는 벤텐 님 때문에 실패했지만 우리처럼 똑똑한 아들들이 있으니 마음 놓이시겠지. 아버지도 분명히 칭찬해주실 거야. 그런데 아무리 내 둔갑 기술이 훌륭하다고 해도 가짜 교수라는 걸 간파하지 못하다니, 네 눈은 순전히 폼으로 달려 있구나. 교수와 친하게 지내지 않았나?"

"금각, 은각, 우리에서 나가면 궁둥이를 여덟 조각으로 만들어주마. 합쳐서 열여섯 조각이지."

나는 가짜 교수의 궁둥이를 노려보고, 다시 가짜 메밀국숫집 실내를 둘러보았다. 내가 그렇게 분노를 불태우며 어디 있는지 모를 궁둥이를 찾고 있자 금각이 드디어 빙긋이 웃었다.

"우린 말이야, 나가하마에 있는 대장장이가 마지못해 만든 철제 팬티를 입고 있기 때문에 걱정 없어. 게다가 팬티 안에 방한 장치를 넣어 엉덩이도 춥지 않지. 이 빈틈없는 계획! 천재적이도다! 천망회회소이불실*!"

"전부 형의 독자적인 아이디어야! 용의주도! 용의주도!"

---

* 天網恢恢疏而不失. 노자 「임위편」에 나오는 말로, 하늘이 친 그물은 눈이 성기지만 그래도 아주 넓어서 악인에게 벌주는 일을 빠뜨리지 않는다는 뜻.

"어때, 항복이냐, 야사부로?"

"아니, 아직. 항복하지 않아."

"이런 고집불통. 이건 작년부터 내가 명석한 두뇌를 써서 신중하게 세운 계획이야. 아버지가 한심한 야이치로를 요도가와 교수에게 넘겨줄 거야. 툭하면 꼬리를 드러내는 네 동생은 가짜 덴키브랜 공장 창고 안에 있지만 큼직한 찹쌀떡만 한 맹꽁이 자물쇠를 걸어두고 왔으니 절대로 도망칠 수 없을 테고. 네 어머니도 우리 수중에 있어. 그리고 넌 은각의 배 속에서 우리에 갇히게 되는 거지. 자, 이래도 항복하지 않을 테냐? 누가 구해줄 수 있을 것 같아?"

"아직 야지로 형이 남아 있지."

"멍청하긴. 그런 우물 안 개구리가 무얼 할 수 있다는 거지? 시모가모가는 정말 콩가루로구나. 우린 이제 해가 지기만 기다리면 돼."

금각은 눈을 감고 합장을 했다.

"나무아미타불. 너구리전골이 될 야이치로가 부디 성불하기를. 나무아미타불."

"야, 이 자식아. 아무리 바보 너구리라고 해도 해서 괜찮을 일과 하면 안 될 일이 있는 거야."

"멍청한 네 설교 따위는 듣고 싶지 않아. 야이치로는 너구리 전골이 되고 아버지는 니세에몬이 될 거야. 그리고 나중에 내가 그 뒤를 이어 니세에몬이 되는 거지. 너구리계의 미래를 짊어질 현명하고 굳세고 젊은 새 희망이 바로 나란 말이야, 아무렴!"

"그렇고말고!"

가짜 메밀국숫집이 덜컹덜컹 흔들렸다.

금각이 의자에 앉아 유유히 차를 마시기 시작했다.

"전지가 다 닳도록 긴 통화를 해주지."

그러더니 금각은 동생의 휴대전화를 쓰기 시작했다. 상대는 가이세이였다. 다다스숲에서 잡힌 가이세이는 가짜 덴키브랜 공장으로 끌려가 지금은 공장 밖으로 나올 수가 없는 모양이다.

"밤까지 참아. 지금은 안 돼. 지쿠린테이에서 야사부로를 잡았어. ……응, 응. 제발 그런 소리 하지 마. 오빠가 상처받잖니."

수화기에서 가이세이의 험악한 목소리가 들렸다.

"상처 입으란 말이야. 그 상처 때문에 뒈져버리라고!"

"제발 그런 소리 하지 마……. 혼기가 꽉 찬 여자애가 왜 그래. 자기 스스로를 좀 더 소중하게 여겨야지……."

금각은 길게 이어지는 가이세이의 욕설을 견디다 못해 도중에 전화를 끊었다. 그리고 한동안 멍하니 있었다. 그러더니 풍신 뇌신의 부채를 펼쳐 거기 그려진 풍신의 얼굴을 들여다보며 중얼거렸다.

"다 자기를 위해서 하는 이야기인데."

"너 여동생에게 전혀 존경받지 못하고 있구나."

"쓸데없는 걱정 마셔."

시간은 조청 늘어나듯 천천히, 하지만 확실하게 흘러갔다.

목을 돌려 벽시계를 보았다. 시간은 계속 흘러 큰형이 냄비에 빠질 시각이 다가오고 있었다. 오늘이 큰형 제삿날이 될지도 모르겠구나 하는 생각이 들었다. 나는 분노를 곱씹으며 느긋하게 움직이고 있는 시곗바늘을 바라보았다.

○

그때 큰형 또한 창고 구석에 놓인 시곗바늘을 바라보고 있었다.

가짜 덴키브랜 병이 쌓여 있는 창고의 우리에 어머니와 큰형이 갇혀 있고, 움직이는 것이라고는 시곗바늘뿐이었다. 어머니는 창살에 얼굴을 댄 채로 눈을 감고 있었다. 큰형이 불쑥 불안한 목소리로 말했다.

"어머니, 괜찮으세요? 춥진 않으세요?"

"괜찮다. 춥지 않아."

"움직이시지 않아서 걱정이 되었어요."

"힘을 허투루 쓰지 않으려는 거야. 발버둥질해봐야 궁둥이만 아프니까."

그때 소운이 다시 창고로 들어왔다.

알전구가 흔들리며 소운의 무표정한 얼굴을 비췄다. 큰형은 우리 안에서 소운을 쳐다보았다. 소운은 접힌 보자기를 들고 있었다.

"요도가와 교수가 왔어. 널 넘겨주고 나는 '센스이로'로 갈 거다. 너구리계의 미래는 내게 맡기면 돼."

소운이 말했다.

"잘 가거라, 야이치로. 얌전히 너구리전골이 돼라."

"나가 뒈져라!"

큰형이 몸부림쳤다.

"네 뜻대로 될 줄 아느냐! 내가 그렇게 쉽게 너구리전골이 될 것 같아!"

"네 어머니가 내 손안에 있어. 네가 도망치면 어떻게 될까?"

"헛소리하지 마라."

소운은 큰형이 갇힌 우리를 안아 들었다.

큰형은 창살에 뺨을 대고 콘크리트 바닥에서 자기를 쳐다보는 어머니를 보았다. 어머니는 눈물을 글썽이고 있지만 아직 희망을 버리지는 않은 듯했다. 큰형에게 용기를 주기 위해 연방 고개를 끄덕여 보였다. 상황이 이토록 절박한데도 희망을 버리지 않는 것이 바로 어머니 정신이라는 것이다.

큰형을 들고 나가려는 소운에게 어머니가 말했다.

"에비스가와 씨, 당신 그렇게까지 변했나? 나는 너무 섭섭해. 애들 아버지도 분명 그리 생각할 거야. 동생이 이토록 끔찍한 짓을 하는 너구리가 되었다는 사실을 알면 정말 슬퍼할 거야."

"형님 말인가?"

소운이 어머니를 돌아보았다.

"형님은 이미 다 알고 있어."

"이런 끔찍한 짓은 너구리가 할 일이 아니야. 덴구나 인간이
하는 짓과 다를 게 없잖아! 에비스가와 씨, 제발 이제 우리 애들
을 그만 괴롭혀."

"당신은 나를 에비스가와라고 부르는군."

"그야 당신은 에비스가와니까."

소운이 다시 어머니를 바라보았다.

"내가 에비스가와가 너구리라면 당신과 형 사이에 태어난 아
이들이 나하고 무슨 관계가 있다는 거지?"

소운은 큰형을 안고 창고를 나갔다. 문이 닫히기 직전에 창고
안에서 외치는 어머니의 목소리를 큰형은 들었다.

"도망칠 틈이 나면 내 걱정 말고 도망쳐!"

춥고 한산한 가게 앞에는 요도가와 교수가 우산을 쓰고 서 있
었다.

"아, 고마워. 이 너구리인가?"

"약속대로 준비해두었습니다."

소운은 그렇게 말하더니 큰형이 갇힌 우리를 교수에게 건넸
다. 교수는 촉촉한 눈을 하고 우리 안의 큰형을 들여다보았다.

큰형은 교수의 맑은 눈을 바라보았다.

교수가 한숨을 내쉬었다.

"미안하지만, 오늘 밤 우리는 널 먹을 거야."

교수에게 들려 가며 큰형은 두려워 소름이 끼쳤다. 어머니와 동생을 떠올리며 여태 느껴본 적이 없는 쓸쓸함을 느꼈다. 마치 자신을 완전히 삼켜버릴 듯한 한없는 쓸쓸함이었다. 아버지도 이런 쓸쓸함을 맛보았을 거라고 생각하며 어떻게든 훌륭한 너구리로서의 위엄을 지켜보려고 애를 썼지만 도저히 견딜 수가 없어 창살에 얼굴을 댄 채로 조용히 울었다.

교수는 우리를 싼 보자기가 풀린 것을 깨닫고 다카세강 옆길 가로수 아래 쭈그리고 앉았다. 천둥이 울릴 때마다 교수는 히익! 하고 살짝 비명을 질렀다. 서둘러 보자기를 다시 묶으려던 교수는 문득 손길을 멈추고 그 부드러운 눈길로 큰형의 얼굴을 들여다보았다.

"미안하구나, 비에 젖었네."

교수는 그렇게 말하더니 큰형의 얼굴을 보자기로 닦아주었다.

○

바로 그때, 동생 또한 어두운 창고 안에서 눈물을 흘리고 있었다.

울상을 지으며 차가운 어둠 속을 기어 잡동사니 더미를 헤집고 있는데 익숙한 촉감이 드는 것이 만져졌다. 제조 공정에서 이상이 발생했을 때 위험을 알리는 낡은 경고등이었다. 전기를 넣어보니 경고등은 노란색 빛을 깜빡거렸다. 그 불빛에 힘을 얻어 동생은 잡동사니를 계속 뒤졌다. 가짜 덴키브랜 작은 병이 상자 가득 들어 있었다. 태어나서 처음으로 맛을 보니 속이 후끈해지고 힘이 더욱 솟았다.

하지만 아무리 발버둥 쳐봤자 동생 혼자 힘으로는 철문을 열 수가 없었다.

여러 번 도전했지만 모두 헛수고로 끝나자, 동생은 철문에 등을 기대고 힘없이 고개를 숙였다. 그때 거세게 쏟아지는 비와 천둥소리 사이로 "야시로, 야시로" 하고 부르는 작은 목소리가 들려왔다. 철문을 박박 긁는 소리도 났다. 살짝 벌어진 철문 틈새로 손전등 불빛이 들어와 동생의 얼굴을 비췄다.

"가이세이 누나?"

동생은 철문 틈새에 얼굴을 들이댔다.

"여기서 꺼내줘!"

"자물쇠가 걸려 있고 문이 무거워서 안 돼."

"하지만 난 얼른 나가야 해."

"알고 있으니 침착해. 창고 구석에 비밀 문이 있으니 그걸 찾아. 안쪽에서 빗장을 풀면 나갈 수 있어."

가이세이는 그렇게 말하더니 철문 앞에서 멀어졌다.

동생은 경고등 불빛에 의지해 창고 벽을 더듬으며 앞으로 나아갔다. 아마 예전에 공장에 걸려 있었을 초침 없는 큰 시계의 문자판을 간신히 치우자 작은 너구리가 겨우 빠져나갈 수 있을 만한 녹슨 작은 문이 나타났다. 힘껏 당기자 빗방울이 마구 들이쳐 동생의 코를 적셨다. 아직 해가 저물기 전인데도 어두운 하늘에 번개가 무섭게 번쩍였다. 동생은 너구리 모습인 채로 가짜 덴키브랜 작은 병을 입에 물고 좁은 문을 빠져나왔다.

동생은 손전등을 들고 빗속에 서 있는 가이세이에게 매달렸다.

"형들은?"

"야이치로 오빠는 금요클럽에 잡혀갔어. 금각과 은각은 야사부로를 잡고 있대. 아까 전화로 하는 이야기를 들었어."

"어머니는? 어머니도 여기 있어?"

"큰어머니도 잡혔는데 어디 계신지는 몰라."

가이세이는 동생의 등을 떠밀며 급히 말했다.

"이 공장에는 없어. 분명히 아버지가 다른 곳에 가두었겠지. 아마 가짜 덴키브랜 판매점일 거야."

"지독한 놈들!"

"야사부로를 구해내면 무슨 수가 생길 거야."

그때였다.

"안 됩니다, 아가씨!"

'에비스가와'라고 적힌 등불들이 가이세이와 동생을 둘러쌌다.

"자, 집으로 돌아가세요. 우리가 소운 님에게 야단맞습니다."

등불들이 점점 포위망을 좁혀왔다.

가이세이는 비에 젖은 동생을 안아 들고 귓가에 속삭였다.

"지쿠린테이로 가!"

"나 혼자서는 금각과 은각에게 박살이 날 텐데. 누나도 같이 가서 금각과 은각에게 따끔하게 이야기해줘."

가이세이가 좁혀오는 등불을 노려보았다.

"나는 공장에서 나갈 수 없어, 혼자 가!"

에비스가와가의 부하들이 일제히 가이세이를 잡으려는 순간 그녀가 고개를 홱 젓더니 털 뭉치가 된 동생을 내던졌다. 동생은 천둥 치는 하늘을 곡선을 그리며 날아 커다란 은행나무 옆 진흙탕에 떨어졌다. 얼른 소년으로 둔갑했지만 무시무시한 천둥소리가 울리자 바로 꼬리가 나오려고 했다.

뒤를 돌아보려는 동생을 향해 가이세이가 외쳤다.

"꼬리 감추고! 얼른 도망쳐!"

동생은 가짜 덴키브랜 작은 병을 움켜쥐고 세찬 빗속을 달렸다.

○

가와바타 길로 나서자 하늘을 뒤덮은 비구름 때문에 거리는 회색이었다.

동생은 그 암담한 풍경에 기운이 빠졌다. 지금은 혼자. 야이치로 형은 금요클럽에 넘겨지고 어머니는 어디 있는지 알 길이 없다. 야사부로 형은 금각과 은각의 함정에 빠졌다고 한다. 도무지 승산이 없어 괴로움의 눈물이 차가운 비에 섞여 뺨을 타고 흘렀다.

용기를 내기 위해 가짜 덴키브랜을 마시려고 하다가 불현듯 손길을 멈췄다. 계속 번쩍이는 번개 불빛에 저녁 어둠이 드리운 듯한 강가가 비쳤다. 금각 일행이 철문 밖에서 했던 말이 뇌리를 스쳤다.

"그런 녀석은 내버려두면 돼. 아무 짝에도 쓸모가 없는 놈이니까."

과연 작은형은 쓸모가 없을까.

과연 나는 지금 외톨이일까.

과연 희망은 없는 걸까.

동생은 가짜 덴키브랜 작은 병을 움켜쥐고 몸을 돌려 진노지를 향해 달려갔다.

그때 동생이 어떻게 우물 안 개구리의 도움을 받는다는 아무도 상상하지 못한 절묘한 생각을 떠올렸는지, 그것은 그야말로 막다른 골목에 몰려 자포자기 상태에 이르러야 비로소 얻을 수 있는 하늘의 계시였다. 동생이 쏟아지는 비를 뚫고 진노지를 향해 달려가지 않았다면 시모가모 가문은 멸망했을지도 모를 일이다.

달리고 또 달려 숨이 목구멍까지 차오른 채로 동생은 진노지우물로 달려갔다. 어두운 우물 안을 들여다보고 소리쳤다.

"형!"

숨이 차고 울음이 나서 말을 제대로 이을 수가 없었다.

"아니, 야시로. 여기는 무엇 하러 왔니?"

작은형이 투덜거렸다.

"뇌신님이 난리다. 왜 어머니 곁에 있지 않고서."

동생이 겨우 입을 열었다.

"형……, 모두 에비스가와에게 잡혀간 것 같아."

"뭐라고? 역시 그런 일이!"

"형밖에 믿을 데가 없어."

"하지만 난 우물 안 개구리일 뿐이야. 내가 무얼 할 수 있겠어."

"내게 좋은 생각이 있어. 형, 이쪽으로 입을 벌려봐."

"야, 야, 내가 지금 느긋하게 빗물이나 받아 마시고 있을 때가 아니지."

"어쨌든 벌려."

동생은 숨을 헐떡이며 가짜 덴키브랜 마개를 땄다. 그리고 우물에 기대어 그 안을 들여다보았다. 번개가 치자 입을 쩍 벌리고 위를 올려다보는 개구리의 모습이 보였다.

"전부 마셔."

동생은 작은 병을 기울였다. 옅은 오렌지색의 향긋한 액체가 병 주둥이에서 맑고 아름다운 실처럼 나와 떡 벌린 작은형의 입으로 쏟아져 들어갔다.

이리하여 동생은 작은형이 개구리가 된 이래 입에 댄 적이 없었던, 예전에 즐겨 마시던 '가짜 덴키브랜' 한 병을 고스란히 먹였던 것이다.

동생은 숨을 죽이고 반응을 살폈다.

아버지가 저세상으로 떠난 이후 한 번도 들어본 적이 없는 작은형의 힘찬 목소리가 우물 안에 울려 퍼졌다.

"권토중래렷다!"

○

긴 시간이 흘렀다.

결국 벽시계의 바늘이 저녁 5시를 가리키며 뎅뎅 종을 울린 순간, 그 문자판이 갑자기 흐려졌다. 결국은 나도 눈물을 흘리는 건가?

아무리 낙관적인 너구리라 해도 웃어넘길 수 없는 일이 있다. 이제 형과도 작별이라는 생각이 들었다. 가모 대교 근처를 거의 미친 듯이 뛰어다니며 어머니를 찾던 큰형, 호테이로 변해 부루 퉁한 표정을 짓던 큰형, 공중목욕탕에서 아카다마 선생님의 등을 밀어주던 큰형, 의기양양하게 자동 인력거를 타고 달리던 큰형. 그런 모습들이 머릿속에 떠올랐다. 기억 속의 큰형이 머리를 감싸 쥐고 "이게 무슨 팔자란 말인가!" 하고 외쳤다.

"왜 내 동생들은 이렇게 쓸모없는 녀석들뿐이지!"

쓸모없는 동생들을 이끌고 큰형은 애를 써왔다. 아버지의 뒤를 잇기 위해 모든 노력을 기울였다. 그런데 설마 너구리계의 두령으로서 뒤를 잇기 전에 전골 재료로서 뒤를 잇게 되리라고는 생각지 못했으리라.

"부디 너희들만은 너구리전골이 되지 말아다오."

어머니가 그토록 이야기했는데. 우리 형제들은 어머니를 울리고 말 것인가.

"우는 거냐, 야사부로?"

금각이 말했다.

"네 형은 좋은 너구리였어. 정말 안타까워. 나도 눈물이 난다."

"거짓말."

"거짓말이 아니야. 분명히 너희 형에게 물린 엉덩이의 아픔은 잊을 수가 없지. 어쨌든 엉덩이가 네 조각이 났으니까. ……하지만 야이치로가 성실한 너구리였음은 분명해."

"그럼 살려줘."

"그건 안 되지. 우리는 아버지 명령에 따라야 하니까. 너구리의 인생도 참 괴로워."

금각은 그렇게 말하더니 시계를 쳐다보았다.

"벌써 해가 저물었군."

그때였다.

쿵 하고 메밀국숫집이 크게 흔들리나 싶더니 어디론가 실려가는 느낌이 들었다. 나는 우리에 갇힌 채로 바닥 위를 미끄러졌다. 금각도 비틀거리다 엉덩방아를 찧었다. 마네키네코가 굴러갔다. 가게 안에 놓인 탁자가 덜컹거리며 크게 흔들리고 의자가 쓰러졌다. 벽시계가 바닥에 떨어져 유리 깨지는 소리가 들렸다.

"왜 그래, 은각?"

금각이 바닥을 구르며 물었다.

"어째서 이렇게 흔들리는 거야?"

"몰라, 형. 이유는 모르겠는데 내가 무서운 속도로 달리고 있어, 엉덩이가 부들부들 떨릴 만큼. 무서워!"

"침착해, 둔갑이 풀리겠다."

"무서워, 형! 도저히 못 견디겠어."

은각이 비명을 지르자 눈앞에 보이는 광경이 일그러졌다.

금각이 "안 돼!" 하고 소리쳤지만 한 번 풀린 둔갑을 돌이킬 수는 없다. 마치 곤약처럼 가짜 메밀국숫집이 뒤틀리는 느낌이 들어 머리가 어질어질했다. 이윽고 탁자와 의자, 낡은 난로, 메뉴 팻말, 마네키네코가 뒤틀린 가짜 메밀국숫집 안으로 쓰러져 안쪽 취사장으로 빨려 들어갔다. 굴러가는 물건들에 휩쓸려 은각도 "안 된다니까!" 하며 최후의 발악을 했다. 하지만 그 노력도 헛되이 결국 벽과 천장이 마치 그림물감 씻겨나가듯 안쪽으로 사라졌다. 그리고 세계가 반전되었다.

우리는 에이잔 전철 안에 있었다.

전철은 데라마치를 질주하는 모양이었다. 금각과 은각이 차창에 얼굴을 대고 서로 "이게 어떻게 된 일이지?"라고 말했다. 그리고 창문을 열더니 "살려줘!" 하고 소리쳤다. 무슨 일이 일어난 것인지 의아해하는 내게 소년이 달려와 우리를 열었다.

나는 우리에서 굴러 나와 끄응 하며 몸을 펴고 소리를 질렀다.

"아아! 살겠다!"

"형, 구해주러 왔어."

야시로가 빙긋 웃었다.

"야사부로, 승차감이 어떠냐?"

가짜 에이잔 전철로 둔갑한 작은형의 목소리가 들려왔다.

○

가짜 에이잔 전철은 교토교엔의 숲 옆을 지나 남쪽으로 달려갔다.

당황한 금각과 은각은 놀란 나머지 털 뭉치의 본성을 드러냈다. 동생과 나는 함께 덤벼들어 두 녀석의 궁둥이를 감싸고 있는 철제 팬티를 벗기려고 했다.

"그만둬! 이 색골아! 우리 팬티를 벗기지 말란 말이야!"

동생을 짓밟다가 넘어진 은각의 팬티를 벗기고 내가 그 엉덩이를 덥석 깨물었다. 은각은 으아악, 하고 비명을 질렀다.

"형, 엉덩이를 물렸어."

울며불며 매달리는 은각 때문에 금각도 마음대로 움직일 수가 없었다. 그러자 동생이 무섭게 덤벼들어 철제 팬티를 벗겼다. 나는 금각의 엉덩이도 덥석 물었다. 신경 써서 두 차례 꽉 깨물어준 것은 더 말할 나위도 없다.

"아야! 아프다니까! 엉덩이가 여덟 조각이 난단 말이야!"

그리고 전철 안을 데굴데굴 구르는 두 너구리의 멱살을 잡고 앙갚음으로 한 우리 안에 꾹꾹 밀어 넣었더니 속이 후련했다.

"좁아."

금각이 신음했다.

"야사부로, 함부로 굴지 마."

"그건 내가 할 소리야."

나는 여름 이후로 내내 찾아다녔던 풍신뇌신의 부채를 되찾았다.

"네 녀석들이 갖고 있었나?"

내가 우리를 걷어차며 묻자 금각과 은각은 으악, 하고 비명을
질렀다.

"아오이바시 다리에서 주운 거야. 훔친 게 아니란 말이야."

금각이 말했다.

"시끄러워. 이건 아카다마 선생님 물건이니 선생님께 돌려드
릴 거야."

이윽고 가짜 에이잔 전철은 마루타마치를 지났다.

조금 전까지만 해도 거칠었던 날씨가 완전히 변했다. 풍신과
뇌신이 조용해지자 눈 깜짝할 사이에 먹구름은 흩어져버렸다.
해가 나고 구름이 걷힌 하늘은 이미 검푸른 색이었다.

하나씩 들어오는 데라마치 거리의 불빛이 시간이 얼마 없음
을 알려주고 있었다. 큰형은 이미 펄펄 끓는 철제 냄비를 향해
걸어가고 있으리라. 철제 냄비 테두리는 삶과 죽음의 경계. 그런
위험에는 둔감하기 짝이 없는 큰형이 얼마나 버텨낼 수 있을지
알 수 없다.

작은형은 질풍노도라고나 해야 할 무서운 속도로 데라마치
거리를 달려나갔다.

잎이 진 가로수가 작은형이 일으키는 바람을 받아 흔들렸다.
북쪽에서 돌진해 오는 에이잔 전철에 깜짝 놀란 자동차들이 길
을 비켜주고, 화들짝 놀란 인간들이 얼른 몸을 피했다.

"거기 비켜! 비키란 말이야!"

작은형이 소리쳤다.

"에이잔 전철님 납셨다!"

창밖으로 얼굴을 내밀자 차가운 바람이 몰아쳤다.

가게 처마에 내건 등, 가로등, 쇼윈도의 조명, 술집에서 내건 커다란 등, 서양 음식점 조명, 고물상 가게 앞에 내놓은 램프, 창밖을 흘러가는 거리의 불빛이 가짜 에이잔 전철 차체에 비쳐 반짝거렸다. 불빛을 반짝이며 레일 없는 길을 달리는 가짜 에이잔 전철이 지나가면 사람들은 마치 홍해가 갈라지듯 길을 비켜주었다. 그 가슴 두근거리는 풍경을 바라보고 있자니 작은형의 영광스러웠던 시대가 되살아난 듯했다. 그 영광의 시대, 그것은 바로 아버지의 영광스러운 시대이기도 했다. 풍채 좋은 호테이로 둔갑해 "더 달려!"라며 작은형을 부추기던 아버지의 모습이 눈앞에 선하지 않은가.

"오래간만이로구나! 이거야, 바로 이 기분이었어!"

작은형이 바람을 가르며 말했다.

동생과 나는 좌석에 무릎을 꿇고 창밖으로 몸을 내밀어 손을 휘저으며 소리쳤다.

"야홋!"

"아, 이걸 어쩌지, 야사부로. 우리 가문의 우두머리인 형이 절체절명의 위기인데 난 이상하게 재미있어 견딜 수가 없구나. 어처구니없는 일이야."

"상관없어. 달려, 형. 이것도 다 바보의 피 때문이지. 재미있는 건 좋은 거야."

내가 말했다.

가짜 에이잔 전철이 데라마치 거리를 구불구불 불안하게 달리며 길가 건물들을 스쳐 지났다. 빗물 내리는 홈통을 들이받고, 길 쪽으로 난 쇼윈도 창문을 건드려 깨질 뻔하기도 했다.

"왜 그래, 형? 괜찮아?"

작은형은 잠시 아무 말도 없이 차체를 이리저리 흔들더니 이윽고 울음 섞인 목소리로 말했다.

"아버지의 마지막 말씀이 그거였어. 아버지가 그날 밤 내게 그렇게 말씀하셨지. 그토록 오랫동안 우물 안에 틀어박혀 있어도 기억이 나지 않았는데 지금 막 생각났어."

작은형의 온몸에 다시 바보의 피가 들끓기 시작했다는 사실을 깨달았다. 작은형의 심장 고동소리가 들리는 듯했다.

"재미있는 건 좋은 거야!"

작은형이 목청 높여 선언했고, 동생과 나도 따라 외쳤다.

○

니조를 지날 즈음 데라마치는 길 폭이 좁아진다. 모퉁이의 잡거빌딩에 부딪힐 뻔했는데 간신히 피했다. 가짜 에이잔 전철은 차체를 길쭉하게 변신해 계속 남쪽으로 달렸다. 차량 맨 앞에 서서 보니 교토시 청사에 심어놓은 나무들 옆을 지나 넓은 고이케 길을 건너자 저녁 어스름에 희고 찬란하게 빛나며 다른 세계로 통하는 터널처럼 보이는 데라마치 아케이드가 나왔다.

"형, 아케이드로 들어갈 작정이야?"

"뭐라고? 안 들려."

"폰토초야, 폰토초로 가야 해."

"폰토초? 그게 어디냐?"

마침 신호등이 녹색으로 바뀌어 작은형은 속력도 줄이지 않고 그대로 데라마치 아케이드로 돌진해버렸다. 주위가 갑자기 환한 빛으로 둘러싸였다.

작은형은 혼노지 문 앞을 지나 불법 주차한 자동차를 들이받으며 옷 가게 앞에 놓인 세일 원피스를 날려버리고 헌책방 앞에 쌓여 있던 엄청난 양의 미술 서적을 무너뜨렸다. 그 옆의 문방구, 카페, 화방, 과자 가게, 식당이 계속 차창 밖으로 흘러갔다. 너무나도 빨라 작은형이 지나가는 자리에 거센 바람이 이는지, '규쿄도'*에서 빨려 나온 아름다운 부채나 편지지가 아케이드 안에 나부끼는 모습이 보였다.

"형 산조에서 왼쪽으로 꺾을 수 있어?"

---

* 1663년 교토에 개점한 향, 서화 용품, 전통 종이 제품 전문 상점.

"도저히 무리야."

데라마치 산조에 이르렀지만 방향을 바꿀 수가 없다. 그뿐 아니라 정면에 있는 길이 오른쪽으로 약간 어긋나 있다. 산조 데라마치 파출소와 '가니도라쿠'** 사이를 스쳐 지나면서 작은형은 거품을 물고 오른쪽으로 돌아들었다. '자전거에서 내려서 밀고 지나가세요'라는 간판을 들이받고 말았고, 튀어 오른 간판이 패스트푸드 가게 창을 박살 냈다.

"아아, 이런 실수를."

작은형은 신음하며 '미하토테이'의 가게 앞에 내건 등을 살짝 스치고 지나 다시 데라마치를 남쪽으로 달렸다.

"형, 둔갑을 푼 뒤에 뛰어가는 편이 낫지 않겠어?"

"미안해, 야사부로. 그게 도무지 안 되는구나."

"할 수 없지. 일단 시조 쪽으로 나가자."

우리는 그대로 시조를 향해 달렸지만 이상하게도 꽤 달렸는데 시조가 나타나지 않았다. 더욱 이상한 일은 산조에서 시조까지 똑바로 남북으로 뻗어 있을 데라마치 거리가 약간 구불구불했다. 눈에 익은 상점 앞을 몇 번이나 지나갔다. 본격적으로 이상하다는 생각이 든 것은 오렌지색 등불로 가득 찬 니시키텐만구 신사 앞을 두 번이나 지났을 때였다. 니시키텐만구는 하나뿐인데.

** 대형 게가 있는 간판으로 유명한 게 요리점.

"형, 우리 같은 곳을 계속 달리고 있어!"

동생이 창밖으로 몸을 내밀고 말했다.

자세히 보면 휘황찬란한 거리의 불빛은 그대로인데 갈팡질팡하며 전철을 피하던 통행인들이 한 명도 남김없이 모습을 감추었다. 줄지어 늘어선 상점 안에는 아무도 없었다. 이상한 분위기가 감돌았다. 약간 경사진 곳을 올라가는 느낌이 발에 전해졌다. 데라마치 거리에는 언덕이 없는데.

"형, 이거 이상하네. 속도를 좀 늦춰봐."

"야사부로, 너도 참 까다로운 주문을 하는구나."

작은형은 속도를 떨어뜨리려고 애를 썼지만 몸 안에서 끓어오르는 바보의 피를 가라앉히지 못하는 모양이었다. 할 수 없이 아무도 없는 길을 계속 달렸다. 경사는 점점 심해졌다. 현실에는 도저히 있을 수 없는 각도로 하늘을 향해 뻗어나간 아케이드 저편에 보이는 것은 시조 거리가 아니라 밤하늘에 빛나는 보름달이었다.

"이건 가짜 데라마치야!"

고개를 돌려 우리에 갇힌 금각과 은각을 보니 동생의 휴대전화를 들고 소곤소곤 통화를 하고 있었다. 내가 우리로 달려가 빽빽거리는 녀석들의 손에서 전화를 빼앗았다.

"너희들 대체 어디로 전화를 한 거지?"

금각과 은각이 히죽 웃었다.

"어떠냐, 야사부로. 한 고비 넘기면 또 한 고비라는 말도 모르냐? 에비스가와 친위대에게 전화해서 대기시켰지."

"이 자식, 도대체 얼마나 함정을 놓아야 직성이 풀린다는 거야!"

"놀랐냐?"

금각이 콧구멍 평수를 넓히며 말했다.

"놀랐냐?"

은각도 따라 말했다.

그러더니 두 녀석은 목청껏 소리쳤다.

"이대로 가모가와강 물에 풍덩 떨어져버려라!"

"형, 골치 아프게 됐어!"

나는 차량 앞쪽에 서서 소리쳤다. 하지만 힘을 주체하지 못하는 작은형은 끄응 하는 소리만 냈다.

눈앞에 펼쳐지는 가짜 데라마치 길거리가 크게 왼쪽으로, 가모가와 방향으로 구부러졌다. 앞에 보이던 보름달이 모습을 감추었다. 가짜 에이잔 전철은 가짜 데라마치 거리를 달릴 수밖에 없었다. 계속 올라가기만 했던 경사가 불쑥 평평해졌다. 차를 타고 언덕을 넘어설 때 느껴지는 배 속 간질간질한 느낌을 맛보고 내리막으로 들어섰다. 불 밝힌 아케이드가 왼쪽으로 곡선을 그리며 마치 거대한 미끄럼틀처럼 뻗어 있었다. 작은형은 멈추지 못했다. 커브가 완만해지면서 겨우 앞이 트였다. 가짜 에이잔 전철이 향하고 있는 곳은 거리의 불빛을 받아 반짝반짝 빛나는 가모가와강이었다.

"형, 이대로 가면 강에 처박혀!"

"겨울이라 춥겠군. 준비운동을 해둬."

"속아 넘어갔다!"

금각이 환호성을 질렀다.

"권토중래! 권토중래!"

"야, 너희들도 함께 가모가와강 물에 처박히는 거란 말이야."

"흥! 이게 바로 일련탁생*이라는 거야."

"오월동주! 오월동주!"

가모가와강을 향해 도시의 상공을 가로지르는 가짜 데라마치 거리는 불쑥 끊어졌다.

가짜 에이잔 전철은 강물 속으로 그대로 처박혔다. 차창 밖을 보니 휘황하게 빛나는 흰 터널이 데라마치 산조 부근에서 솟구쳐 구불거리는 튜브처럼 데라마치, 신쿄고쿠, 가와라마치, 폰토초의 야경을 뛰어넘어 가모가와강까지 뻗어 있었다.

용케도 둔갑했군. 이런 엄청난 둔갑을 하다니. 적이지만 훌륭한 둔갑술이다.

"성공이다! 속였어!"

금각이 기뻐하며 소리를 질렀다.

---

* 一蓮托生. 끝까지 함께 행동하여 운명을 같이함.

그때 동생이 씩씩하게 외쳤다.

"속은 건 너희들이야!"

동생은 하나만 붉게 칠한 손잡이를 펄쩍 뛰어 잡고, 매달리듯이 잡아당겼다.

가짜 에이잔 전철 바닥이 열리더니 눈에 익은 차솥이 점점 솟아올랐다. 그것은 바로 '벤텐의 안방' 중앙제어장치, 하늘을 나는 차솥 엔진이었다. 동생이 좌석 아래 숨겨두었던 아카다마 포트와인을 가득 붓자마자 작은형은 '하늘을 나는 에이잔 전철, 이 또한 가짜'라고 하는, 뭐가 뭔지 알 수 없는 물체로 변신했다.

가짜 에이잔 전철은 가모가와강 수면에 닿을 듯 말 듯 떠서 정지했다. 물이 차량에 튀는지, 작은형은 "으, 차가워"라고 했다.

흔들리는 차량 안에서 보니 폰토초의 잡거빌딩이나 오래된 요릿집 불빛이 가모가와강 쪽을 향해 늘어서 있다. 그 불빛 가운데 하나, 교토식 요릿집 '지토세야' 유리문을 통해 낯익은 얼굴들이 보였다. 바로 큰형을 잡아먹으려는 금요클럽 회원들이었다.

송년회는 이미 시작되었다.

"대체 우리를 얼마나 가지고 놀아야 속이 시원하겠어?"

금각이 울먹이는 목소리로 말했다.

"이제 견딜 수 없어, 더는 우리를 속이지 마."

나는 금각과 은각의 멱살을 잡고 우리에서 끌어내 차창 쪽으로 갔다. 금각과 은각이 "잠깐만!" 하고 비명을 질렀다.

"잠깐, 타임! 타임!"

"그럴 수 없어. 시간이 없거든. 오사카만까지 떠내려가라!"

가모가와강에 처박으려고 했는데 그들이 완강하게 저항했다. 털이 숭숭 난 손으로 창틀에 매달려 도리질을 쳤다.

"또 물에 던져 넣으면 싫어! 추워서 죽을 거야! 정말 싫어!"

나는 창틀에 매달린 금각과 은각을 향해 씩 웃었다.

"차가운 가모가와강 물이 낫겠니, 아니면 펄펄 끓는 철제 냄비가 낫겠니?"

금각과 은각은 어느 쪽도 선택하지 못하고 창틀에 매달린 채로 한동안 코만 움찔움찔 떨다가 이윽고 한숨을 내쉬었다.

"그럼 가모가와강으로 할게."

될 대로 되라는 듯이 중얼거리더니 차가운 강물로 떨어졌다.

첨벙, 첨벙. 그 멍청한 모습이 미워할 수 없는 면모이기도 하지만 역시 미울 수밖에 없는 두 마리의 멍청이가 머나먼 바다로 향한 지금, 우리가 해야 할 일은 딱 하나뿐이었다. 동생은 아카다마 포트와인을 엔진에 부었다. 작은형은 방향을 획 돌려 '지토세야'로 향했다.

"하늘을 난다는 건 묘한 기분이야."

"형, 저기 금요클럽 녀석들이 있어. 저 요릿집 뒤에 세워줘."

"까다로운 주문이로구나. 나도 처음이라니까."

"풍신뇌신의 부채로 바람을 좀 일으켜볼까?"

"그래, 그래."

내가 창문을 열고 살짝 부채질을 했는데 그것도 너무 셌던 모양이다. 강물 위에 떠 있던 가짜 에이잔 전철은 지토세야를 향해 움직였는데 너무 빨랐다. 멈출 틈도 없이 객실 유리창을 들이받고 말았다.

지토세야 2층의 객실이 무너졌다.

다다미가 뒤집히고 전구가 박살 났다. 접시가 날아가고 냄비가 뒤집혔다. 금요클럽 회원들의 호통과 비명이 튀어나왔다. 벤텐의 히스테릭한 웃음소리가 들려온 것 같기도 했다. 가짜 에이잔 전철은 멋진 맹장지문을 박살 내고서야 겨우 멈춰 섰다. 작은형이 "에구, 코야"라고 중얼거렸다. 전철이 뒤집히고 동생과 나는 차솥 엔진과 함께 지토세야 객실로 튕겨 나갔다. 동생은 둔갑이 완전히 풀려 도코노마까지 굴러온 차솥 엔진에 매달렸다.

나는 대학생으로 둔갑해 어두운 객실에 섰다. 움츠린 채 떨고 있는 털이 복슬복슬한 동생의 목덜미를 움켜쥐고 풍신뇌신의 부채를 입에 물었다.

"야시로, 너는 당장 '센스이로'로 달려가서 장로들 회의를 방해해."

"알았어."

"될 수 있으면 질질 끌어. 만약 뜻대로 되지 않으면 살짝 부채질을 해. 볼일이 끝나면 아카다마 선생님에게 돌려주고. 선생님도 '센스이로'에 있을 테니까."

형은 어떻게 할 거냐고 동생이 우물우물 물었다.

"형을 구해내고 달려갈게. 어서 가. 그런 꼴로 여기 있어봤자 잡아먹힐 거야."

동생은 살짝 비명을 지르며 복도를 내달렸다.

불 꺼진 객실에서 금요클럽 회원들이 신음하고 있었다.

작은형은 어디로 간 걸까. 큰형은 어디에 있는 걸까. 나는 어둠 속에서 코를 킁킁거리며 찾았다.

"야사부로니?"

잔뜩 소리를 낮춘 음성이 들려왔다.

우리에 갇힌 큰형이었다.

○

나는 우리를 열었다.

비틀비틀 걸어 나온 큰형을 부둥켜안자 형은 제기랄, 우라질, 하며 분하다는 듯이 눈물을 흘렸다. 그리고 털을 푸르르 털더니 내 손을 뿌리치려고 했다.

"너는 날 어리석다고 하겠지. 인간 흉내를 내며 선거운동이니 뭐니 하며 돌아다니다 이 꼴이 되었으니. 얼마나 무서웠는지 몰라. 나처럼 한심한 너구리가 너구리계의 미래를 어떻게 짊어질 수 있겠니. 나 따위는 잡아먹혀버리는 편이 나았을 거야."

"그렇게 극단적으로 말하지 마, 형. 어머니를 또 울릴 생각이야?"

"으음, 하지만 난 역시 쓸모없는 너구리야……."

"바보의 피 때문이야, 형."

나는 큰형의 등을 세게 쳤다.

"인간 흉내를 내도 상관없잖아? 그래서 속이 후련해지면 되는 거지, 뭐. 아버지의 뒤를 이을 거지?"

"그런가?"

"에비스가와를 뻥 차버려. 녀석은 아버지의 원수야."

"뭐라고?"

"에비스가와 소운이 아버지를 금요클럽에 넘겼던 거야."

어디선가 작은 동물이 뛰어와 큰형 등에 올라탔다. 의아한 표정을 짓는 큰형에게 등에 달라붙은 개구리가 말했다.

"나야, 형."

"야지로냐?"

"어서 가자, 큰형. 야시로가 먼저 '센스이로'로 달려갔으니 아직 늦지 않았을 거야. 어머니도 기뻐하시겠지."

"맞다, 어머니!"

큰형이 황급히 소리치더니 내게 매달렸다.

"어머니는 구했니? 어떻게 됐어?"

"아니, 아직. 행방을 몰라."

"가미야바시에 있는 가짜 덴키브랜 판매점이야. 창고에 계셔. 우리에 갇혀 있지. 얼른 구해야 해!"

"침착해, 형. 내가 갈게."

그때 객실 중앙에 사방등이 켜졌다.

"웬 놈이냐?"

쉰 목소리가 울려 퍼졌다.

흐릿한 조명을 받으며 누군가가 불쑥 일어섰다. 기분이 으스스했다. 그림자가 부서진 문에 비치더니 그대로 천장까지 커졌다. 나는 큰형과 함께 뛰쳐나가려고 했는데 뒤에서 뻗어 온 끈이 다리에 얽혀 그걸 푸느라 애를 먹었다. 나는 큰형과 작은형을 복도로 밀어냈다.

"뛰어, 형. 어머니는 내게 맡기고!"

큰형은 울상을 지으며 고개를 끄덕이더니 작은형을 등에 태우고 고풍스러운 램프가 매달려 있는 긴 복도를 쫄랑쫄랑 뛰어갔다.

고개를 돌려 뒤를 보니 엉망진창이 된 객실 한복판에 풍채 좋은 노인이 정좌하고 있었다. 요도가와 교수를 포함한 다른 얼굴들은 아직도 충격에서 벗어나지 못한 채로 객실 구석에서 이쪽으로 엉덩이를 내밀고 머리를 감싸 쥔 상태인데 벤텐과 그 노인만이 객실 한복판에 마주 앉아 태연자약한 모습을 보이고 있었다.

벤텐이 귀에 대고 뭐라고 속삭이자 노인은 복스러운 미소를 지었다. 마치 높은 자리에서 내려다보는 듯한 느긋한 분위기가 느껴져 평범한 인물이 아니겠다는 생각이 들었다. 아마도 금요 클럽 최고 연장자인 주로진이리라.

"이런, 이거 대단하군."

노인이 그렇게 말하며 나를 바라보았다.

"자넨 누군가?"

"큰 소리가 나서 무슨 일인가 싶어 들여다보았을 뿐입니다."

나는 다리에 묶인 끈을 풀었다.

"그냥 지나가던 길이라는 이야기인가? 흐음."

노인이 수상하다는 눈으로 나를 바라보았다. 그가 손을 휙 당기자 내 다리에 묶인 끈이 순식간에 노인 쪽으로 돌아갔다. 마치마술 같았다. 벤텐이 나를 향해 날름 혀를 내밀었다. 나는 얼굴을 찡그렸다. 노인은 의아하다는 표정을 지으며 벤텐을 바라보았다.

"아는 사이인가?"

"네, 주로진, 그렇습니다."

"그런가? 재미있는 건 좋은 거야."

이제야 사태가 수습되었다고 생각했는지, 여태까지 엉덩이를 내밀고 있던 다른 회원들이 슬금슬금 객실 구석에서 사방등 쪽으로 나왔다. 전에 스키야키집에서 고기를 다투던 인간들이다. 처음 보는 중머리는 '후쿠로쿠주'이리라. 그 맨질맨질 빛나는 대머리를 냅다 밀쳐내며 내 쪽으로 달려온 것은 요도가와 교수였다. 얼마 남지 않은 머리카락이 흐트러졌다. 내 발아래 있던 우리를 보더니 "아아!" 하고 비통한 소리를 냈다.

"내 너구리가 도망쳤어!"

교수는 어쩔 줄 모르는 표정을 지으며 내 어깨를 움켜잡았다.

"자네 대체 무슨 짓을 한 거지? 엄청나게 큰 물체가 가모가와강 쪽에서 돌진해 들이받는 바람에 뭐가 뭔지 모르겠어. 이것 봐, 객실이 엉망진창이잖아. 너구리도 사라졌고……."

"여, 침착해, 호테이 씨."

주로진이 말했다.

"하지만 오늘까지 기다렸다가 간신히 손에 넣은 너구리입니다."

"지나가던 사람에게 이야기해봐야 아무 소용도 없어. 도시에서는 이런 영문 모를 사고가 이따금 일어나기 마련이니까. 그때마다 허둥대며 수명을 줄일 일은 없지 않은가."

교수는 털썩 주저앉았다.

주로진이 부드러운 목소리로 말했다.

"마음 놓게. 조금 전 가미야바시에 있는 가짜 덴키브랜 판매점에 들렀을 때 너구리가 있는 걸 보았어. 내가 아는 사람이 맡긴 모양이니 이런 일이 일어날지도 모르겠다 싶어서 미리 손을 써놓았지. 오늘 밤은 그 너구리로 전골을 하기로 하지."

내가 얼마나 놀랐는지는 필설로 다 할 수 없다.

주로진은 방글방글 웃으며 객실 안을 둘러보았다.

"이런 이런, 자리가 엉망이 되었군. 마가 끼었어. 자리를 옮겨야겠군. 어디가 좋을까?"

"드디어 그 유명한 자가용 전철입니까?"

호텔 교운카쿠 사장 비샤몬이 말했다.

"안타깝게도 그건 수리 중일세. 그 대신 시조 기야마치에서 조금 내려가면 강가에 '센스이로'라는 제법 풍취 있는 요릿집이 있지. '도리야사'* 못지않아. 이런 일이 있을 줄 알고 미리 양도받았어. 오늘 저녁은 단체 손님을 받지 않게 되어 있지만 내가 이야기하면 말이 먹힐 테니 우리 자리쯤이야 마련하겠지."

"자, 자, 잠깐!"

내가 손을 들었다.

"잠깐 제가 이 모임에 끼어도 될까요?"

"뭐? 자네가?"

"진작부터 너구리를 한번 먹어보고 싶었습니다. 그리고 먹기 전에 꼭 살아 있는 너구리를 만나보고 싶군요. 저는 살아 있는 너구리를 본 적이 없어서요."

---

* 1788년 창업한 닭고기 전골 요리 '미즈타키'를 파는 음식점. 교토의 점포는 유형문화재로 지정돼 있다.

주로진은 긴 눈썹을 꿈틀꿈틀 움직이며 나를 보았다. 방글방글 웃고 있지만 그건 버릇인 모양이었다. 눈은 웃고 있지 않았다.

"난 상관없지만, 어떠세요?"

벤텐이 말했다.

"벤텐 씨가 그렇다면 괜찮겠지. ……미안하지만 젊은 친구는 힘쓰는 일을 좀 해줘야겠군. 주방에 가짜 덴키브랜을 배달시켜 놓았는데, 그걸 '센스이로'까지 옮겨주게."

"알겠습니다."

"이거 역시 주로진이십니다. 이런 상황에서도 너구리를 조달하실 수 있다니. ……저는 포기하고 있었는데요."

"뭘. 마침 그 가게 창고에 너구리가 있는 걸 우연히 보았을 뿐이야. 아는 사람이 맡겼다고 하니 내가 써도 괜찮겠지."

"그 너구리는 아시는 분이 아끼는 너구리 아닐까요? 먹으면 그분이 화내지 않겠습니까?"

"아니야, 군소리 없을 거야. ……하지만 호테이 씨."

바닥에 주저앉아 넋을 놓고 있던 교수가 움찔 고개를 들었다.

"마침 너구리를 구할 수 있어서 다행이었어. 무슨 사정이 있건 너구리전골을 먹지 못한다면 자넨 금요클럽에서 추방이니까 말이야."

〇

　'센스이로'는 시조 기야마치에서 다카세강을 따라 5분쯤 걸
으면 나온다.

　별로 크지는 않지만 아름다운 2층 목조 건물이다. 어느 모로
보나 오래된 집이라는 분위기가 풍겼다. 가게 뒤로는 바로 가모
가와강이라 여름이면 그곳에 납량상이 들어선다. 처마에 오렌
지색 등을 매단 모습도 그럴듯했다.

　'지토세야'에서 한발 먼저 출발한 동생이 '센스이로'에 도착
했을 때, 참석하지 않은 큰형을 욕하는 에비스가와 소운의 기세
에 눌려 차기 니세에몬은 소운으로 결정되어가고 있었다.

　형세가 불리하다고 판단한 동생은 복도 쪽으로 난 맹장지문
을 살짝 열고 풍신뇌신의 부채를 부쳤다.

　객실에 바로 일진광풍이 일어 모여 있던 장로들이 모두 솜털
처럼 나뒹구는 바람에 결론을 내릴 수 없게 되었다. 장로들이 제
자리로 돌아와야만 결론을 내릴 수 있다고 참석자들이 소란을
떨자 이번에는 옆방에서 술을 마시고 있던 아카다마 선생님이
시끄럽다고 호통을 쳤다.

　아카다마 선생님은 마지못해 참석했으나 너구리들과 섞이기
를 거부하고 옆 객실에서 술을 홀짝거렸다. 금방 끝날 거라고 생
각했는데 너구리들이 자기는 아랑곳하지 않고 소란을 피우고

있었다. 선생님은 틀림없이 자신을 깔보는 거라는 생각이 들었다. 무시당하는 것은 위대한 아카다마 선생님이 가장 싫어하는 일이었다.

복도에 있던 동생도 움츠러들 만큼 선생님은 아주 무섭게 화를 냈다. 동생은 선생님의 심기가 무척 불편한 모양이라고 짐작했다. 선생님의 설교는 일단 시작되면 중단할 계기가 없는 한 끝없이 이어진다. 마침 잘되었다는 생각이 들었다. 큰형과 작은형이 올 때까지 시간을 벌 수 있게 되었다.

이윽고 등에 작은형을 업은 큰형이 도착했다.

실내에 있는 너구리들은 아직도 아카다마 선생님의 설교에 귀를 기울이고 있었다. 동생의 설명을 들은 큰형은 잘했다면서 머리를 쓰다듬어 주었다.

"그럼 시작하자. 넌 선생님에게 부채를 돌려드리고 물러나 있어."

큰형이 용기를 내어 문을 활짝 열었는데, 객실 중앙에 서서 설교하는 아카다마 선생님 주위에 장로들이 잔뜩 움츠리고 있었다. 너구리들은 고개를 들어 큰형을 보더니 안도하는 표정을 지었다.

"아, 야이치로가 왔군."

"이제 왔나?"

저마다 큰형에게 한마디씩 건넸다.

큰형은 분노의 눈빛으로 에비스가와 소운을 노려보았다. 소운은 순간 마치 유령이라도 만난 표정을 지었지만 바로 낯빛을 바꾸어 입술을 찡그린 뻔뻔스러운 얼굴로 돌아갔다.

"너무 기다리게 만드는구나, 야이치로. 뭘 그리 떡 버티고 서 있어? 장로님들에게 사과드리지 않고."

에비스가와 소운이 말했다.

"아, 잠깐."

아카다마 선생님이 가로막았다.

"아직 내 이야기가 끝나지 않았어."

"선생님! 선생님께 이걸 드리러 왔습니다!"

동생이 선생님 발아래 엎드려 풍신뇌신의 부채를 내밀었다. 선생님의 표정이 바로 풀리더니 중얼거렸다.

"아니, 이건 풍신뇌신의 부채 아닌가. 야사부로 그 멍청이가 잃어버렸다고 하던데."

"조금 전에 겨우 찾았습니다. 그래서 이렇게 선생님께 드리려고 온 것입니다."

"음, 그랬구나."

선생님이 기분이 좋아진 틈을 노려 큰형이 선생님을 불렀다.

"선생님, 저도 도착했으니 결론이 곧 날 겁니다. 잠시만 더 저쪽에서 편히 기다려주시죠."

"으음, 그러마. 하지만 너무 오래 기다리게 하진 말거라."

선생님은 부채를 바라보며 말했다.

"난 회오리바람을 일으킬 수 있어."

"잘 알고 있습니다."

동생에게 소매를 끌려 나간 아카다마 선생님이 옆방으로 사라지자 큰형은 바닥에 정좌하고 장로들을 향해 깊숙이 고개를 숙였다.

"늦어서 대단히 죄송합니다. 하지만 사정이 있었습니다. 저는 조금 전까지 금요클럽에 잡혀 있었습니다."

너구리들이 술렁거렸다.

"왜 제가 뜻하지 않게 금요클럽에 잡혀 있었는지 말씀드리자면, 그건 바로 저기 있는 에비스가와 소운이 꾸민 일들 때문입니다. 소운은 니세에몬 자리를 빼앗기 위해 저를 포함한 시모가모가 식구들을 모두 잡았을 뿐만 아니라 저를 우리에 넣어 금요클럽에게 넘겼습니다."

"그게 참말이냐?"

장로들이 방석 위에서 푸들푸들 떨며 말했다.

"거짓말입니다."

소운이 태연히 말했다.

"너구리가 너구리를 전골로 만들다니, 그런 극악한 짓을 하는 너구리가 이 세상 어디에 있겠습니까. 덴구나 인간도 아닌데. 신성한 회의에 지각한 변명을 하는 김에 저를 함정에 빠뜨리려는 것입니다. 정말 지저분한 수법이로군. 근거도 없는 중상모략입니다."

"거짓말이 아닙니다."

큰형이 말했다.

"그런 증거가 어디 있나?"

그러자 작은형이 폴짝 다다미로 뛰어내려 말했다.

"이건 진실입니다."

장로들은 말하는 개구리를 물끄러미 바라보았다.

"이런, 야지로 아니냐? 오래간만에 보는구나."

"개구리가 하는 소리 따위 참고가 되지 않아!"

소운이 객실이 쩌렁쩌렁 울릴 만큼 큰 소리로 말했다.

"이건 겉보기는 개구리지만 시모가모가 식구 아닌가. 평소 거리낌 없이 에비스가와가를 미워한다고 하던 녀석들이로군. 서로 짜고 나를 함정에 빠뜨리려는 속셈이냐? 도대체가 이상하군. 내가 금요클럽에 넘겼다고 하는데, 그러면 너는 어떻게 여기 있지? 너구리전골이 되었어야 하지 않은가."

그 후 큰형과 소운의 응수는 진흙탕 싸움이 되어 한참 이어졌다.

"쉿! 옆에 사람이 온 모양이야."

불쑥 한 참관자가 소리를 죽여 말했다. 모두들 귀를 기울이는데, 아카다마 선생님이 술을 마시는 객실과는 정반대의 방향에서 와글와글 인간들이 들어오는 기척이 났다.

"됐다."

장로 가운데 한 마리가 그 틈을 노려 입을 열었다.

"둘이 서로 그렇게 격렬하게 주장해봐야 우리는 혼란스러울 뿐이야. 머리를 맑게 하고 신중하게 의논해야겠어. 야이치로나 소운이나 잠시 입을 다물고 있는 것이 좋겠다."

그러더니 장로들은 심사숙고에 들어갔다.

○

금요클럽은 모임 장소를 옮겼다.

'센스이로' 같은 요릿집이 고리대금업을 하는 주로진의 소유가 된 데는 여러 사정이 있으리라. 그런 생각을 하면 마음이 아프다. 우연히 주로진 손에 들어갔기 때문에 그 오랜 전통을 지닌 요릿집은 인간과 너구리, 덴구를 맹장지문 한 장 사이에 두고 객실에 밀어 넣게 되었다. 의도하지 않은 일이라고는 해도 그 실수의 대가는 컸다. 가련하게도 '센스이로'는 그 유서 깊은 건물을 단 하룻밤 사이에 날려버려 긴 전통이 일단 끊어지는 상태가 되었던 것이다.

폰토초 북쪽에서 케이스에 넣은 가짜 덴키브랜을 끙끙 옮겨온 나는 겨울인데도 굵은 땀방울을 흘렸다. 입구에서 헉헉거리는 나를 곁눈질하며 금요클럽 회원들이 안으로 성큼성큼 들어갔다. 손님을 맞으러 나온 주인 같은 노파가 주로진에게 깊숙이 고개를 숙였다.

회원들 뒤를 따라 안으로 들어가면서 언제 너구리들이 불쑥 얼굴을 내밀지 몰라 속이 탔다. 한 지붕 아래 금요클럽이 모여 있다는 사실을 알면 어떤 혼란이 일어날까. 겁을 집어먹어 둔갑이 풀린 너구리들이 우글우글해서 발 디딜 틈조차 없어지는 건 아닐까.

안내된 곳은 가모가와강 쪽에 있는 2층 객실이었다. 이미 냄비가 준비되어 있는 걸 보니 무서웠다. 금요클럽 회원들이 방이 좁다고 불평하자 종업원은 "부디 양해해주십시오" 하며 고개를 숙였다.

"옆방은 안 되나?"

비샤몬이 대나무 숲과 호랑이가 그려진 맹장지문을 가리켰다.

"옆방에는 단체 손님들이 계셔서요."

"그런데 조용하군. 아무도 없는 것 같아."

"네, 조용하지요."

종업원은 애매하게 말을 흐리고 밖으로 나갔다.

나는 객실 구석에 웅크리고 앉아 어머니가 언제 도착할지 숨 죽이고 기다렸다.

편한 자세로 앉아 있던 벤텐이 금요클럽 무리를 떠나 성큼성큼 걸어왔다. 벤텐은 후후 웃으며 담배에 불을 붙였다. 그러고는 한쪽 무릎을 세우고 앉아 연기를 폭폭 내뿜었다.

"아니, 넌 무슨 생각을 하고 있는 거야?"

"가르쳐줄 수 없어요."

"뭘 하건 재미있기만 하면 되지만 너무 난폭하게 굴지는 마."

나는 맹장지문에 그려진 대나무 숲과 호랑이 그림을 보았다. 그리고 큰형을 생각했다.

그때 복도에서 종업원의 목소리가 들려왔다.

"물건이 도착했습니다."

세상에 아무리 괴로운 일이 많다고 해도 우리 안에 갇힌 자기 어머니가 너구리전골 준비를 마친 객실로 들어오는 모습을 지켜보는 것만큼 괴롭지는 않으리라.

종업원 둘이 힘을 합쳐 조심스럽게 우리를 옮겨 왔다. 유서 깊은 요정 객실에 털북숭이 너구리를 들이다니. 속으로 부끄럽고 창피했으리라. 하지만 그들은 모른다. 오늘 밤 이 집 손님 대부분이 너구리라는 사실을.

주로진이 우리를 살짝 흔들자 웅크리고 있던 너구리가 고개를 번쩍 들었다.

금요클럽 회원들이 제각각 감탄사를 터뜨렸다.

"호오."

"대단하군."

"예쁜 너구리야."

하지만 나는 마음의 여유가 없었다. 나도 모르게 주로진에게 덤벼들 뻔했지만 꾹 참았다. 이를 악물고 지켜보는데 우리 안에 있는 어머니가 나를 발견했다. 어머니는 젖은 눈으로 나를 바라보며 코를 쿵쿵거렸다. 나는 살짝 고개를 끄덕였다.

"훌륭한 너구리로군. 안 그런가, 호테이 씨?"

주로진이 요도가와 교수에게 말했다.

하지만 기묘하게도 그토록 너구리를 좋아하는 요도가와 교수가 멍한 표정으로 아무런 대꾸도 하지 않았다. 교수는 입을 멍하니 벌리고 우리 안의 너구리를 넋을 잃고 바라보았다.

"왜 그래, 호테이 씨?"

비샤몬이 말했다.

요도가와 교수는 주춤주춤 엉덩이를 움직였다.

나는 주로진에게 말을 걸려고 했다.

그런데 그때, 여태 조용했던 옆방에서 긴박한 분위기가 느껴졌다.

○

너무 심사숙고하던 장로들이 이윽고 백하야선* 상태가 되었다. 쿨쿨 잠자는 털 뭉치들을 곁눈질하며 소운이 다시 입을 열었다.

---

* 白河夜船. 주위 상황에는 아랑곳하지 않고 잠이 푹 든 상태.

"돼먹지 못한 거짓말은 집어치워, 야이치로. 꼴사납다."

"아니 어찌 감히 그런 거짓말을!"

큰형은 어처구니없다는 표정으로 소리쳤다.

"그게 작은아버지에게 대고 할 소리냐? 예의 있게 행동해!"

큰형은 마침내 장로들 면전이라는 사실을 까먹었다.

"뭐가 작은아버지야, 이 자식아! 아버지를 너구리전골로 만든 놈이!"

방 안에 있던 너구리들이 충격을 받았다. 너무 깊이 잠들어 저세상으로 떠날 뻔했던 장로들이 다시 꿈틀거리기 시작했다.

"소이치로 씨를 너구리전골로 만들었다고?"

난젠지의 두령이 말했다.

"이건 그냥 넘어갈 이야기가 아니로군."

"잠깐! 잠깐!"

소운이 손을 저었다.

"진정해. 이것도 근거 없는 소리야. 아무리 거짓말을 해도 통하지 않으니까 억지로 아버지 이야기를 꺼낸 거라고. 하지만 그것 역시 아무런 증거가 없어. 누가 증명할 수 있다는 거지?"

"가이세이가 증인이다. 네 딸 말이야!"

"그런 비극을 꿈속에서 지어내는 건 그 또래 여자애들에게 흔히 있는 일이지. 내가 소이치로를 너구리전골로 만들었다고 정말로 믿는 건가?"

"대체 언제까지 시치미를 뗄 셈이냐!"

"너희들이 억지만 부리니 그렇지. 그런 끔찍한 이야기를 믿는 너구리가 어디 있나."

소운이 장로들을 향해 물었다.

"어떻게 생각하십니까? 제가 그런 짓을 할 너구리 같습니까?"

장로들은 아무 말도 없이 털을 살살 흔들었다.

소운이 말을 이었다.

"분명히 소이치로가 금요클럽에서 너구리전골이 된 경위에는 미심쩍은 점이 있죠. 그렇게 훌륭한 너구리가 그런 인간들 손에 간단하게 넘어갔다는 사실은 아무리 생각해도 이상합니다. 하지만 소이치로가 술에 잔뜩 취했다면 이야기는 달라집니다."

소운은 다다미에 앉아 있는 개구리를 바라보았다.

"들은 바에 따르면 소이치로가 금요클럽에 잡힌 날 밤, 마지막까지 함께 술을 마신 너구리가 있었다고 합니다. 소이치로가 그 끔찍한 인간들 손에 잡힌 까닭은 아마도 그 때문일 겁니다. 하지만 그 못된 너구리는 지금도 스스로 이름을 밝히지 않고 있습니다. 너구리계의 두령이 어처구니없이 냄비에 빠지는 원인을 제공해놓고도 입을 다물고 있습니다. 나는 그 녀석이 자신의 비열한 행동을 부끄럽게 여겨 어느 절 우물 안에 숨어 있다는 소문을 들었습니다만."

분노를 참지 못한 작은형이 팔짝 뛰어 소운의 얼굴에 달라붙
었다.

"으앗!"

소운은 비명을 지르며 콧구멍으로 파고들려는 개구리를 떨
쳐냈다.

작은형은 허공을 날아 하마터면 문에 부딪힐 뻔했지만 그 직
전에 난젠지 두령이 방석을 들어 받아냈다.

"용서할 수 없다."

화가 머리끝까지 난 큰형이 커다란 호랑이로 둔갑했다.

"작은아버지고 뭐고 알 게 뭐야. 납작하게 만들어주마."

○

옆방에서 심하게 말다툼하는 소리가 들렸다. 굵은 목소리는
소운이다.

"침착해, 야이치로!"

이건 난젠지 두령의 목소리. 꽥꽥거리는 것은 장로들이 지르
는 소리리라.

주로진이 맹장지문 쪽을 바라보았다.

"저쪽은 분위기가 무르익은 모양이로군."

금요클럽 회원들이 귀를 기울여 듣고 있는 가운데 작은 목소

리가 점점 커지더니 마침내 다다미 위를 달려가는 소리가 들렸다. "그만! 난폭하게 굴지 마!"라는 소리도 들려왔다.

"운동회라도 하는 건가?"

주로진이 중얼거렸다. 바로 그 순간 퍽 하는 큰 소리가 나더니 맹장지에 그려진 대나무 숲이 이쪽 방으로 쑥 튀어나왔다. 문이 덜컹덜컹 흔들리더니 뚱뚱한 남자가 맹장지문을 뚫고 이쪽 방으로 굴러 들어왔다. 남자를 잡으려는지 문에 그려진 호랑이 그림을 뚫고 진짜 호랑이가 뛰어들었다. 순식간에 일어난 일이라 무시무시한 얼굴을 한 커다란 호랑이를 보니 간담이 서늘했다.

호랑이는 엉금엉금 기는 남자의 등을 짓밟고 요릿집이 떠나가라 큰 소리로 울었다. 남자가 으악, 하고 비명을 질렀다.

"어머머, 호랑이네."

벤텐이 내 옆에서 느긋한 목소리로 말했다.

금요클럽 회원들은 순식간에 뒤로 물러나 벽에 달라붙었다. 주로진은 호랑이는 신경도 쓰지 않고 우리에 갇힌 어머니를 들여다보고 있었다.

"이런, 오늘 밤은 소란스럽구나!"

에비스가와 소운은 호랑이에게 등을 밟힌 채로 고개를 들었다. 바로 앞에는 주로진이 앉아 있고, 그 옆에는 우리가 있었다.

갇혀 있는 어머니를 보더니 소운이 앗, 하고 비명을 질렀다.

이어서 큰형도 앗, 하고 비명을 질렀다. 누런 털과 검은 털이 꿈틀거리더니 그토록 날뛰던 기세가 약해졌다. 그래도 간신히 호랑이 모습은 유지하고 있었는데 큰형으로서는 그것도 정말 용한 일이었다.

소운이 주로진을 향해 소리쳤다.

"어째서! 당신이 어떻게 그 너구리를 가지고 있죠? 창고에 넣어두었을 텐데."

"어, 에비스가와인가? 내게도 이런저런 사정이 있어서 말이지, 빌리는 것으로 하지."

"빌려 가서 어떻게 하시려는 겁니까?."

"전골냄비에 넣겠다."

"빌려드리지 않겠습니다! 전골로 만들 너구리가 아니라고 그토록 말씀드렸는데! 그건 내 너구리라고!"

"네 너구리인데, 그게 뭐 어쨌다고?"

"그 너구리만은 안 돼! 그건 내가 용서하지 않겠어."

소운이 침을 튀기며 소리쳤다.

"이제 가짜 덴키브랜도 주지 않겠어!"

주로진이 콧방귀를 뀌었다.

"그럼 빼앗아봐. 어때, 벤텐 씨, 내 말이 맞지?"

"그럼요."

"이렇다니까, 인간은 정말 질이 나빠!"

말다툼이 벌어지는 틈을 타 어머니를 구출해야 한다.

그런 생각을 하며 일어서려는데, 나를 밀치고 우리에 덤벼든 인간이 있었다.

요도가와 교수가 어머니가 든 우리를 안아 들었다. 어머니가 교수를 쳐다보며 코를 킁킁거렸다. 주로진이 부드러운 목소리로 물었다.

"호테이 씨, 왜 그러나?"

교수는 우리를 껴안은 채로 주로진을 돌아보더니 뒷걸음질 치기 시작했다. 입을 우물거리며 고개를 저었다.

"안 돼. 도저히 그냥 보고 있을 수가 없어."

요도가와 교수가 숨을 헐떡거렸다.

"이 너구리는 그 애야, 내가 치료해준 그 애. 얘를 넘겨줄 순 없어."

"당신이 한 마리 놓쳐서 내가 고생했잖아. 너구리전골 없이 송년회를 하다니, 그건 앙꼬 없는 찐빵이나 마찬가지야. 금요클럽의 전통이 어떻게 되겠나."

질책하는 주로진의 목소리에 맞추어 회원들이 말했다.

"제명당해, 호테이 씨!"

"제명이고 뭐고 상관없어."

"뭐라고, 다시 말해봐."

"역시 난 안 되겠어. 이건 패배야. 사상적인 패배. 하지만 그래도 상관없어! 아니 이런 문명 시대에 너구리전골을 좋다고 먹다니. 뭐가 금요클럽이야! 뭐가 전통이야!"

"당신도 실컷 먹었잖아."

"먹는 것은 사랑 아니었나? 당신 지론은 어떻게 하고?"

"먹는 건 사랑이지. 하지만 먹으려 해도 먹을 수 없는 것 또한 사랑이야."

"무슨 그런 소리가 있어!"

"궤변이야! 궤변!"

"궤변이라도 좋아!"

교수가 소리쳤다.

"당신들 의견 필요 없어! 난 전향하기로 결심했어."

"전향하건 말건 그야 당신 마음이지만 너구리만은 두고 가."

주로진이 엄숙하게 내뱉자 교수는 에비스가 소운을 밟고 찢어진 문을 걷어차 넘어뜨리더니 옆방으로 도망쳤다.

그쪽에서도 엄청난 소동이 일어났다.

옆방에는 장로들을 비롯해 참관자로 나온 너구리들이 꽉 들어차 있었다. "금요클럽이다!"라는 경고의 외마디가 터지자마자 소리도 내지 못하는 비명이 방에 가득 찼다. 제정신이 아닌 너구리들은 둔갑이 풀렸다. 셀 수 없이 많은 털 뭉치들이 출현하자 방 안은 무성하고 꿈틀거리는 털 카펫을 깔아놓은 듯했다. 거기로 뛰어든 요도가와 교수는 "미안! 미안!" 소리 지르며 본의 아니게 털 뭉치들을 걷어차게 되었다.

우뚝 서서 객실을 노려보던 주로진이 감탄했다.

"어허, 절경이로고. 전골은 실컷 먹겠군."

방을 가득 메운 너구리들이 허둥지둥 도망치려고 했다.

털 뭉치들이 달려나가자 발을 움직일 수 없게 된 교수는 발랑 넘어져 어머니가 갇힌 우리를 놓치고 말았다.

허공에 뜬 우리를 받아내려고 한 것은 큰형이었다. 어머니가 위기에 처하자 간이 쪼그라들어 고양이처럼 작아진 채로 제 존재를 잊고 있던 큰형은 우리를 손에 넣자 다시 배짱이 생긴 모양이었다. 우리를 배 아래 안고 어흥, 하며 금요클럽을 위협했다. 하지만 위협할 필요도 없었다. 눈앞에 나타난 동물의 왕국에 금요클럽 회원들은 어떻게 돌아가는 상황인지 몰라 먹이를 찾는 연못 속 잉어처럼 입만 뻐끔거리고 있었을 뿐이니까.

혼란스러운 틈을 타 간신히 도망친 작은형이 내게 다가왔다. 나는 개구리를 들어 어깨에 얹었다.

"우와, 큰일 날 뻔했네."

작은형이 말했다.

벤텐이 "선생님!" 하고 부르며 요도가와 교수에게 다가갔다.

"다치지 않으셨어요?"

큰 호랑이와 너구리들에 겁먹지 않고 사태를 냉정하게 받아들이고 있는 것은 주로진 한 사람뿐이었다. 그는 일어서더니 호랑이에게 호통을 쳤다.

"이놈, 조용히 해라!"

큰형이 어흥, 하고 대꾸했다.

무슨 일인가 싶어 올라온 종업원들이 기겁을 했다.

"호랑이다!"

"너구리다!"

너구리들은 깩깩 작은 비명을 지르면서 복도 쪽 문을 열고 도망치려고 했지만 다 함께 그러다 보니 방 안은 빗자루로 한데 쓸어놓은 듯이 털 뭉치로 꽉 막혀 있을 뿐이었다.

우왕좌왕하는 너구리, 포효하는 호랑이, 버럭버럭 소리 지르는 주로진, 우리 안의 어머니, 넋이 나간 금요클럽, 기겁을 한 종업원, 사상적 패배를 맛보고 엉덩방아를 찧은 요도가와 교수, 교수를 돕기 위해 손을 뻗는 벤텐, 어이없어하며 지켜보는 나, "이거 큰일이로군"이라고 중얼거리는 작은 개구리. 너구리와 인간, 반덴구가 뒤섞인 이 엄청난 소동을 대체 누가 수습할 수 있으랴.

너구리들이 우글거리는 방 안쪽 맹장지문이 벌컥 열렸다.

아카다마 선생님이 우뚝 서 있었다.

선생님은 삶은 문어 모양으로 새빨개져 당장이라도 정수리에서 모락모락 김이 날 것만 같았다. 오른손에는 마침내 되찾은 풍신뇌신의 부채를 쥐고, 왼손에는 머리 위에 매달린 공과 연결된 끈을 쥐고 있었다. 아마도 잡아당기면 운동회 때처럼 잘게 자른 색종이가 쏟아지는 그런 공 같았다. 분노로 부들부들 떨리는 선생님의 다리에 동생이 매달려 있었다. 선생님의 폭발을 애써 막으려 하고 있었다. 선생님이 발을 털자 동생은 털 뭉치가 되어 데굴데굴 굴렀다.

모두들 선생님이 옆에 있다는 사실을 까먹고 있었다.

선생님이 분노를 이기지 못해 끈을 당기자 공에서 천이 흘러 내려 왔다.

잘게 자른 색종이가 흩날리는 가운데 '니세에몬 결정'이라는 천이 펼쳐졌다.

"언제까지 기다리게 만들 작정이냐! 작작 좀 해라, 안 그러면 날려버릴 테다!"

선생님이 호통을 치며 부채를 들었다.

그때 내 머릿속에 악마와 같은 간계가 떠올랐다.

요도가와 교수에게는 미안하지만 이 혼란을 수습하기 위해 서는 더 큰 혼란을 일으켜 모든 것을 완전히 엉망으로 만들 수밖 에 없었다. 나는 벤텐의 뒤로 달려가 와락 밀쳤다. 벤텐이 균형 을 잃고 손을 잡아 일으켜주려던 교수의 몸 위로 엎어졌다. 보기 에도 외설스럽고 음전하지 못한 포즈가 되었다. 나는 엎드려서 크게 소리쳤다.

"뇨이가타케 야쿠시보 님! 불륜 현장이옵니다!"

아카다마 선생님은 눈을 크게 부릅뜨고 내 간계에 따라 마음 에도 없이 서로 부둥켜안은 꼴이 된 교수와 벤텐의 행태를 노려보았다. 교수는 당황해서 "무슨 소리야!" 하며 벤텐의 몸을 밀어 내려고 했다.

"그건 오해야, 오해!"

"아하, 역시 이놈이로구나! 사진을 봤지!"

선생님이 침을 뱉으며 말했다.

"인간 나부랭이가 벤텐에게 손을 대다니 괘씸하기 짝이 없도다. 하지만 그러나, 너뿐만이 아니다. 이놈이고 저놈이고 모두같은 죄다. 거기 있는 인간 놈들, 저쪽에 있는 털 뭉치들, 은근슬쩍 이 자리에서 빠져나갈 생각일랑 하지도 말거라. 몽땅 다 마음에 들지 않아. 내 말을 잘 듣거라. 이 덴구를 봐라! 모르겠느냐! 나는 너희들을 경멸한다."

그러더니 팔을 걷어붙이고 부채를 높이 들었다.

"내가 바로 덴구다. 덴구이기 때문에 위대하다. 위대하기 때문에 덴구인 것이다. 온화하여 귀하신 몸이고, 내게 거스르는 놈없어 으뜸이다. 나를 지극히 존경하라. 위대한 덴구님 앞이다. 너희들은 모두 제 꼬라지를 알라!"

○

에도 시대부터 이어져온 '센스이로'의 역사에 일단 종지부를 찍은 뒤에도 아카다마 선생님의 분노는 가라앉지 않았다. 회오

424

리바람은 기야마치 변두리를 완전히 엉망으로 만들었다. 어떤
이는 달리고, 어떤 이는 바람에 날려 가고, 인간이고 너구리고
모두 야음을 틈타 뿔뿔이 도망쳤다. 하지만 제대로 도망칠 수 있
었던 자는 다행이었다. 나 때문에 샛서방으로 오해받은 요도가
와 교수는 불쌍했다.

아카다마 선생님은 부채를 휘두르면서 교수를 뒤쫓았다.

기야마치의 가로수들은 거의 꺾어질 듯 뒤틀리고, 다카세강
은 역류했으며, 술 취한 이들은 영문도 모르고 휩쓸려 하늘로 날
아올랐다. 요도가와 교수는 머리카락을 흐트러뜨리고 엎어지고
뒹굴고 하며 폭풍이 휘몰아치는 기야마치를 빠져나가 휘황하게
빛나는 시조 거리로 도망쳤지만 아카다마 선생님은 내가 크리
스마스 선물로 준 지팡이를 활용하여 근래 보기 드문 활력을 과
시하며 따라붙었다.

"선생님! 제발! 이제 그만 용서를!"

선생님은 뒤에서 소리치는 내 목소리를 들은 척도 하지 않았다.

시조 거리는 여느 때와 마찬가지로 밤의 밑바닥까지 환하게
밝히고 있었다. 양쪽에는 높은 빌딩들이 늘어서 있고, 증권사나
뷰티살롱, 금융회사, 은행의 전광판이 밤하늘에서 빛났다. 수많
은 사람들이 오가며 시영버스와 자동차가 다니고 손님을 기다
리는 택시가 줄지어 서 있었다.

요도가와 교수는 시조 거리에서 서쪽으로 도망쳤다.

그가 지나간 주변에는 비명과 혼란만 남았다. 아름답게 치장한 소녀들도, 기타를 치며 노래하던 젊은이도, 송년회를 하러 나온 대학생들도 모두 빌딩 계곡 사이를 휩쓸고 지나가는 폭풍에 쓰러지고 말았다. 손님을 기다리던 택시는 끼익 소리를 내면서 흔들렸고, 시영버스는 자칫하면 넘어갈 뻔했다. 신호등은 완전히 휘었다. 값싼 사과를 잔뜩 쌓아놓고 서 있던 트럭에서 수많은 사과가 바람에 날려 고급 브랜드숍에 철퍽철퍽 떨어졌고 빌딩 벽면에서 튀어나온 전광판은 요란한 불꽃을 튀기다가 줄줄이 꺼졌다.

"선생님, 아직 정정하시네."

작은형이 내 어깨에 꼭 달라붙어 말했다.

뛰고 있는 내 뒤를 큰형과 동생이 따라왔다.

"야사부로, 어떻게 좀 해봐."

큰형이 헉헉거리면서 말했다.

"이런 소동은 난생처음이다."

"나도 지금 어떻게 해보려고 하는 중이잖아."

아카다마 선생님 역시 지쳤는지 지팡이를 짚고 숨을 돌렸다. 폭풍이 일순간 가라앉았다. 이 틈에 우리는 선생님을 붙잡으려고 했지만 그 순간 선생님이 또 부채를 휘둘렀다.

회오리치는 폭풍에 휘말린 우리 형제는 줄줄이 사탕으로 다이마루 백화점 상공으로 날아올랐다.

"죽겠다, 이거 죽겠어."

큰형이 소리쳤다.

"무서워! 무서워!"

동생도 비명을 질렀다. 너무 무서워 체념하고 하늘을 날고 있는데 벤텐이 날아와 목숨을 건져주었다.

"어휴, 정말. 난폭한 양반이로군. 고생했어. 뒷일은 내게 맡겨 둬."

벤텐이 말했다.

벤텐은 소용돌이치는 회오리바람 틈새를 뚫고 지상에 내려섰고, 우리를 내려주고 난 뒤 후지이 다이마루 백화점 앞을 돌진하는 아카다마 선생님을 향해 "스승님!" 하고 부르며 달려갔다. 선생님은 부채를 휘두르던 손길을 멈추고 정지했다.

"스승님, 이제 그만하시죠."

선생님이 돌아보았다.

"벤텐이냐?"

"스승님이 얼마나 무서운지 다들 충분히 알았을 겁니다. 그러니 부디 이제 그만."

"하지만."

"면봉도 사 왔어요. 이걸로 귀지를 파드리겠어요. 오래간만에 제 무릎을 베고."

"으음."

"선생님, 이제 그만 용서해주세요."

벤텐은 아카다마 선생님의 어깨에 손을 얹고 부드러운 목소리로 말했다.

"그만 집으로 돌아가요."

아카다마 선생님은 얼굴을 찌푸리고 요도가와 교수가 도망친 시조 가라스마 방향을 바라보았지만 이윽고 고개를 끄덕이며 부채를 품에 넣었다. 아직도 가라앉지 않은 회오리바람의 여운이 선생님의 백발을 흔들었다. 벤텐은 선생님의 손을 잡고 시조 거리를 달려오는 택시를 향해 아름답게 손을 들었다. 바로 택시 한 대가 멈춰 서더니 문을 열었다.

유유히 택시에 올라타려던 아카다마 선생님은 불쑥 우리 형제들을 바라보았다.

"너희들 무얼 하고 놀고 있는 거냐! 얼른 집에 돌아가!"

선생님이 지팡이를 휘두르며 말했다.

"털 뭉치 나부랭이들이 건방지게 밤에 놀러 다니면 잡아먹힌다."

우리 형제는 위대한 은사님을 향해 고개를 깊숙이 숙였다.

○

아카다마 선생님과 벤텐이 탄 택시가 사라지는 모습을 지켜본 뒤에 우리 형제 일동은 한숨을 내쉬었다.

기나긴 오늘 하루에 일어났던 일들을 되새겨보았지만 뭐가 어떻게 된 것인지 알 수가 없었다. 하지만 모른다고 해서 문제 될 일은 없다. 잘 마무리되었다고 할 수는 없어도 일단 수습이 되기는 한 셈이다.

"언제까지 개구리 모습을 하고 있을 거야? 불편하지 않아?"

큰형이 내 어깨에 앉은 작은형에게 말했다.

"아니야, 형. 아직 감이 돌아오지 않아. 당분간 개구리인 채로 지낼 수밖에 없어."

"니세에몬은 어떻게 되는 거야?"

동생이 물었다.

큰형은 얼굴을 찡그렸다.

"장로들 앞에서 그런 난동을 부렸는데, 뭘. 하지만 소운도 그간의 악행이 까발려졌으니 도저히 안 된다고 봐야지. 분명히 야사카 씨가 더 하겠지. 은퇴하고 남쪽 섬에 갈 속셈이었던 모양인데, 불쌍하게도."

"아 참, 어머니!"

내가 말하자 큰형도 "아, 맞다"라며 당황했다.

"먼저 '아케가라스'에 가 계시라고 했는데, 무사히 도착하셨을까?"

동생이 휴대전화를 꺼냈지만 금각이 통화를 길게 하는 바람에 배터리가 다 떨어졌다. 하지만 동생은 당황하거나 서두르지 않고 야금야금 충전했다.

"너도 가끔은 쓸모가 있구나."

큰형이 그렇게 중얼거리더니 얼른 덧붙였다.

"아니, 너도 아주 쓸모 있어."

동생이 어머니에게 전화를 걸었다.

"어머니, 지금 어디 계세요?"

"지금 '아케가라스'에 도착했어. 반나절을 우리에 갇혀 있었더니 어깨가 너무 결린다. 너희들은 모두 무사하지? 다치지 않았지?"

"네, 다 함께 있어요. 야사부로 형 바꿔드릴게요."

"어머니, 저 멀쩡해요."

"야사부로냐? 애 많이 썼다."

"하하, 이쯤이야 뭘. 그럼 큰형 바꿔줄게요."

"어머니, 오늘 정말 고생 많으셨어요. 죄송합니다. 그리고 분하지만 저는 니세에몬이 되지 못할 거예요."

"상관없다. 살다 보면 또 좋은 날이 오겠지."

"죄송해요. 둘째 바꿀게요."

큰형이 휴대전화를 들고 내 어깨 쪽으로 내밀었다. 작은형은 느릿느릿 휴대전화 쪽으로 다가오더니 잠시 무슨 이야기를 해야 할지 망설이는 듯했다.

"야지로, 왜 아무 말도 없는 거니?"

어머니가 말했다.

"어디 다친 거니?"

작은 개구리는 불쑥 닭똥 같은 눈물을 흘렸다.

"오래간만이에요, 어머니. 그동안 연락드리지 못해 죄송해요. 용서해주세요."

"괜찮다. 난 널 알아. 그러니 이제 울음 뚝."

어머니가 조용히 말했다.

"자, 오늘 밤은 아주 좋구나. 엄마는 여기서 기다리고 있을게."

우리 형제가 한자리에 모이기는 몇 년 만이다.

"오늘은 한번 하라쓰즈미나 해볼까?"

큰형이 말했지만 나는 흠칫했다. 너구리가 달밤에 기분이 좋아 배를 두드리는 하라쓰즈미는 과거의 유물이다. 게다가 나는 배를 두드리면 꼭 속이 좋지 않다. 하지만 큰형의 기분을 상하게 하고 싶지 않아 오늘 밤만은 해보기로 마음먹었다.

"그럼."

큰형이 말했다.

우리는 퉁 하고 배를 한 번 두드린 뒤에 '아케가라스'로 향했다.

○

"너도 언젠가는 내 뒤를 잇게 될 거야."

예전에 기온에서 버스를 기다리며 아버지가 큰형에게 말했다고 한다.

"너구리계에는 매우 마음에 들지 않는 너구리도 있고 너는 또 고지식한 편이니 다툴 일도 많을 거다. 하지만 한 마리의 적을 만들 때는 한 마리의 친구를 만들어야 해. 다섯 마리의 적을 만들 때는 다섯 마리의 친구를 만들어야 하지. 그렇게 적이 늘어나서 언젠가 너구리계의 반을 적으로 돌렸다고 해도 네 곁을 보렴. 네게는 동생이 셋 있다. 이건 아주 마음 든든한 거야. 그게 네 비장의 카드가 되는 날이 반드시 올 거다. 내가 늘 아쉽게 생각하는 건 그 비장의 카드를 나는 갖지 못했다는 거야. 난 동생을 믿지 않고 동생도 나를 믿지 않았지. 우리 형제가 서로 다투는 사이가 된 것은 그 때문이야. 피를 나눈 형제가 적이 되었을 때, 그때는 최대의 적이 된다. 그러니 너희들은 늘 서로 믿어야만 해. 형제간의 우애! 잊어서는 안 된다. 형제간의 우애! 어쨌든 너희들에게는 모두 같은 '바보의 피'가 흐르고 있으니까."

거기까지 이야기하고 아버지는 껄껄 웃었다.

"뭐 별로 자랑할 만한 피는 아니지만."

○

다소 무리를 한 연말이라 다들 피곤했는지 모두들 잠이 푹 들었다. 교토 너구리계는 죽은 듯이 조용했다.

그리고 우리는 새해를 맞이했다.

설날은 대개 날씨가 좋기 마련인데, 그해 역시 마찬가지였다. 새파란 하늘은 한없이 맑고, 새해 첫날을 맞이하여 신사에 참배하러 가는 사람들로 교토의 명소는 무척 붐볐다. 겨우 침대에서 기어 나온 너구리들은 코를 킁킁거리며 새해를 우선 코로 맛보았다.

기분이 무척 좋아 우리 식구는 다 함께 야사카 신사를 찾기로 했다. 시모가모 신사에는 매년 참배를 하지만 야사카 신사에 가기는 아버지가 세상을 떠난 뒤로 처음이었다.

우리는 산뜻한 햇살이 내리비치는 가모가와강 둑을 걸어 데마치야나기역에서 교토와 오사카를 오가는 전철을 탔다.

시조 대교 앞에 이르자 가와라마치에서부터 기온, 야사카 신사에 걸쳐 참배객들이 넘쳐났다. 기모노를 입은 여성, 옷을 껴입어 달마 오뚝이 같은 어린이, 손을 꼭 잡은 커플 등등 남녀노소가 줄지어 시조 거리를 걸었다. 야사카 신사 앞은 대단히 붐비는 모양이었다.

"우와, 엄청난 인파로군."

큰형이 까치발을 하고 야사카 신사 쪽을 바라보더니 떨떠름한 표정을 지었다.

"경내에 들어갈 수 있을까?"

그날 밤, 큰형은 장로들 앞에서 호랑이로 둔갑해 난동을 부린 일로 형식적인 야단을 맞았지만, 정상참작의 여지가 있다고 하여 용서를 받았다. 그렇다고는 해도 그 대혼란 속에서 니세에몬을 결정할 수는 없었기 때문에 일단 야사카 헤이타로가 다시 니세에몬 직무를 맡게 되었다. 남쪽 나라로 여행을 떠나는 꿈에 젖어 있던 그는 이를 갈며 아쉬워했다고 한다.

"밀려서 눌리면 곤란해."

어머니가 그렇게 말하며 동생의 어깨를 감싸 안았다.

"가장 위험한 건 나야. 어쨌든 개구리니까."

내 어깨에 앉은 작은형이 투덜거렸다.

"떨어뜨리지 말아줘, 야사부로. 밟히면 끝장이니까."

작은형은 아직 개구리에서 너구리로 돌아올 수 없는 상태였다. 작은형은 당분간 우물과 다다스숲을 오가며 지내겠다고 했다. 개구리로 살아가기에는 역시 우물 안이 더 지내기 편한가 보았다.

인파를 타고 시조 거리를 걷다가 요도가와 교수 일행과 마주쳤다.

그렇게 큰 소동에 휘말렸는데도 교수는 지친 기색이 전혀 없었다. 충만한 식욕을 지닌 인간은 근본적으로 튼튼한 모양이다.
옆에는 전에 교수와 함께 바움쿠헨을 먹고 있었던 스즈키 군을
비롯해 여러 명의 학생이 있었다.

"아, 자넨가! 새해 복 많이 받게."

"감사합니다. 새해 복 많이 받으세요. 제자분들과 함께 참배
하러 나오셨군요? 학생들에게 인기가 좋으십니다."

교수는 "아니야, 아니야" 하고 손을 저으며 멋쩍은 웃음을 지
었다.

"어쨌든 한턱내야 하는 날이라서 내 지갑이 울고 있어."

"몸은 괜찮으세요?"

"응? 괜찮아. 그런데 말이야, 아무리 되새겨봐도 그날 밤 무
슨 일이 일어났던 건지 도무지 알 수가 없어. 그렇게 끔찍한 일
을 당했으면서도. 금요클럽에서는 제명이 됐고……."

"아, 그렇군요. 결국 그렇게 되셨군요."

"선생님, 어서 맛있는 것 먹으러 가요. 실컷 먹어야지."

스즈키 군이 그렇게 말하며 교수를 재촉했다.

"자, 이런 상황이니 그럼 이만. 나중에 연구실로 놀러 오게."

교수와 헤어진 뒤, 우리는 야사카 신사 앞에 줄을 서서 끈기
있게 기다렸다.

겨우 경내에 들어갔지만 사방팔방 사람 머리통밖에 보이지
않았다. 매점 주변에도 사람들이 가득했다. 헉헉거리며 온 가족

이 손을 잡고 본전으로 가고 있는데 맞은편 인파 속에서 싸늘한 표정의 낯익은 양복 차림 남자들이 줄지어 움직이고 있었다.

나는 큰형 옆구리를 찔렀다.

"형, 저거 봐."

큰형은 내가 가리킨 쪽을 보며 말했다.

"저건 구라마 덴구들인가?"

"이 경내에 얼마나 많은 덴구와 너구리가 섞여 있는지 모르겠군."

작은형이 말했다.

"하기야 개구리까지 참배하러 오는 세상이니."

"덴구도 설날 참배를 하러 오는구나."

내가 말했다.

○

"덴구가 새해에 참배하러 오는 게 뭐가 나빠?"

불쑥 뒤에서 난 소리에 깜짝 놀랐다.

고개를 돌려 돌아보니 현란한 다홍색 후리소데*차림의 벤텐과 코트를 입고 머플러를 두른 아카다마 선생님이 서 있었다. 벤텐은 김이 모락모락 나는 도미구이를 냠냠 먹고 있었는데 빨간

* 소매가 긴 전통 외출복.

입술 옆에 콩알만 한 조각이 붙어 있었다. 둘이 함께 설날 참배를 하러 오다니, 몇 년 만의 일인가.

"아니, 뇨이가타케 야쿠시보 선생님. 새해 복 많이 받으세요."

우리가 고개를 숙이자 선생님은 만족스러운 표정을 지었다.

"오냐."

"난 설날이 너무 좋아."

벤텐이 말했다.

"왠지 특별한 냄새가 나잖아? 게다가 온 나라가 축제를 하는 것 같아서 좋아."

"그래, 맞다."

선생님이 부드러운 목소리로 말했다.

"선생님도 지금 참배하실 건가요?"

어머니가 물었다.

아카다마 선생님은 까치발을 하고 본전 주위를 메운 인파를 바라보았다.

"그럴 작정이었는데 번거롭군. 이런 곳에서 계속 기다릴 생각은 없어."

"하시죠, 선생님. 네? 모처럼 왔는데."

벤텐이 말했다.

순간 선생님의 미간 주름이 펴졌다.

"하긴, 그렇군. 가끔 하는 것도 나쁘지는 않지."

그래서 우리는 천천히 흐르는 인파를 타고 걸어갔다. 아카다마 선생님은 걸음을 옮기며 심심풀이로 우리 형제에게 설교를 시작했다. 재난이었다. 선생님이 무슨 말을 할 때마다 벤텐이 킥킥 웃었다.

"야이치로, 넌 머리가 더 유연해져야 한다."

"야지로, 넌 일단 개구리에서 너구리로 돌아와야 해."

"야사부로, 넌 앞으로 골치 아픈 일 만들지 말거라."

"야시로, 넌 일단 어서 자라라."

선생님은 우리 머리를 쿡쿡 쥐어박으며 그렇게 말했다.

도움이 될 듯하면서 안 될 것도 같고, 고마운 듯하면서도 고맙지 않은 설교를 고분고분 듣고 있는 것은 큰형뿐이었다. 작은형은 개구리라서 진지하게 듣는 건지 아닌지 표정으로는 판단할 수가 없었다. 동생은 인파에 밀려 네, 네, 하는 소리만 들릴 뿐이다. 물론 나도 멍하니 흘려들었다.

아카다마 선생님이 새해 첫날부터 덴구의 위엄을 과시하는 사이에 우리는 본당 옆까지 왔다. 하지만 참배객에 둘러싸인 새전함은 저 멀리 있었다. 우리는 잔돈을 쥐고 새전함을 향해 던지기로 했다.

동전을 꺼내고 있을 때 옆에서 참배를 하고 있던 오동통한 남자 두 명을 발견했다. 아, 하고 내가 소리를 지르자 남자들도 나를 보고 아, 했다.

"아니, 금각과 은각. 새해 복 많이 받아라. 설날 일찍부터 두 멍청이의 출동인가?"

"그날 밤에는 아주 잘했다, 야사부로."

금각이 말했다.

"우리는 그 뒤에 지독한 감기에 걸려서 어제까지 누워 있었어. 죽는 줄 알았단 말이야!"

"바보는 감기에 걸리지 않는 법인데, 멍청이는 감기에 걸리는구나."

"무슨 소리야!"

금각과 은각의 아버지인 에비스가와 소운은 그 경천동지할 소동 이후 '온천에 간다'고만 하고 야반도주하듯 떠났다고 들었다. 행선지는 아무도 모르지만 가짜 덴키브랜 공장 창고에서는 공예품 컬렉션을 포함해 긁어모은 돈 대부분이 사라졌다고 한다. 아카다마 선생님의 회오리바람을 정통으로 맞아 재기불능이라는 이야기가 있는가 하면 장로들로부터 은퇴 권고를 받은 모양이라는 소문도 있다. 어쨌든 오랜 세월 저질러온 악행들이 본격적으로 들통나기 전에 꼬리를 감춘 것이다. 그가 언제 교토에 돌아올지 알 수 없다. 다시는 돌아오지 않으면 좋겠다고 생각했다.

인파 속에서 금각과 은각을 질책하는 소리가 들렸다.

"아니 이 멍청이 오빠들이. 새해 인사도 안 해?"

"가이세이니?"

내가 인파를 둘러보며 물었다.

"어디 있어?"

"네겐 보이지 않을 거야."

가이세이가 웃었다.

"다들 새해 복 많이 받으세요."

소운이 모습을 감추었으니 금각과 은각이 가짜 덴키브랜 공장의 경영을 맡게 될 것이다.

이 멍청한 형제에게 그런 어려운 일이 가능할지는 의문이지만 그들 위에 절대적으로 군림하며 참견을 하는 가이세이가 있으니 괜찮을 거라는 생각이 들었다. 공장 일이 바빠져 우리에게 시비 걸 틈도 없어지면 좋겠다. 꾀가 늘어 사복을 취하고 배가 부르기 시작하면 뭔가 나쁜 수작을 부리게 되리라.

나와 금각 은각 형제가 서로 노려보고 있자 아카다마 선생님이 잡귀를 쫓을 때 쓰는 화살로 우리 머리통을 때렸다.

"언제까지 그런 한심한 싸움이나 하고 있을 거냐, 이 털 뭉치들아. 얼른 새전을 던지지 못할까?"

우리는 얼른 새전함의 위치를 가늠해 그쪽으로 새전을 던졌다.

"다 함께 참배할 수 있어서 다행이로구나."

어머니가 진지한 표정으로 말하며 새전을 던졌다.

"너희 아버지도 분명 기뻐하실 거야."

○

좋은 냄새가 난다 싶었는데 어느새 벤텐이 내 곁에 와서 서
있었다.

"올해는 부탁할 일이 무척 많아."

벤텐이 내게 속삭이며 많은 새전을 도미구이를 쌌던 포장지
에 말아 던졌다.

"벤텐 님은 욕심쟁이로군요."

"내가 그렇게 욕심이 많은가?"

"목표를 좁히지 않으면 이루어질 소망도 이루지 못해요."

"그럼 말이야…… 운명적인 사람을 만나게 해달라고 빌 거
야."

"어떻게 그런 소원을? 아직도 귀여운 여학생 흉내를 내다니."

"……그럼 넌 무얼 빌 거야, 야사부로?"

경내의 잡음이 멀어졌다.

글쎄.

나는 궁리했다.

작년에도 여러 가지 소원이 있었지만 일단 다들 살아 있고,
일단 즐겁게 지낸다. 올해도 여러 가지 일이 있을 테지만 일단
다들 살아 있고, 일단 즐거우면 그만이다. 우리는 너구리다. 너
구리는 어떻게 살아야 하는가 묻는다면 나는 언제나 이렇게 대

답할 것이다. 재미있게 사는 일 말고는 할 일이 아무것도 없다.

교토에 우글거리는 너구리들이여, 분수에 맞지 않는 모든 소망을 버려라.

"특별히 바랄 것도 없네요."

내가 말했다.

벤텐은 미소 지으며 살짝 합장을 하고 눈을 감았다.

잠시 벤텐의 옆모습을 바라본 뒤 나도 합장하고 눈을 감았다.

그리고 작은 목소리로 중얼거렸다.

"우리 가족과 친구들에게 적당한 영광이 있기를."

옮긴이 권일영

서울에서 태어나 중앙일보사에서 기자로 일했고, 1987년 아쿠타가와상 수상작인 무라타 기요코의 『남비 속』을 우리말로 옮기며 번역을 시작했다. 유키 신이치로의 『#진상을 말씀드립니다』, 2019년 서점대상 수상작인 세오 마이코의 『그리고 바통은 넘겨졌다』를 비롯해 마치다 고의 『살인의 고백』, 시게마쓰 기요시의 『목요일의 아이』, 모리 에토의 『클래스메이트』, 이케이도 준의 『하늘을 나는 타이어』, 오기와라 히로시의 『소문』 등 주로 일본 소설을 우리말로 옮겼다. 그 밖에 에이드리언 코난 도일과 존 딕슨 카가 쓴 『셜록 홈즈 미공개 사건집』 등 영미권 작품도 번역했다.

유정천 가족 1

초판 1쇄　　2009년 11월 30일
개정판 1쇄　2024년　1월　2일

지은이 모리미 도미히코 | **옮긴이** 권일영
펴낸이 박진숙 | **펴낸곳** 작가정신
편집 황민지 | **디자인** 이현희 | **마케팅** 김영란
재무 이수연 | **인쇄 및 제본** 한영문화사

주소 (10881) 경기도 파주시 회동길 216 2층
대표전화 031-955-6230 | **팩스** 031-955-6294
이메일 editor@jakka.co.kr | **블로그** blog.naver.com/jakkapub
페이스북 facebook.com/jakkajungsin
인스타그램 instagram.com/jakkajungsin
출판 등록 제406-2012-000021호

ISBN 979-11-6026-332-9 03830